契诃夫短篇小说选

[俄] 契诃夫 著 谷羽 童道明 等译

北京燕山出版社

目录

001　序

001　小官员之死
004　胖子和瘦子
007　嘎小子
010　变色龙
014　江鳕
020　马姓
025　猎手
030　嫌疑犯
035　士官普里希别耶夫
040　苦恼
046　万卡
051　风波
058　玩笑
062　在别墅里
067　别人的不幸
072　男友
076　薇罗奇卡
088　牧笛
095　灯火

125　美女
132　草原（节译）
136　第六病室
183　大学生
186　带阁楼的房子
202　药内奇
219　套中人
230　牵小狗的女人
245　主教
259　未婚妻

序

安东·巴甫洛维奇·契诃夫,一八六〇年一月二十九日出生在俄国南部的一个小城——塔甘罗格。一八七六年,他父亲经营的一家杂货铺濒临破产,为了躲债,举家迁到莫斯科,留下契诃夫一人在家乡完成中学学业。

一八七六年至一八七九年的三年间,契诃夫度过了寄人篱下、举目无亲的艰难岁月。过早的生活磨难,使得契诃夫早早地体验到了世态炎凉,也早早地产生了维护人的尊严的自觉。

契诃夫在中学时代就开始写作,但第一次公开发表作品是在他刚刚考进莫斯科大学医学系的一八八〇年。他的第一个创作丰收期出现在一八八三年,这一年他光是在列依金主持的《花絮》杂志上,就发表了八十五篇短篇小说。其中像《小官员之死》《胖子和瘦子》以及一八八四年问世的《变色龙》,构成了契诃夫早期创作的代表作。难怪契诃夫在一八八七年十二月二十七日写给列依金的一封信中会说:"《花絮》是我的圣水盆,而您是我的教父。"

列依金对契诃夫的最大帮助,是磨砺了他简洁的文风和调动了他的幽默天性。列依金对契诃夫提出的写作要求非常具体:作品不要超过一百个句子,而且每个作品中都要有幽默的火花。后来,契诃夫也深有体会地说:"简洁是天才的姐妹。"

契诃夫一生说过不少颇有人生哲理的话。他在一八八九年一月七日的一封书信中说,希望看到人"是如何把自己身上的奴性一滴一滴地挤出来的"。难怪在他早期的小说杰作中,都把笔触深入到对"人身上的奴性"的揭示上。

《小官员之死》里的那个庶务官看戏时打了个喷嚏,本来没什么要紧,但当他发现坐在前边的是一位文职将军,便卑躬屈节地接连赔不是;《变色龙》里的那个警官在一只可能是将军家的小狗面前的出乖露丑、奴态百出,这都显示了在幽默与讽刺的背后,站着一个冷眼观察世界、揭露社会病象、呼吁人性复归的契诃夫。

一八八六年是契诃夫文学创作道路上的一个转折点。展现这一转折的代表作,是发表于这年年初的《苦恼》,它标志着先前不无快意地撰写幽默故事的契诃夫正在转变成一个忧伤地咀嚼人生苦痛的契诃夫。

《苦恼》里那个名叫姚纳的马车夫,想把自己的丧子之痛告诉别人,但没有一个人愿意听他的倾诉,最后他只好把他的痛苦一股脑儿地说给那匹小母马听。《苦恼》写的是人与人之间的隔膜,这种人生困顿,到二十世纪成了更为严酷的社会病态。

在观察社会病态的同时,契诃夫还把目光投向了大自然的劫难。在小说《牧笛》中,契诃夫向我们展示了欧洲工业化初期已经出现的生态灾难的征兆。森林不断被砍伐最让契诃夫痛心。因此,契诃夫一生都致力于植树造林,他留给后人的不仅是十几卷文学著作,还有一片他亲手种植的绿色树林。

契诃夫的生命之路上,有一件特别值得关注的事——一八九〇年的萨哈林岛之行。萨哈林岛在沙俄时代是一个关押流放犯人的所在。契诃夫不顾亲友劝阻,毅然只身完成了一次穿行西伯利亚的冒险之旅。契诃夫于一八九〇年四月一日离开莫斯科,六月二十七日漂流到了阿穆尔河(黑龙江)的一段江面,并在中国边城瑷珲做了短暂停留,就在这一天,他写了一封家书描述了江上景色:

> 这就是阿穆尔河。悬崖,峭壁,森林,无数的野鸭以及各种各样叫不出名的长喙的精灵……我在阿穆尔河漂流了一千多俄里了,欣赏到了如此多的美景,得到了如此多的享受,即便现在死去我也不觉得害怕了……我爱上了阿穆尔河甚至想在这儿住上两年。又美丽,又宽阔,又自由,又温暖。无论是在瑞士还是在法国,都从来没有领略过这样的自由。

契诃夫也许是世界上著名作家中第一个用文字赞美黑龙江风光的人。但他旅行的目的地却是个人间地狱。这次萨哈林岛之旅的直接收获就是，促使他创作了一部在他的整个创作中最令人心灵战栗的小说《第六病室》，契诃夫意识到必须"让这个社会看清自己，为自己害怕"。

《第六病室》发表后引起了巨大的社会反响。画家列宾读过之后写信给契诃夫说："真不可思议，从这样一个情节并不复杂的小说中，最终竟能生发出如此巨大的人类思想。"

列宾的观察，可以帮助我们来理解好些契诃夫小说的内涵。比如《大学生》：大学生伊凡给两个村妇讲《圣经》，伊凡由此想到"过去与现在是由一连串连绵不断、由此及彼的事件联系起来的"，过去曾经"指引过人类生活的真与美，直到今天还在连续不断地指引着人类生活"。

契诃夫在中国有不少知音，如美学家王元化。他在《莎剧解读·序》里谈到契诃夫创作的美学特征："……故事就这么简单，但是契诃夫把这些平凡的生活写得像抒情诗一样的美丽……在这些场景中流露出来的淡淡哀愁是柔和的、含蓄的，是更富于人性和人道意蕴的。"

在这个选本里，我们也有意地把一些契诃夫"写得像抒情诗一样的美丽"和"更富于人性和人道意蕴的"作品收了进来，如《玩笑》《在别墅里》《别人的不幸》《薇罗奇卡》《带阁楼的房子》。这些作品，都没有什么明显的社会批判的锋芒，却显示了契诃夫揭示人性奥秘的智慧与执着，反映了契诃夫创作的人文精神与艺术风格的一个重要侧面。

契诃夫在俄罗斯家喻户晓是在一八八八年之后，那一年，他得到了普希金文学奖。他在这一年发表的中篇小说《草原》得到了一致好评，尤其是小说中对于草原美景的描写，更是让人津津乐道。然而这一大段描写却是以这样的感叹结束的："在美的凯旋中，在幸福的满足中，会感到一种紧张和惆怅。好像是草原意识到了自己的孤独，好像它的财富与灵气无人歌唱，无人需求，对于这个世界也就白白废弃了，穿越快活的喧闹声，能听到草原忧伤而无望的呼唤：'歌手快来！歌手快来！'"

这就提出了一个使契诃夫苦恼的问题："美的空费"。契诃夫太善良了，在他"美的空费"的叹息里有一种感人的人文精神。这也反映在一八八八年他的另一部小说《美女》中。小说中的"我"在一个闭塞的穷乡，在一个偏远的小站，见到了两个"美女"，心中竟也产生了惆怅之情，以至于

"在春天的空气里,在夜空中,在车厢里,都笼罩着一片忧伤"。

契诃夫早年就患有肺结核病,一八九七年三月二十二日,病情加剧,大口吐血,于三月二十五日住进医院。三月二十八日,托尔斯泰来到契诃夫病榻前探视,就在这个病房里两位文学大家就人死后有无灵魂的问题展开了争论。契诃夫敬重托尔斯泰,托尔斯泰喜爱契诃夫,但这不妨碍他俩在一些问题上常常意见相左。围绕着小说《可爱的人》(又译《宝贝儿》)的争执也很能说明契诃夫与托尔斯泰的观念差异。《可爱的人》是托尔斯泰最喜欢的一篇契诃夫的小说,他常常给家人和友人朗读这篇小说。托尔斯泰认为女人的头等大事是"爱",小说女主人公的"能为她心爱的人献出自己整个身心",这个爱是"神圣的"。而契诃夫并没有把自己小说女主人公当作一个"神圣的"女人来描写,因为他认为新的女性应该有自己独立的人格,不能当男人的附庸。

另一篇引起争论的小说是《灯火》。小说发表之后,有一位作家对它提出质疑,只是因小说结尾这样一句:"是的,这世界上什么都弄不明白!"契诃夫回答这位批评者说:"您关于我的《灯火》结尾的意见,我不敢苟同……我们不必不懂装懂,不如直接声明:这世界上,只有傻瓜和骗子才什么都懂。"在契诃夫的这个理念里,就如一个小说主人公所说的:"体现为一种世界性的悲悯和痛苦……是植根于对人的爱。"

在一八九八年,契诃夫创作了几篇具有较为强烈的社会批判意味的小说,其中就有《套中人》和《药内奇》。这两篇小说展示了契诃夫的两个最为重要的精神诉求:做一个自由的人和做一个有精神追求的人。

"套中人"别里科夫即便在阳光灿烂的日子,"也穿上套鞋,带上雨伞",别里科夫不仅把自己束缚在"套子"里,还想用它来束缚周围的人。契诃夫把"套中人"之死与自由之生机联系到一起,唱起了自由的歌:"自由,自由!甚至仅仅是对自由的某种暗示,甚至是对自由的微小希望,都能给灵魂插上翅膀,难道不是这样?"

《药内奇》写了一个医生因为对于金钱的迷恋而精神蜕变的过程。小说里有一句传神的文字:"斯塔尔采夫(药内奇)想起自己每天晚上兴致勃勃地从衣兜里掏出的纸币时,心中的火苗便熄灭了。"

一八九八年是契诃夫生命历程中很重要的一年。这一年的十二月十七日,莫斯科艺术剧院首演《海鸥》,大获成功,开启了契诃夫晚年光辉的戏剧创作高潮,也在这一年,他与莫斯科艺术剧院的女演员克尼碧尔碰撞出了爱情的火花。一八九九年契诃夫创作《牵小狗的女人》,写了一对男女如何因为产生了真正的爱情而改变了他们自己。这篇小说当然也有些许契诃夫本人的人生体验的反射。契诃夫在小说里写道"只是到了现在,当他的头发已经白了,他才真正用心地爱上了一个人",这不仅是他在给小说主人公做心理揭示,同时可能也是自觉已经年华老去,"从我自出发"的一声叹息。

一九〇一年五月二十五日,契诃夫与克尼碧尔在莫斯科一家教堂举行了婚礼。其时,契诃夫的肺病已日趋严重,不得不听从医生的建议,到乌发的一个疗养院度蜜月,同时接受据说对肺病有疗效的酸马奶治疗。但本人就是医生的契诃夫自知预后不妙,便在八月三日写下遗嘱,叮嘱家人:"帮助穷人,爱护母亲,全家和睦。"

一九〇二年契诃夫的小说《主教》发表。这篇小说写的是一位主教的死亡,而且是死于肺病。更有趣的是,在晚年的书信中,契诃夫有时也戏称自己"像个主教"。一个垂死的作家描写一个小说人物的因病死亡,自然会有作者心灵的投影。小说主人公去世的第二天正好是复活节,城里的教堂钟声长鸣,太阳照样普照大地……小说体现了契诃夫坦然面对死神的乐观精神。

契诃夫创作的最后一篇小说是《未婚妻》。小说描写了一个名叫娜佳的"未婚妻"的青春觉醒,在小说的结尾处,出现了一段在契诃夫的小说中难得一见的呼唤新生活的抒情插话:

> 她看着房屋,看着灰色的围墙,觉得城里的一切东西都早已衰老,都不过是在等待着结局,或者是在等待着一种崭新的充满活力的生活的开端。啊,让这光明的新生活快些来临吧……

契诃夫不仅是个杰出的小说家,也是个卓越的剧作家,他的戏剧的世界性影响也越来越大。

契诃夫在中学时代就写过剧本,而到了晚年更是致力于戏剧创作。他的四部戏剧代表作分别是《海鸥》(1896)、《万尼亚舅舅》(1898)、《三姊妹》(1901)和《樱桃园》(1904)。在中国最早发现契诃夫戏剧美质的是戏剧家曹禺。他在发表于一九三六年的《〈日出〉·跋》里，特别写到了契诃夫《三姊妹》一剧给予他的感动与启发：

> 我记起几年前着了迷，沉醉于契诃夫深邃艰深的艺术里，一颗沉重的心怎样为他的戏感动着。读毕了《三姊妹》，我合上眼，眼前展开那一幅秋天的忧郁。玛夏，哀林娜，奥尔加那三个有大眼睛的姐妹，悲哀地倚在一起，眼里浮起湿润的忧愁……我的眼渐为浮起的泪水模糊起来成了一片，再也抬不起头来。然而在这出伟大的戏里，没有一点张牙舞爪的穿插，走进走出，是活人，有灵魂的活人。不见一段惊心动魄的场面，结构很平淡，剧情人物也没有什么起伏发展，却那样抓牢了我的魂魄。我几乎停住了气息，一直昏迷在那悲哀的氛围里……

契诃夫一九〇四年初写完最后一个剧本《樱桃园》时，也就走到了人生的尽头。遵照医生建议，契诃夫夫妇于一九〇四年六月三日离开莫斯科，六月八日到达德国的疗养胜地巴登威勒。七月十五日凌晨，契诃夫醒来感到憋气，自知大限已到，冲着医生用德语说："我要死了。"医生给契诃夫注射了一针药水，让人送来一杯香槟。契诃夫呷了口香槟，对妻子说："我好久没有喝香槟了。"他把一杯香槟一饮而尽，侧身睡着了——永远地睡着了。

在纪念契诃夫诞辰一百周年的一九六〇年，前苏联著名作家普伦堡写了一本名为《重读契诃夫》的书，他在书中预言，契诃夫将活在"所有有人在追求、在痛苦、在爱、在挣扎、在欢乐的地方"。

阅读和重读契诃夫，我们能够相信，一生都在追求自由、呼唤仁慈的契诃夫像世界上一切伟大作家一样，能够与时代一道前进。

童道明

小官员之死

在一个美好的傍晚,有个为人很好的文书,伊凡·德米特利奇·屈尔维亚科夫①,坐在剧院第二排,举着观剧镜看戏,演出剧目是《柯涅维里之钟》②。欣赏表演,他感到无上快乐。不料忽然……小说里常常遇到这个"忽然"。作家们写得不错:生活里确实充满了意外!忽然,他的脸皱了起来,眼珠转动,屏住呼吸……他把观剧镜从眼前拿开,略一低头,接着……阿嚏!!!诸位看得明白,他打了个喷嚏。无论什么人,不管在什么地方,打喷嚏总是不犯法的。庄稼汉打喷嚏,警察局局长也打喷嚏,就连三品文官偶尔也要打喷嚏。所有的人都打喷嚏。屈尔维亚科夫一点也不心慌,掏出手绢擦了擦脸,像有教养的人那样朝四下里瞅瞅,看他打喷嚏是否搅扰了别人。这一看却让他慌乱起来。他发现坐在他前面,也就是第一排的一个老头儿正用手套使劲擦他的秃顶和脖子,嘴里嘟嚷着什么。屈尔维亚科夫认出老头儿是勃利兹察洛夫将军,他在交通部任职。

"我把唾沫喷在他头上了!"屈尔维亚科夫心想,"他是别处的官员,不是我的上司,不过毕竟挺尴尬。应该道歉才是。"

屈尔维亚科夫咳嗽了一声,向前欠欠身子,凑近将军的耳朵悄悄说:"对不起,大人,我把唾沫溅在您头上了……我不是成心的……"

---

① 《小官员之死》是契诃夫短篇小说杰作。作品的主人公屈尔维亚科夫,原文是 Червяков,这个姓意思是"蛆虫",我没有译成"切尔维亚科夫",而是有意识地把头一个字译成"屈",一来隐含着小人物的悲惨命运,二来"屈"与"蛆"同音。我想契诃夫造出这样一个姓氏,必定有他的用意,需要译者和读者仔细领会体察。

② 《柯涅维里之钟》,法国作曲家普朗克特创作的三幕歌剧。

"没关系,没关系……"

"请看在上帝面上,原谅我吧。说实在的……我不是故意的!"

"哎,您请坐吧!让我听戏!"

屈尔维亚科夫心里发慌,傻笑了一下,开始朝舞台上看。虽说在看戏,可是再也感觉不到那份快乐了。他开始惶恐不安。幕间休息时,他走到勃利兹察洛夫跟前,在他身边转了片刻,压制着内心的胆怯,小声说:"我把唾沫溅在您头上了,大人……请原谅……我实在……不想这样……"

"哎,够了……我早就忘了,您却一再提起那件事!"将军说,不耐烦地撇了撇下嘴唇。

"他说忘了,可他的眼神凶狠,"屈尔维亚科夫心想,疑神疑鬼地瞅着将军。"他连话都不想说。应该给他解释清楚,说我完全是无意的……这是自然规律,要不然他就以为我是故意啐他了。现在他不这么想,过后没准儿会这么想!……"

屈尔维亚科夫回到家里,把他的失态告诉妻子。他觉得妻子看待这件事似乎过于轻率。她先是吓了一跳,后来听明白勃利兹察洛夫"在别的部门工作",就放心了。

"不过你最好还是去一趟,赔个不是,"她说,"他会认为你当着那么多人的面举止失当呢!"

"说得太对啦!我已经道过歉了,可是他那副样子有点儿怪……连一句合乎情理的话都没说。不过当时也没有工夫交谈。"

第二天,屈尔维亚科夫穿上新制服,理了发,到勃利兹察洛夫府上去解释……走进将军的接待室,他看见那儿有很多请求办事的人,将军本人站在他们中间,开始听取各种请求、申诉。将军询问过几个人以后,抬起眼睛望着屈尔维亚科夫。

"大人,您若记得的话,昨天,在'乐园剧院',"文书开始禀报,"我打了个喷嚏,而且……无意间竟溅到了您头上了……请原……"

"小事一桩……天知道是怎么回事!您有什么事要我效劳吗?"将军扭过脸去询问下一个请求办事的人。

"连话都不愿说!"屈尔维亚科夫脸色煞白,心里想,"看来他生气了……不行,这件事不能就这样了结……我得给他解释清楚……"

等到将军跟最后一个请求办事的人谈完话,举步向内室走去,屈尔维亚科夫跟在他身后小声说:"大人!倘使我斗胆搅扰了您,可以说,纯粹是出于懊悔的心情!……我不是故意的,请您务必体察!"

将军哭丧着脸,摆了摆手说:

"你简直是开玩笑,先生!"说着,他走进内室,随手关上了门。

"这怎么是开玩笑呢?"屈尔维亚科夫心想,"完全没有开玩笑的意思啊!身为将军,竟然不明白!既是这样,我也就不必再给这个摆架子的人赔礼道歉了!见他的鬼去吧!我给他写封信,反正不再来了!上帝做证,我再也不来了!"

屈尔维亚科夫怀着这样的想法走回家去。那封给将军的信,却没有写成。他反复琢磨,却想不出书信该怎么写。转天只好再亲自上门去解释。

"昨天我打搅了大人,"等到将军抬起问询的眼睛,他含含糊糊地说,"并非像您所说的那样为了开玩笑。我是来道歉的,因为我打喷嚏,唾沫溅到了您的头上……我想都没敢想过开玩笑。我怎么敢开玩笑呢?如果我们开玩笑,那么我们对大人物就……太过失敬了……"

将军脸色发青,浑身颤抖,突然大叫一声:"出去!!"

"什么?"屈尔维亚科夫低声问道,吓得愣住了。

"滚出去!!"将军顿着脚,又吼了一声。

屈尔维亚科夫肚子里似乎有什么内脏破裂了。他什么也看不见,什么也听不见,退到门口,走到街上,慢吞吞地挪动脚步……回到家里,没脱制服,往长沙发上一躺,就这样……死掉了。

一八八三年

谷羽 译

胖子和瘦子

在尼古拉耶夫斯基铁路的一个火车站,两个朋友偶然相遇了:一个胖子,另一个是瘦子。胖子刚刚在车站吃过饭,嘴唇油光闪亮,就像熟透的樱桃。他身上散发出葡萄酒和香橙花的气味儿。瘦子呢,刚下火车,背着皮箱、包裹和一些硬纸盒子。他的身上有火腿肠和咖啡渣的味道。他的背后有个瘦瘦的、下巴挺长的女人在东张西望,那是他妻子,还有个眯缝着眼睛的高个子中学生,那是他的儿子。

"波尔菲里!"胖子看见瘦子,叫了起来,"真的是你吗?亲爱的同学!咱们好多年都没有见面了!"

"我的天!"瘦子分外惊喜,"米沙!童年的伙伴!你这是从哪儿冒出来的呀?"

两个朋友互相拥抱,亲吻了三次,眼睛里含着泪水,彼此打量着,两个人既高兴又惊讶。

"好同学!"亲吻以后,瘦子先开口说道,"真是想象不到!真是意外的惊喜!喏,你好好看看我,跟从前一样,还是个美男子!还是那么有魅力,衣着讲究!哎呀呀,我的天!快说说,你怎么样?发财了吧?成家了吧?我已经结婚啦,你看……这就是我太太露伊莎,娘家姓旺岑巴赫……路德派教徒……这是我儿子,叫纳法纳伊尔,三年级的学生。纳法纳伊尔,这是我小时候的伙伴!我们一块儿上过学!"

纳法纳伊尔想了想,伸手摘下了帽子。

"我们一块儿上学!"瘦子接着说,"你还记得吗,那时候大家怎么跟你开玩笑?给你起外号叫赫洛斯特拉托斯①,因为你抽烟烧坏了一本教科书;我呢,外号叫厄菲阿尔忒斯②,理由是我老爱搬弄是非。哈哈!……那时候我们还是小孩子!纳法纳伊尔,别害怕!离他近一点儿……这是我太太,娘家姓旺岑巴赫……路德派教徒。"

纳法纳伊尔想了想,藏到了父亲背后。

"嗯,你过得怎么样啊,朋友?"胖子望着瘦子,兴奋地问,"在哪儿任职?提拔晋升了吗?"

"我是在当差,亲爱的。我已经做了两年八等文官,得到一枚斯坦尼斯拉夫奖章。薪俸少得可怜……嗨,去他的吧!我太太教音乐课;我呢,私下里用木头做烟卷盒。烟卷盒棒极了!我卖一卢布一个。如果有人买十个以上,你知道,我就会给他一点儿优惠。我们总算是熬过来了。你知道,我过去做科员,现在调到这里来,还是那个部门的差使,可已经提拔当科长了……以后我就在这里任职。好啦,说说你怎么样?说不定已经做到五等文官了吧?啊?"

"不,亲爱的,你还得再往高里说一点儿,"胖子说,"我已经做到三等文官了……我有两个星章了。"

瘦子忽然脸色变得苍白,呆若木鸡,可是只过了一会儿,他的脸就拼命扭动,堆出了万分高兴的笑容,让人觉得他的脸、他的眼睛,都能迸发出火星似的。只见他收缩肩膀,弯腰躬背,忽然变得矮小了许多……他背着的皮箱、包裹、硬纸盒仿佛也都在收缩,增添了许多皱纹……他太太的长下巴变得更长了;纳法纳伊尔挺直身体站成立正的姿势,系好了制服上所有的纽扣……

"大人……我……非常荣幸!斗胆说一句,小时候的朋友,忽然成了显要的官员!嘿嘿嘿!"

"嗨,算啦!"胖子皱起了眉头,"何必用这种腔调说话呢?我和你是从小的朋友,官场上的那一套根本用不着!"

"承蒙您宽宏大量……您说到哪儿去啦?……"瘦子赔着笑脸,身体

---

① 赫洛斯特拉托斯,古希腊人,公元前三五六年放火烧掉了以弗所城狄安娜神庙。
② 厄菲阿尔忒斯,古希腊人,公元前五世纪初,为波斯人做奸细,引敌入境。

收缩得更矮小了,"大人的恩惠……就像使人再生的甘露……大人,这是小人的儿子纳法纳伊尔,妻子露伊莎,路德派教徒……多多少少算是……"

　　胖子本来还想说不必这样,可是瘦子的脸上满是感激、甜蜜和酸溜溜的敬重,让三等文官忍不住想要呕吐。他把头扭到一边不看瘦子,伸出手去跟他告别。

　　瘦子伸出三个手指头去握手,深深地弯腰鞠了一躬,像中国人似的赔着笑脸:"嘻嘻嘻!"他的妻子也在笑。纳法纳伊尔两腿并拢,不小心帽子掉到了地上。他们一家三口人感到出奇的惊喜。

一八八三年
谷羽　译

嘎小子

小伙子伊凡·伊凡内奇·拉普金仪表英俊,安娜·谢苗诺夫娜·赞布里茨卡娅翘鼻子天生俊俏,他们俩走下陡峭的河岸,双双坐到一张长椅上。这张长椅临近河水,四周是茂密的柳丛。这地方实在美妙!谁坐在这儿,他就远离了喧闹的世界——能看见他的只有小鱼儿,还有在水面上闪电般跳来跳去的水蜘蛛。这对年轻人随身携带着钓鱼竿、抄网、装蚯蚓的小罐和其他钓鱼的用具。他们坐稳当了,立刻就开始钓鱼。

拉普金扭头朝四下里看了看,开口说道:"我们俩终于有机会单独相处了,我真高兴。安娜·谢苗诺夫娜,我有很多话必须告诉您……很多很多话……头一次看见您的时候……有鱼咬您的钩了……当时我就明白了:我为什么活着,什么地方有我崇拜的偶像,我清白勤劳的一生应该献给谁……咬钩的说不定是条大鱼……见到您,是我第一次恋爱,爱得痴迷……等等您再拉竿……让鱼咬住了……告诉我,亲爱的,我向您发誓,我能不能指望——哦,并非指望相互爱慕,不!——这个我不配,连想我都不敢这样想——我能不能指望……嗨,快往上拉竿呀!"

安娜·谢苗诺夫娜抬手扬起钓竿,尖叫着用力一甩,一条青色小鱼在空中闪着银光。

"我的天,是条鲈鱼!哎呀呀……快!别让它脱钩!"

鲈鱼挣脱了鱼钩,在草地上蹦蹦跳跳,本能地逃向它熟悉的河水……扑通一声,落到水里了!

拉普金急忙去抓鱼,没有抓着,不知怎么的,无意之间却抓住了安娜·谢苗诺夫娜的手,又把这只手送到唇边……少女慌忙躲避,但为时已晚:嘴唇和嘴唇无意中贴在了一起,两个人接吻了。这一切都有点出乎意料。吻了一次又吻一次,随后发誓永远相爱……真是幸福时刻!不过,人世间的生活没有绝对的幸福。幸福本身往往包含着痛苦,或者受到外来的惊扰。这一次也遇到了意外。两个年轻人热烈亲吻的时候,突然传来了嘻嘻的笑声,他们朝河面一看,立刻惊呆了:水里齐腰站着个光屁股的男孩子。他是安娜·谢苗诺夫娜的弟弟,叫科利亚,是个中学生。男孩子站在河水里,瞅着两个年轻人,不怀好意地微笑。

"哎哟哟!……你们俩亲嘴哪!好啊!我去告诉妈。"他说。

"我求求你,做个正派人好不好……"拉普金满脸通红张口结舌地说,"偷看别人,缺德,告密更卑鄙、无耻、可恶……我希望你做个正派、高尚的人……"

"给我一个卢布,我就不说!"高尚的人回答说,"不给,我就去告诉妈。"

拉普金从口袋里掏出一卢布,把它递给科利亚。那小子把卢布攥在湿淋淋的手心里,吹了声口哨,游走了。经过了这意外的搅扰,一对恋人再也没有心思接吻了。

第二天,拉普金从城里给科利亚带来了画画的颜料,还有一个皮球。姐姐呢,先是把她珍藏的盛丸药的那些盒子都送给他,后来被逼无奈又送给他几颗刻着狗头的纽扣。这嘎小子,显然很喜欢这一套,为了得到更多的礼物,他开始跟踪他俩。拉普金和安娜走到哪儿,他就跟到哪儿,一分钟也不让他们单独待在一起。

"小坏蛋!"拉普金咬着牙气愤地说,"这么小,就这么多坏心眼儿!等长大了该多么可怕呀?!"

这对儿可怜的恋人,由于科利亚的跟踪骚扰,整个六月没有过一天好日子。只要嘎小子看上眼的东西,他就要挟人家送礼,不然就威胁要去告密,他贪得无厌,最后提出来要怀表。有什么办法呢?只好答应把怀表送给他。

有天吃午饭的时候,仆人端来了维夫饼干,科利亚突然嘿嘿嘿笑起来,他冲拉普金挤了挤一只眼:

"说不说?啊?"

拉普金面红耳赤,吓得把餐巾当成了维夫饼干嚼起来。安娜·谢苗诺夫娜从桌子旁边跳起来,跑到另一个房间里躲起来了。

置身这种尴尬的处境,这对年轻人一直熬到八月底,熬到拉普金终于向安娜·谢苗诺夫娜求婚的那一天。噢,这个日子是多么幸福啊!拉普金同安娜的双亲谈过话,同意他们俩成亲,拉普金要做的头一件事,就是跑到花园里去找科利亚算账。找到了那个嘎小子,拉普金兴奋得差点掉眼泪。他一把揪住他的耳朵。安娜·谢苗诺夫娜也跑过来,找科利亚算账,她揪住了嘎小子的另一只耳朵。现在轮到科利亚哭着央求他们了:

"亲爱的,好心人,最亲的亲人哪,我再也不敢啦!哎哟,哎哟,饶了我吧!"

后来这对年轻人承认,他们俩彼此钟情相依相恋的那段时间,从来没有体验过这样的快乐——那就是两个人同时揪住嘎小子的耳朵,他们俩体验到了无上的幸福,快乐到了极点。

一八八三年

谷羽 译

变色龙

巡警督察官奥丘蔑洛夫穿着新大衣，手里提着个小包，从集市广场走过。他身后跟着一个棕褐色头发的巡警，双手端着筛子，上面堆满了没收来的醋栗。四周鸦雀无声……广场上不见一个人影儿……小铺子和饭馆敞开的门，像饥饿的嘴巴，沮丧地张望着上帝创造的世界，在那些门口竟然没有要饭的乞丐。

"你敢咬人，该死的东西！"奥丘蔑洛夫忽然听见有人喊叫，"伙计们，别放它走！这年月可不许咬人！抓住它！哎哟——哎哟！"

接着传来了狗的尖叫声。奥丘蔑洛夫朝那边一看，发现从商人比丘金的木柴场里跑出来一条狗，只见它用三条腿一瘸一拐地逃窜，还不时扭过头去往后看。后边紧跟着追出来一个人，上身穿着浆洗过的花布衬衫和坎肩，敞着怀。他奔跑着追那条狗，身体前倾，扑倒在地，一下子抓住了狗的后腿。又一次传来狗的尖叫声和人的呐喊声："别撒手！"睡意蒙眬的脸纷纷从铺子里探出来，木柴场四周很快聚集了一群人，就仿佛是从地底下钻出来似的。

"别出什么乱子吧……长官！"巡警说道。

奥丘蔑洛夫把身子向左转，朝人群那边走去。在木柴场门口附近，他看见那个穿着坎肩敞着怀的男人，正举着右手，让人们看他血淋淋的手指头。他那醉意朦胧的脸上似乎在说："小坏蛋，我要扒掉你的皮！"而那血染的手指仿佛就是一面胜利的旗帜。奥丘蔑洛夫认出这个人是金银首饰匠赫留根。

人群中央是惹出这场乱子的罪魁祸首——一条脑袋尖尖的白毛小猎

狗,背上有块黄斑,只见它前腿叉开趴在地上,吓得浑身发抖。它那含着泪水的眼睛流露出痛苦和恐惧的神情。

"这里出了什么事儿?"奥丘蔑洛夫挤进人群,问道,"都在这儿干什么?你怎么举着个手指头?……刚才谁在叫唤?"

"我正走路,长官,没招惹任何人……"赫留根回答说,他用手掌捂着嘴咳嗽了两声,"我正跟米特里·米特里奇商量买木柴的事,冷不防这只下流坯子无缘无故就咬了我的手指头……您得谅解我,我是个做手艺活儿的人……我干的活儿很细致。得让他们赔我钱,因为我这个手指头可能一个礼拜都动弹不了……长官,法律上也没有这一条,挨了狗咬还得忍着……要是每条狗都随便咬人,这个世道真就让人没法活啦……"

"嗯……好吧……"奥丘蔑洛夫咳嗽了两声,皱了皱眉头,严厉地说道,"好吧……这是谁的狗?我不会轻易放过这件事。我给你们看看,我怎么整治那些放狗出来乱咬人的人!有些先生不愿意遵守法规,现在是该管管他们的时候了!等到罚了这个混蛋的款,他就会知道我的厉害,知道让狗或者别的牲畜乱跑会有什么样的下场!我要整得他哭爹叫娘!……叶尔德林,"他对那个巡警说,"你去了解一下,这是谁家的狗,打个报告上来!这条狗呢,得把它弄死。别耽误时间!它可能是条疯狗……这到底是谁家的狗呀,我问你们呢?"

"这好像是西加洛夫将军家的狗!"人群里有个人说。

"西加洛夫将军?哦!……叶尔德林,帮我把大衣脱下来……天气这么闷热,真要命!大概是要下雨了……只是有一点我不明白,它怎么会咬你呢?"奥丘蔑洛夫扭过脸来对赫留根说,"这条狗够得着你的手指头吗?它那么小,你呢,又长得这么壮实!你的手指头大概是让小钉子划破的,后来脑子里想出了鬼点子,跑到这儿来撒谎。我知道你是出了名的人物!我认识你们这些鬼东西!"

"他呀,长官,为了开玩笑,拿烟卷去戳狗的鼻子,结果这傻家伙就咬了他一口……这个人净胡来,长官!"

"你胡说,独眼龙!你又没有看见,你怎么胡说八道?长官可是个明白事理的老爷,谁在撒谎,谁当着上帝的面凭良心说话,大人都看得明白……我要是说谎,那就让调解法官审问我好了。他的法律上写得明白……现在大家都平等啦……不瞒你们说,我兄弟就是穿警服当宪兵的……"

"你少说废话!"

"不对,这不是将军家的狗……"巡警好好想了想说道,"将军不养这样的狗,他府上养的都是个子很高的猎犬……"

"你有把握吗?"

"有把握,长官……"

"我自己早就知道。将军府上养的都是名贵的纯种狗,这条癞皮狗,鬼才知道是什么玩意儿!毛色不好,样子丑陋,简直是个下流的畜生。谁愿意养这种狗呢?你们怎么不长脑子呢?要是在彼得堡或者在莫斯科,碰见这样的狗,你们知道会是什么样的结果?那里可不管什么法律,一眨眼的工夫——打死它就算完事!赫留根呀,你吃了亏,这种事不能不管……是该整治整治他们了!到时候了……"

"也许,备不住是将军家的狗……"巡警一边想,一边说,"反正狗脸上又没有写着字……前几天我在他家的院子里好像见过一条这样的狗。"

"没错儿,是将军家的狗!"人群里有人说。

"哦……叶尔德林老弟,帮我披上大衣……好像起风了……有点儿冷……你带着这条狗去将军府上问问。你就说是我找到的,让你送去的……告诉他们,别再把狗放到街上来……也许这条狗挺金贵,万一碰到一个猪猡拿烟卷儿戳它的鼻子,用不了多大工夫它就毁了。狗可是娇贵的动物……你这混蛋,还不把手放下来!摆个蠢指头让人看!都是你自己惹的祸！……"

"那不是将军家的厨师吗！我们问问他好了……喂，普洛霍尔！老兄，请到这边来一下！你瞧瞧这条狗……是你们府上的吗？"

"瞎说！这号狗我们从来没养过！"

"那就用不着花费工夫去问了，"奥丘蔑洛夫说道，"它是条野狗！用不着多说废话了……既然他说是野狗，那就肯定是条野狗……弄死它算了！"

"这不是我们将军家的狗，"普洛霍尔接着说，"将军的哥哥最近来看将军，这是他哥哥的狗。我们将军不喜欢这种狗。他哥哥倒喜欢……"

"莫非他哥哥来啦？是不是弗拉基米尔·伊万内奇？"奥丘蔑洛夫问，脸上堆满了逢迎的笑容，"哎呀呀，我的天！一定是想弟弟了……我可一点儿也不知道！这么说来，这是他老人家的狗啦？非常荣幸……你把狗带走吧……这小狗挺好的……真够灵巧的……一口就咬破了这家伙的手指头！嘿嘿嘿……喏，你怎么还发抖啊？汪汪……汪汪……这机灵的小狗生气啦……这条小狗崽儿真不错！"

普洛霍尔喊了一声小狗的名字，带着它离开了木柴场……那群人哈哈大笑，他们笑赫留根倒了霉。

"回头我再收拾你！"奥丘蔑洛夫吓唬他说道。

他裹紧了大衣，穿过集市广场，径自朝前边走去。

一八八四年

谷羽　译

江 鳕

这是个夏天的早晨。四周空旷寂静,只有一只蝈蝈在河岸上瞿瞿瞿地叫,不知在什么地方一只雏鹰发出了胆怯的哀鸣。天上羽毛般的云絮一动不动,像是撒在那里的雪……离正在修建的浴棚不远,在柳丛的绿色枝条下面,木匠盖拉辛姆手忙脚乱地在水里打扑腾,他是个又高又瘦的农民,一头棕红色的卷发,满脸络腮胡须。他一阵阵喘着粗气,使劲眨巴眼睛,从柳丛的树根底下拼命想掏出什么东西来。他脸上一层汗水。离盖拉辛姆一俄丈远,木匠留比姆站在齐脖子深的水里,他是个年轻的罗锅儿,生就一张三角脸,眼睛细细的像中国人一样。盖拉辛姆和留比姆两个人都穿着衬衫和裤子。他俩都冻得脸发青,因为他们已经在水里泡了一个多小时了……

"你怎么老是把手抽来抽去的?"罗锅儿留比姆大声嚷着,像得了疟疾似的浑身发抖,"你这个大笨蛋!你要抓住它,抓住,要不它就跑啦,该死的!抓住呀,我说!"

"它跑不了……它能跑到哪儿去呀?它钻到树底下去啦!……"盖拉辛姆用沙哑低沉的男低音说道,那声音好像不是从喉咙里发出来的,倒像是来自腹部深处,"太滑了,这鬼东西!怎么也抓不住!"

"你抠住鳃,抠住喽!"

"摸不着鳃呀……慢着,我抓住了点什么……抓住的是鱼嘴……它敢咬我,这鬼东西!"

"不要拽嘴唇,不要拽,弄不好就跑啦!抠住它的鳃,抠住鳃!你又用手抽来抽去!你可真是个糊涂汉子!求圣母宽恕吧!你可要抓住呀!"

"'你可要抓住呀!'……"盖拉辛姆用嘲弄的口气说,"哪里来的指挥

官呀?……你倒过来,自己试试看,鬼罗锅……你干吗站在那里?"

"要是能抓,我早就抓住啦……我个子这么矮,怎么能在靠岸的地方站着呢?那边水深!"

"水深没关系……你游过来吧!……"

罗锅儿挥舞着臂膀,游到了盖拉辛姆身边,用手抓住了柳树枝。他刚想站起来,不料,河水淹没了他的头顶,一串水泡冒了上来。

"我说过不是,水深!"他生气地转动着眼珠子,"让我骑在你脖子上,行不行?"

"那你就踩在树根上好了……树根挺多,像楼梯似的……"

罗锅儿的脚后跟触到了树根,立刻紧紧地抓住了几根柳树枝条,站立在树根上……他尽力保持身体平衡,在新的立脚点上站稳脚跟,弯下腰去,尽量不让河水灌进嘴里,他伸出右手在水里的树根之间摸来摸去。不料,手缠在水藻里在树根表面的绿苔上打滑,突然触到了一只螃蟹的尖螯……

"想不到你在这儿,鬼东西!"留比姆说着,恶狠狠地把螃蟹扔到了岸上。

最后,他的手摸到了盖拉辛姆的胳膊,再顺着胳膊往下摸,结果摸到了一个滑溜溜凉森森的东西。

"哎呀,就是它!"留比姆笑着说,"个头儿还挺大,这个丑八怪!……你把手指叉开,我马上……就抠住它的鳃……慢着,你别用胳膊肘顶我呀,我马上……马上就抠住了……只要手够得着就行……这个丑八怪!在树根底下钻得更深了,没有法子抓住它……手够不到它的头……摸一摸,好像它只有肚子……我脖子上有只蚊子,叮得生疼,快拍死它!我马上就……摸到它的鳃……你从旁边使劲推,推呀……用手指头扎它!"

罗锅儿憋了一口气,鼓着腮帮子,眼睛瞪得圆圆的,看样子他的手已经抠住了鱼鳃,不料,他左手揪住的几根柳树枝条突然折断了,他的身体失去了平衡,扑通一声摔进了水里!一圈儿一圈儿的波浪像受了惊吓似的从岸边荡漾开来,罗锅儿落水的地方冒出了一串气泡。留比姆钻出水面,喷着鼻子,伸手抓住了树枝。

"你要淹死啦,鬼东西!弄不好,我倒要为你受惩罚!"盖拉辛姆声音沙哑地说,"滚开!见你的鬼去吧!我自己也能拖出来!"

响起了一阵吵骂声……太阳越晒越热。影子越来越短,仿佛蜗牛的触角缩回到壳里去了……高高的青草,经太阳一晒,释放出蜜一般香甜的浓郁气味儿。快到中午了,可是盖拉辛姆和留比姆仍然在柳树丛下打扑腾。沙哑的男低音和尖细的、着了凉似的男高音,交错起落,不断打破夏日的宁静。

"抓住它的鳃,抓住!等一等,我把它推出去!你把拳头往哪儿杵啊?笨蛋!要用手指头,别攥拳!从旁边绕过来!从左边绕,左边,右边有个深坑!真该让魔鬼吃了你!揪它的嘴唇!"

这时候传来了鞭子噼噼啪啪的响声……沿着平缓的堤坡,一群牲口懒洋洋地走到河边来饮水,后边跟着牧人叶菲姆。他是个上了年纪的老头子,只有一只眼睛,嘴歪歪着。他总是低着头走路,看着自己的脚底下。最先走到水边的是一群羊,羊后面是几匹马,马后面还有几头牛。

"你从肚子下边推它一把!"叶菲姆听见了留比姆的说话声,"你把手指头往里杵!你真是个聋子,鬼东西!难道你听不见吗?呸!"

"你们这是在逮什么呀,伙计们?"叶菲姆大声问。

"一条江鳕!怎么也揪不出来!钻到树根底下去啦!你从旁边绕过去,绕啊!绕啊!"

叶菲姆眯缝着一只眼睛,朝两个逮鱼的人看了一会儿,然后脱下了树皮鞋,从肩膀上扔掉了口袋,接着就开始脱衬衫。他没有耐性再去脱裤子,在胸前画了个十字,伸开两条又瘦又黑的胳膊保持着身体平衡,穿着裤子就下了河……他在积满淤泥的河底走了大约五十步,然后向前一扑,就游了起来。

"等一下,小伙子们!"他叫道,"等一下,你们别不管不顾地往外揪!弄不好,它就跑啦。逮江鳕可得有两下子!"

叶菲姆和两个木匠凑到了一起,三个人胳膊肘撞胳膊肘,膝盖碰膝盖,连呼哧带喘、骂骂咧咧,挤来挤去,乱成了一团……罗锅儿留比姆一不小心呛了几口水,于是尖厉、急促的咳嗽声飘向了空中。

"赶牲口的在哪儿呀?"河岸上传来呼喊声。

"叶菲姆!放牲口的!你在哪儿?牲口钻进园子里去啦!你去把它们从园子里轰出来!快去呀!他到底在哪儿呀?这个老强盗!"

先是几个男人在喊叫,随后是女人的说话声……从地主的园子栅栏门里走出来一个人,他就是安德列·安德列伊奇老爷,他上身穿着波斯绸的长袖衫,手里拿着一张报纸……他不明白,为什么河面上有人吵闹,他朝那个地方看了看,然后踩着碎步急急忙忙朝那里走去……

"这儿出了什么事儿?谁在大喊大叫?"他厉声问道,隔着柳丛的树枝,看见了三个湿漉漉的脑袋,"你们在这里瞎折腾什么?"

"鱼……我们在逮鱼……"叶菲姆顾不得抬头,支支吾吾地说道。

"逮鱼?瞧我给你点厉害!牲口都钻进了园子,你倒在这儿逮鱼……浴棚什么时候才能盖好,懒鬼!干了两天活儿啦,你们都干了些什么?"

"就……就要盖好啦……"盖拉辛姆气喘吁吁地说,"夏天长得很,老爷,您有的是工夫洗澡……呸,呸!……这儿有条江鳕,我们怎么也掏不出来……钻到树根底下去啦,就像钻进了洞里似的:横竖揪不出来……"

"江鳕?"地主问,眼睛立刻闪起光来,"那就赶紧把它给我揪出来!"

"您出半个卢布做赏钱吧……既然我们出了力……肥肥大大的一条江鳕,像个老板娘似的!准值半个卢布……别让我们白忙活。留比姆,你别掐它,别掐!可别弄死它。你从下边托一下!你把树根往上拽,不是朝下摁,魔鬼!别乱摇晃你的两条腿!"

过了五分钟,十分钟……地主再也忍不住了。

"瓦西里!"他扭过脸去,朝庄园那边喊,"瓦西卡,你们去给我把瓦西里叫来!"

马车夫瓦西里跑了过来。他嘴里嚼着什么东西,呼呼直喘。

"快下河!"地主吩咐他说,"去帮他们把江鳕拽上来! ……他们拽不上来。"

瓦西里很快脱了衣服,下了河。

"让我来……"他咕哝着说,"哪儿有江鳕?让我来——一下子就得!叶菲姆,这儿没有你的事,你最好走开!上年纪的人,不是自己的事儿,别乱掺和!什么样的江鳕?我马上把它拽出来……它在这儿,你们松手!"

"怎么让我们松手?就知道说你们松手!你倒是揪揪看!"

"这样哪儿能揪出来呢?该揪它的头!"

"可它的头在树根底下哪!谁都晓得,傻瓜!"

"喂,别乱叫唤,要不叫你倒霉!混蛋!"

"当着老爷的面,还说这种话……"叶菲姆喃喃地说,"那样拽不上来,伙计们!它在那儿藏得好极了!"

"等一等,让我来……"老爷说着话,匆匆忙忙开始脱衣服,"你们是四个笨蛋,连条江鳕都拽不上来!"

安德列·安德列伊奇脱掉衣服,让身子凉快凉快,三步两步下了河。可是就连他掺和进去,也还是没有什么结果。

"必须砍掉树根!"留比姆最后下了决心,"盖拉辛姆,去取斧子!把斧子递给我!"

"别把你的手指头砍掉了!"地主说,他听见了斧子在水下砍树根的声音,"叶菲姆,你快离开这里吧!等一下,让我把江鳕拉出来……你们别在这里碍手碍脚的……"

树根砍断了,断了的树根轻轻错开,让安德列·安德列伊奇觉得他的手指抓住了江鳕的鳃,这让他感到喜出望外。

"我抓住啦,伙计们!你们别挤! ……站住,我就要拽出来啦!"

水面上显现出江鳕的大脑袋,随后是它乌黑的身体,足有一俄尺长。江鳕沉重地摇动尾巴,极力要挣脱它的身体。

"你还挺淘气……别妄想逃走啦,老弟!落在我手心儿里了吧?哈哈!"

大家的脸上都洋溢着满意的笑容,在沉默无言的观赏中过了一分钟。

"好大的江鳕呀!"叶菲姆小声说,伸手在自己的锁骨下面挠了挠,"哎呀！大概有十封特①重吧？"

"嗯，差不多……"地主表示同意，"它的肝脏一鼓一鼓的，好像要从肚子里蹦出来似的。哎呀呀！……"

突然，江鳕尾巴向上一翘，身体猛然一挺，逮鱼的几个人听见扑通一声，只见水花四溅……大家纷纷伸手去抓，但是已经迟了。江鳕逃之夭夭，再也不见踪影。

一八八五年

谷羽 译

---

① 封特，有人译作俄磅，俄罗斯重量单位，一封特等于零点四一公斤。

马　姓

　　退役少将布尔杰耶夫得了牙疼病，疼得挺厉害。他用伏特加、用白兰地漱口，往病牙上抹烟油子、鸦片、松节油、煤油，往腮帮子上擦碘酒，往耳朵眼儿里塞浸过酒精的棉花，试过很多办法，谁知全都不管用，有时弄不好，反而让他恶心，忍不住想呕吐。医生来了，把那颗病牙又是挖又是剜，折腾了好半天，末了开了奎宁，可仍然止不住疼。医生劝他说，索性把病牙拔掉算了，但将军坚决予以回绝。家里所有的人——夫人、子女、仆人，甚至连厨师的小徒弟别奇卡都很着急，纷纷想出了各种各样的治疗办法。这时候，布尔杰耶夫的管家伊万·叶甫谢伊奇来见将军，给他出主意说，为了止疼，不妨念念咒语。

　　"老爷，就在我们县里，"他说，"大约十年前，有个税务员，叫雅可夫·瓦西里耶维奇，会念咒治牙疼，人称一绝。他常常扭过身去，面对着窗户，小声念叨着什么，啐口唾沫——牙疼立刻消失！他这个绝招儿，据说天生就会……"

　　"眼下他在什么地方？"

　　"听说他被解除了职务，不再当税务员，他在萨拉托夫城，住在丈母娘家里。要是有什么人牙疼，就到他那里去，他治得特别灵验……凡是萨拉托夫那里的人，他都在自己家里给治，要是其他城市的求医，他就打电报治疗。老爷，您不妨发一封加急电报，如此这般地告诉他……比方说，上帝的仆人阿列克谢患有牙疼，恳求给予医治。至于医疗费用嘛，可以通过邮局汇去。"

　　"胡说八道！纯粹是骗钱！"

"老爷,您不妨试试看。这个人最爱喝酒,他跟他老婆已经分居,养了个德国女人,他常常骂人,不管怎么说吧,他可是位神通广大的先生!"

"你去拍封电报吧,阿廖沙①!"将军夫人恳求说,"你就是不信咒语,可是我有过亲身经历。就算你不相信,可拍封电报费什么事呢?反正写封电报,手也掉不下来。"

"得啦,就依你说的,"布尔杰耶夫同意了,"这封电报不只是拍给税务员,也是拍给魔鬼!……哎哟!哎哟哟!我可受不了啦!说吧,你那个税务员住在哪儿?给他拍电报,地址该怎么写呢?"

将军在桌子旁边坐下来,顺手拿起了一支笔。

"在萨拉托夫城,连每条狗都认识他!"管家说,"因此,老爷,您写上萨拉托夫就行……再写上他的大名雅可夫·瓦西里耶维奇……瓦西里耶维奇……"

"还有,他姓什么呢?"

"瓦西里耶维奇……雅可夫·瓦西里耶维奇……说到他的姓……姓什么来着?唉,我怎么给忘了呢!……瓦西里耶维奇……见鬼!他到底姓什么来着?刚才来的路上,我还记着哪……让我再想想……"

管家伊万·叶甫谢伊奇仰起头来,眼睛望着天花板,嘴唇一张一合,不停地活动。布尔杰耶夫和他的夫人急切地等待着。

"马上就……瓦西里耶维奇……雅可夫·瓦西里耶维奇……姓什么,想不起来了!其实是个挺平常的姓……好像跟马有些关系……骡马林?不对,不是骡马林②。慢着……仿佛是公马勃曹夫?不,也不是公马勃曹夫。我记得那个姓是跟马有关系,到底是个什么姓呢?我这个笨脑袋瓜忘了个一干二净……"

"是不是公马肉尼科夫呢?"

"不,不可能。等一等……骡马贝里岑……骡马肉尼科夫……狗贝列夫……"

"怎么扯到狗了呢?狗又不是马。马驹布契科夫?"

---

① 阿廖沙,是对将军的爱称。
② 骡马要,俄文姓 Кобылин 由 кобыла(骡马)一词演变而来,译文采用音义结合、变通处理的方法进行翻译,以下的姓,都采用这种译法。

"不对,不对,也不是马驹布契科夫……马沙寄宁……马沙科夫……马驹布金……嗨,全都不对!"

"真是的!那我可怎么给他写呢?你再想想!"

"是,是。我想,我想。马沙德金……骡马贝尔金……骡马诺依……"

"是不是辕马尼科夫?"将军夫人问。

"绝不是。套马加日金……不对,不对,也不是!真给忘了!"

"既然忘了,干什么跑来给我出馊主意?你给我滚!见你的鬼去吧!"

伊万·叶甫谢伊奇慢吞吞地走出门去,将军用手捂着腮帮子,在房间里走来走去。

"哎哟!哎哟!我的天!"他忍不住叫出声来,"哎哟哟!我的妈呀!哎哟哟!可疼死我啦!"

管家走进院子里,抬着脸仰望天空,拼命回想那个税务员究竟姓什么。

"马驹布契科夫……马驹布科夫斯基……马驹宾科……不,不,不对!马沙金斯基……马沙杰维奇……马驹科维奇……骡马梁斯基……"

过了一会儿,主人又打发人来叫他进去。

"想起来了吗?"将军问他。

"怎么也想不起来,老爷。"

"也许是骏马夫斯基?良马德尼科夫?对不对?"

就这样,将军家里上上下下争先恐后想出一个又一个姓氏来。他们掐着手指头提到马的口齿、年龄、性别、品种,甚至还想到了马鬃、马蹄、马缰绳、马鞍子……宅院里,花园里,仆人的下房和厨房里,人们不停地走动,从这个角落走到那个角落,反反复复搔着头皮,搜索枯肠琢磨那个姓……

管家不时被叫到上房里去。

"马群诺夫,对吗?"人们问他,"马蹄贝京?马驹波夫斯基?是不是?"

"一点儿也不对。"伊万·叶甫谢伊奇回答说。他仰着脸,眼睛向上翻,一边想,一边顺口念叨:"骏马宁科……马岑科……马驹别耶夫……骡马列耶夫……"

"爸爸!"儿童卧室里传来了叫声,"三套马伊金!马缰杰奇金!"

整个庄园里吵吵嚷嚷,几乎闹翻了天。将军万分痛苦,疼得忍无可忍,他说愿出赏钱,哪个人要是能想得出那个跟马有关的姓氏,就奖赏五个卢布!这么一来,伊万·叶甫谢伊奇屁股后边跟了一大群人。

"枣红马多夫!"人们七嘴八舌对他说,"快马西斯德伊!宝马季茨基!"

一个姓,人们就这样想啊,想啊,想到天黑还是没有想起来。将军夫妇、管家、仆人,无可奈何,只好上床睡觉,那封电报到底没有拍成。

将军通宵没有睡觉,在屋里走来走去,不停地呻吟,到半夜两点多钟,他从上房里出来,走到管家的住处,敲了敲他的窗户。

"是不是骟马梅里耶夫呀?"他的问话带着哭腔。

"不对,不是骟马梅里耶夫,老爷。"伊万·叶甫谢伊奇抱歉地叹了一口气。

"会不会那个姓跟马没有关系?没准儿是另外一个姓。"

"说实话,老爷,确实跟马有关系,是马姓……这一点我记得清清楚楚。"

"你啊,老弟,真是个糊涂虫!……对我来说,现在世界上什么东西都不如这个姓宝贵!我都快疼死了!"

早晨,将军又打发人去请大夫。

"让他拔掉算啦!"他下定决心,"再也没有力气忍受了……"

医生来了,拔去了那颗病牙。疼痛立刻止住了,将军也平静了下来。医生看完了病,收下了出诊的报酬,坐上他的马车要回家,出了庄园的大门,来到野外,医生遇见了管家伊万·叶甫谢伊奇……只见他站在路边,盯着自己的脚下,聚精会神地正想什么心事。从他紧皱的眉头和他的眼神看得出来,他的思索既紧张又痛苦……

"黄骠马布诺拉夫……马肚带尼科夫……"他嘴里嘟嘟囔囔,"马轭波宁……马沙茨基……"

"伊万·叶甫谢伊奇,"医生跟他说,"好朋友,我能不能从您这儿买五俄石燕麦啊?我们那儿的农民也卖给我燕麦,可他们卖的质量太差……"

伊万·叶甫谢伊奇呆呆地看了看医生,不知为什么怪笑了一声,一句话也没有回答,一拍双手,拔腿就往庄园里奔跑。他跑得飞快,仿佛后边一条疯狗在追赶他。

"我想起来啦,老爷!"他跑进将军的书房,兴冲冲地喊叫,声音都变了腔调,"我想起来啦!燕麦奥甫索夫!上帝保佑,但愿他身体健康!燕麦奥甫索夫!燕麦奥甫索夫就是税务员的姓!燕麦奥甫索夫!老爷,快给燕麦奥甫索夫发一封加急电报吧!"

"去你的!"将军轻蔑地说,他握紧了拳头,把拇指从食指和中指之间露出来,用这个羞辱人的手势,冲着管家的脸晃了两晃,"我再也不需要你的马姓啦!你给我滚!快滚!"

一八八五年

谷羽 译

猎　手

这是个又热又闷的中午。天上没有一丝云彩……草被太阳晒得发蔫，显得无精打采，就算下一场雨，它也不那么绿了……树林静悄悄的，一动不动，树冠似乎凝视着什么地方，又像是在等待什么。

在林间空地的边缘，懒洋洋地走着一个男人，高个子，窄肩膀，看样子四十上下，上身穿件红衬衫，下身一条老爷穿过的、已经打了补丁的裤子，脚上一双大皮靴。他沿着道路走走停停。右边是绿色的林间空地，左边是成熟的黑麦，像金黄色的海洋一般铺展到远方的地平线……他脸色通红，满头是汗。他淡黄色的头发挺好看，上面神气地扣着一顶白色便帽，直直的帽檐让人想起骑手帽，看得出来，这顶帽子是哪一位慷慨的地主少爷送给他的礼物。他的肩膀上斜挎着一个猎物袋，里面有一只团成一团的雷鸟。这男人手里端着双筒猎枪，已经扳起了枪机。他眯缝着眼睛瞅着他的猎犬，那是一条又老又瘦的狗，跑在前面，不停地在树丛里嗅来嗅去。四周静悄悄的，没有一点声音……所有的动物都藏到了隐秘的地方躲避炎热。

"叶果尔·符拉西奇！"猎人忽然听见有人轻轻地呼唤他。

他浑身一颤，皱着眉头，回头看看。就在他身边，仿佛从地底下钻出来似的，站着一个脸色苍白的婆娘，手里拿着一把镰刀，看样子三十岁出头。她眼巴巴地望着他的脸，腼腆地笑了笑。

"哦，是你呀，别拉盖娅！"猎人停住了脚步说，缓慢地松开了扳机，"嗯！……你怎么跑到这儿来啦？"

"我们村子里的婆姨们来这里做工，我也跟她们一起来了……来做短工，叶果尔·符拉西奇。"

"是这样……"叶果尔·符拉西奇含糊地说了一句,继续慢腾腾地往前走。

别拉盖娅跟着他,两个人都不说话,大约走了二十步。

"好长时间我没有见过您啦,叶果尔·符拉西奇……"别拉盖娅说,温柔地瞅着猎人晃动的肩膀和肩胛骨,"复活节时,您到我们的小屋里喝过水,自打那以后,我就再也没有见到过您……复活节您顺路过来,只待了一小会儿,再说天晓得是怎么回事,您喝得醉醺醺的……骂我,打我,然后就走了……我等啊,盼啊……眼睁睁地盼着……一直等待着您……唉,叶果尔·符拉西奇,叶果尔·符拉西奇!哪怕是来一次也好啊!"

"我到您那儿去干什么呀?"

"倒是没有什么该做的事,不过呢,总还有些家务活儿……看看过得怎么样……您是主人啊!您已经打了一只雷鸟啦,叶果尔·符拉西奇!您最好能坐下来,歇一会儿……"

别拉盖娅说这些话的时候,像个傻姑娘似的微笑,仰着头望着叶果尔的面庞,她的脸上洋溢着幸福的神情……

"坐一会儿?好吧……"叶果尔漫不经心地说,他在两排枞树之间选了一块地方坐了下来,"怎么你还站着?你也坐下吧。"

别拉盖娅稍微离他远一点,坐在太阳地里,她为自己的欣喜觉得不好意思,伸出一只手捂住微笑的嘴巴。有两分钟他们没说话。

"哪怕是来一次也好啊。"别拉盖娅小声说。

"干什么去呀?"叶果尔叹了一口气,摘下帽子,用袖子擦擦红红的脑门儿,"根本没有必要。去一两个小时,白白浪费工夫,反倒给你添麻烦;可是要一直住在村子里,我又忍受不了……你自己也知道,我是个过惯了舒服日子的人……我希望有床,有好茶叶,能跟人客客气气地聊天……各种各样讲究的东西我都想拥有,可是你住的那个村子穷得要命,屋里尽是煤烟灰……我连一天也待不下去。如果上面有一道命令,比方说吧,一定要我住在你那里,那我就放一把火烧掉你那间小屋,再不然我就自杀。从小我就娇生惯养,一点儿办法也没有。"

"现在你住在什么地方呢?"

"在德米特里·伊万内奇老爷家里,当一名猎手。我为他家的餐桌提供一点野味儿,不过,他愿意收留我,大多是为了……为了取乐。"

"您干的不是什么正经事,叶果尔·符拉西奇……在别人看来,打猎只不过是玩儿,您倒把它当成了一门手艺……当成正经的营生了……"

"你不明白呀,你真傻,"叶果尔望着天空说道,目光里流露出幻想的神情,"你从来就不理解,大概一辈子也不理解我是个什么样的人……在你看来,我吊儿郎当,是个不走正道的人,可有些明白人,认为我是全县顶尖的好射手。有些地主发现了这一点,甚至在杂志上发表文章评论我。要论打猎这一行,没有一个人能跟我相比……至于说到我瞧不起乡下的各种庄稼活儿,那倒不是因为我娇惯,也不是因为我傲慢。我从小时候起,你知道,除了玩枪玩狗,我是什么农活儿都没干过。不让我玩枪,我就拿钓鱼竿钓鱼,不让钓鱼,我赤手空拳也要去打猎。对啦,我还贩卖过马匹,手里趁钱的时候,就东奔西跑四处赶集。你知道,无论哪个庄稼汉,一旦他迷上了打猎或是贩运马匹,那就永远抛弃了犁耙。既然一个人打心眼里喜欢自由,那你就无论如何也改变不了这种心思。同样的例子还有的是,一个贵族老爷一心一意要当演员,或者迷恋上了其他的艺术,那么他就再也不会去当官,也不会安心做地主了。你是个妇道人家,你不明白,但是你应该明白这个道理。"

"我明白,叶果尔·符拉西奇。"

"既然你想哭,说明你还是不明白……"

"我……我不哭……"别拉盖娅扭过脸去说,"罪过呀,叶果尔·符拉西奇!你跟我这个不幸的人哪怕是过一天也好啊。我嫁给你已经十二年了,可是……可是我们连一回也没有亲热过!……我……我不哭……"

"亲热过……"叶果尔挠一挠手喃喃地说,"根本就不可能亲热。我们做夫妻只不过是个名义,实际上哪有那么回事?对你来说,我只不过是个野人;对我来说,你是个不明事理的傻婆娘。我们怎么能成为一对夫妻呢?我无拘无束,随随便便,四处游荡,你呢,打短工,穿树皮鞋,住在肮脏的地方,忙得腰都直不起来。我这么理解你,是因为在打猎这一行里,我是头号的猎手,可是你总用惋惜的目光看着我……这怎么能成为两口子呢?"

"可我们在教堂举行过婚礼呀,叶果尔·符拉西奇!"别拉盖娅呜呜咽咽地说。

"举行婚礼是身不由己……莫非你忘啦?这都是谢尔盖·巴甫雷奇伯爵做主……还怪你自己。伯爵嫉妒我比他的枪法好,就整天让我喝酒,足足灌了我一个月。一个醉汉,别说让他举行婚礼,就是让他改信别的宗教也能办得到。不管同意不同意,他就让醉汉娶了你,那是报复……把猎手和下贱的丫头配成一对儿!你明明看见我醉得不省人事,为什么还要嫁给我?你又不是农奴,你可以反抗呀!当然,一个下贱的丫头能嫁给猎手,也算运气不错,但也该仔细考虑不是。得,现在你只好伤心,只有哭哭啼啼的份儿了。伯爵只是开个玩笑,可你得流泪……你得拿脑袋撞墙……"

一阵沉默。三只野鸭从林间空地的上空飞过。叶果尔望着它们,目送它们越飞越远,直到变成隐隐约约的三个黑点,落到森林那一边去了。

"你现在靠什么生活?"他问,把目光从野鸭身上收回来,转而望着别拉盖娅。

"现在嘛,四处打短工。到了冬天,从育婴堂抱回一个小娃娃,天天喂他牛奶吃。每个月人家给一个半卢布。"

"是这样……"

又是一阵沉默。刚刚收割过庄稼的那块地里响起了轻轻的歌声,但歌儿才唱了个开头就中断了。炎热使人难以歌唱……

"听人们说,您为阿库力娜盖了一间新木房。"别拉盖娅说。

叶果尔没有说话。

"这么说是她合乎您的心意……"

"这就是你的命运,认命吧!"猎人说着话伸了个懒腰,"忍着点儿吧,苦命的人。不过,再见吧,光顾说话了……傍晚以前我得赶到波尔托沃……"

叶果尔站起来,伸展一下双臂,把枪挎在肩膀上。别拉盖娅也站了起来。

"那您什么时候到村子里来呢?"她小声问了一句。

"还是不去为好。清醒的时候,我肯定不去。喝醉了去,对你没有任何好处。喝醉了我爱发脾气……再见吧!"

"再见,叶果尔·符拉西奇……"

叶果尔把帽子往后脑勺上一扣,吧嗒着嘴招呼他的狗,继续走他的路。别拉盖娅站在原地,从背后望着他……望着他那晃动的肩膀,好看的后脑勺、懒洋洋的、漫不经心的脚步,她的眼睛里充满了忧伤和温柔的依恋……她的目光上下打量着丈夫又瘦又高的身影,给他以爱抚与温存……他似乎

觉察到她的目光,于是停下脚步,扭过头来……他没有说话,但是从他脸上的表情,从他微微耸起的肩膀看来,别拉盖娅觉得他有什么话想对她说。她怯生生地走到他跟前,用恳求的目光望着他。

"给你吧!"他把脸扭到一边说。

他给了她一张揉得皱皱巴巴的一卢布的钞票,随后加快脚步离开了。

"再见吧,叶果尔·符拉西奇!"她心不在焉地接过那张钞票说道。

他走了,脚下的道路又长又直,就像一条绷紧的皮带……她站在那里,脸色惨白,一动不动,恰似一座雕像,她的目光紧紧注视着他每一次移动的脚步。但是,渐渐地他衬衫的红色与裤子的深色混在了一起,脚步已看不清楚,那条狗和他的靴子也难以分辨了。看得见的只有那一顶帽子,不料……叶果尔突然向右拐了个弯,走进了林间空地,白色便帽在一片淡绿中消失了。

"再见吧,叶果尔·符拉西奇!"别拉盖娅像耳语一样轻轻地说,她踮起脚跟,巴不得再次看一眼那顶白色便帽。

一八八五年

谷羽 译

嫌疑犯

法院侦讯官面前站着一个乡下人,只见他个子矮小,瘦得出奇,上身穿一件花粗布衬衫,下身是打补丁的裤子。一张麻子脸生满毫毛,眼睛深藏在突出的眉毛底下,让人几乎难以察觉,所有这些使他的表情显得阴沉而又冷酷。他的头发长时间不梳洗,乱蓬蓬的,就像一顶皮帽子扣在头上,这使他越发显得严厉,像一只大蜘蛛似的。他光着脚。

"戴尼斯·格利高里耶夫!"侦讯官开口说,"你走近一点,回答我的问题。七月七日,铁路巡道工伊万·谢苗诺夫·阿金伐夫早晨沿铁路线巡查,在一百四十一俄里处,碰见你正在拧掉一个螺丝帽,那螺丝是联结铁轨与枕木用的。看,就是这个螺丝帽!他抓住了你,还有这个作为罪证的螺丝帽。事情是这样的吗?"

"说啥?"

"事情的全部经过是像阿金伐夫所说的那样吗?"

"当然有过这事。"

"好。说吧,你为什么要拧掉螺丝帽?"

"说啥?"

"你这个'说啥'给我打住,你要回答问题:为什么要拧掉螺丝帽?"

"要是它没有用处,谁也不会去拧它。"戴尼斯用沙哑的声音回答,斜着眼睛看天花板。

"你要这个螺丝帽干什么用呢?"

"螺丝帽吗?我们用它做坠子……"

"'我们'指的是些什么人?"

"我们,老百姓呗……也就是克里莫沃村的庄稼人。"

"听着,老乡,你不要跟我装傻充愣,你要说正经事儿。这儿用不着撒谎扯什么坠子!"

"我从出娘胎就没撒过谎,这会儿撒什么谎……"戴尼斯嘟囔着,一边说一边眨巴眼睛,"有些东西,老爷,哪能没有坠子呢?要是你把做诱饵的小鱼或是蚯蚓安在钓钩上,没有坠子,它能沉到水底吗?还说我撒谎呢……"戴尼斯冷笑了一声,"做诱饵的小鱼要是在水面上漂来漂去,那才叫活见鬼呢!鲈鱼、梭鱼、江鲟,总爱在水底下吃食,鱼饵要是漂浮在河面上,那就只有鲶鱼会咬钩,再说那种事也少见……我们这条河里没有鲶鱼……那种鱼喜欢宽阔的水面。"

"你跟我说了半天鲶鱼有什么用?"

"说啥?这是您亲口问的呀!在我们那儿,连地主老爷也这么钓鱼。就连最小的毛孩子没有坠子也不去钓鱼。当然啦,有些不懂行的人,哼,没有坠子他们也去钓。傻瓜从来就不懂什么规矩……"

"这么说来,你拧了这个螺丝帽为的就是用它做坠子?"

"那还用说吗?又不是当球儿弹!"

"但是,要想做坠子,你可以找铅块、子弹壳、钉子什么的……"

"铁路上找不到铅块,得去买,钉子又不合适。再也找不到比螺丝帽更好的物件了……它又沉,还有一个窟窿眼儿。"

"装得真像个大傻瓜!就像昨天刚出生,像从天上掉下来似的。笨蛋,莫非你真不明白,拧掉螺丝帽会有什么后果吗?要不是巡道员发现,火车很可能会脱轨,很多人会丧命!你会害死多少人呀!"

"上帝保佑别出这种事,老爷!为什么要害人呢?难道我们不是信徒,倒是坏人?谢天谢地,好心肠的老爷,我们活了一辈子,别说没有害过人,脑袋瓜子里连那样的想法都没有过……圣母呀,你发发慈悲救救我吧……老爷,您都说了些什么呀!"

"那么,照你看来,火车翻车是怎么引起的呢?要知道,只要拧掉两三个螺丝帽,就可能造成翻车!"

戴尼斯脸上泛出了冷笑,眯缝着眼睛,怀疑地瞧着侦讯官。

"拉倒吧!我们全村子的人拧螺丝帽拧了好多年了,托上帝保佑,这会儿却说什么翻车……害死很多人……要是我弄走一段铁轨,或者打个比方,把一根大木头横放在铁路上,哼,那说不定能把火车弄出轨,可现在呢……呸!不就一个螺丝帽嘛!"

"你该明白,是那些螺丝帽把铁轨固定在枕木上的呀!"

"这一点我懂……我们又没有全都拧下来……还留下好多哪……做事不能不动脑筋……我们懂……"

戴尼斯打了个哈欠,赶紧冲着嘴画十字。

"去年这个地方有一列火车就出了轨,"侦讯官说道,"现在才清楚发生车祸的原因……"

"您说什么?"

"我说,现在我明白了,是什么原因造成了去年那一次火车脱轨……我明白了!"

"您受教育为的就是明白事理,我们的恩人……上帝晓得该让什么人明白事理……比方说吧,您能够判断事情的来龙去脉、是非对错,可那个巡道工也是个乡巴佬,一点儿也不讲道理,揪住领子,使劲拉扯……您得先讲理,然后才能带人走!俗话说,庄稼人庄稼脑袋……老爷,您还得记下来,他打过我两个耳光,还朝我胸口打了一拳。"

"在你家里搜查的时候,还发现了一个螺丝帽……这个螺丝帽你是在什么地方、什么时候拧下来的?"

"您说的那个螺丝帽,是放在红漆柜子下面的那一个吗?"

"我不知道它在你家里放在什么地方,反正是搜出来了。你是什么时候把它拧下来的?"

"那不是我拧的,那是独眼龙谢苗的儿子伊格纳什卡给我的。我说的这个螺丝帽就是柜子下边那一个。院子里雪橇上那个螺丝帽,是我跟米特罗方一起拧下来的。"

"和哪一个米特罗方?"

"就是米特罗方·彼得罗夫……您没听说过?他在我们村子里编渔网,卖给地主老爷们。就是这种螺丝帽,他要的可多着哪。一张渔网,数一数,得用十个……"

"你听着……刑法第一千零八十一条规定:凡蓄意损坏铁道,致使该线铁路运输发生危险,而肇事者明知此种行为将导致不幸后果……听明白了吗?明知!你不可能不知道,拧掉螺丝帽会造成什么后果……肇事者当判处流放及苦役。"

"当然,您了解得更清楚……我们都是些粗人,我们能懂些什么呢?"

"你什么都懂!你这是撒谎,装傻充愣!"

"干吗要撒谎呢?不信,您到村子里去打听打听……没有坠子只能钓鲌鱼,最差的是鲍鱼,可要是没有坠子,你连鲍鱼也钓不着。"

"想必你还会讲到鲶鱼吧!"侦讯官笑了。

"我们那里没有鲶鱼……我们不用坠子,安上蝴蝶做钓饵。把钓丝抛在河面上,倒是有大头鳄来咬钩,不过那种事很少碰见。"

"得啦,你住嘴吧!"

一阵沉默。戴尼斯两只脚交替着用力站在那里。他看着那张铺着绿呢子的桌子,使劲眨巴眼睛,仿佛他看见的不是呢子,而是太阳。侦讯官飞快地写着什么。

"该让我走了吧?"戴尼斯沉默了一会儿问道。

"不。我得把你关押起来,再送往监狱。"

戴尼斯不再眨巴眼睛,他扬起两道浓眉,疑惑不解地望着那位官员。

"这么说,是要蹲监狱?老爷!我可没有工夫,我还得赶集去呢;叶果尔欠我三个卢布,他买了荤油没给钱,我得去找他要账……"

"住嘴,别捣乱!"

033

"蹲监狱……做了什么坏事才蹲监狱,可像这样,日子过得好好的……凭什么?我一没偷东西,二没跟人打架……您要是疑心我交的税款不够的话,老爷,那您可别相信村长……那个村长可是个丧尽天良的人……"

"住嘴!"

"住嘴就住嘴……"戴尼斯小声嘟囔说,"村长在账本上做了手脚,这一点我敢起誓……我们是哥仨:库兹马·格利高里耶夫,叶果尔·格利高里耶夫,还有我,戴尼斯·格利高里耶夫……"

"你妨碍我办公……喂,谢苗!"侦讯官喊了一声,"把他押下去!"

"我们哥仨,"戴尼斯嘟囔着,两个强壮的士兵押着他走出审讯室,"弟弟不该替哥哥还账……库兹马欠了钱,你,戴尼斯归还……这算什么法官!我们过世的老爷是个将军,愿他升入天堂,他要活着,准得给你们这些法官点厉害瞧瞧……审案子得会审,不能由着性子胡来……抽一顿鞭子也行,但要有根有据,要凭良心……"

一八八五年

谷羽 译

士官普里希别耶夫

"士官普里希别耶夫,您被指控今年九月三日用语言和行动侮辱了本县警察瑞根、村长阿良波夫、乡村警察叶菲莫夫、见证人伊万诺夫、加甫利洛夫,以及六个乡民,况且前面三个人是在执行公务的时候,受到了您的侮辱。您承认自己有罪吗?"

普里希别耶夫士官满面皱纹,脸上疙里疙瘩好像长着刺,他把两只手贴紧裤缝,用沙哑沉闷的声音回答问话,每一个词都咬得清楚准确,就像喊口令似的:

"老爷,调解法官先生!事情是这样,依据法律的全部条款,有必要让双方陈述当时的种种情况。有罪的不是我,而是他们那一伙人。这件案子的全部起因是由于一具尸体——但愿他灵魂升天!三号那天,我和我老婆安菲莎正在平静、规矩地走路,忽然看见河岸上乱哄哄地围着一大群人。平民百姓有什么权利扎堆聚会?我要问清楚,究竟为什么?哪一款法律条文上写着人们可以成群结伙?我大喝一声:散开!然后就连推带搡让那些人走开,各自回家,我还命令乡村警察揪着他们的脖子轰他们走……"

"请问,您既不是县里的警察,又不是村长,驱散人群这件事,难道该由您来管吗?"

"不归他管!不归他管!"从审讯室的各个角落响起来了人们的喊叫声,"他搅得老百姓都没法活了,老爷!十五年来我们忍受他的欺压!自打他从军队退役回来,我们都巴不得能从村子里逃走。全村的人个个都受他的折磨!"

"正是这样,老爷!"作证的村长说道,"我们整个村社都怨声载道!跟他在一起,简直没法过日子!不管是过节时抬着圣像沿街巡游,还是有人家举办婚礼,或者,比方说,出了一点儿鸡毛蒜皮的事儿,到处都能听见他大声吼叫,吵吵嚷嚷,总在维持秩序。见了小伙子们,他拧人家的耳朵;暗地里监视婆姨们的活动,生怕出什么事儿,仿佛他是人家的公公似的……前几天,他挨门挨户下命令,不准人们唱歌,不许点灯。说什么,压根就没有一条法律允许人们唱歌!"

"请您等一等,您还有机会提供证词,"调解法官说道,"现在,让普里希别耶夫接着讲。请继续往下说吧,普里希别耶夫!"

"遵命,先生!"士官声音沙哑地说,"您,老爷,承蒙您指教,驱散人群不是该我管的事……好吧……万一出了乱子呢?难道能容忍平民百姓胡闹吗?哪一条法律写着老百姓可以由着性子乱来呢?我可不能容忍,先生!我要不把他们赶走,我要不去追究,哪个人敢出面来管?什么是真正的秩序,谁都不懂。整个村子里只有我一个人,可以这么说,老爷,只有我知道,怎么样整治那些平民百姓,老爷,什么事情我都明白。我不是乡巴佬,我是士官,退役的军需中士,在华沙的司令部里服过役,在那以后,您知道,我干脆退了伍,当了消防队员,再后来,由于身体不好离开了消防队,在一所专门招收男生的正统初级中学当了两年守卫……所有的规章守则我都懂,先生!至于庄稼人,都是些愚昧的草民,他们什么都不懂,应该听我的话,因为这对他们有好处。就拿这件事来说吧……我驱散人群,在河岸沙地上有一具尸体,那是从河里捞上来的。我要问,到底他有什么理由躺在那个地方?哪儿有这样的规定?为什么县级警察看着不管?县级警察,我说,你为什么不向上级长官报告?这个人可能是投河自尽,也可能是件凶杀案,案犯得流放到西伯利亚。十有八九这是件凶杀案……但是县里的警察瑞根竟然不闻不问,只顾抽他的烟。他说什么,这家伙怎么在这里指手画脚?他是打哪儿冒出来的?还说什么,少了他,难道我们就不知道该怎么办了吗?我听了就说,既然你站在这儿不闻不问,就说明你这个大傻瓜不知道该怎么处理。他说他昨天就给县警察分局局长打了报告。我就问,为什么给县警察分局局长打报告?

"依据的是法典的哪一条?像投河、上吊以及诸如此类的案子,怎么能由县警察分局局长审理呢?我说,警察局局长管刑事案件,至于民事案件……我说,必须赶紧派人禀报侦讯官大人和法官大人。我说,头等紧要

的是你该打一个报告,给调解法官大人送去。不料他,这个县级警察,竟然一边听,一边笑。那些庄稼汉也跟着起哄。所有的人都跟着笑,老爷。我敢为我的供词发誓。看,这个人笑过,这个人也笑过,连瑞根都笑过。我说,你们龇牙咧嘴笑什么?县里的警察说什么:'调解法官不审理这样的案子。'我一听这句话就冒火。县级警察,这句话是不是你说的?"士官扭过脸去质问瑞根。

"是我说的。"

"大家都听见了,当着那么多平民百姓,你竟然说出这种话来,'调解法官不审理这样的案子。调解法官不审理这样的案子'。大家都听见了,这话是你说的……这句话最让我冒火,老爷,我甚至感到害怕。我说,你再重复一遍,不知深浅的家伙,你把你说过的话再重复一遍!他把他说的话又重复了一遍……我走到他跟前,我说,你怎么敢这样说调解法官大人?你身为警察局的县级警察,竟然反对当局?啊?你知道吗?我说,调解法官他老人家要是恼怒,单凭这句话,就能把你押解到省城的宪兵队,判你个行为不端!我还说,你知不知道,就凭你这些有政治煽动性的言论,调解法官会把你流放到什么地方去。可是村长说话了,他说什么,调解法官从来就不管他权限以外的案子。只有一些小案子才归他审理。他就是这么说的,很多人都听见了……我质问他说,你怎么敢贬低执政官员?我还说,喂,你不要跟我大吵大嚷,老兄,不然的话,没有什么好下场。当年我在华沙,后来在正统中学当守卫的时候,一听到什么违禁犯忌讳的话,就往大街上瞧,看有没有宪兵。看见宪兵我就说:'老总,请到这边来一下。'然后就把事情经过从头到尾向他报告一遍。可如今在村子里,能够向谁报告呢?……我很气愤,不由得一阵恼火,现在的人太放肆,不服管教,简直忘了他是姓什么的啦,我忍不住抡起巴掌给了他一下子……当然,没怎么使劲儿,就像这样,轻轻地拍打了一下,让他提到老爷您的时候再不敢说那样的昏话……县里的警察却给村长帮腔,因此我也给那个警察来了一巴掌……这样就打了起来……我气得浑身发抖,老爷,您知道,有时候不打人不行。见了蠢人,你不打,你的灵魂就造了孽。再说这是为了办案子,既然出了乱子……"

"请让我问一句!出了乱子,自有人管。管事的有县里的警察,有村长,还有乡村警察……"

"县里的警察不可能什么都管,再说,我明白的事理他又不明白……"

"可您要明白,这件事跟您没有关系!"

"什么?怎么能说跟我没有关系?怪啦!人们无法无天,却说跟我没有关系!怎么,莫非要我称赞他们吗?他们向您抱怨,告我不允许他们唱歌……但是歌曲里究竟有什么好玩意儿?本来应该干正经事儿,他们却哼哼唧唧去唱歌!他们还赶时髦,晚上点着灯坐着。该上床睡觉,他们却说说笑笑。我都给记下来啦,大人!"

"您都记了些什么呢?"

普里希别耶夫从衣服口袋里掏出一张油迹斑斑的纸片,戴上眼镜,念了起来:

"以下几个农民点灯坐着:伊万·普罗霍罗夫、萨瓦·米吉伏罗夫、彼得·彼得罗夫。士兵的老婆舒斯特罗娃是个寡妇,跟谢苗·吉斯洛夫非法姘居。伊格纳特·斯维尔乔克玩弄巫术,他老婆玛芙拉是个巫婆,每到夜晚就偷偷摸摸出去挤别人家奶牛的奶……"

"够啦!"调解法官说道,然后开始审问证人。

普里希别耶夫把眼镜往脑门儿上一推,吃惊地看着调解法官,显然,法官并不站在他这一边。他那双向前凸出的眼睛闪着亮光,鼻子变得通红。他看看调解法官,看看那些证人,左思右想也弄不明白,究竟为什么调解法官会那样激动,为什么审讯室里各个角落常常响起抱怨声,有时还听得见压抑不住的笑声。法庭的判决更让他难以理解:拘禁一个月!

"凭什么拘禁我?"他摊开双手大惑不解地说,"依据哪一条法律关押我?"

对他说来,有一点是清楚的:世道变了,在这个世界上,无论如何是没法活了。他满脑子都是阴郁沮丧的念头。谁知刚走出审讯室,一看见那些农民,见他们聚在一起议论什么,难以克制的习惯又主宰了他:只见他把两只手贴近裤缝,用气愤沙哑的声音吼叫道:

"百姓们,散开! 不许成群结伙! 赶快回家!"

一八八五年

谷羽　译

苦 恼

能向谁诉说我的苦恼呢?……

黄昏朦朦胧胧。刚刚点燃的街灯映照着大片大片湿漉漉的雪花懒洋洋地飘洒飞旋。房顶上,马背上,人们的肩膀上、帽子上,都罩上了一层又薄又松软的雪。马车夫姚纳·波达波夫浑身发白,像个幽灵似的,弯腰弓背坐在车座上,身子弯得不能再弯,一动不动。看样子纵然是身上积雪成了堆,他似乎也不会挪动一下抖掉身上的雪……他那匹小母马也浑身发白,同样纹丝不动。它那僵硬静止的姿态,凹凸分明的轮廓,棍子一样直挺挺的四条腿,很像一戈比一个的马形蜜糖饼干。从种种迹象判断,这匹小母马正在想什么心事。哪一匹马要是受人驱使离开犁铧,离开它习以为常的朴素风光,硬被赶到这旋涡似的街道上,赶到这处处闪烁着怪异的灯光、到处充满不停的喧嚣、来往行人匆匆奔跑的街道上,那么,它就不可能不陷入沉思……

姚纳和他的小母马原地不动已待了很长时间。还是在午饭以前,他们就离开了落脚的院子,但始终没招揽到一趟生意,连一个愿意坐车的乘客也没有。而现在沉沉暮色已经笼罩了城市,街灯的苍白已被霓虹灯生动的光辉所替代,街道变得越来越嘈杂热闹了。

"马车夫!到维堡街去!"姚纳听见有人叫车,"马车夫!"

姚纳不由得浑身一抖,透过粘着霜雪的睫毛,看见一个穿大氅戴风帽的军人。

"去维堡街!"军人重复了一句,"你是睡着了还是怎么的?到维堡

街去!"

姚纳抖了抖缰绳表示顺从,这样一来,片片积雪就从马背上、从他肩膀上纷纷散落……军人坐上了雪橇。马车夫吧嗒着嘴唇,啧啧有声,他把脖子伸得像天鹅似的,身子微微前倾,挥动了手中的马鞭,这动作与其说出于需要,倒不如说出于习惯。那匹小母马也伸直了脖子,棍子似的四条腿开始弯曲用力,犹犹豫豫拉动了雪橇……

"你往哪儿乱赶啊?该死的蠢货!"姚纳赶车没走几步,就听见影影绰绰来来往往的人群里有人斥骂,"鬼东西,你往哪儿赶车呀?靠右走!靠右!"

"难道你不会赶车?往右边赶!"军人生气了。

一个车夫从四轮轿式马车上破口大骂,一位行人脚步匆忙横穿马路,肩膀正好蹭到马鼻子。那个人一边抖掉袖子上的雪,一边恶狠狠地瞪了姚纳一眼。姚纳在车座上身子摇晃,如坐针毡,他把胳膊肘向左右两边撑开,眼睛东瞅瞅,西看看,一时间心慌意乱,仿佛不明白他这是在什么地方,不明白为什么会在这里似的。

"通通都是下流坏子!"军人尖刻地说道,"他们故意冲撞你,成心往马蹄子底下钻。他们早就商量好啦!"

姚纳扭过头去看了看乘客,嘴唇翕动……看来他是想说些什么,但是,除了喉咙里发出呜呜哝哝的声音,什么话也没有说出来。

"你想说些什么呀?"军人问。

姚纳苦笑着,嘴角咧了咧,嗓子眼儿里用力,才嘶嘶哑哑地说出一句话来:"老爷,嗯,我……我儿子这个星期死了。"

"噢!……他怎么死了呢?"

姚纳整个身子扭过去,对乘客说道:"谁晓得他是怎么回事呢,大概是得了热病……在医院里躺了三天就死了……这是上天的旨意。"

"闪道,该死的!"昏暗中传来叫骂声,"眼睛瞎了吗? 老狗! 瞪大眼珠子瞧着点儿!"

"赶车吧,赶车吧!"乘客说,"照这样走法,我们明天也到不了。快赶车吧!"马车夫再一次伸直了脖子,身体微微前倾,笨拙而优雅地挥动马鞭。后来,他几次回过头去瞅着乘客,可是只见军人闭上了眼睛,显然不想再听他絮叨什么。姚纳把乘客送到了维堡街,让军人下了车,随后把雪橇停在一家小饭馆旁边,他又弯腰弓背坐在车座上,一动不动地待在那里……湿漉漉的雪又把他和他的小母马变成了一片白。就这样过了一个钟点,又一个钟点……

人行道上脚步杂沓,雨鞋啪哒啪哒响,三个年轻人走过来,其中两个又高又瘦,另一个身材矮小,还是个罗锅,他们相互谩骂,说话粗鲁。

"马车夫,去警署桥!"罗锅用刺耳的声音尖叫,"我们仨……二十戈比!"

姚纳抖了抖缰绳,嘴唇吧嗒着发出啧啧的声响。只付二十戈比,是不公道的,但是他没有心思讨价还价了……人家给一个卢布,或是给五戈比,在他看来,现在都一样,只要有乘客就行……年轻人挤挤撞撞,嘴里说着下流话,一上雪橇三个人就争抢座位。两个座位只能坐两个人,谁该站着呢? 这成了必须解决的问题。经过长时间的对骂、指责、争执、吵闹,最后定下来让罗锅站着,理由是他个子矮小。

"得啦,赶车吧!"罗锅站稳脚跟,用刺耳的声音命令说。他呼出的气息径直吹向姚纳的后脑壳,"嗨,快赶! 我说老兄,你这顶帽子可真叫少见! 走遍整个彼得堡,怕也找不出一顶更破烂的喽! ……"

"嘿嘿! ……嘿嘿! ……"姚纳嘻嘻地笑着说,"什么样的帽子都有啊……"

"什么样的都有,去你的吧! 快点走! 一路上你就这样赶车? 是不是?你想挨耳刮子吗?"

"我的脑袋瓜疼得像裂了缝似的……"一个高个子说道,"昨天在杜科玛索夫家里,我和瓦西卡两个人一口气喝了四瓶白兰地。"

"我真不明白,你干吗要吹牛?"另一个高个子生气地说,"胡说八道,简直像畜生。"

"我要瞎说,让上帝惩罚我,真的……"

"你说的要是真话,连跳蚤打喷嚏也成真的喽!"

"嘿嘿!"姚纳听了,不由得笑出了声,"几位老爷好快活!"

"呸!关你什么事?混账东西!……"罗锅恼怒地说,"赶你的车吧,讨厌鬼!你还不快赶?就这样磨蹭?抽它一鞭子!哈,见鬼!哈,狠狠抽它!"

姚纳感觉得到罗锅在他背后扭动身子,说话声音发颤。他听见罗锅在骂他。车上有人,他心中的孤独感渐渐淡漠了。罗锅一个劲儿地破口大骂,骂人的话变着花样连成一串,直骂到喘不上气来,不停地咳嗽。两个高个子开始谈论一个名叫娜杰日达·彼得罗芙娜的女人。姚纳几次扭过头去瞅瞅他们。等到他们的谈话稍有间歇,就回过头去声音含糊地说:

"这个星期……我……我儿子死了!"

"我们大家将来都得死……"罗锅喘着气说,接着又一阵咳嗽,然后用手抹了抹嘴唇,"嗨,赶车吧,快赶!先生们,这样子站在车上,我可再也受不了啦!什么时候才能把我们送到地方啊?"

"那你就稍微给他鼓点儿劲……冲他脖子上来一巴掌!"

"听见了吗?你个老不死的讨厌鬼!看我怎么抽你的脖子……跟你们这号人讲客气,还不如自己走路更爽快呢!……听见没有?你个老怪物!莫非我们说的话你敢当成耳旁风?"

话音刚落,姚纳听见脖子后面啪的一声响,麻木的皮肤似乎在隐隐疼痛。

"嘿嘿!……"姚纳赔着笑脸说,"几位老爷真快活。愿上帝保佑你们福体康泰!"

"赶车的,你有老婆吗?"一个高个子问。

"我?嘿嘿……快活的老爷!这日子我那老婆都变成烂泥了……嘿,哈哈……就是说,她早就埋进坟墓啦!……我儿子也死了,我反倒活着……你们说,这怪不怪?死神认错了人啦……他不该叫走我的儿子,他该来找我……"

姚纳扭过身子,想说说他儿子是怎么死的,可这节骨眼儿上,罗锅轻轻舒了一口气,说了声谢天谢地,他们总算是熬到头啦。姚纳收下二十戈比,好长时间目送那几位快活的游客,直到他们走进一个黑漆漆的大门洞,消失了身影。又剩下姚纳孤零零一个人了,寂寞又朝他袭来……刚刚淡忘不久的苦恼又浮现在心头,更加有力地撕扯着他的胸膛。姚纳用焦灼而痛苦的目光打量着街道两边脚步匆匆的行人,他思索着:这数以千计的人当中莫非就找不到一个愿意听他说说心里话的人?但是人群川流不息,谁也不理睬他,谁也不理会他的苦恼……而那份苦恼是如此浩大,简直无边无际,假如姚纳的胸腔破裂,任苦恼从中流泻出来,必定洪水一般把世界淹没。话虽这么说,可这苦恼谁也看不见。苦恼竟然潜藏在这样一个平凡渺小的躯壳里,你就是大白天打着灯笼也找不到它……

姚纳看见一个手里拿着纸包的守门人,就想跟他攀谈几句。

"好心人,现在几点啦?"他问。

"九点多……你把车停在这儿干什么?快赶车走吧!"

姚纳把雪橇赶到几步开外,弯腰弓背又陷入了苦恼……他觉得用不着再向什么人诉说苦闷了。可是过了不到五分钟,他就直起身子,不停地摇晃脑袋,好像头疼得厉害,忍不住抖了抖缰绳……他再也挺不住了。

"回院子里去,"他想,"回院子里去。"

小母马仿佛猜透了主人的心思,四蹄翻腾轻快地跑起来。过了一个半钟头,姚纳已经坐在一个又大又脏的火炉旁边了。炉台上,地板上,长条椅子上,到处都有人呼呼酣睡。空气臭烘烘的,叫人感到憋闷……姚纳看看睡觉的人们,搔搔自己的头,后悔收车回来得太早了……

"连买燕麦的钱都没挣够,"他想,"这也正是苦恼的一个根由。一个人,要是活儿干得好,自己的肚子吃得饱,他养的马也吃得饱,那么他就会什么时候都心里安稳……"

一个年轻车夫从墙旮旯里站起来,睡眼惺忪地咳嗽了两声,就跟跟跄跄朝水桶走去。

"想喝水啦?"姚纳问。

"对,想喝水。"

"那就尽管喝吧,喝点水,身体好。可是我,老弟,儿子死啦……你听说了吧?这个星期在医院里死的……惨啊!"

姚纳打量着,看他说了话有什么反应,可什么反应也没看出来。年轻人用被子把头一蒙,又呼呼睡着了。老头儿长叹了一口气,挠挠身上发痒的地方……正像年轻人忍不住想喝水一样,他是忍不住想说话。儿子死了快一个星期了,可他还没有跟什么人正儿八经地谈过这件事……是该说说,说个清楚,讲个明白……该说说儿子怎么得的病,怎么样忍受痛苦折磨,临死前说过些什么话,怎么样咽了那口气……应该详细讲讲下葬的情景,讲讲他去医院取儿子去世后留下的衣服。他还有个叫阿尼霞的女儿住在乡下……她的情况也该跟人说一说……现在他可以说的话难道还少吗?无论谁听了都该唉声叹气,落泪伤心……也许去找几个婆娘说说反倒更好。婆娘们虽说愚蠢,可几句话就会说得她们呜呜痛哭。

"出去看看马吧,"姚纳想,"想睡觉还有的是工夫……用不着担心,足够你睡的。"

他披上衣服,走向马棚,他的马就在那里。姚纳心里想着燕麦、干草,想着天气……只有他一个人的时候,他可不敢想儿子……跟别人谈谈儿子倒还行,独自一个人,一想起儿子长的是什么模样,心里就发怵,堵得慌……

"正吃干草哪?"注视着小母马亮晶晶的眼睛,姚纳对它说,"好,吃吧,吃吧……我们挣不来燕麦,那就嚼干草算啦……不错,论赶车,我的年纪已经老喽……儿子赶车正合适,不该我赶,他是个出色的车把式……要是还活着就好啦……"

姚纳沉默了一会儿,接着又说:

"是这么回事,我的小母马呀……再也见不着库济马·姚内奇了……他死了,冷不丁平白无故就死了……现在咱们打个比方说吧,要是你生下一个小马驹,你就是这马驹的亲娘……万一这小马驹冷不丁就死了……能不叫人伤心吗?"

小母马嚼着干草,听姚纳说话,不时还闻闻主人的手……

姚纳说得起劲,就把憋在心里的话原原本本都讲给了小母马听……

一八八六年

谷羽 译

万　卡

　　万卡·茹科夫，一个九岁的男孩儿，三个月以前被送到鞋匠阿里亚辛这里来当学徒。圣诞节前夜，他没有上床睡觉。等到老板、老板娘和几个师傅出门去做早晨的祷告后，他从老板的立柜里拿出一个小墨水瓶，一支笔尖生了锈的蘸水笔，在自己面前摊开一张皱皱巴巴的纸片，准备写信。在写出头一个字母之前，他几次提心吊胆地向门口和窗户张望，斜着眼看看乌黑的圣像以及圣像两边摆满鞋楦的木架子，不由得轻轻叹了一口气。纸片铺在条凳上，他就跪在条凳前面。

　　"亲爱的爷爷，康斯坦丁·玛卡雷奇！"他写道，"我给您写信。祝您圣诞节快乐！愿上帝保佑您事事顺心。我没有爹，也没有妈妈了，我只剩下了您一个亲人。"

　　万卡的眼睛转向黑洞洞的窗户，窗玻璃上映出了蜡烛的光影，于是他生动地想象出爷爷康斯坦丁·玛卡雷奇的模样。爷爷在日瓦列夫老爷家当差，做守夜人。别看他个子瘦小，动作却出奇地灵活，他大约六十五岁，脸上总是带着笑容，眼睛老是醉醺醺的样子。白天，他在仆人的厨房里睡觉，要不就跟厨娘们开玩笑；到了夜晚，他就披上肥大的羊皮袄，围着庄园巡逻走动，手里还敲着梆子。有两只狗耷拉着脑袋跟随在他的身后：一条是老狗喀什坦卡，另一条叫泥鳅，因为它浑身乌黑，长长的身子像黄鼬。与别的狗不同，这条泥鳅特别驯良、温和，无论是见到自家人，还是陌生人，它的目光总是那么柔和，但是你千万别被它的外表迷惑。表面的驯良与温和掩藏着它耶稣教会传教士一样的狡黠和阴险。哪一条狗也赶不上它那么机灵,它总是善于利用时机,偷偷溜到背后,冲着人的腿肚子猛咬一口,再不就钻进冰窖,或者偷吃农民的鸡。它已经不止一次被打断过后腿,两次被吊起来,几乎每个星期都会被打个半死,出乎意料的是,它总能够死里逃生,保全性命。

这会儿,大概爷爷正站在大门口,眯缝着眼睛瞅瞅乡村教堂红彤彤的窗户,跺一跺穿着高筒毡靴的脚,跟看门的仆人开玩笑呢。他的梆子挂在腰带上。天气很冷,冻得他直缩肩膀,不停地拍手,一会儿在女仆身上拧一下,一会儿在厨娘身上捏一把,发出老年人嘿嘿的笑声。

"我们一块儿闻鼻烟好不好?"他把鼻烟盒伸到婆娘们的鼻子底下说。

婆娘们闻了闻鼻烟,接连打了几个喷嚏。爷爷兴奋得难以形容,发出一连串欢乐的笑声。他叫道:

"快把鼻涕擦掉,要不就冻住啦!"

他还给两条狗闻鼻烟。喀什坦卡打了个喷嚏,皱了皱鼻子,委屈地躲到了一边。泥鳅呢,出于礼貌,没有打喷嚏,只是不停地摇着尾巴。天气非常好,一丝风也没有,空气清新、透明。夜色很黑,但是看得见村子里那些雪白的房顶,烟囱里一缕缕冒出来的烟,看得见披着银霜的树木,看得见一个个雪堆。缀满天空的星星快活地眨着眼睛,一条银河是那么清晰,仿佛在节日以前用雪擦洗过似的……

万卡叹了一口气,把蘸水笔在墨水瓶里蘸了蘸,接着往下写:

"昨天,我挨了一顿打。老板抓着我的头发,把我拖到院子里,拿皮带抽我,他们的娃娃睡在摇篮里,让我摇晃他,都怪我不小心睡着了。这个星期,老板娘吩咐我清洗一条鲱鱼,我先收拾鱼的尾巴,不料老板娘抄起那条鲱鱼,就用鱼头戳我的脸。师傅们取笑我,打发我到饭馆去买伏特加,怂恿我偷老板的黄瓜吃,老板抓到什么就用什么打我。没有什么吃的东西,早晨给块面包,中午喝粥,晚上还是面包,说到茶和白菜汤,只有主人他们自己喝。老板让我睡在过道里,他们的娃娃一哭,我就再也别想睡觉了,只能不停地摇晃那个摇篮。好爷爷,求您发发上帝的慈悲,带我离开这儿回家吧,回到村子里去,我再也没有办法忍受啦……我给您跪下求您了,我会永远为您向上帝祈祷。把我从这儿带走吧,再不走我就要死啦……"

万卡的嘴角往下撇了撇,他用乌黑的小拳头擦了擦眼睛,抽抽搭搭地哭了。

"我会替您揉碎烟叶，"万卡接着往下写，"我会为您向上帝祷告。要是我不听话，您就抽我，就像狠狠地抽打那只山羊一样。要是您嫌我没活儿干，我就去求管家看在上帝的面上让我擦皮鞋，要不就代替菲季卡去放羊。好爷爷，再也受不了啦，只有死路一条了。我想过逃跑，跑回村子去，可是我没有靴子，我害怕寒冷。等我长大了，一定报答您这份恩情，我会养活您，不许任何人欺负您，等您死了，我为您的灵魂安息祈祷，就像为我妈妈别拉盖娅祈祷一样。

"莫斯科城很大。房子都是老爷们的，马很多，可是没有羊，狗不怎么凶。这里的孩子们不举着星星到处跑，也不允许随便什么人参加唱诗班①。有一次，我看见一家铺子的橱窗里，摆着卖带钓线的钓鱼钩，能钓各种各样的鱼，价钱非常贵，有一个钓钩甚至禁得起一普特②重的大鲶鱼呢。我还看见好几个铺子里摆着各种样式的猎枪，卖给老爷们，大概每条枪都得一百个卢布……几个卖肉的铺子里也卖黑琴鸡、松鸡、野兔，至于这些禽鸟兔子是从什么地方打来的，店铺的伙计从来都不说。

"好爷爷，等老爷家里圣诞树上挂满礼物，替我要一个金色的核桃，藏在我的绿盒子里。你跟奥丽加·伊格纳齐耶芙娜小姐去要，就说是给万卡的。"

万卡不安地叹了口气，目光又停在了窗户上。他想起爷爷每次去森林为老爷砍枞树，总是带着他。那时候多么快活呀！爷爷发出啊啊的叫声，严寒冻得那些树木咔吧咔吧直响，万卡看着爷爷和树木，也放开嗓子啊啊地高声大叫。在砍倒一棵枞树之前，爷爷往往先抽一袋烟，然后很长时间闻鼻烟，笑眯眯地望着脸蛋冻得通红的万纽什卡③……披着霜雪的小枞树一动不动地站在那里，等候着它们当中哪一棵该断送性命。不知从什么地方冷不防钻出一只兔子，沿着雪堆箭似的飞跑……爷爷忍不住大声喊叫：

---

① 东正教习俗，圣诞节前夜，小孩子们举着锡箔纸糊的星星到处跑着玩，这种习俗在乡村比较流行，大城市则少见。另外，乡下教堂，孩子们参加唱诗班比较随便，城市里就比较严格。
② 普特，俄罗斯重量单位，一普特等于十六点三八公斤。
③ 万纽什卡，是万卡的爱称。

"抓住它,抓住……抓住!嘿,短尾巴鬼!"

爷爷把砍下来的枞树拖到老爷家里,人们就动手为它装饰打扮……万卡最喜欢的奥丽加·伊格纳齐耶芙娜小姐,比谁张罗得都欢。万卡的妈妈别拉盖娅还活着的时候,在老爷家里当仆人,奥丽加·伊格纳齐耶芙娜经常给小万卡糖果吃,闲着没事儿的时候,还教他念书、写字、数数,从一数到一百,甚至还教他跳卡德里尔舞。后来,别拉盖娅死了,孤儿万卡就被送到下人的厨房里,跟爷爷一块儿住,再往后,又从厨房里被送到莫斯科,送到鞋匠阿里亚辛这里来了……

"好爷爷,快来吧!"万卡接着写,"看在基督的面上,求求您带我离开这里吧。可怜可怜我这个不幸的孤儿吧。要不然,所有的人都打我,整天饿得要命。难过得没法说,一天到晚老哭。前几天,老板拿鞋楦子砸我的脑袋,砸得我晕倒在地,好不容易才清醒过来。我的日子苦极了,连狗都不如……向阿廖娜问好,向罗圈腿叶果尔卡和马车夫问好。我的手风琴千万别送人。您的孙子万卡·茹科夫,好爷爷,快来呀。"

万卡把写好的信纸叠成四折,把信纸放进一个信封,那是他昨天花一个戈比买来的……随后他又想了想,用笔蘸了点儿墨水,写下了地址:

寄到乡村祖父收

他抓了抓后脑勺,想了想,又加上了几个字:

康斯坦丁·玛卡雷奇

他感到高兴的是写信的时候,没有人来打扰,他戴上帽子,没顾得披上羊皮袄,只穿着一件衬衫,就跑到街上去了……

头天晚上他问过肉铺的伙计,人家告诉他说,信件都得投进邮箱里去,再由喝得醉醺醺的马车夫从邮箱里取出来,送到各个地方去,一路上车铃铛叮当叮当响个不停。万卡跑到就近的一个邮箱,把那封珍贵的信从缝隙里塞了进去……

美好的希望使他感到满足,过了一小时,他安稳地睡着了……他梦见

了炉灶①,梦见爷爷坐在炉台上,垂着两只光脚丫,正给厨娘们念信……泥鳅围着炉灶转来转去,不停地摇着尾巴……

一八八六年

谷羽　译

---

① 俄式炉灶,炉膛很大,里边可以烤东西,炉台宽阔,晚上炉台上可以睡人。

风　波

玛什卡·巴夫列茨卡娅是一位刚从女子学校毕业的年轻姑娘。这一天散步以后,回到她当家庭教师的库什金家的时候,遇到了一场不同寻常的风波。给她开门的看门人米哈依洛情绪激动,脸红得像虾一样。

从楼上传来一阵乱哄哄的闹声。

"可能是女主人犯病了……"玛什卡想,"要不就是和丈夫吵架了。"

她在前厅和过道碰到几个女仆。一个女仆在哭。然后玛什卡看见,主人尼古拉·谢尔盖依奇本人从他的房门里奔出来,他是个小个子,年纪还不大,但脸上已经皮肉松弛,脑袋上秃了一大块。他满脸通红,全身颤抖……他从女教师身边跑过,却没看见她,只管把两手举得高高的,喊道:

"啊,这太可怕了!多么粗鲁!多么愚蠢!野蛮!可恶!"

玛什卡走进自己的房间,立刻,她生平第一次强烈地体会到一种屈辱的感觉,那种感觉是所有寄人篱下、无依无靠、在富贵人家讨生活的人十分熟悉的。在她的房间里正进行一场搜查。女主人费多霞·瓦西里耶夫娜正站在她的桌旁,把线团、布头、纸片等放回她的针线包里。她是一位胖太太,肩膀宽阔,眉毛又粗又黑,没戴头巾,颧骨突出,嘴边长着隐约可见的唇髭,双手红红的,无论相貌还是做派,都像一个普通的厨娘。显然,女教师的出现出乎她的意料,因此,当她回头看见女教师苍白的面孔和惊讶的表情,稍微有点发窘,嘟囔了一句:

"对不起①!我……我无意中弄洒了这些东西……用袖子挂了

---

① 原文为法文。

一下……"

库什金太太又说了几句什么,就沙沙地拖着她的长裙走开了。玛什卡瞪大吃惊的眼睛环顾着自己的房间,心中糊里糊涂,一片空白,缩起肩膀,吓得发冷……费多霞·瓦西里耶夫娜在她的包里找什么呢?如果真的像她所说的,是无意中用袖子碰翻的,那么为什么尼古拉·谢尔盖依奇会涨红脸,那么激动地从房间里蹿出来?为什么桌子上有一个抽屉被拉出了一点?女教师那个用来收藏十戈比硬币和旧邮票的储藏罐也被打开了。有人把它打开了,却不会锁。只是在锁孔上留下一团指印。书架,桌面,床铺,到处都带有刚刚搜查过的痕迹。放衣服的篮子也一样,衣服虽然叠得很整齐,但不是玛什卡离开房间时的样子。看来,进行了一场真正的、仔仔细细的搜查。但这是为什么?究竟怎么回事?玛什卡想起看门人激动的样子,想起现在仍未平息的骚乱,想起哭泣的女仆。一切会不会和她房间里刚刚进行过的搜查有什么联系呢?她该不会是卷进了一件可怕的事情吧?玛什卡的脸变白了,全身发凉,坐在放衣服的篮子上。

一个女仆走进房间。

"丽莎,您知道吗,为什么他们……搜查我?"

"太太丢了一个值两千卢布的胸针。"丽莎回答道。

"是的,但为什么要搜查我?"

"所有的人都搜了,小姐,也把我搜了个遍……把我们全都脱光衣服搜身……我,小姐,就像在上帝面前一样……别说拿太太她的胸针,就是她的梳妆台我也没走近过。就是到警察局我也这么说。"

"但是……为什么要搜查我呢?"女教师仍然不明白。

"我说了,胸针被偷了……太太亲手到处翻。连看门人米哈依洛她都亲自搜身。真丢人!尼古拉·谢尔盖依奇看着,就会像母鸡一样嘎嘎地叫。而您,小姐,用不着发抖。在您这儿什么也没找到!既然不是您拿的胸针,就没什么可怕的。"

"但是要知道,丽莎,这是卑鄙……这是侮辱人!"玛什卡说,气得上气不接下气,"这是下流,卑鄙!她有什么权力怀疑我,翻我的东西?"

"这是住在别人家,小姐,"丽莎叹口气说,"虽说您是位小姐,可到底……跟仆人差不多……这可不比在爹妈跟前……"

玛什卡扑到床上痛哭起来。还从没有人对她这样粗暴无礼,她还从未像今天这样被深深地伤害过……她,一个受过良好教育的、敏感的女孩子,一个教师的女儿,竟然被怀疑偷东西,竟然像对一个妓女那样地搜查她!在她看来,再没有比这更大的侮辱了。除了这种屈辱的感觉,她还感到很害怕:下一步会怎么样呢?她的脑子里冒出许多不合情理的想法。既然可以怀疑她偷东西,那么就是说,下面还可以逮捕她,把她的衣服扒掉搜身,然后押着她游街,把她关进又黑又冷、有老鼠和甲虫的牢房里,就像达拉卡诺公爵小姐①坐过的牢房一样。谁会为她说话呢?她的父母住在遥远的外省,他们没有路费到她这里来。她在首都孤苦伶仃,没有亲戚和熟人,就像在旷野上一样。人家可以想把她怎么样就怎么样。

"我要去找所有的法官和辩护人……"玛什卡一边战一边想道,"我要向他们说清楚,向他们起誓……他们会相信我不可能是小偷的!"

玛什卡想起,在她的篮子里,被单的下面,有一些甜点,那是她按照上学的习惯,在吃饭时悄悄放在兜里,带回自己房间的。一想到主人们已经发现了她的这个小秘密,她立刻感到身上发热,感到很丢脸。所有这一切,恐惧,羞耻,屈辱,使得她的心狂跳起来,搞得鬓角、手和肚子深处都跟着跳个不停。

"开饭了!"有人招呼玛什卡。

"去还是不去?"

---

① 达拉卡诺公爵小姐,在叶卡捷琳娜二世时期曾冒充前女皇的女儿,后被捕,死在狱中。

玛什卡整理了一下头发,用湿毛巾擦了擦脸,走进饭厅。饭厅里人们已经开始吃起来了……在餐桌的一头坐着费多霞·瓦西里耶夫娜,她板着脸,表情严肃,摆出一副不可一世的样子。尼古拉·谢尔盖依奇坐在餐桌的另一头,两边坐着客人和孩子们,两个穿礼服、戴白手套的仆人在一旁伺候着。大家都知道,家里出了乱子,女主人心情不佳,因此全都不作声,餐厅里只有咀嚼声和勺子碰盘子的声音。

女主人自己先开了口。

"我们的第三道菜是什么?"她用懒洋洋的、痛苦的声音问仆人。

"俄式鲟鱼①。"仆人答道。

"这是我点的,费尼娅……"尼古拉·谢尔盖依奇急忙说,"我想吃点鱼了。要是你不喜欢,我亲爱的②,就叫他们不要上了。我不过是……随便点的……"

费多霞·瓦西里耶夫娜不喜欢吃不是她亲自点的东西,于是她的眼里立刻充满了眼泪。

"好了,我们别再着急了,"她的家庭医生用甜甜的声音说,同时轻轻碰碰她的手,脸上带着同样甜甜的微笑,"咱们本来就够神经质的了。咱们把胸针忘掉吧!健康比两千卢布重要!"

"我不是心疼那两千卢布!"女主人回答说,大颗大颗的泪珠顺着脸颊流下来,"叫我气愤的是这件事本身。我受不了在自己家里有小偷。我不心疼,我什么也不心疼,但是偷我的东西——这太没良心了!人家就是这样报答我的善良!"

大家全都看着自己的盘子,但玛什卡觉得,女主人说了这些话以后,大家全在看着她。她忽然觉得喉咙一阵发堵,就哭了起来,用手帕捂住脸。

"对不起③,"她喃喃地说,"我受不了了。我头疼,我告退了。"

说着她从桌旁站起来,笨手笨脚地碰响椅子,把自己弄得更难堪了,急忙走了出去。

"上帝知道是怎么回事!"尼古拉·谢尔盖依奇皱起眉,说了一句,"何

---

① 原文为法文。
② 原文为法文。
③ 原文为法文。

必搜查她呢！这，真的……很不合适。"

"我又没说是她偷的胸针，"费多霞·瓦西里耶夫娜说，"但难道你能为她担保吗？我承认，我对这些有学问的穷人不大放心。"

"真的，费尼娅，不合适……对不起，费尼娅，但是根据法律你没有任何权力搜查她。"

"我不懂你们那些法律。我只知道我的胸针丢了，我就知道这个。我要找到那只胸针！"她用叉子敲了一下盘子，眼中放出愤怒的光，"而你吃你的饭就是了，别掺和我的事！"

尼古拉·谢尔盖依奇柔顺地垂下眼睛，叹了口气。这会儿玛什卡已经回到自己的房间，扑到床上。现在她已经不感到害怕，也不再感到羞耻了，只是有一种强烈的愿望折磨着她，她想走到这个冷酷、傲慢、愚蠢却幸运的女人面前，扇她的耳光。

她躺在床上，对着枕头喘气，幻想着，要是她能马上去买一个最贵的胸针，把它扔到这个唯我独尊的女人脸上就好了。要是上帝做主，叫费多霞·瓦西里耶夫娜破产，叫她满世界去谋生，了解贫穷和寄人篱下的可怕滋味，而叫受了侮辱的玛什卡给她点施舍就好了！啊，要是能得到一大笔遗产，买一辆马车，从她的窗前轰隆隆地驶过，叫她忌妒就好了！

但所有这些都是幻想，而现实中要做的只有一件事：尽快离开，不要在此再停留一个小时。不错，丢掉工作，再回到一无所有的父母身边是可怕的，但是有什么法子呢？玛什卡已经不能再看到女主人，也受不了这个房间了，她在这里感到气闷、可怕。费多霞·瓦西里耶夫娜成天无病呻吟，装出一副贵妇做派，叫她反感透了，以至于世界上的一切仿佛都因这女人的存在而变得粗俗可恶了。玛什卡想到这儿，从床上一跃而起，开始收拾东西。

"可以进来吗？"尼古拉·谢尔盖依奇在门外问道，他不声不响地走到门前，用轻轻的、软绵绵的声音说道，"可以吗？"

"请进。"

他走进房间，在门口站住。他的目光有些迷糊，红鼻子发着光。他吃过饭以后喝了些啤酒，这从他走路的样子，从他那双软弱无力的双手就能看出来。

"这是干什么？"他指着篮子问道。

"我正收拾东西呢。对不起，尼古拉·谢尔盖依奇，但我不能再在你们家待下去了。这场搜查粗鲁地冒犯了我!"

"我理解……只是您没必要这样……何必呢?是搜查了您,而您那个……这对您有什么损害呢?您不会因此有什么损失的。"

玛什卡不吭声,继续收拾东西。尼古拉·谢尔盖依奇拨着自己的小胡子,好像在琢磨还能说点什么,然后继续用讨好的声音说:

"我当然理解,但是您得宽宏大量。您知道,我的妻子有些神经质,任性,跟她不必太认真……"

玛什卡还是不说话。

"要是您觉得那么委屈,"尼古拉·谢尔盖依奇继续说,"那么随您的便,我可以向您道歉。请您原谅。"

玛什卡没有回答,只是更深地弯下腰去收拾自己的箱子。这个憔悴的、优柔寡断的人,在家里一点儿地位也没有。他扮演着一个食客和多余人的可怜角色,甚至在仆人面前也是如此,因此他的道歉也毫无意义。

"哦……您不说话?您觉得这还不够吗?那么我代表我妻子道歉。以我妻子的名义道歉……作为贵族,我承认,我妻子做得很失礼……"

尼古拉·谢尔盖依奇走来走去,叹口气,继续说:

"这么说,您还要我心里难受……您还要我的良心受折磨吗?"

"我知道,尼古拉·谢尔盖依奇,这不是您的错,"玛什卡抬起刚刚哭过的大眼睛,直视着他的脸说,"您为什么要自责呢?"

"当然了……但不管怎样,您……不要走……我求您。"

玛什卡否定地摇摇头。尼古拉·谢尔盖依奇在窗前站住,轻轻敲着玻璃。

"对我来说,这种误会简直就像受刑一样,"他说道,"怎么,我还要跪下求您吗?您的自尊受到了伤害,您哭,要走,但要知道我也有自尊心呀,但您一点都不管。您莫非想叫我对您承认我连忏悔时都不会说的事?想听吗?您说,您是不是想叫我承认我临终忏悔时都不会承认的事?"

玛什卡依然不说话。

"是我拿了妻子的胸针!"尼古拉·谢尔盖依奇急急忙忙地说,"现在您满意了吧?称心了?是的,是我……是我偷的……只是,当然,当然希望您能保守秘密……看在上帝的分上,对谁都不要透一点口风,不要做出一点暗示……"

玛什卡又惊又怕,继续收拾着行李。她抓起自己的东西,团成一团,胡乱塞进箱子和篮子里。现在,听到尼古拉·谢尔盖依奇直言不讳的坦白以后,她觉得一分钟也待不下去了,她简直不明白,以前怎么能够在这座房子里生活的。

"没什么可吃惊的⋯⋯"尼古拉·谢尔盖依奇沉默了片刻,继续说,"很平常的事!我需要钱,而她⋯⋯不给。要知道整个这座房子和这里所有的一切都是我父亲挣的,玛什卡·巴夫列茨卡娅!要知道所有的东西都是我的,胸针也是我母亲的,还有⋯⋯一切都是我的!而她把一切都抢走了,把一切都攥在手心里⋯⋯您得承认,我没法跟她打官司⋯⋯我恳求您,请您原谅⋯⋯并且留下。了解一切就原谅一切①。您留下吗?"

"不!"玛什卡坚决地说,她已经颤抖起来,"请别缠着我,求求您。"

"好吧,上帝保佑您!"尼古拉·谢尔盖依奇叹口气,在箱子旁的一把长凳上坐下,"我承认,我喜欢那些学会气愤、会蔑视的人。我最好能在这里坐上一百年,看着您这张愤怒的脸⋯⋯这么说,您真的要走?我理解⋯⋯不可能不这样⋯⋯是啊,当然了⋯⋯您多好啊,而我⋯⋯唉⋯⋯一步也离不开这个地窖。想到我们的那些庄园去散散心,可那里到处都是跟我妻子串通一气的坏蛋⋯⋯那些管家啦,农艺师啦,见他们的鬼。把庄园抵押了又抵押⋯⋯鱼也不能钓,草也不能踩,树也不能伐。"

"尼古拉·谢尔盖依奇!"从大厅里传来费多霞·瓦西里耶夫娜的声音,"阿格尼娅,去把老爷叫来!"

"这么说您不留下吗?"尼古拉·谢尔盖依奇边问,边迅速地站起来,向门口走去,"您还是留下吧,上帝保佑。晚上我也好来您这儿⋯⋯聊一聊,好吗?留下吧!您一走,整个这幢房子里就再也看不见一张人的脸了。要知道这是可怕的!"

尼古拉·谢尔盖依奇那张苍白憔悴的脸上现出一副哀求的表情,但玛什卡否定地摇摇头,于是他挥了挥手,走出去了。

半小时以后,她已经上了路。

一八八六年
路雪莹　译

---

① 原文为法文。

玩 笑

一个晴朗的冬日,中午时分……刺骨的严寒,纳金卡挽着我的胳膊,她的鬓发与上嘴唇的毫毛上都蒙上了一层银霜。我俩站在一座高山上。从我们立足的山顶到山下的平地,伸展着一面斜坡,太阳照着它如同照着镜子。我们身边有个小巧的雪橇,一条鲜红的绒布蒙盖在雪橇上。

"纳杰日达·彼得洛芙娜,咱们往下滑吧!"我恳求着说,"就滑一次!我向您保证,我们肯定完好无损,不会受伤。"

可是纳金卡害怕。从她穿着的那双小套鞋所站立的山顶到冰山脚下的那个空间,在她看来简直是一个可怕的无底深渊。我请她坐到雪橇上去,当她往山底下看了一眼,便吓得魂不附体了,如果她当真冒险向深渊飞去,将会是什么结果!她会丢了性命,她会发疯。

"求求您了!"我说,"不必害怕!要知道,这是没有勇气,这是懦弱!"

纳金卡终于让步了,但我从她的脸色看出,她这回是冒着生命危险做出这个让步的。我把她扶上了雪橇,她脸色惨白,浑身发抖,我用手把她搂紧,与她一起滑向那深渊。

雪橇像子弹一样地飞行着。被撕裂开来的空气击打着我们的脸,在我们的耳朵里呼啸着、咆哮着,愤怒地撕扯着我们,想要把我们的脑袋从肩膀上揪掉。

强劲的风,让我们喘不过气来。好像有个魔鬼用魔爪抓住我们,呼啸着把我们送进了地狱似的。周遭的一切都幻化为一条长长的,奔腾着的带子……好像再过几秒钟,我们就会命丧黄泉!

"纳嘉,我爱你!"我轻轻地说。

雪橇的滑行逐渐平稳下来,风的吼声和雪橇滑板的声响也不再那样可怕,呼吸也顺畅了一些,我们终于到了山下。纳金卡像是命悬一线似的,她面无血色,上气不接下气……我帮她站起身来。

"我说什么也不滑第二次了,"她睁开充满恐惧的大眼睛瞧着我,说,"我再也不滑了!我差点儿死去!"

过了一会儿,她恢复了常态,便用疑惑的眼神盯视着我。"纳嘉,我爱你!"这五个字究竟是不是我说的,还是这不过是她在狂风的怒号中的幻听?我站在她的身边,抽着烟斗,端详着自己的手套。

她挽着我的手臂,我们久久地在山脚下散步。看来,这个谜不能让她心安。这句话到底是说了还是没有说?说了还是没有说?说了还是没有说?这是个有关自尊的问题,有关荣誉的问题,有关生命、有关幸福的问题,这个问题是天底下最最重要的问题。纳金卡用她那锐利的目光,紧紧地、苦苦地盯着我的脸,答非所问地说着话,她期待着我说明真相。噢,她那张可爱的面孔上的表情何等丰富,何等丰富!我发现,她在进行着自我搏斗,她想要说点什么,问点什么,但她找不到恰当的语言,她不好意思,有点害怕,又因为喜悦反倒张不开口……

"这样好吗?"她说,眼睛没有看着我。

"怎样?"我问。

"咱们再滑一次……"

我们顺着阶梯爬到山顶。我又一次把脸色惨白、浑身发抖的纳金卡扶上了雪橇,我们又一次飞向可怕的深渊,又一次听到风的咆哮和滑板的哐哐作响,又一次在雪橇呼啸着飞行的最为紧张的时刻,我轻声地说:

"纳嘉,我爱你!"

雪橇停住之后,纳金卡朝我们刚刚滑行的山坡看了一眼,然后久久地瞅着我的脸,听着我平淡又平静的话语,整个她,甚至是她的手笼和帽子,整个她娇小的身子都显示出她那极度的疑惑。她的脸上好像写着:

"这是怎么回事?是谁说了这句话?是他说的,还是我的幻听?"

这个迷惑折磨着她,使她无法忍受。

这位可怜的姑娘一言不发,愁眉紧锁,甚至要哭。

"咱们回家去吧?"我这样问道。

"而我喜欢滑冰,"她红着脸说,"咱们不能再滑一次吗?"

她"喜欢"滑冰,然而,一坐上雪橇,她照样脸色惨白,浑身发抖,吓得喘不过气来。

我们第三次往下滑行,我发现她在看着我的脸,盯着我的嘴唇。但我假装咳嗽,用手帕捂住了嘴,而当我们滑行到中途,我及时地发出声来:

"纳嘉,我爱你!"

疑问依旧是疑问!纳金卡沉默着,想着什么……我送她回家,一路上她尽量把步子放慢、放轻,一直等着我把这句话说给她听。我看到她的灵魂在痛苦着,她在极力控制自己,不要说出这句话来:"风不可能说出这句话!我不希望这句话是风说的!"

第二天一早,我收到一封短信:"如果你今天去滑雪橇,务必把我带上。纳嘉。"

从此我天天和纳金卡一起去滑冰场,每次坐在雪橇上往下飞行的途中,我总要轻声地说一句同样的话:"纳嘉,我爱你!"

很快,纳金卡听这句话听上了瘾,就如同对美酒或吗啡上了瘾一样。听不到这句话她简直无法生活。当然,从山顶往下飞行照样恐怖,但现在这恐怖反倒给这句情语增加了特殊的魅力,尽管这句情语依旧是个谜,依旧折磨着她的灵魂。怀疑的对象依旧是两个:我和风……这二者之中究竟谁会出来向她坦陈爱情,她不知道,而且看来,她已经并不在乎:从哪个杯子里喝酒都是一样的,只要能喝醉就行。

有一天中午,我独自去滑冰场,我混杂在人群中间,看到纳金卡正向冰山走去,用眼睛搜寻着我……然后她小心翼翼地顺着台阶往上攀登……她独自一人登山是会感到恐怖的,噢,多么可怕!她的脸色白得像雪,身子在发抖,她朝前走去就像是走向刑场,但她走着,头也不回地走着,坚定不移地走着。毫无疑问,她终于决心做个试验:在没有我在场的情况下,是否也能听到这句甜美的情语?我看到脸色刷白的她,因为恐惧而张大了嘴巴,她坐上雪橇,紧闭双眼,开始滑动,那神情像是要与人间永别……"哐哐"……滑板哐哐作响。纳金卡是否听到了那句话,我不得而知……我只是看到当她从雪橇上站起来的时候,已经精疲力竭。从她的脸色判断,连她自己都不知道是否听到了那句话。往下滑行的恐惧,剥夺了她倾听话语的能力,分辨声音的能力,理解的能力……

早春三月终于来临……太阳变得温和起来。我们的那座冰山变黑了,失去了耀眼的光泽,最后融化了。我们不再去滑雪橇。可怜的纳金卡已经再也听不到这句话了,也是的,谁也不会再说这句话了,因为风已经消歇,而我也准备去彼得堡——要去很久,可能一去不复返。

动身前两天,我坐在自家的小花园里,已经暮色四合。这小花园与纳金卡家的院子由一道高高的上边布满钉子的篱笆墙隔开……天还有几分寒意,粪堆下还有积雪,树木毫无生气,白嘴鸦在聒噪着安顿过夜的鸟窝。我走近篱笆墙,通过缝隙久久地往那边张望。我看到纳金卡走到门廊上,用愁苦的目光在凝望天空……春风直接吹在她那雪白的、忧伤的脸孔上……这风让她联想到了冰山上的曾朝我们呼啸而来的风,在风声中她听到了那五个字,她的面孔变得更加忧郁,眼泪顺着脸颊流了下来……这可怜的姑娘把双手伸展开来,像是在祈求这阵风再给她捎来那句情语。我等到有阵风吹过来,便压低了嗓门说:

"纳嘉,我爱你!"

我的上帝,纳嘉的情绪顿时变了!她满脸笑容,大声喊叫,迎风高高地举起双手,她是那样的兴奋,那样的幸福,那样的美丽。

我抽身去整理行装。

这是很久以前的事了。现在纳金卡已为人妻,嫁给了一个贵族协会的秘书——到底是父母之命还是自由恋爱,这并不重要,她已经生了三个孩子。但当时我们是如何一起去滑冰,风是如何把"纳嘉,我爱你"这句话传进了她的耳朵,则是不可忘怀的,对她来说,这是她生命中最幸福、最感人、最美好的记忆……

我现在也已经上了年纪,已经无法说清,当年我为什么要说那句话,为什么要开这样的玩笑……

一八八六年

童道明　译

在别墅里

"我爱您。您是我的生命,我的幸福,我的一切!原谅我的直言不讳,我无法再这样痛苦下去,沉默下去。我并不企求您给我同样的爱,我只求您给我点同情。求您务必今晚八点钟到老亭子里……我以为写上我的名字是多余的,但也请您不必害怕我的隐姓埋名。我年轻,漂亮……您还希求什么呢?"

避暑客巴维尔·伊万内奇·维赫采夫,一个循规蹈矩的有妇之夫,读完这封信,耸了耸肩,疑惑不解地挠挠额头。"什么鬼名堂?"他想,"我是有妇之夫,结果来了这么一封莫名其妙的……愚蠢至极的信!这是谁写的?"

巴维尔·伊万内奇把信纸在眼前晃动了几下,又念了一遍,啐了口唾沫。

"我爱您……"他做了个鬼脸,"把我当三岁小孩了!当我会随随便便跑到那个亭子里去跟你幽会……我,这种风流勾当早就不干了……嗯!写这信的肯定是个轻浮的女人……嗯,这些女人呀!她真是昏了头啦,居然把这样的情书写给一个陌生的男人,而且还是一个有妇之夫!简直是道德败坏!"

在八年的婚姻生活中,巴维尔·伊万内奇已经远离细腻的浪漫情怀,除了逢年过节的贺卡,他没有收到过任何信札;因此,尽管他表面做了那一番不为所动的硬汉表演,那封来信还是让他不知所措,慌了手脚,动了心思。接到来信之后过去了一个小时,他躺在沙发上,想道:"当然,我不是小孩子,我不会随随便便跑去跟个陌生女人幽会的。不过呢,要是能弄清写信的人究竟是谁,倒也蛮有意思。嗯……看笔迹,肯定是一位女士写的……这信写得还蛮有感情,所以不大像是在开玩笑……大概是个有点神经质的女人,再不然就是寡妇……总的来说,寡妇都有点头脑简单,行为怪异。嗯……这能是谁呢?"

要弄明白这个问题也不容易,因为在这个避暑山庄里,除了自己的妻子外,巴维尔·伊万内奇不认得其他任何一个女人。

"见鬼了……"他很困惑,"'我爱您'……他什么时候开始爱上我的?奇怪的女人!也不认识,也不了解我这个人究竟怎么样,就把我爱上了……如果能这样一见钟情,想必她一定是个年轻的、生性浪漫的女子……可是她究竟会是谁呢?"

巴维尔·伊万内奇蓦地想到,昨天和前天,当他在避暑山庄周围散步的时候,好几次遇到过一个穿浅色裙子、鼻子微微翘起的金发女郎。这位金发女郎总要朝他多看几眼,当他坐到一张长椅上,她也坐到了他旁边……"是她?"维赫采夫在想,"不可能!像她那样一个娇小姐能爱上我这么个糟老头?不,这不可能!"

吃午饭的时候,巴维尔·伊万内奇呆呆地瞅着妻子,想自己的心事:

"她说她年轻、漂亮……这说明她不是个老太婆……嗯……说良心话,我也不算老,我也还能招人爱……我老婆就很爱我!更何况,俗话说得好,爱情是个瞎子——逮到谁就爱谁——"

"你在想什么?"妻子问他。

"嗯……头有点痛……"巴维尔·伊万内奇撒了个谎。

他想明白了,把这封破信当成情书来看待是愚蠢的,他对这封信和写这封信的人嗤之以鼻,可是,唉!人性的魔力强大无比。午饭过后,巴维尔·伊万内奇躺在床上,不睡觉,想心事:"要知道她指望我应约前往呢!多么傻!我想象得到,她一走进亭子,不见我人影,她会失望得浑身发抖的!……我偏不去……气气她!"

然而,我要重复一句,人性的魔力强大无比。

"不过,出于好奇心,也不妨去一趟……"半个小时之后,这位避暑客又这样想,"从远处看看,她究竟是个什么样的女人……看看她的长相,也怪有趣的!逢场作戏罢了!不过,遇到合适的机会,为什么就不能寻寻开心呢?"

巴维尔·伊万内奇起床,穿衣服。

"打扮得漂漂亮亮要上哪儿去?"妻子见他穿了件干净的衬衣,换了条鲜亮的领带,便问。

"嗯,出去散散步……头有点痛……嗯……"巴维尔·伊万内奇打扮完毕,等到八点钟,便走出了房门。在落日余晖照耀着的翠绿色的背景中,来此地消夏的红男绿女在他眼前晃动,他的心剧烈地跳动起来。

"她是他们中的哪一个呢?"他想,羞涩地扫视着一张张女士的脸孔,"没有金发女郎……嗯……如果照她信上写的推测,她应该已经坐在亭子里了。"

维赫采夫走上林荫道,在林荫道的尽头,透过一行高大的椴树的枝叶,可以看见那个"老亭子"……他悄悄地走近亭子……

"从远处看看……"他这样想,迟疑不决地往前挪动着脚步,"哟,我有什么好害怕的?我又不是去和女人幽会!好一个……傻瓜蛋!大胆地往前走!我到亭子里去怎么的?嗯,嗯……无所谓!"巴维尔·伊万内奇的心脏跳动得更加剧烈了……他情不自禁地突然间想象到了影影绰绰的亭子……在他的想象里,出现了一个身材修长的金发女郎,穿着浅色的衣裙,鼻子微微翘起……他想象着,她因为爱而羞怯,浑身发抖,她扭捏地走近他,大声喘息着……突然间她把他拥进了怀里。

"要是我还是个单身汉,那就毫无顾忌了……"他这样想,把厌恶感从脑子里赶了出去,"再说了……一辈子经历这么一次,倒也说得过去,否则到死也不知道这种事是啥滋味。那么老婆……嘿,这与她有什么关系?感谢上帝,这八年来我没有离开过她一步……做了整整八年的守法公民!别管她……甚至有点腻味了……今天我索性造她的反!"

浑身发着抖,屏住了呼吸,巴维尔·伊万内奇走到了亭子跟前,这个亭子上爬满了野葡萄的藤蔓,他往亭子里瞧了瞧……扑鼻而来的是夹杂着霉味的湿气……

"大概,没有人……"他想,当他伸脚跨进了亭子,却在角落里发现了一个人影……是个男人的影子……定睛一看,巴维尔·伊万内奇认出此人是自己的妻弟——大学生米佳,就寄住在他的别墅里。

"哦,原来是你?"他很不满意地说着,摘下帽子,坐了下来。

"对了,是我。"米佳回答。

沉默了两分钟……

"巴维尔·伊万内奇对不起,请您离开这里,行不行?……我正在构思我的硕士论文……有别人在我跟前,就会妨碍我思考。"米佳先开始发难。

"你还不如到黑黑的林荫道上走一走的好……"巴维尔·伊万内奇温和地回应,"在露天里,容易来灵感,况且……我想在这儿的长椅上打个盹儿……这儿不太闷热……"

"您要打盹儿,我可是要做论文……"米佳嘟囔道,"论文更重要……"

又是沉默……维赫采夫魂不守舍,不断地听到脚步声,猛地站起身来,用哀求的声音说道:"好了,米佳,我求求你了!你比我年轻,你应该体谅体谅我才对……我不大舒服……想打个盹了……你走开吧!"

"这是自私自利……为什么您非得待在这儿,却不让我待在这儿?说啥我也不走……"

"得了,我求求你啦!就算我是个自私自利的人,霸道的人,愚蠢的人……可是我还是要求你走开!我这一辈子就低三下四地求你这一回!体谅体谅我!"

米佳摇摇头。

"真是个畜生……"巴维尔·伊万内奇想,"我总不能当着他的面与女人幽会!得把他支走!"

"米佳,你听我说,"他说,"我最后一次恳求你……你该做一个通情达理的文化人才对!"

"我不懂,您为什么老缠着我?"米佳耸了耸肩,"我已经说了,我不走,不走。说啥我也不走……"

在这个时候,突然有个鼻子微微上翘的女人探头朝亭子里看了看。

看到了米佳和巴维尔·伊万内奇,这个女人皱了皱眉头,走开了……

"她走了!"巴维尔·伊万内奇想,愤怒地瞧着米佳,"她一看到这个坏蛋,就走了!全都泡汤了!"

又等了一会儿,维赫采夫站起身来,戴上帽子,冲着米佳说:"你是畜生,坏蛋!是的!畜生!卑鄙,而且……愚蠢!我和你从此绝交!"

"好得很!"米佳喃喃地说,也站起身来,戴上了帽子,"您要知道,您方才在这里赖着不走,坏了我的好事,我活着一天,就绝不会饶恕您!"

巴维尔·伊万内奇气呼呼地走出亭子,快步向自家别墅走去……摆上晚餐菜碟的桌子也不能让他宽心。

"一辈子就出现过这么一次机会,"他激动地想着,"也给搅黄了!她现在想必受了委屈……伤透了心!"

吃晚饭的时候,巴维尔·伊万内奇和米佳都盯着自己的碟子,保持着阴郁的沉默,他们彼此憎恶着对方。

"你笑什么?"巴维尔·伊万内奇向妻子表示不满,"只有傻瓜才会这样无缘无故地傻笑!"

妻子瞅着丈夫阴沉的脸,扑哧一笑……

"今天早上你接着什么信了?"她问。

"我……我没有接着信呀……"巴维尔·伊万内奇慌张起来,"你胡诌个什么……"

"嘿,说吧!坦白交代吧!要知道那封信是我写给你的!千真万确,是我写的!哈哈!"

巴维尔·伊万内奇脸涨得通红,把头埋进了碟子里。

"愚蠢的玩笑。"他嘟囔道。

"可我有什么办法!你自己说说……我们今天要打扫房间,怎样才能把你从家里请出去呢?只有这个办法才能把你请走……但是,你也别生气……为了让你在亭子里不觉得寂寞,我也给米佳写了封同样内容的信!米佳,你也到亭子里去了吧?"

米佳龇牙一笑,不再恶狠狠地瞪视自己的情敌了。

一八八六年

童道明 译

别人的不幸

清晨,将近六点钟,新科法学副博士柯瓦廖夫携新婚妻子,坐上一辆四轮马车,顺着一条乡间小路驶去。以往,他和妻子从来没有这样早起过,现在,这宁静的夏日清晨的美景,让他们生出了身临仙境的幻觉。绿油油的大地,镶嵌着钻石般的露珠,美丽而幸福。阳光向森林洒去鲜亮的光斑,在明丽的河面上颤动;而在无比透明的空气里散发出如此清新的芬芳,好像这个上帝的世界刚刚洗过澡,充满青春活力。

对于柯瓦廖夫夫妇来说,就像他们后来自己承认的,这个早晨是他们的蜜月中,也是他们一生中最最幸福的一个早晨。他们不停地说着,唱着,傻笑着,打闹着,以至于觉得在车夫跟前挺难为情的。无论是眼下,还是将来,幸福都在向他们微笑:他们此行是要去购买一处庄园——一个他们从结婚的第一天就开始幻想的小小的"诗意的角落"。他们前程似锦。他隐隐地想到自己在地方自治会的一份公差,正规经营的一份家产,自食其力的劳作,以及其他的一切他先前读到过和听到过的人生乐趣。而对于她的诱惑则纯粹是罗曼蒂克的一面:幽暗的林荫小道,河边垂钓,温馨的夜晚……

在谈笑中他们没有发现马车已经驶出十八里地。他们要去察看的,是七等文官米哈依洛夫的庄园,它坐落在又高又陡的河岸上,掩隐在一片白桦林的后边……红色的屋顶在万绿丛中隐约可见,土色的河岸上种满了小树。

"这儿风景蛮不错!"柯瓦廖夫说,这时马车已经涉水过河,"房子在山上,山下一条河!鬼知道这有多美!维罗奇卡,你只是要知道,这条阶梯不成样……简直是大煞风景……如果我们买下这座庄园,那么一定要把它改造成钢质阶梯……"

维罗奇卡也喜欢这里的风景。她哈哈大笑着,扭动着腰肢,顺着阶梯式的山路往上奔跑,丈夫跟在她后边跑,俩人披头散发,气喘吁吁地跑进了小树林。在地主家的住房前,他们首先碰到一个长得粗壮的农民,这个大汉头发浓密,略带睡意,神情阴郁。他坐在门廊的台阶上,正在擦洗一双孩子穿的半高勒皮靴。"米哈依洛夫先生在家吗?"柯瓦廖夫冲他说,"你去通报老爷,就说买主来看他的庄园了。"

傻乎乎的汉子吃惊地看了看柯瓦廖夫夫妇,慢慢地挪动步子走去,但他不是走进正房,而是向正房旁边的厨房走去。从厨房的窗子里立即闪现出几张人脸,一张比一张更无精打采,更惊悚不安。

"买主来啦!"听得见窃窃私语声。"上帝,这是你的旨意,米哈依洛夫庄园要卖掉了!瞧瞧,他们多么年轻!"不知哪里有条狗在吠叫,还传来了凶恶的嚎叫声,像是被人踩住了尾巴的猫发出的声响。仆人们的惊恐很快传染给原本在林荫道上闲步的母鸡、火鸡和公鹅。不久,从厨房里跑出一个仆人模样的男人,他眯缝着眼睛瞧了瞧柯瓦廖夫夫妇,一边跑一边穿起上衣,往正房跑去……所有这些张皇失措的举止让柯瓦廖夫夫妇觉得很滑稽,他们几乎忍不住要笑出声来。

"这些人多么滑稽!"柯瓦廖夫说,与妻子交换了眼色,"在他们的眼里,我们成了野人。"

终于,一个身材矮小的男人从屋子里走了出来,他面容衰老,头发蓬乱,胡子倒刮得光光……他趿着一双绣有金线的破拖鞋,一脸苦笑,呆呆地盯视着两位不速之客……

"是米哈依洛夫先生?"柯瓦廖夫举起帽子,说,"我荣幸地向您致敬……我和我内人读到了地方自治银行的一则通告,知道您的庄园准备出售,我们现在就来看看这个庄园。也许,我们会把它买下……劳您大驾,领我们去看看。"

米哈依洛夫又苦笑了一下,眨着眼睛,不知所措。在窘迫中,他把头发弄得更加蓬乱,在他那刮得光光的面孔上呈现出惶恐与羞涩的表情,惹得柯瓦廖夫和他的维罗奇卡相互看了一眼,忍不住微微一笑。

"我很高兴,"他低声说,"愿意为你们效劳……想必二位是从老远来?""从科尼科沃村来……我们住在那边的一处别墅里。"

"住在别墅里……是这样……好得很!有请!不过我们刚刚起床,屋里有点乱,请多包涵。"

米哈依洛夫苦笑着,搓着双手,把客人领向正屋的另一端。柯瓦廖夫戴上眼镜,摆出一副行家的模样,像参观一处名胜那样开始考察这处庄园。首先他看到了一个已经有点年头的老砖屋,结构沉重,点缀着狮子的造型和纹章,墙上的泥灰已经剥落。屋顶很久没有油漆,玻璃窗五颜六色,台阶缝里长出了草。一切都显出衰败与荒凉的景象,不过从整体来看还能吸引人。它有诗的意趣,质朴,宽厚,像一个终身未嫁的年长的好姑妈。在他们前边,就离屋子门廊一箭之遥,有一个闪着白光的池塘,水面上,游荡着两只鸭子和一条玩具船。池塘周围栽种着白桦树,树梢一样高,树干一样粗。"啊,还有池塘!"柯瓦廖夫说,因为阳光照射,他眯缝了眼睛,"这儿很美。池塘里有鲫鱼吗?"

"有……以前还有鲤鱼呢,但后来池塘水质不好了,鲤鱼都死光了。"
"这可不好,"柯瓦廖夫用教训的口吻说道,"池塘应该经常清淤,而且池塘的淤泥和水草可以用做田里的优质肥料。维拉,你知道吗?一旦我们把这庄园买下,就在池塘里修建一个亭子,建在木桩上,亭子和水岸由小桥相连。我在阿甫隆托夫公爵家里见过这样的亭子。"

"还可以在亭子里喝喝茶。"维罗奇卡美滋滋地幻想着。

"那当然……那座尖顶塔楼是干什么用的?"

"是供客人歇脚的厢房。"米哈依洛夫回答。

"它摆在那儿有点煞风景。我们会把它拆掉。总的来说,这里有不少东西都要拆掉,很多!"忽然,一阵非常清晰的女人的哭声传了过来。柯瓦廖夫夫妇回过头去看正屋,但就在这一刻有一扇窗子"砰"的一声关上了,在那彩色的窗玻璃里,两只闪着泪花的大眼睛刚一显现就不见了。想必是因为她在为自己的哭泣感到难为情,便关上窗子,躲到窗帘后边去了。

"你们想看看花园和别的设施吗?"米哈依洛夫带着苦笑快速地说,皱起他那原本就满是皱纹的脸,"咱们走……要知道最精彩的地方不是这正屋,而是……其他的……"

柯瓦廖夫夫妇跟着去看马厩和谷仓。这位法学副博士走遍第一个谷仓,东看看,西闻闻,炫示了一下他的农学知识。他问庄园里有多少亩耕地,多少头牲口,批评俄罗斯对森林乱砍滥伐,责怪米哈依洛夫白白浪费了不少马粪,等等。他不停地说着,还不时地看一眼他的维罗奇卡。

而她呢,一直在目不转睛、含情脉脉地看着他,心想:"你是一个多么聪明的人呀!"

正在他们察看牲口棚的时候,又传来了哭声。

"您听,那是谁在哭?"维罗奇卡问。

米哈依洛夫摆了摆手,把身子转了过去。"奇怪,"维罗奇卡喃喃道,这时啜泣声变成了撕心裂肺的悲号,"好像有人在拷打什么人,在行凶。"

"这是我妻子,上帝保佑她吧……"米哈依洛夫说。

"她为什么哭呢?"

"是个弱女子呗!看不得自家的老屋被卖掉。"

"那您为什么要把它卖掉呢?"维罗奇卡问。

"太太,不是我们要卖掉,是银行……"

"奇怪,那您为什么听之任之呢?"

米哈依洛夫惊奇地瞅了一眼维罗奇卡绯红的脸,耸了耸肩膀。

"要付银行的利息,"他说,"一年要付两千一百卢布利息!到哪去找到这笔钱?眼泪就不由自主地流出来了。女人,都知道,全是软弱的。她既要为自己的老屋伤心,又要为孩子伤心,还要为我伤心……就是在仆人跟前她也无地自容……刚才你们在池塘边,也就那么随便一说,要拆掉那个啦,要加建那个啦,而这些话对她来说,就像是一把刀子捅进了她的心窝。"

往回走,路经正屋,柯瓦廖夫看见窗子里有个留平头的中学生和两个小女孩——米哈依洛夫的孩子。这几个孩子看着这些买主心里会有什么想法呢?维罗奇卡大概能够理解他们的心思……当她坐上四轮马车回家去的时候,这个空气清新的早晨和对于诗意的角落的渴望通通对她失去了吸引力。

"这一切多么令人不愉快!"她对丈夫说,"就给他们两千一百卢布好了!让他们在自己的庄园里住下去。""你真聪明!"柯瓦廖夫笑了,"当然,可以怜悯他们,但要知道这是他们自己的过错。谁让他们把庄园抵押出去的?他们为什么把庄园搞得破败不堪?他们不值得可怜。如果用心管理这个庄园,合理经营……把牲畜饲养和其他一些副业生产都搞起来,那么在这里能过很舒心的日子……而他们呢，这群蠢猪，什么也不干……他，看来是个酒鬼和赌徒，你看到他那副嘴脸了吗？——而他老婆也是个爱涂脂抹粉，花钱大手大脚的女人。我知道这些人的德行！"

"可是你怎么会知道他们呢，柯瓦廖夫？"

"我就是知道！他诉苦说付不出利息。我就不明白，他怎么就拿不出这两千卢布？如果经营得法……给耕地施上肥，把牲畜饲养好……如果风调雨顺，就是只靠一亩地也能活下来！"

在回到家里之前，柯瓦廖夫一直在说，而妻子听着，并且相信他说的每一句话，然而，先前的那种好心情再也不会有了。米哈依洛夫的苦笑，两个一闪而过的泪眼，在她的脑海里驱之不去。后来当柯瓦廖夫两次光临拍卖会，并用她的陪嫁钱买下了这处庄园，她更是感到烦闷得无法忍受……她不断想象着这样的景象：米哈依洛夫如何带着一家人坐上马车，哭泣着离开他们不忍抛舍的老屋。她想象中的画面越是阴暗，越是伤怀，柯瓦廖夫却越是得意忘形。他用霸气十足的权威口吻大谈合理化经营，订购了大量书刊，嘲笑米哈依洛夫——最后，他的农业经营的理想变成了大胆的、赤裸裸的自我吹嘘……"你照我说的来！"他说，"我不是米哈依洛夫，我要让人明白，应该怎样干工作！就是这样！"

柯瓦廖夫夫妇搬到空荡荡的米哈尔沃科庄园来的时候，首先映入维罗奇卡眼帘的，就是一些原先的住户留下的痕迹：孩子手写的课程表，缺了脑袋的洋娃娃，飞来讨食的山雀，墙上的涂鸦"娜塔莎真傻"，等等。为了忘记别人的不幸，需要涂抹，裱糊和拆毁很多东西。

一八八六年

童道明　译

男　友

艳丽的瓦达,或者如同护照上登记的——荣誉女公民娜斯塔辛雅·卡纳芙基雅,一出医院就陷入了她先前从未体验过的窘境:身无分文,无家可归。这怎么办?

她首先想到的是到当铺当掉她唯一的一件首饰——一枚镶有绿松石的戒指。当铺收下戒指,付给了她一个卢布,但是……一个卢布管什么用?用这一个卢布她既买不到一件时髦的短外套,也买不到一顶漂亮的帽子,更买不到一双黄铜色的皮鞋,而没有这些穿戴,她觉得自己像是个赤身裸体的人。她感到不仅是人,即便是马和狗也盯着她看,嘲笑她的衣着是那样的寒碜。她现在想的仅仅是衣裳,至于怎么吃饭、在哪儿住宿,她全不在意。"能见到个男友就好了……"她这样想,"我可以拿到一笔钱……没有一个男友会拒绝我的,因为……"

但她一个男朋友也没有碰到。在夜总会里倒不难找到他们,但她穿一身这么寒碜的衣服,也没有戴帽子,人家是不会准许她进去的。这怎么办?折腾了好一阵子后,她已经不想再走路,再坐着,再想心事了,瓦达决定尝试最后一个办法:直接到一个熟识的男人家里去伸手讨钱。

"去找谁呢?"她寻思,"不能找米嘉,他是有家室的……红头发的老头还没有下班……"

瓦达想到了牙医芬克尔,是个受洗之后改信基督教的人,三个星期前送给她一只手镯,有一回在德国俱乐部用晚餐的时候,瓦达还朝他头上泼过一杯啤酒。一想到芬克尔,她高兴至极。

"他会给我钱的,除非我碰不上他……"她往他家走去,一边这样想,

"他若是不给钱,我就把他家的灯泡全给砸碎。"

当她走近牙医家门的时候,她已经想好了行动计划,她将欢笑着跑上楼梯,飞进医生的诊疗室,向他索要二十五卢布……但当她拉着门铃,这个计划就在她的脑海里自行消失了。瓦达开始害怕和紧张起来,这在她以前是从来没有发生过的。以往只是在和男人们狂饮胡闹的时候,她才大胆泼辣,不知羞耻为何物,而现在她穿着一身极普通的衣装,成了一个普通的求人赏钱的人,还兴许被人拒之于门外,她感到羞怯,自惭形秽了。她觉着害怕,羞愧难当。

"也许,他已经不记得我了……"她想,不敢拉响门铃,"我怎么能穿这身衣服去见他?活像个叫花子或者是个小市民……"

她迟疑不决地拉响了门铃。

门后听到了脚步声,门房出来开门。

"医生在家吗?"她问。

要是门房这时说"他不在家",她心里会轻松许多,但门房没有回答她问题,直接把她请进了前厅,替她脱去了大衣。她觉得楼梯十分考究和华丽,但在所有的华丽物件之中,首先映入她眼帘的是一面大镜子,她在这面镜子里看到自己是一个衣着寒碜的人,既没有高帽子,也没有时髦的外套和黄铜色的皮鞋。瓦达觉得很奇怪,现在,当她穿着寒碜的衣服,像个缝衣女工或洗衣女工一样,她心里有了害羞的感觉,原先的放肆与大胆都无影无踪了,甚至在意识里已经不把自己当作瓦达,而是回复到了先前的娜斯塔辛雅·卡纳芙基雅。

"请进!"一个女仆把她领进了诊疗室,"医生马上到……请坐。"

瓦达坐进了一把松软的安乐椅里。

"我就对他说:借点钱给我!"她这样想,"这很合乎情理,因为他是我男友。不过这个女仆得离开这里才对。当着她的面不好意思……她干吗在这儿站着?"

过了五分钟,房门打开了,芬克尔走了进来。他身材高大,皮肤黝黑,长着肥肥的面颊和向外突出的眼睛。他的面颊、眼睛、肚子、肥大的屁股,都显出他是个令人讨厌的养尊处优的人。无论是在夜总会,还是在德国俱乐部,他兴致极高,在女人身上大把大把花钱,耐心地接受她们的调笑(比如,当瓦达朝他头上泼啤酒的时候,他只是笑了笑,朝她摇摇手指头);现在他却阴沉着脸,摆着首长的架子,冷若冰霜,嘴里还嚼着什么东西。

"怎么不好?"他问道,连瞧都不瞧瓦达一眼。

瓦达看着女仆严肃的面孔和芬克尔富态的身躯,显然,他没有认出她来,瓦达脸一下子红了……

"怎么不好?"牙医又问了一遍,这回他有点光火了。

"牙……牙痛……"瓦达嗫嚅道。

"噢……哪个牙?在哪儿?"

瓦达记起她有一个蛀牙。

"右下侧……"她说。

"嗯!……把嘴张开。"

芬克尔皱起眉头,屏住呼吸,开始看牙。

"痛吗?"他问,一边用一条铁片抠她的牙齿。

"痛……"她说了个谎。"该提醒他一下,"她想,"他大概就把我认出来了……但……女仆在场!她干吗在这儿站着?"

芬克尔突然像火车头似的朝她嘴里喷了口气,说:

"我劝您不要补牙了……反正这颗牙留着对您没有什么好处。"

他又在瓦达的牙齿上抠了几下,他散发着烟味的手指把她的嘴唇和牙床都弄脏了。医生又屏住呼吸,把一个冷冷的物件捅进了她的口中……瓦达突然感到一阵剧烈的疼痛,叫了一声,抓住了芬克尔的手。

"没有关系,没有关系……"他嘟囔着,"您别害怕……这颗牙齿反正对您毫无用处。得勇敢一点。"

散发着烟味的、沾染了血污的手指提着那颗拔下来的牙齿,举到她的眼前,而女仆走过来,把茶杯递到她的嘴边。

"回到家里用凉水漱漱口,"芬克尔说,"血就止住了。"

他站在她面前,摆出了这样一种姿态,似乎是在等她离开这里,好让自己清静一会儿……

"再会……"她说,转过身子往门口走去。

"嘿!……这诊疗费谁给我付?"芬克尔笑着问道。

"啊,是的……"瓦达想起来了,她涨红了脸,把用戒指当来的一个卢布交给了这个改信基督教的人。

走到街上,她感到了从未有过的羞愧,不过现在她不是为贫穷而羞愧,她已经不在乎没有高帽子和时髦的短外套。她在街上走着,吐着带血的唾沫,每一口红色的唾沫都在向她叙述着她的生活,她糟糕的、沉重的生活,叙述着她承受的屈辱,这样的屈辱,她明天还要承受,她还要承受一个星期,一年,一生——直到离开这个世界……

"噢,这多么可怕!"她喃喃道,"多么可怕,我的上帝!"

但第二天她又出现在夜总会,在那里跳舞。她戴上了新的大帽子,穿上了新的时髦外套和黄铜色的皮鞋。一位从喀山来的年轻商人请她吃了晚饭。

一八八六年

童道明　译

薇罗奇卡

伊凡·阿历克谢耶维奇·奥格涅夫记得,在那个八月的夜晚,他是怎样当的一声打开了玻璃门,走到了凉台上。那时他披着一件薄薄的披风,头戴一顶宽边草帽,现在,这顶草帽连同那双军靴都沾满灰尘地扔在床底下。他一只手抱了一大捆书和笔记本,另一只手拄着一根长着很多节疤的粗手杖。

房子的主人库兹涅佐夫站在门后,举着灯,给他照明,这是一位秃顶的老人,留着长长的花白胡子,穿一件用凸纹布做的上衣。老人友善地微笑着,频频点头。

"老人家,再会了!"奥格涅夫向他喊道。库兹涅佐夫把灯放在一张小桌子上,也走到了凉台上。两个窄长的人影通过台阶往花坛方向挪步,摇摇晃晃,脑袋顶着了椴树的树干。

"再会了,再一次道一声谢谢,亲爱的!"伊凡·阿历克谢耶维奇说,"谢谢你们的殷勤好客,谢谢你们的亲切关照,谢谢你们的爱心……我永远不会忘记你们的款待。您是个好人,您的女儿也是个好人,你们全都那么善良,那么开朗,那么坦诚……遇上这样一群难得的好人,我都不知该说什么好了!"因为感情冲动,再加上喝了点酒,奥格涅夫说话的声音像教堂唱诗班歌手的声调,他是那样的情绪激动,与其说是在用语言,毋宁说是在用自己眼光的闪烁和肩膀的耸动在表达自己的感情。库兹涅佐夫也有几分醉意,他情绪有点激动,他向这位年轻人探过身子去,和他接吻。

"我像条小狗与你们难分难解了!"奥格涅夫继续说,"我几乎每天到你们家来消磨时光,在你们家一住就是十天,究竟喝了你们多少果子酒,现在想起来都有点后怕。而最最重要的,加夫利尔·彼得罗维奇,我是要感谢您对我工作的帮助。如果没有您的协助,我的统计工作怕是要拖到十月份去了。所以我会在统计报告的序言里写上一笔,认为我有义务向N县执委会主席库兹涅佐夫的友善协作深表谢意。统计学前程似锦!请您代我向薇拉·加夫利洛芙娜致意,也请您向那几位医生、法官和您的秘书转达我的谢意,就说我永远不会忘记他们的帮助!"

无精打采的奥格涅夫再一次与老头子接了吻,便走下台阶。当他走到最后一个台阶的时候,转过身来,问:

"我们将来还能见面吗?"

"上帝才知道!"老人回答,"大概,无缘再会了!"

"有道理!你们不会有兴趣去彼得堡,而我也未必再有机会到这里来。好吧,告别吧!"

"您把书留下好了!"库兹涅佐夫朝他背后喊道,"您何必拿着这样重的东西上路?明天我差人给您送去就是了。"

但奥格涅夫已经快步走开,听不见了。

他的心被葡萄酒温暖了,他感到快活、温馨,也有点惆怅……他一边走着,一边在想,在一生中能见到多少好人呀,遗憾的是,这些美好的相逢,除了回忆之外,留不下任何痕迹。常常有这样的情形,一群大雁在天际飞过,微风送来了它们既含哀怨又是欢畅的叫声,但过了一分钟之后,不管你怎样地凝神远眺蓝色的远方,你既看不到它们的影子,也听不到它们的声音——人也是这样,他们的音容在生活中闪现一刻,然后沉入我们的过去,遗留下来的不过是些许记忆的点滴。从春天来到N县起,伊凡·阿历克谢耶维奇几乎每天都来拜访好客的库兹涅佐夫一家,伊凡·阿历克谢耶维奇把他们视若亲人,他和老人,和他的女儿、女仆都处得很熟,对房子的布局了如指掌,那舒适的凉台,那曲径通幽的林荫道,那厨房和澡堂上方的树影。但当他一跨步走出门外,所有这一切都变成了记忆,失去了现实的意义,而再过一两年,所有这些可爱的形象都会在他的意识中变得模糊不清,就好比是凭空幻想出来的幻影一样。

"在生活中再没有比人更可宝贵的了!"

深受感动的奥格涅夫这样想,他正在沿着林荫道向院门走去。"再也没有了!"

花园里很安静很温暖。木樨草、烟草和天芥草散发着芳香,这些花草在花坛里还没有凋谢。在灌木丛与大树相隔的空间,弥漫着柔和的被月光浸润着的薄雾,这雾霭像幽灵般穿行于林荫小道上,静静地,但看得很分明,这景象会在奥格涅夫的记忆中长久地存留。月亮高高地挂在花园上方,在它的下方有一团团透明的雾状物在向东方飘浮。整个世界似乎就仅仅为这些黑色的倒影和浮动着的雾状物所构成。而奥格涅夫几乎是平生第一次观赏到在八月夜晚的月光下出现的雾霭。他寻思,他看到的也许不是大自然的本色,而是一台舞台布景,并不高明的烟火技师躲在灌木丛的后边,想用白色的孟加拉烟火来照亮花园,却把白烟与白光一起投向了空中。

正当奥格涅夫走近花园门口的时候,一个黑影离开不高的围墙,向他迎面走来。

"薇拉·加夫利洛芙娜!"他兴奋地说,"您在这儿?我找了您好久,想向您辞行……再会了,我要走了!"

"这么早就走?才十一点钟。"

"不,该走了!要步行五里地,还要收拾行装。明天要早起……"

在奥格涅夫面前站着的是库兹涅佐夫的女儿薇拉,一位年方二十一岁的少女,照例有一副愁容,穿着随便而又有情调。大凡耽于幻想,成天懒洋洋地躺着,读读随手抓到的书籍的少女,都是烦闷和忧伤的,她们的穿戴也都很随意。对于她们中的一些天生丽质的姑娘,这种穿戴的随意反倒增添了楚楚动人的魅力。至少奥格涅夫后来一想起美女薇罗奇卡,总会想到她那一件宽大的短上衣,在腰口有很深的褶子,但并没有束住腰身,总会想到那一绺从高高梳起的秀发上垂到额头的鬈发,总会想到她那条红色的毛线披巾,周边绣有毛茸茸的小圆球,一到晚上,这披巾毫无生气地搭在薇罗奇卡的肩上,像是一面在无风吹拂的天气里的旗帜,而到了白天,这披巾被随便地丢在前厅的男人们的帽子旁边,或是丢在饭厅的木箱上,那只老猫就会毫不客气地躺在上边。从这条披巾和这件短上衣的皱褶里,散发着一种自由的慵倦,恋家与温顺的气息。也许,正是因为奥格涅夫爱上了薇拉,他就能在她身上的每一个纽扣里,每一个皱褶中寻找到某种温存的、舒心的、纯真的、美好的和富有诗意的东西,而这些恰恰是在那些虚伪的、缺乏美感和冷冰冰的女人身上找不到的。

薇罗奇卡身材很好,侧面轮廓端正,还有一头漂亮的鬈发。奥格涅夫平常很少与女人交往,在他眼里,薇拉便是个美女了。"我要走了!"他在门口与她告别,"别记住我的坏处!谢谢您为我做的一切!"

他依旧用与老头子说话时的近似于唱诗班歌手的声调在说话,依旧眨动着眼睛,耸动着肩膀,感谢薇拉的殷勤与温存。

"我在写给母亲的每一封信上都提到您。"他说,"如果所有的人都像您和您父亲,那么我们就生活在极乐世界里了。你们太好了!都是一些淳朴的、热情的、真诚的人。"

"您现在准备上哪儿去?"薇拉问。

"我现在先去奥寥尔城,在母亲那里住两个星期,然后去彼得堡工作。"

"然后呢?"

"然后?我要在彼得堡工作整整一个冬季,开春之后还要到某个县里去搜集资料。好了,祝您生活幸福,长命百岁……别记住我的坏处。今后我们再也没有可能见面了。"

奥格涅夫弯下腰去,亲吻薇罗奇卡的手。然后在默默的情感冲动中整了整自己的风衣,把那包书拿得更顺手一些,沉默片刻之后说道:

"好大的雾呀!"

"是的,您没有在我家遗忘了什么东西?"

"会是什么东西呢?大概,没有什么东西……"

奥格涅夫默默地站了一会儿,然后笨拙地转过身去,走出了花园。

"您等一等,我把您送到我家的森林边上。"薇拉说,跟在他身后走出来。

他们顺着大路走去。树木现在已经挡不住眼前的广阔空间,已经可以看见远处的天边。整个大自然像是被蒙上了面纱,藏到了透明的、暗淡的雾气里,透过这雾气,才能呈现出大自然的美丽。这时而更浓、时而更白的雾霭不均匀地点缀在干草堆和灌木丛的周边,或是聚成棉絮状贴近地面,越过大路,像是尽可能地不要遮挡住广阔的空间。透过雾霭可以看见通往森林的道路,路的两旁有黑色的水沟,水沟里长出的细小的灌木挡住了棉絮状薄雾的渗透。走出院门半里路的光景,库兹涅佐夫家的黑色森林地带就呈现在了眼前。

"她为什么要和我这么走一路？我还得把她送回家！"奥格涅夫这样想，但当他看了一眼薇拉的侧面，他便露出了亲热的笑容，说："在这么好的辰光，真不想离开！真是个浪漫的夜晚，有明月，有宁静，应有尽有。薇拉·加夫利洛芙娜，您知道吗？我在世上已经活了二十九年，但我在生活中还没有拥有过一个情人。从来没有过一桩风流韵事，什么幽会啦，林荫道上的叹息啦，拥抱接吻啦，我只是听说过。这不正常！要是在城里，单独住在斗室里，倒还意识不到这个缺失，但在这新鲜的空气里，便尖锐地感觉到了……这是多么让人难受！"

"您为什么会是这样呢？"

"不知道。可能是因为整天忙于工作，也许是因为一直没有碰上中意的女人……我熟人很少，也很少到外边走动。"

两个年轻人默默地往前走了三百步的样子。奥格涅夫瞧了一眼薇罗奇卡的没有戴帽子的头和那条披巾，春天和夏天的日子便接二连三地在他心中重现了。那时他远离彼得堡灰暗的寓所，享受着好人们的殷勤款待，享受着大自然的美景，和自己钟爱的工作，他竟然没有留意早霞是如何地变成了晚霞，各种鸟类是如何用叫声的停歇来预告夏天的结束，先是夜莺停止了歌唱，然后是鹌鹑和秧鸡不再鸣叫……时光不知不觉飞过去了，这说明日子过得轻松愉快……他开始出声地回忆他这个寒酸的、喜欢独处不善交际的人，是如何很不情愿地在四月底来到了这个 N 县，他原来以为等待他的将是无聊、孤独和人们对于统计学的漠不关心，而在他看来，统计学是一门最重要的科学。在一个四月的早晨，他来到了 N 县小城，落脚在旧教徒梁布兴开的旅馆里，以一天二十戈比的房钱租得一间窗明几净的房间，条件是不准在室内抽烟。稍事休息之后，探听到了县执委会主席的相关信息，便立即拜访加夫利尔·彼得罗维奇。他是步行去的，要走四里路，得在茂盛的牧场和幼林中穿行。云雀在云层下抖动翅膀，让银铃般的声音弥漫在空中，而白嘴鸦高傲地扇动起翅膀，掠过绿色的田野。

"上帝！"奥格涅夫那时很惊奇，"这里的空气一直是如此清新，还是因为我今天的到来，才散发出这样的清香？"

奥格涅夫期待着不冷不热的公事公办的接待，他走进库兹涅佐夫的家门的时候，很是拘谨，不敢正眼看人，羞怯地摆弄着自己的胡子。老头子一开始也紧锁眉头，他不明白这位年轻人和他的统计学为什么需要求助于县地方执委会。但一当年轻人向他详细说明了统计材料的功能以及要在什么地方搜集这些材料,加夫利尔·彼得罗维奇就来了精神,脸上浮起笑容,而且怀着孩子般的好奇心去翻阅他的笔记本……那天晚上,伊凡·阿历克谢耶维奇已经留在库兹涅佐夫家吃晚饭了。浓烈的果子酒很快让他有了醉意,他看着新朋友们平静的面容,慵倦的动作,感觉到自己身上也有了一种甜美的、昏昏欲睡的倦意,真想躺下来,伸展一下腰腿,微微一笑。而新朋友们也友善地看着他,问他父母是否还健在,他月薪多少,是否常常进剧院看戏……

奥格涅夫回忆起自己参加的郊游、野餐、垂钓,参观修道院,拜访修道院院长玛尔法的情形,当时她给每个客人送了个用玻璃珠子串成的钱包。他也回忆起了激情洋溢的、没完没了的、纯粹俄罗斯式的争辩,争辩双方唾沫四溅,用拳头敲击着桌子,还没有听懂对方的意思,便打断对方的发言,自己的谈话又前后矛盾,还常常变换话题,争吵了两三个小时之后,才笑着说:"鬼知道我们是在争论什么!先是为活人祝寿,到后来竟是为死者招魂了!"

"您还记得有一次我、您和一位医生骑马到什斯托沃去的情景吗?"快走到森林的时候,伊凡·阿历克谢耶维奇对薇拉说,"那回还碰上了一个癫狂的修道士,我给了他一个五戈比的硬币,他在胸前画了三次十字,便把这硬币扔进了麦地里。上帝呀,我要从这里带走多少有趣的印象呀,如果我把它们好好地揉成一团,就会变成一块金子了!我就弄不明白,那些聪明的、敏感的人为什么要挤在首都而不到这里来呢?难道在涅瓦大街和城市的潮湿的房子里较之这里有更大的空间与真理?真的,在我住的那座备有家具的公寓楼里,从上到下挤满了画家、学者和记者们,我总以为这是一种不理智的现象。"

距离森林二十步远的地方,有一座不大的窄桥越过大路,桥的一角立着一个台柱,是供库兹涅佐夫一家人和他家的客人晚间散步到此地休息准备的。在这里,要是谁有兴致,可以朝森林大喊一声,倾听随之传来的回声。而一进入森林,大路便不复存在,变成了一条黑色的林中小路。

"看,小桥到了!"奥格涅夫说,"您可以往回走了……"

薇拉停下脚步,喘了口气。

"咱们坐一会儿吧,"她坐到了一个台柱上,说,"远行之前,通常总是要坐着道别的。"

奥格涅夫挨近她坐到了自己的那捆书上,继续说着话。她走累了,艰难地喘着气,也没有看着他,而是把目光投向了旁边的什么地方,所以奥格涅夫看不清她的脸孔。

"要是过了十年我们突然间相遇了呢?"奥格涅夫说,"那时我们将成了什么样子了呢?您已经是个受人尊敬的家庭主妇,而我呢,成了一个谁也不需要的统计学大部头著作的作者,篇幅之大让人咋舌。将来我们重逢,我们回忆过去……现在呢,我们感受到的是今天的现实,它充实着我们,激动着我们,而当我们日后重逢的时候,将记不得我们在这个桥头最后一次聚会究竟是何月何日,甚至连哪一年都记不起来。您,到时会变样的。您说,您会变样吗?"

薇拉的身子抖动了一下,朝他转过脸来。

"什么?"她问。

"我现在问您……"

"对不起,我没有听见您刚才说了什么。"

这时奥格涅夫才发现了薇拉的异常。她脸色苍白,呼吸急促,这呼吸的颤抖传到了双手、双唇和头部,原本垂到额头的鬈发只有一绺,现在是两绺……看得出来,她在躲避他的眼光,为了掩饰自己的激动,她时而平整一下自己的领子,好像它磨痛了她的颈项,时而将红色的披巾从一个肩头拉到另一个肩头……

"您好像有点受寒,"奥格涅夫说,"在雾气里不能久坐。我现在送您回家。"

薇拉默不作声。

"您这是怎么啦?"伊凡·阿历克谢耶维奇笑道,"您不开口,不回答我的问题。您是身体不舒服还是生我气了?说呀?"

薇拉把手掌紧贴在朝向奥格涅夫的面颊上,立即又猛地把手掌移开。

"可怕的处境……"她轻声说道,脸上现出痛苦的表情,"可怕!"

"可怕在哪里?"奥格涅夫问,他耸了耸肩膀,没有掩饰自己的惊奇,"究竟是怎么回事?"薇拉依旧在抖动着双肩,痛苦地喘着粗气,她背对着奥格涅夫,凝望了一会儿天空,然后说:

"伊凡·阿历克谢耶维奇,我需要跟您谈谈……"

"我听着。"

"您也许会觉得奇怪……您会大吃一惊,但我也还是要说……"

奥格涅夫再次耸动了一下肩膀,准备洗耳恭听。"是这样……"薇拉开始说,她低着头,用手指摆弄着披巾上的珠子,"我想要……向您说的……您会觉着很奇怪和很愚蠢……可是我……不得不说了。"

薇拉的言语渐渐变成了含糊不清的喃喃细语,而且突然之间又被哭泣中断。姑娘用披巾盖住了脸,身子弯得更低了,哭得很伤心。伊凡·阿历克谢耶维奇尴尬地清了清嗓子,慌乱得不知该说点什么、做点什么,只好无助地环顾四周。他见不得别人哭泣、流泪,以至于自己的眼睛也觉着痒痒的。

"怎么会是这样!"他嘟囔道,手足无措,"薇拉·加夫利洛芙娜,为什么要这样?亲爱的,您……不会是病了吧?或者是有人欺侮了您?您倒是说呀,也许我还能……有所帮助……"

当他想好好安慰她的时候,他竟然敢于小心翼翼地把姑娘的手从她的脸上移开,她终于透过眼泪朝他微笑了,说了一句:"我……我爱您!"

这是一句很普通很平常的话,是一句由一个很普通的人从嘴里说出来的话,可是奥格涅夫却大为慌张,他躲开薇拉,站起身来,跟在慌张之后的感觉是恐惧。由告别和果子酒诱发的淡淡的、甜甜的忧伤顿时消失了,取而代之的是尖锐的、不快的尴尬。他好像经历了一次灵魂出窍的过程。他斜着眼睛看了看薇拉,现在,她对他说出了这句求爱的话之后,她便丧失了能给女人增添美感的那种可望而不可即的神秘感,她在他的眼睛里变得矮小了,平常了,暗淡了。

"这算怎么回事?"他惊魂未定地自问。

"我到底对她……是爱还是不爱?这才是问题的关键!"

而她呢,一旦把最重要的、最严肃的话说出来之后,反倒呼吸顺畅自如了。她也站起身来,两眼盯视着伊凡·阿历克谢耶维奇的面孔,开始快节奏地、热烈地、滔滔不绝地说起话来。

就好比一个突然受到惊吓的人,事后记不起大祸临头时前后都出现了些什么声响,奥格涅夫现在也记不得薇拉刚才具体说了些什么话。他仅仅记得她说的大概内容,和她说的这些话给予他的触动。他记得由于激动,她的嗓音似乎有点喑哑,但音调中却洋溢出了不平常的音乐性与激情。她说话的时候,时而哭,时而笑,泪珠在她的眼睫毛上闪烁,她对他说,从彼此相识的头几天,他出众的风度、学识、善良的透着智慧的眼睛,他的职业,他的生活目标就强烈地把她吸引住了,她强烈地、疯狂地、深深地爱上了他;夏天的时候,当她从花园里走回家去,见到门廊里挂着他的风衣,或是从远处听到他的声音,她的心里就沁出一阵清凉,生出了幸福的预感;有时甚至他的几句普通的玩笑都能引起她哈哈大笑,在他笔记本上记着的每一个数字里,她都能看出某种极为智慧的和意义非凡的内涵;而他的那根带有节疤的手杖在她眼里比树还要美丽。

　　那片森林,那缕缕轻雾,那路边的黑水沟,好像都在静静地听她说话,而奥格涅夫听着她的话语,却在心中发生了怪异的、不祥的变化……在倾诉爱情的时候,薇拉妩媚动人,话语甜美而热烈,但他感受到的并不是他期望得到的陶醉与快乐,而仅仅是对于薇拉的怜悯和心中的遗憾及隐痛,因为由于他的缘故让一个好姑娘受了伤害。只有上帝才知道,这在他身上起作用的,是他的书生意气,或是那种对于所谓客观性的习惯性适应,以至于常常使人不能好好生活。然而薇拉的或喜或悲的情感流露,在他看来是不合常理的,不够严肃的。他自己的情绪也激愤起来,在提醒着他,他现在所看到和听到的一切,从天地自然与个人幸福的角度来看,要比所有的统计学、书本道理都要更有分量……他开始怒火中烧,责备自己,尽管他并不明白,他到底错在哪里。

　　除了尴尬之外,他还完全不知道该对薇拉说点什么,而他必须说点什么。他自然没有勇气直截了当地说"我不爱您",然而他也不能说"我爱您",因为他不管怎样审视自己的灵魂,也找不到一点情感的星火……

　　他沉默不语,而她倒打开了话匣子,说对她来说最大的幸福,莫过于能见到他,能跟他走,哪怕是现在就跟他走,不管走到什么地方,做他的妻子和助手,而如果他离她而去,那么她将在痛苦中死去……

　　"我不能再在这里住下去,"她绞着手说,"这里的房子,森林和空气都让我觉着厌烦。我忍受不了这种一成不变的安宁和浑浑噩噩的生活,我忍受不了这里毫无个性的、苍白的人群,他们像两滴水珠一样毫无区别!他们都很客气,都很从容,因为他们都饱餐终日,没有痛苦,不想奋斗……而我真正向往那些潮湿的大房子,那里有人在痛苦,有人在劳动与贫穷中苦苦挣扎……"而这些话在奥格涅夫听来也是不合常理,不够严肃的。在薇

拉说完这些话之后,他仍旧不知道该说点什么,但又不能再继续沉默,于是他喃喃地说道:

"薇拉·加夫利洛芙娜,我非常感谢您,尽管我觉得我担当不起……您对我的这份感情。再有,作为一个诚实的人,我应该指出,幸福……应该是建立在平等的基础上,也就是说应该两相情愿……彼此相爱……"

但刚一说完,奥格涅夫就为自己喃喃地说出的这些话感到羞愧了。他觉得在这个时刻,他脸有愧色,而且显得笨拙,呆板,那脸容一定紧张,不自然……薇拉突然之间也变得严肃起来,脸色发白,垂下了头,想必她已经从他的脸孔上看出了他的真意。

"请您原谅我。"奥格涅夫受不了无语的静场,又嘟囔道,"我非常尊重您,所以……我心里很难过!"

薇拉急促地转过身去,快步往回家的路上走去。奥格涅夫跟在她身后走。

"不,不必了!"薇拉向他摆了摆手,"您别送我,我自己走回去……"

"不行……不送您回去不好……"

不管奥格涅夫说了什么话,最后说出口的话没有一句不让他感到平庸和可憎。他每走一步,他的负疚感就增长一分。他握紧拳头,埋怨自己的冷若冰霜,不会与女人保持热络的关系,他真正在生自己的气了。为了竭力使自己激动起来,他欣赏着薇罗奇卡美丽的身材,她的头发,她纤小的双脚在尘土里留下的足迹,他想起了她的话语和眼泪,但所有这些仅仅能使他心软,却不能让他怦然心动。

"唉,总不能强迫自己去爱吧!"他说服了自己,但同时又想,"到什么时候才能不受强迫地去爱一个人呢?要知道我已经是个快三十岁的人了!我还从没有遇到一个比薇拉更好的女人,而且将来怕也遇不到更好的女人了……噢,该死的未老先衰!才三十岁就已经衰老!"

薇拉在前头越走越快,低着脑袋,眼睛不向旁边张望。奥格涅夫觉得由于痛苦她变得瘦了,肩膀也变得窄了……"我能够想象,她此刻的心情!"他从背后瞧着她,心里这样想,"想必她现在羞愧和痛苦得简直会有死的念头!上帝,在这种情感中包含着多少生命、诗情、意义。连顽石都会动容的,而我……我是多么愚蠢,多么不通情理!"

走到篱笆门口,薇拉瞟了他一眼,弯着身子,用披巾把肩膀裹紧,加快脚步沿着林荫路走去。

就剩伊凡·阿历克谢耶维奇独自一人了。他转身向森林走去,他走得很慢,不时地停下脚步,回头看看篱笆门,他的整个身躯呈现一种奇怪的姿势,好像对自己失去了自信。他用眼睛搜寻着薇罗奇卡在路上留下的痕迹,他无法相信,这位他所钟爱的姑娘,这位刚刚还向他倾诉过爱情的姑娘,竟被他如此生硬和笨拙地"拒绝"了!他生平第一次依据自己的亲身经历体会到,人的行为很难受到自己善良意志的控制,体会到一个正派的好心人在违背本意地给亲近的人带来残酷的、理应避免的痛苦之后,自己会是个什么样的心情。

他的良心在疼痛。一当薇拉看不见了,他便意识到他失去了某种很宝贵和亲切的、而且再也无法寻找回来的东西。他觉得自己的一部分青春已经和薇拉一起消失了。他觉得刚刚坐失良机的那个时刻也一去不复返了。

走到小桥旁,他停下了脚步,陷入了沉思之中,他想要寻找到导致他如此冷若冰霜的原因。他很清楚,这原因不在身外,而恰恰是在他自身。他在自己面前坦诚地承认,这并不是聪明的知识分子常常炫耀的理性的冷淡,也不是自我膨胀的愚蠢之徒的冷淡,而是心灵的蜕化,是对美的麻木不仁,是由于教育,无序的生存竞争,单身的公寓生活等诸多因素造成的未老先衰。

他好像很不情愿地从桥头向森林走去。在深黑的、浓密的林子里,月亮的光点东一处西一处地流泻了进来,除了自己的思绪之外,他在这里没有其他任何的感觉,他非常希望把失去了的再寻找回来。

伊凡·阿历克谢耶维奇记得自己又回去了。他用回忆刺激自己,强迫自己在想象中勾勒薇拉的形象,他快步走向花园。路上和花园里的雾霭已经消散,一轮明月,皎洁如洗,从天空向下窥望,只有东方的天际还有几片愁云缭绕……奥格涅夫记得自己小心翼翼的脚步,记得黑色的窗子,记得木樨草和天芥草浓烈的芳香。已经和他相熟的小狗卡罗,友好地摇摆着尾巴,走过来嗅闻他的手……这是唯一的一个活物,看到他如何围着住宅绕行了两圈,站在薇拉的窗下,然后摆了摆手,深深地叹息了一声,离开了花园。

一个小时之后,他进了城,已经精疲力竭的他,用整个身子和发热的脸蛋靠在了旅馆的大门上,用门的把手敲门。在城里的某个地方,有只睡意蒙眬的狗在叫唤,这吠声像是在回应着奥格涅夫的敲门声。在教堂的附近有人在敲击一块铁板。

"夜里还出去瞎逛……"旅馆的主人嘟囔着出来开门,他是个旧教徒,穿着像是女人穿的一件睡衣,"与其出去瞎逛,还不如做做祷告。"

伊凡·阿历克谢耶维奇回到自己的房间,瘫坐在自己的床上,久久地凝望着火光,然后摇了摇头,开始整理自己的行装……

一八八七年

童道明　译

牧　笛

杰明季耶夫村的一位田庄管家米里东·希什金，扛着一杆猎枪往森林的尽头走去，他被林子里的热气熏得头昏脑涨，身上沾满了蜘蛛网和针叶。他的达姆卡——一条家犬与猎犬的杂交犬，已怀胎，但很瘦，夹着一条湿漉漉的尾巴，跟在主人的身后走，极力不让自己的鼻子嗅到任何东西。这是个阴沉沉的早晨，从轻雾笼罩的树枝和羊齿苋上滴下了挺大的水珠，树林里的湿气散发着腐烂的恶臭。

在前方，在森林的边缘，立着几棵白桦，透过它们的树干和枝杈，隐约可以见到雾蒙蒙的远方。一个人躲在白桦树后，吹奏着一支自制的牧笛。他吹了不过五六个单音，懒洋洋地将这些单音拖长，又并不想把它们串成一个曲调，然而，在他的笛声中，还是能听到某种严峻的、忧伤的调子。

树木渐渐地稀疏了，松树已经和新生灌木混杂到了一起，米里东看到了一群牲口，腿上系有绊绳的马、牛和羊在灌木丛中徜徉，啃着干枝，嗅着林子里的杂草。一个年迈的牧人站在树林边上，背靠着一棵潮湿的白桦树，人干瘦，衣衫破旧，也没有戴顶帽子。他望着地面，在想着什么，漫不经心地吹着他的牧笛。

"你好，老大爷！上帝保佑你！"米里东细声细气地向他问好，他沙哑的嗓音与他那健硕的身躯以及脸庞很不协调。

"你笛子吹得真好！你给谁家放牧？"

"给阿尔塔莫诺夫家放牧。"牧人勉强回应道，一边把笛子塞进怀里。

"这么说，这树林也是阿尔塔莫诺夫家的？"米里东问，一边环顾四周，"果真是阿尔塔莫诺夫家的……我完全迷糊了，树枝都把我的脸划破了。"

他坐在潮湿的地上,开始用报纸条卷根纸烟。这个人的一切,就像他的细嗓门一样的细小,与他的大块头、胖脸蛋极不相称,包括他的微笑,他的眼睛、纽扣和勉强能盖住他那肥大的光头的小鸭舌帽。当他一开始说话和微笑,在他那刮得光溜溜的胖脸上,在他的整个身躯上,都透出一种女里女气的、羞羞答答的阴柔之气。

"哎,这是什么天气呀!"他说着,摸了摸脑袋,"大家还没有把燕麦收割完,雨就下起来了。"

牧人瞧了瞧正下着毛毛细雨的天空,瞧了瞧树林子和管家的湿衣,沉思着,什么话也不说。

"整个夏天都是这样……"米里东叹了口气,"农民吃苦头,老爷也不好过。"

牧人又瞧了瞧天空,沉思片刻后,一字一顿地说了起来,像是每个字都是从牙缝里吐出来的:"一切都正朝着一个方向滑下去……别指望有好的结果。"

"你们那里的情形怎么样?"米里东一边抽烟一边问,"没有见到在阿尔塔莫诺夫家的林场里还有成群的山鸡?"

牧人没有马上回答。他又瞧了瞧天空和四周,想了一想,眨了眨眼……看来,他很看重自己刚刚说过的那句话,为了再给这句话加重分量,他努力想把话说得再慢一点,再庄重一点。他的面部表情具有老年人惯有的机敏与严肃,而由于他的鼻子像马鞍似的横陈着,鼻孔又朝天翘着,这使得他的面容显得有些狡黠与可笑。"没有,没有见到过。"牧人回答,"我们的猎人,叶列姆卡说过,好像是在伊里亚节那天,在普斯托什附近见到过一只山鸡。他应该是在说谎,鸟很少了。"

"是的,老兄,很少了……到处都很少了!如果认真想想,打猎已经没有什么意思了。野禽见不到了,而见得到的你也懒得动手,它还没有长大!这样的小鸟,看着都不好意思。"

米里东笑了笑,挥了挥手。

"这个世界成了这么个样子,简直是笑话!鸟儿现在也变得不守规矩了,它们孵蛋也比先前迟了,有的鸟儿到了圣彼得节还没有孵出蛋来,真的!"

"一切都在朝一个方向滑下去。"牧人扬起头来说,"去年野鸟就很少,今年更少,而再过五年,就一只野鸟也见不到了,我把话撂在这里,很快不仅野鸟,任何的鸟都留不下了。"

"是的,"米里东想了想,同意了,"是这样。"

牧人苦笑着摇了摇头。

"奇怪,"他说,"它们都到哪儿去了?二十年前,我记得,这里的鹅呀,大雁呀,鸭呀,山鸡呀,成群结队的!老爷们出来打猎,一路上尽听到它们的叫唤声:'扑—扑—扑!扑—扑—扑!'山鹬呀,野雁呀,固然见不到,但小山雀,像椋鸟、麻雀一样,多得不得了!它们都到哪儿去了!现在连个鸟影都不见了。老鹰啊,苍鹰啊,猫头鹰啊,全没有啦……各种各样的野兽也越来越少。现在,老兄,狼和狐狸已经成为珍稀动物,更不要说熊和水貂了。而从前这里还有过鹿呢!四十年来,我年年都在关注上帝的作为,终于明白,一切都在朝一个方向滑下去。"

"朝哪个方向?"

"朝坏的方向呗。应该想到,是朝着毁灭的方向……上帝创造的这个世界快要完蛋啦。"

老人戴上帽子,凝望着天空。

"可惜!"略作停顿之后,他叹了口气,"唉,上帝,是可惜!这当然是上帝的意旨,我们无能为力。但是,兄弟,这还是很可惜。如果一棵树干枯了,或者,一头牛死了,也会让人难过的,而如果整个世界都走向毁灭,一个善良的人看了会有什么感觉?上帝赏给了我们多少恩赐!太阳,天空,森林,河流和万物——所有这些创造出来,是相互搭配,各守本位,和谐共存的。而这一切竟然又都要被毁灭!"

在牧人的脸上泛起一阵苦笑,眼皮也在抖动。

"你说世界要毁灭,"米里东想了一下说,"可能,世界末日快到了,但不能单凭鸟类做出判断,鸟类未必能说明问题。"

"不仅是鸟类,"牧人说,"还有野兽啦,蜜蜂啦,鱼类啦……你要是不相信我,你可以去问问老人们,他们中的任何一个人都能告诉你,现在的鱼大不如前。无论是在海里,还是在湖里,还是在河里,鱼一年比一年少。在我们的彼斯昌克河,我记得曾经捕到过一丈长的梭鱼,鳕鱼、鲤鱼、鲫鱼的个儿也都不小,而现在呢,要是能捉到一条四寸长的小梭鱼或小鲈鱼,就得感谢上帝了。现在,连像点样子的鲟鱼也不见了。情况一年比一年坏,再过几年,鱼类就会绝迹。再说河流……河流也要干涸。"

"不假,会干涸的。"

"就是这样,河水每年都在变浅,老兄,已经见不到深水的旋涡了。喂,看到灌木丛了没有?"老人指指一边说,"过去,灌木丛后边是一条河道,人们管它叫河湾,我父亲在世的时候,彼斯昌克河就在那里流过,而现在魔鬼不知把它搞到哪儿去了!河道改变了,瞧着吧,一直到全部干掉为止。在库尔加索夫村后头原先有个水潭,现在到哪儿去了?河水上哪儿去了?过去我们这个林子里就有条河流过,农民们在河里捕捞过梭鱼,野鸭也在它近旁过冬,而现在就是到了春汛期也见不到水流了。是的,老弟,不管往哪儿瞧,到处都是一团糟,到处!"

沉默了。米里东陷入了沉思,眼睛盯住一个方向。他想记住在这大自然里哪怕还有一处地方还没有失去生机。穿过轻雾与斜雨,如同透过毛玻璃一样,射来了几个光点,但很快也消失了。这时,初升的太阳努力透过云层,窥视大地。

"森林也是这样……"米里东喃喃地说。

"森林也是这样……"牧人重复着,"森林被砍伐了,被烧毁了,枯死了,而新的林子又长不起来。有的刚长起来就被砍光了。今天长起来,明天就有人来砍伐,照这么砍下去,总有砍光的一天。在得到人身自由之后,我替人放牧,在这之前我也给地主老爷放牧,我活着的每一天,就不记得有哪个夏天没到这里来过。我一直在观察上天的造化。老弟,我算看明白了,所有生长出来的东西都在退化,不管是麦子,还是蔬菜,还是花儿,全都在往一个方向下滑。"

"不过,人变好了。"管家说。

"怎么个好法?"

"人变聪明了。"

"聪明倒是聪明了,这不假,但聪明有什么用?在毁灭面前,人要聪明干什么?聪明不聪明全都一样的结果。如果猎物没有了,猎人要聪明干什么?我是这么想的,上帝把智慧给了人,但却把人的力量给夺走了。人开始没有力气了,完全没有力气了。就拿我来说……在全村,我是最后一个农民,分文不值,但我有力气。你瞧,我七十岁了,我白天放牧,为了多挣两毛钱,我还去值夜班,不睡觉,但也不觉得冷;我的儿子倒是比我聪明,但如果让他来干我的活,那么他第二天就会提出加薪的要求,或者去看病,就是这样。除了面包之外,我什么都不需要,因为面包是最重要的食物。我父亲也是除了面包之外什么也不吃。祖父也是这样。而现在的农民吃了面包之外,还要喝茶,喝酒,吃点心,睡觉一定得从黄昏睡到天亮,还要看病,还要休闲,为什么?身体虚弱了,力气不够了。哪怕他不想睡觉,眼睛也睁不开,没有办法。"

"这不假,"米里东表示同意,"现在的农民干不了活了。"

"实话实说,现在是一年不如一年。至于说到地主老爷,他们比农民更虚弱。现在的老爷聪明着哩,该懂的他懂,不该懂的他也懂,但这有什么用?看着都可怜……又瘦,又弱不禁风,像个匈牙利人,或是法国人,没有一点气派,没有一点威严,光有老爷这个头衔。他没有理想,没有地位,没有正经事干。不知他要什么。要么坐着钓鱼,要么躺着读书,要么与农民闲扯,手头紧的,就去衙门当个小书记官混口饭吃。头脑里就没有想过干一番大事业。从前的老爷有一半是将军,而现在的老爷一个个都是不成器的孬种!"

"都变穷了。"米里东说。

"上帝把人的力量夺走了,所以都穷了。上帝的意旨不能违背。"

米里东把目光停留在一个点上。他思索了一会儿之后,长叹了一声,像所有草原上老成持重的有心人一样,摇了摇头说:

"这都是因为什么?我们造孽太多,忘了上帝……万物的末日看来是快要到了。常言道,世界也不可能永存。现在该是知道这个道理的时候了。"

牧人叹了口气,他不想再继续这个令人不快的谈话,便从白桦树旁走开,用眼睛清点牲畜的数目。

"嗨,嗨,嗨!"他喊着,"嗨,嗨,嗨。你们这些混账东西,魔鬼把你们赶到这林子里来了!哟,哟,哟!"

他摆出一副生气的样子,走到灌木丛里去找牲口。米里东站起身来,静静地在树林的边沿溜达。他瞅着自己的脚,他想回忆起有什么还没有接近死亡的东西,透过斜风细雨还能见到有光影在浮动,它们在树顶上跃动,又消失在湿润的树叶上了。达姆卡在树丛下发现了刺猬,用吠声来引起主人的注意。

"你们有过暗无天日的时候吗?"牧人在树丛后边大声问。

"有过!"米里东回答。

"是这样。老百姓都说有过这样的日子,这么说,老弟,天上也不太平!什么都事出有因……嗨,嗨,嗨!"

把牲口赶到树林边上,牧人背靠白桦树,看着天空,不慌不忙地从怀中取出牧笛,吹奏了起来,还是那么单调地吹着,就吹出五六个音来,似乎牧笛是第一次到了他手里,笛声从牧笛中很不自信地飞了出来,没有形成曲调。但思索着世界末日的米里东却在这笛声中听到了他不忍听到的一种非常忧伤的调子,最高的笛声抖动着又中断了,好像是在悲泣,好像是牧笛生了病,受了惊,而最低的笛声又让人想起了薄雾,想起了忧伤的树木,阴沉的天空。这样的音乐倒是与这个天气,这个老头儿及他的那番言谈合拍。

米里东想埋怨一通。他走向老头,凝望着他那悲苦的、可笑的面孔和那支牧笛嘟囔着说:

"老爷子,生活越来越糟了,完全没法活了,收成不好,牲口得病,人也得病,贫穷压得人喘不过气来。"

管家的那张肿脸涨得通红,露出了女人般愁苦的表情。他摇晃着手指头,像是要寻找出一些恰当的词语来传达他难以言说的心情,他继续说道:

"八个孩子,一个老婆……母亲还健在,而一个月才十个卢布的薪水,我还要自己开伙,老婆穷得都快发疯了……我自己也开始喝酒。我是个很理智的人,也有文化,我本来可以安安静静地在家里待着,可我现在像条狗似的天天背了杆猎枪出来闯荡,因为我心里憋得慌,在家躺不住!"

管家感到他舌头吐出来的话并非是他真想说的,便挥了挥手,垂头丧气地说:"既然世界要毁灭,那就让它快点来吧!没有必要这么拖拖拉拉地把人折磨死……"

老人把牧笛从唇边移开,眯缝着一只眼睛瞅着它的一个小孔,他密布愁云的脸被雨珠像泪珠一样地盖住了。他微笑着说:"可惜啊,老兄!上帝呀,真是可惜!大地、森林、天空……世间万物——本来这一切创造出来时都是搭配得很好、充满着智慧的,现在这一切都要分文不值地完蛋了,而尤其可怜的是人。"

在森林的边缘处,雨下得大起来了。米里东向喧闹的方向瞧了一眼,把所有的纽扣都扣住,说:"我回村里去,老爷子,再见了,怎么称呼你?"

"卢卡·别德内依。"

"好了,卢卡,再见了!谢谢你说的这一番有意思的话,达姆卡,走!"

与牧人告别之后,米里东沿着树林的边缘走着,然后往下走到了一片草地上,这草地又慢慢变成了沼泽地。脚底下的水流发出了响声。一株衰败的芦苇还带着绿色和水汁,它垂向地面,好像生怕有人用脚踩到它。在沼泽的后边,在老头说起过的彼斯昌克河的河岸上,长着一排柳树,在柳树后边的迷雾里,有个地主家的谷仓闪着蓝光。当田野昏暗下来,土地变得又脏又冷,呜咽着的柳树也似乎更加忧伤,泪珠顺着枝干往下滴落,这时便使人感觉到那个不幸的、无法逃脱的时刻就要降临。只有大雁在飞离这共同的灾难,就是它们也生怕自己幸福的心绪会侮辱这凄苦的大地,便把低沉的哀歌飘向了天际。

米里东走向河边,听到身后的笛声渐渐低沉下来。他还想诉说苦痛,怅怅地瞧着四方,他无法抑制自己的悲悯情怀,他可怜这天空,这大地,这太阳,这树林,和他的达姆卡,而当牧笛的最高音颤抖地在天空中飘过,宛如一个哭泣着的人的悲鸣,他感到无比的痛苦,也为大自然的无序感到委屈。

高高的笛声颤抖着,中断了,牧笛沉默了。

一八八七年
童道明 译

灯　火

门外，一条狗猞猞地叫着，有点恐怖。工程师阿纳尼耶夫、他的助手——大学生封·什登贝格和我走出工棚，看看狗是在向谁吠叫。我是客人，可以留在工棚里的，但得承认，我喝了点酒，头有点晕，我也想到外边去呼吸呼吸新鲜空气。

"没有人……"我们走出门外，阿纳尼耶夫说，"阿卓尔卡，你为什么骗我们？蠢货！"周围阒无一人。蠢货阿卓尔卡，是一条黑色的看家狗，也许是想为自己无缘无故的吠叫表示歉意，它扭扭捏捏地走到我们跟前，摇晃着它的尾巴。工程师弯下身去，抚摸着两个耳朵之间的狗头。

"坏家伙，你为什么无缘无故地叫唤？"他用好心的成年人与小孩和狗说话时常用的口吻说道。"做噩梦了？"他又转过身来对我说，"大夫，我请您注意，这是一条非常神经质的狗！您倒是想想，它受不了孤独，总是做噩梦，被梦魇折磨，而当你朝它大声吼叫，它简直会歇斯底里发作的。"

"不假，是一条感情丰富的狗。"大学生补充说。

阿卓尔卡想必知道人们是在议论它，它抬起头来，悲哀地叫唤了一声，像是想说："是的，有时我忍受不住痛苦，但还请你们多多包涵！"

这是一个八月的夜晚，天上有星星，但夜色昏黑。先前我从未有过在如此的非常环境中的经历，我是偶然地闯入这片生活的，因此这个有星星闪烁的夜晚，比真实的它更让我感到萧索、沉郁与黑暗。我身处于一条刚刚开工修建的铁路线上。那高高的才完工一半的路基，那些沙粒堆、泥土堆、碎石堆，那些土窟窿，那些随手扔在一边的手推车，那些住着民工的简易工棚的平顶——所有这些乱七八糟的东西，被黑暗染成一种最单调的颜色,给这片大地平添了一种奇怪的、野蛮的景象,让人联想到那混沌初开的洪荒时代。在我面前呈现的一切是那样的杂乱无章,以至于在这支离破碎的、面目全非的大地上立着的人的侧影和笔直的电线杆也似乎有点奇形怪状。因为它们都破坏了画面的和谐,好像不属于同一个世界。周遭很静,仅仅能听到在我们头顶上的某个很高的地方,电报机在哼唱着单调的歌。

我们爬上了高高的路基,俯视大地。离我们五十丈远的地方,那些坑坑洼洼,那些土堆已经消融在黑黑的夜色中,却有一个昏暗的灯火在闪烁。在它后边还有一个灯火,再后边还有一个灯火,再往后过去一百步的样子,有两只红色的眼睛并排地在闪光——想必是简易工棚的窗子——这样的灯火排成一长串,愈远愈密,愈远愈暗,一直延伸到地平线的尽头,然后往左转了半个圈,消失在黑暗的远处。灯火是静止不动的。在这些灯火中,在这夜晚的宁静中,在这电报机的歌声中,似乎能感受到某种特别的东西,似乎有某种秘密被掩埋到了路基下,只有灯火、夜色和电线杆才知道似的……

"啊,上帝,这多么美好!"阿纳尼耶夫感叹道,"多么宽广,多么美丽,太棒了!这是什么样的路基啊!我的爹,这简直不是路基,而是整整一条阿尔卑斯山的山峰!价值几百万……"

微醺的,也微微伤感的工程师,在赞美灯火与价值几百万的路基的同时,拍了拍大学生封·什登贝格的肩膀,继续以调侃的口吻说道:

"怎么的,米哈依尔·米哈依雷奇,想得出神了吧?欣赏欣赏自己双手干出来的成果是很愉快的吧?去年,这个地方还是个荒凉的草原,看不见一个人影,而现在您瞧,生活,文明!真的,这是多么美好!我和您在修铁路,而在我们之后一百年或两百年,将有一批批善良的人在这里建造工厂、学校、医院——机器就会转动起来!是不是这样?"

大学生纹丝不动地站着,把双手插进衣兜,眼睛凝望着灯火。他没有听工程师说的话,他独自在思考着什么,似乎是处于一种既不想说什么也不想听什么的精神状态之中。在长时间的沉默之后,他转过身来小声对我说:

"您知道这些无穷无尽的灯火像什么吗?它们让我想起某些存在于几千年前但现在已经灭绝了的东西,比如类似阿美里凯特人或非列士人的帐篷这样的东西。好像是《圣经》里的某一个部落已经安营扎寨,枕戈待旦,准备跟《圣经》里的索尔或大卫打仗似的。要使这种幻觉完满起来,就差号角的声响,和哨兵操阿比西尼亚方言喊出的几句口令。"

"有道理……"工程师表示同意,好像是故意似的,一阵风沿着铁路线呼啸而过,送来了近似刀剑交接后发出的声响,然后是沉寂。我不知道现在工程师和大学生在想些什么,而我已经感觉到,好像在我的面前当真出现了某种早已灭绝的部族,甚至好像听到了哨兵在用我们听不懂的语言说话。我的幻想迅速描绘出了这些帐篷,这些奇怪的人形,他们的衣服,盔甲……

"是的,"大学生在沉思中喃喃地说,"阿美里凯特人和非列士人从前曾在这个世界上生存过,打过仗,扮演过他们的角色,而现在呢,他们已无影无踪。我们的命运也将是如此。我们现在在这里修铁路,站在这里说大话,但两千年之后,无论是这些铁路路基,还是这些一天劳累之后正在酣睡的修路民工,都会灰飞烟灭,不会留下一点痕迹。认真说起来,这是可怕的!"

"您丢掉这些想法吧……"工程师用严肃的、教训的口吻说道。

"为什么?"

"因为……人应该用这样的思想来结束而不是开始自己的生命。拥有这样的思想,您还过于年轻。"

"为什么呢?"大学生重复自己的问题。

"所有这些关于人生如梦,人生无常,人生无目的,人必有一死,关于阴曹地府的思想,我亲爱的,我对您说,这些思想对于老年人来说是精彩的,也是自然的,因为这是他们长期的精神生活的成果,是用苦难换来的,的的确确是一笔精神财富,但对于刚刚开始独立生活的年轻人的头脑,这些思想会变成灾难!灾难!"阿纳尼耶夫挥舞了一下手,重复了灾难这个字眼,"以我之见,在您这个年岁,与其有这类想法不如在您的肩膀上不长脑袋。男爵,我这是认真地对您说话。我早就想跟您谈这个问题,因为打从我认识您的第一天起,就发现您热衷于这些歪门邪念。"

"上帝,为什么这算是歪门邪念呢?"大学生微笑着问道,根据他的嗓音与脸色可以发现,他做出反应完全是出于普通的礼貌,而对于工程师挑起的这个争论,他完全不感兴趣。

我都睁不开眼睛了。我希望在我们散步回来之后立即互相说一声晚安，然后上床睡觉，但我的这个希望没有很快实现。我们回到工棚之后，工程师把空酒瓶放到了床底下，再从一个很大的柳条箱里取出两瓶装得满满的酒，把瓶盖拧开，坐到自己的办公桌前，显然是准备继续喝下去，说下去，干下去。他呷了几口酒后，用铅笔在图纸上描画着什么，继续在向大学生证明，他的那些想法是要不得的。大学生坐在他旁边，在查阅什么账单，一言不发。他像我一样，既不想说，也不想听。为了不影响他们工作，我坐在工程师那张离桌子稍远的弯腿的行军床上，随时等待着盼咐我上床睡觉，我无精打采地坐着。已经是深夜一点钟。

　　因为无事可做，我开始认真观察这两位我新交的朋友。无论是阿纳尼耶夫还是大学生，我先前都没有见过，我是在这个晚上才有缘与他们相识。晚上，我骑马从市集赶往我做客的那位地主家，在暮色中迷了路。绕着铁路线转着圈子，看着夜色已深，我想起了专门打劫各种行人的"铁路上的赤脚汉"，我害怕了，便去敲开了我首先看到的这个工棚的门。阿纳尼耶夫和大学生在这里热情地接待了我。就像常常发生在萍水相逢的人身上的情形一样，我们很快亲热起来，先是喝茶，继而喝酒，彼此已经感觉到好像已经相识多年。过了一个时辰，我已经知道，他们是什么样的人，是什么命运把他们从首都抛掷到这个遥远的荒原，而他们也知道，我是什么人，我从事何种职业，我有什么念想。

　　阿纳尼耶夫工程师，尼古拉·阿纳斯塔谢耶维奇，是个宽肩的壮汉，已经像莎士比亚笔下的那个奥赛罗一样，"掉进了岁月的谷地"，身体有点发福。他正处于媒婆通常称之为"标准男人"的黄金时段，也就是说，既不年少也不年老，爱吃美食，爱饮点酒，可以吹嘘一下光荣的过去，路走多了也会微微喘气，睡着了鼾声如雷，平时待人接物却表现得老成持重，正派的男人一旦当上校级军官，而且开始身体发福，都有这个派头。他的须发远没有发白，但他已经不由自主地把年轻人称作"我亲爱的"，已经自以为有权好意地指责他们的思想方式。他的动作与嗓音都很平稳，很流畅，很自然，这样的人一般都是因为清清楚楚地意识到，自己已经走上了人生的正道，已经拥有一个可靠的工作，已经有了一份可靠的面包，已经对世事有了一定的思想见解……他的黝黑的、长着一个大鼻子的脸盘，他的肌肉丰富的颈项似乎在诉说："我健康、富足、知足，到了将来，你们这些年轻人，同样会健康、富足和知足。"他穿一件歪领的印花布衬衣，一条肥大的麻布裤子,裤脚管塞在高勒皮靴里。从一些很小的细节,比如从他那条用粗绒线编织的腰带上,从他那绣花的衣领上以及从他衣服肘部的那块补丁上,我可以猜到他已经结婚,而且很可能被自己的妻子温柔地爱着。

男爵封·什登贝格,米哈依尔·米哈依雷奇,交通学院的大学生,还很年轻,二十三四岁光景。只有他浅褐色的头发,稀疏的胡子,还有他的脸孔轮廓中显示出的某种粗犷与冷漠,才能让人意识到他是波罗的海地区男爵家族的后代,其他的一切——名字、信仰、思想、举止神情,都纯粹是俄罗斯的。他和阿纳尼耶夫一样,穿一件印花布衬衣,不塞进裤腰里,也脚蹬高勒皮靴,他有点驼背,好久没有理发,脸孔黝黑,这神态不大像大学生和男爵,倒是像一个普通的俄罗斯技工。他很少说话和移动身子,喝酒也喝不出兴致来,他神情呆滞地翻阅着账本,好像心里一直在想着什么事儿。他的动作和嗓音也很平稳、流畅,但他的平稳与工程师的平稳迥然不同。他的被太阳晒黑了的、略带嘲讽与沉思状的脸孔,他的略微皱起眉头瞧人的眼睛,他的整个身躯都表现出了精神的疲软,智能的懒散……从他的眼神看得出,在他的面前灯火是否亮着,葡萄酒是否好喝,账本是否有误,于他全都无所谓……在他的聪明的、平静的脸孔上我读到了他的思绪:"我看不出在这一个可靠的工作、一份可靠的面包和一定的思想见解里有什么好的东西。我以前住在彼得堡,现在坐在这工棚里,到了秋天我又要返回彼得堡,而开春之后还要回到此地……这种生活究竟有什么意义,我不理解,看来也不会有人能理解……所以,也没有必要去讨论它……"

他无精打采地听工程师说话,显出一种勉强的无动于衷的神情,就如同士官学校的高班生听情绪激动的好心肠叔叔的宣讲一样。好像工程师所讲的这一切对于他都不是什么新鲜的东西,如果他不是自己懒得开口,他会讲一些更新鲜更智慧的东西出来。但阿纳尼耶夫还在滔滔不绝地说话。他已经放弃了轻松愉快的腔调,而是说得特别严肃和执着,这与他平静的表情完全不相协调。看来,他对一些抽象思辨的问题也很有兴趣,他喜欢谈论这类话题,但又不善于、不习惯谈论它们。这样的不习惯严重地影响了他的语言表达,以至于我不能马上明白他想说什么。

"我全身心地仇恨这类思想!"他说,"年轻时我也迷恋过这类思想,直到现在我也还没有完全从它们的束缚中解脱出来。我跟您说,也许是因为我太愚笨,那些思想不是我的精神食粮,它们只能给我带来害处。这是显而易见的！关于人生无目的，人生无常，所罗门式的'万事皆空'的思想，直到今天还被视为人类思维的最高的、终极的层次，思想家一旦达到这个层次，机器就停止了转动！前边已无路可走。正常的头脑的思维活动就到此结束，这是很自然的，也是合乎逻辑的。我们的不幸是，我们竟然从这思维活动的最后结局开始我们的思维。我们在正常人结束的地方开始。我们从脑子刚刚能独立活动的时候，就跳到了思维活动的最高的、终极的层次，完全不想知道还有一些更低的层次存在着。""这有什么不好呢？"大学生问。"您要明白这是反常！"阿纳尼耶夫高声喊道，几乎是用一种愤怒的眼光逼视着他，"如果我们找到了一个不需攀登任何阶梯一步登天的办法，那么整个这个长长的阶梯，也就是我们的整个人生，连同它的色彩、音响、思想，对于我们便失去了所有的意义。您可以从您在自己的理性的独立生活中迈出的每一步，理解到这类思想在您这个年岁是有害的和荒唐的。打个比方，您现在坐着读达尔文或莎士比亚的某一部著作。您刚读完第一页，有害的念头就冒出来了：对于您来说，无论是您的漫长的生命，还是达尔文和莎士比亚，都是荒谬的玩笑，因为您知道，您难免一死，莎士比亚和达尔文也都死了，他们的思想没有拯救他们自己，也拯救不了大地和您，而如果生活本身失去了意义，那么所有这些知识，这些诗歌和高尚的思想，只不过是些无用的消遣，供大小孩娱乐的玩具。于是您不会再去读第二页书。再比方说，现在有人走到您这个聪明人跟前征求意见，比方，问您对于战争有什么看法：战争是有道德的、值得欢迎的，还是不道德的、不值得欢迎的？回答这样一个可怕的问题，您也只需耸一耸肩膀，或是说几句不痛不痒的话，因为对您来说，按照您的思想方式，上百万人是死于非命还是寿终正寝都没有区别，无论哪一种死法都是一种结果——灰飞烟灭。我和您现在在修铁路。有人会问，既然这条铁路两千年后也会化为灰烬，那么我们今天何必要为它绞尽脑汁，突破陈规，创造发明，整顿纪律，关心工人？诸如此类，一言难尽……请您相信，有了这样可悲的思维方式，便不可能产生任何的进步、任何的科学、任何的艺术、任何的真正的思想。我们自以为比大众比莎士比亚高明，而实际上我们的思维方法在导致虚无，因为我们不愿意走下底层重新起步，我们也无力向上攀登，我们的头脑也冻结在了一个冰点上——顽固不化……我有将近六年的时间就处于这种思想的压迫之下。我以上帝的名义向您起誓，在这几年中，我没有读过一本正经的书，我的智慧没有长进一寸，我的思想库里没有增添一个字母。这难道不是不幸？而且，问题不仅仅在我们自己受了毒害，我们还把自己身上的毒素扩散到了我们周围的人身上。要是我们带着自己的悲观主义放弃生活，隐居洞穴或赶紧结束自己的生命，那也还说得过去，可是我们照样屈从于公共社会法则。我们照样活着，照样在喜怒哀乐，照样在和女人谈恋爱，在教育孩子，在修建铁路！"

"我们的思想既不能给人带来温暖，也不会给人带来寒冷。"大学生很不情愿地说了这样一句话。"不，啊嘿，您别来这一套！您还没有好好生活过，等到您活到了我这把年纪，您就能品尝到生活的痛苦了！我们的思想并不像您想象得那样无辜。一旦接触实际生活，一旦和人打起交道，形成冲突，这套思想只能把人引向灾难和荒诞。我就经历过一些这样的灾难，即使是可恶的鞑靼人，我也不希望他们遭受这样的灾难呀。"

"举个例子行吗？"我问。

"举个例子？"工程师反问。他想了想，微笑着说："就举这件事情吧。更准确地说，这不是一件事情，而是一部完整的既有开端又有结局的小说。是个再好不过的教训！啊，那是什么样的教训呀！"

他给我们和他自己都斟满了酒，喝了酒，用手掌抚摸着自己宽宽的胸膛，继续往下说，这回他主要是对我，而不是对大学生说："这发生在一八七……年的夏天，战争刚刚结束，我也刚刚毕业。我去了一趟高加索，在沿海的 N 城逗留了五天。应该对你们说明，我是在这个城市长大成人的，所以 N 城让我感到特别的舒适、温暖和美丽便也不足为怪，尽管任何一个从首都来的人住在这里，就像住在任何一个类似丘赫洛姆或卡希尔这样的偏僻小城一样感到乏味与不舒坦。我怀着忧郁的心绪走过我曾经求过学的中学，我怀着忧郁的心绪在一座著名的城市公园旁散步，我怀着忧郁的心绪，试图就近观察久违了的同乡……一切都染上了忧郁的色彩……

"想起来了，在一个夜晚我坐马车去了一个被称作检疫站的所在。这是一片不大的稀疏的树林子，在好久以前的一个鼠疫流行的年代，这里当真有过检疫站，但现在住着一群避暑客。从城里到这里要走四里地，那都是松软的好路。坐在马车上放眼看去：左边是蔚蓝色的大海，右边是无边的、沉郁的草原；可以轻松地呼吸，可以舒畅地远眺，小树林就坐落在海边。我放走了马车夫，走进了熟悉的大门，首先想到的，是顺着林荫道，走向那座我童年时代就喜欢的石砌的亭子。在我看来,这座圆形的、笨重的、支撑着几根不匀称的柱子的石亭,结合了古代陵墓的抒情与萨巴凯维奇①的粗笨,是全城一个最有诗意的所在,它立在海岸的陡坡之上,整个海景尽收眼底。

"我坐在椅子上,探身栏杆外,朝下边张望。从亭子往下有一条陡峭的山路穿过,两边布满了大块的黏土与一丛丛牛蒡。山路的尽头,已是远处的沙滩,不高的海浪在懒洋洋地吞吐着泡沫,温柔地发出声响。大海还像七年前一样的庞大、无边和冷漠,那时我中学毕业,准备离开故乡到首都去。远处有一条黑烟的长带,是一艘轮船在航行。除了这条隐约可见和静止不动的长带以及时而在海石上出现的海鸟,没有任何东西给这海和天的单调的画面添加些许生趣。亭子的左右两边伸展着凹凸不平的黏土山壁……

"您知道,要是一个心情忧郁的人单独地面对大海或面对什么他以为是很宏大的风景,不知为什么总会使他在忧伤中产生一种想法,他会在无声无息中活着和死去,于是他本能地拿起一支铅笔,在随手碰到的一张纸上写下自己的名字。也许这就是为什么,在像这个亭子一样孤零零的僻静的角落,总是布满铅笔的笔痕和用小刀刻字的刀痕。我记得,就在那个时候,我瞧了一眼亭子的栏杆,就读到了这一行字:'伊凡·柯罗里柯夫一八七六年五月十六日到此一游。'就在柯罗里柯夫的名字旁边,有本地一位幻想家的涂鸦,还添加了一句:'他站在荒凉的海岸上,心中充满了伟大的思想。'他的笔迹是充满幻想的、软弱无力的,像一条潮湿的丝绸。还有一个叫克罗斯的人,想必是个微不足道的小人物吧,他是那么深切地意识到了自己的渺小,以至于使出狠劲,将自己的名字用小刀往亭子栏杆上刻进去一寸深。

"我也下意识地从口袋里掏出一支铅笔,在一根柱子上涂抹起来。这当然与我要讲的故事没有什么关系……请原谅,我不会简明地讲一个故事。

"我忧伤,也有点烦闷。烦闷、宁静和海浪的低语逐渐把我引向了我们刚刚说到的那种思想。那是在七十年代末,这种思想已经在大众中流行

---

① 萨巴凯维奇,果戈理小说《死魂灵》中的一个人物。

起来，而到了八十年代初，这种思想又从大众渗透到了文学、科学和政治之中。那时我还不过二十六岁，但我已经清楚地知道，人生是没有目的和没有意义的，一切都是欺骗和幻觉，无论是就其本质还是就其结果而言，萨哈林岛上的流放生活与尼斯城里的生活毫无区别，哲学家康德的脑子与苍蝇的脑子的区别没有实质意义，在这个世界上没有是非曲直可言，一切都是扯淡，一切都见鬼去吧！我生活着，好像这是屈从于逼着我一定要生活下去的某种力量，好像是要对这个力量说：'其实我真瞧不起这生活，但我还是要生活下去！'我的思路是一条方向固定的思路，但形态上也可以花样翻新。这就好比一位精巧的美食家，可以用一个土豆做出上百道可口的小菜来。毫无疑问，我有点片面，甚至有点偏激。但我那时以为，我的思维的领域没有开端也没有结尾，我的思想像大海一样辽阔。现在，根据我自己的经历可以做出判断，刚刚说到的这种思想，就像烟草和吗啡一样，是具有诱人的麻醉力的。它变成了一种习惯，一种需求。您可以利用每一个孤独的时刻，利用每一个合适的机会，遐想生活的没有意义和阴曹地府的没有阳光。当我坐在亭子里的时候，林荫道上正有一群长着大鼻子的希腊少年在规规矩矩地散步。我瞧着他们，利用这个机会展开了这样的想象：

"'干吗生养这一帮孩子？他们的存在有什么意义？连他们自己都不知道为什么要在这个偏远的地方长大成人，然后再死去……'

"这些希腊孩子开始让我感到气恼，因为他们走道循规蹈矩，还像模像样地在谈论着什么，好像他们当真很看重自己小小的、没有光彩的生活，知道自己为什么活着……我记得，在林荫道的尽头出现了三个女人的身影，都是少女，其中一位穿着粉红色的裙子，另外两位穿着白裙。她们手挽着手，并肩而行，面露笑容，谈论着什么。我看着她们，一面想：'既然这么烦闷，在此地找个女人谈两天恋爱岂不是件好事！'

"我同时想到，我最后一次与彼得堡的情妇幽会已是三个星期之前的事，我想现在闹出点短暂的风流韵事也正是时候，中间那个穿白裙的姑娘好像比她的两个女伴更年轻更美丽，从她的笑声与举止来判断，她该是个高年级的中学生。我不无邪念地瞅着她的胸脯，一边想着：'她会学点音乐知识和社交礼仪，然后，请上帝原谅，嫁给一个希腊人，过一种灰色的、愚蠢的、毫无意义的生活，连自己也不知道为什么要生一大堆孩子，然后死掉。多么荒谬的生活！'

"总的来说,第一,我是一个善于把自己崇高的思想与卑下的思想结合到一起去的高手。关于阴曹地府的念想,并不妨碍我欣赏女人的胸脯和大腿。我们那位可爱的男爵大人的思想,也并不妨碍他每星期六到乌科洛夫卡去寻花问柳。说句良心话,就我对自己的了解,我这个人对于女人的看法是很下流的。现在我回忆起那位女学生,我不免要为当时的想法脸红,但那时我的良心一点没有因此而不安。我,出身于良好的家庭,是个基督徒,受过高等教育,从本质上说,并不恶毒,也不愚蠢,但当我给女人支付嫖资或是用下流的目光盯视女学生的时候,我竟然安之若素……不幸在于,青春拥有青春的权利,而我们的思想观念从原则上说,不会对这青春的权利表示任何异议,不管这权利是好的还是糟的。凡是认为生活无目的、死亡不可避免的人,对于与自然环境的斗争和对于罪恶的概念都是无动于衷的:斗争也罢,不斗争也罢——反正人都要死去的,都要腐烂的……第二,我的朋友,我们的思想意识早早就把所谓的理智灌输到了年轻人的头脑里。鲜活的情感、灵性,都被烦琐的分析给肢解了。哪里理性十足,哪里就冷若冰霜,而冷若冰霜的人——这有什么可隐瞒的——是不懂得圣洁的。只有热情的人,热忱的人,善于爱的人才理解这种美德。第三,我们的思想理念否定生活的意义,从而也否定了每一个具体的个人的生存意义。这是可以理解的,如果我否定某个名叫娜塔丽娅·斯捷潘诺芙娜的女人的人格,那么她是否受到侮辱与我毫不相干。今天我侮辱了她的人格,给她支付嫖资,而明天就会把她忘得一干二净。

"就这样,我坐在亭子里,欣赏着少女。在林荫道又出现了一个女人的身影,她没有戴帽子,头发呈浅黄色,一条针织的白色围巾披在她的肩膀上。她在林荫道上散步,然后走进亭子,手抓住栏杆,冷漠地向下俯视远处的大海。她走进亭子的时候,对我熟视无睹,好像根本就没有看见我。我从脚到头打量了她(不是像打量男人要从头到脚),发现她很年轻,年纪不会超过二十五岁,很漂亮,身材也好,已经不是小姐,而是属于良家少妇的行列。穿得很随便,但透着时尚与情趣,N 城的所有有教养的女士都这样穿戴。'跟她玩玩也不错……'我一边欣赏着她美丽的腰肢和胳膊,一边这样想,'长得挺有味道……应该是某个医生或教师的妻子。'但跟她玩玩,也就是让她充当旅游者们趋之若鹜的一桩即兴浪漫史的女主角,也并非易事,可能完全实现不了。这是我好好端详了一下她的脸孔之后得到的感觉。她有那样一种表情与眼神,好像这大海,这远处的烟雾和天空早就让她厌倦,让她看烦了。看来,她很疲惫,很寂寞,她在想着一些很不愉快的事儿,她的脸上甚至没有显现出局促的、生硬地表示冷漠的神情,当一个女人发现身旁有个陌生的男人,一般都会显露出这样的神情。

"这位头发浅黄的女士,匆匆地、淡淡地朝我瞥了一眼,坐到椅子上,想她的心事,我从她的眼神看出,她顾不得我,我的来自首都的派头,甚至没有引起她一点好奇心。但我还是决定与她搭话,我问:'夫人,请允许我打听一下,进城的敞篷马车几点钟从这里出发?'

"'大概是十点钟或者是十一点钟。'我向她道谢。她看了我一两眼,在她淡漠的脸上突然现出了好奇的表情,然后这表情变成了惊奇……我赶紧做出漠不关心的样子,摆出一种符合尊严的姿态:等她上钩!她像是被什么狠狠咬了一口,突然从椅子上跳起来,温柔地笑着,急促地看了我一眼,怯生生地问道:'喂,您难道不是阿纳尼耶夫?'

"'是的,我是阿纳尼耶夫……'我回答。

"'您认不出我了?认不出了?'

"我有点不好意思了,我好好地端详着她,你们可以想象,我不是根据她的脸孔,她的身材,而是从她温柔的、带有倦意的微笑中,认出了她。她是娜塔丽娅·斯捷潘诺芙娜,或者如同大家对她习惯的称呼基索奇卡,七八年之前我曾经热恋过她,那时我还穿着高级中学的校服。那是遥远过去的往事……我记得这个基索奇卡,那时是个十五六岁的娇小的中学女生,她的女生形象,像是上帝特地为了一桩柏拉图式的恋爱而创造出来的。多么美妙的姑娘!白白的,柔弱的,轻盈的——好像轻轻朝她吹口气,她就会像一片羽毛似的飞到天空中去——温情脉脉的脸,小巧的手,柔软的垂到腰际的长发,细如黄蜂的腰肢——通体像月光一样的超然与透亮,一句话,在一个中学高班男生的眼睛里,这是无与伦比的美……我是怎样狂热地爱恋着她的啊!夜不成寐,写诗……晚上她常常坐在城市公园的长椅上,而我们这些中学男生都聚集在她的周围,用崇拜的目光看着她……作为对于我们的这些献媚的姿态与叹息的回应,她眯缝起眼睛,甜美地微笑着,由于黄昏的寒气逼人,她的身子不由自主地瑟缩了一阵。在这个时刻她特别像一只可爱的小猫。当我们这样看着她的时候,我们之中的每一个人都想去爱抚她,都想去像抚摸一只小猫似的抚摸她,于是她就得到了一个小名——基索奇卡。

"在我们离别的七八年中,基索奇卡有了很大的变化。她变得壮实了,丰满了,已经完全不像一只柔软的小猫。倒不是说她变老了、枯萎了,而是她好像失去了一些光彩,变得严肃了,头发也变短了,个头长高了,肩膀几乎宽了一倍,而主要的是,她的脸上已经有了母性的、温顺的神情,像她这个年岁的良家妇女都有这种神情,但却是我从前在她脸上没有见到的……总而言之,在这位适合于柏拉图式的恋爱的女中学生身上,完整地保留下来的仅仅是她那可爱的笑容……

"我们交谈了起来,基索奇卡听到我已是个工程师,高兴得不得了。

"'这多好!'她兴奋地凝视着我的眼睛,说,'啊,这多好!你们都是好样的!你们班出来的人里没有一个是倒霉蛋,个个都有出息。有的是工程师,有的是医生,有的是教师,还有一个,据说现在成了彼得堡的著名歌手……你们全都是好样的!啊,这多好!'

"在基索奇卡的眼睛里,闪烁着真诚的快乐与善意。她像一位大姐姐或是过去的女教师一样地欣赏着我。而我瞧着她可爱的脸蛋儿,却在想:'今天能把她弄到手也很好!'

"'娜塔丽娅·斯捷潘诺芙娜,您还记得吗?'我问,'有一次我在公园里给您送了一束花,上边还附有一张纸条,您读过这张纸条后,脸上露出了犹豫不决的表情。'

"'不,我记不得这件事了,'她笑笑说,'但我记得,有一回您为了我想要和弗洛伦斯决斗。'

"'哟,这件事,我记不得了。'

"'是的,过去的事都过去了,'基索奇卡叹息道,'以前我曾经是你们的偶像,而现在轮到我来仰视你们了。'

"从此后的谈话我了解到,基索奇卡中学毕业两年之后嫁给了本地的一个小市民,此人一半希腊血统,一半俄罗斯血统,在一家银行,或是一家保险公司做事,同时也做点粮食生意。他的姓名很古怪,大概是叫帕鲁拉基,或是叫斯卡拉道普洛……鬼知道呢,忘了……总的来说,基索奇卡很少说自己,不喜欢说。话题全围绕着我展开。她问我上的那所大学的情况,问我的同学怎么样,问彼得堡怎么样,问我有什么样的计划。而我所讲的一切都能激起她的兴奋之情与赞美:'啊,这多好!'

"我们下到海边,在沙滩上散步,当海风吹来了晚间的湿气,我们又上了山。我们一直在谈论我以及我们的过去。我们一直在漫步,直到晚霞的余晖在别墅的窗户上完全消失。

"'到我家里去喝点茶,'基索奇卡向我建议,'茶炊大概早已摆上桌了……家里就我一个人。'她说,这时透过树的绿荫已经可以看到她家的别墅。'我的丈夫老是在城里,深夜才回家,而且不是天天回家,我寂寞得很,快寂寞死了。'

"我跟在她后边走,欣赏着她的背和肩。她已经结婚,倒让我宽心。对于短暂的浪漫史而言,有夫之妇比未婚少女更加适合。还让我宽心的是,她的丈夫不在家……但同时我也感到,这浪漫史未必能圆满……

"我们走进了房子。基索奇卡的房间不大,天花板不高,别墅式的家具(俄国人喜欢把弃之可惜又无处摆放的大而无当的家具塞到别墅里来),但从一些细微处还是能看出,基索奇卡和她的丈夫生活很宽裕,一年估计得有六七千卢布的开销。我记得,在那间被基索奇卡称作餐厅的房间中央,放着一张竟然支有六条腿的圆桌。桌子上摆着茶炊和几个茶杯,而在桌子的边上放着一本打开了的书,一支铅笔和一个笔记本。我瞅了一眼那本书,认出是本由马列宁和布列宁合著的算学书。我现在记得,打开的那一页正好是'利息分配表'。

"'您在教谁做算术题?'我问基索奇卡。

"'不教谁……'她回答,'我这是……因为无聊,因为无事可做,就想起了以前的学校生活,做起了算术题。'

"'您有孩子吗?'

"'生过一个男孩,但生下来一个星期就死了。'

"我们开始喝茶。她欣赏着我,又说起她喜欢我的工程师职业,她如何为我的成就感到高兴。她这样说得越多,她的笑容越真诚,我就越坚信我将会两手空空地从这里溜之大吉。那时我已经是个情场老手,我可以准确地判断出自己在情场角逐中的获胜概率。如果您猎取的是一个蠢货,或是一个像您一样追寻情感刺激的女人,或是一个您完全陌生的浪荡女人,您就可以稳操胜算。而如果您遇到一位女士,她不笨,人也正派,她的脸孔呈现出一种温顺的倦意和善意,她真诚地欢迎您,主要的是——她尊敬您,遇到这样的情况,您就可以一无所得地打道回府了。在这种情况下要获得成功，一天的工夫是远远不够的。

"在暮色中，基索奇卡比在日光下更加妩媚动人。我越加喜欢她，看来，她对我也有好感。而且环境也适合于调情：丈夫不在家里，仆人不在跟前，四周静悄悄……尽管我对成功不抱太大的希望，但我还是转入了进攻状态。首先要把谈话引向玩世不恭的调调上去，把基索奇卡的抒情而严肃的心情调转到更轻浮的……

"'娜塔丽娅·斯捷潘诺芙娜，让我们换个话题，'我开始说，'谈点轻松愉快的……首先请允许我像过去那样叫您基索奇卡。'

"她同意了。

"'基索奇卡，请您告诉我，'我继续说，'此地的女人怎么变成这个德行啦？她们怎么啦？从前她们都是规规矩矩的淑女，而现在呢，不管问起哪一位，听了都能让您吓一跳……有个小姐跟一个军官私奔了；另一位勾引了个中学生，也跑了；第三位是个少奶奶，离开了丈夫与一个演员私奔了；第四位离开了丈夫与一个军官私奔了；诸如此类……这简直是一场瘟疫！这样下去，在你们的城里很快就剩不下一个纯粹的少女和少妇了。'

"我是操着粗俗的、挑逗性的语气说这些话的。如果基索奇卡报之以笑声，我便会用同样的口吻再往下说：'嘿，基索奇卡，您瞧好了，否则会有一个军官或演员在这里把您拐走的！'她听了也许会垂下眼睛说：'有谁愿意来拐走我这样的女人呢？要是我再年轻一些，漂亮一些……'那我就会对她说：'基索奇卡，别这样说，我就会头一个高高兴兴地把您拐走！'要是谈话照这样的态势进行下去，我的目的便最终会达到。但基索奇卡没有用笑声作答，相反，她露出了严肃的表情，还叹了一口气。

"'人家说的这一切都是事实……'她说，'我的堂姐索尼娅就离开丈夫与一个演员私奔了。当然，这不好……每一个人都要忍受命运给予的安排，我不会责怪她们……环境有时会把人压垮。'

"'是这样，基索奇卡，但究竟是什么样的环境导致了这一场瘟疫呢？'

"'这很简单也容易理解……'基索奇卡扬起眉毛，说，'我们的有文化修养的姑娘和女人在这里毫无出路。不可能让她们全都像男人那样的上大学深造，当教师谋生，为理想生活。只好嫁人……那么嫁给什么人呢？你们男生读完中学，到外地上大学，从此不再返回故乡，你们在首都结婚成家，而女生都留在了本地！……那么让她们嫁给什么人？因为没有正派的优秀男士,就只好嫁给各色各样的经纪人和希腊人,他们就知道喝酒,在俱乐部里闹事……姑娘们就这样草草结了婚……那会是什么样的婚后生活?您自己也明白,有文化教养的女人和粗野的男人生活在一起,后来她遇到了一个有文化的男人,一个军官,一个演员或一个医生,就爱上了,原来的生活她就不能再忍受,她就逃离了丈夫。不能责备这样的女人!'

"'如果是这样,基索奇卡,当初她为什么要嫁人呢?'我问。

"'问得当然有道理。'基索奇卡叹了口气,"但要知道,每个姑娘心里都这样想:有了丈夫总比没有丈夫强……尼古拉·阿纳斯塔谢耶维奇,总的来说,这里的生活很糟糕,很糟糕!不嫁人的姑娘苦闷,嫁了人的女人也苦闷……人们嘲笑索尼娅,因为她私奔了,而且还是和一个演员私奔的,但如果人们了解了她的内心,也就不会嘲笑她了……"

阿卓尔卡又在门外吠叫起来。它恶狠狠地朝什么人嚎叫着,然后发出了一声哀鸣,用整个身子顶撞着工棚的墙壁……阿纳尼耶夫的脸孔因为怜悯而起了皱,他中断了自己的故事,走出门去。有两分钟的时间,听到他如何在门外安抚爱犬:"可爱的狗!可怜的狗!"

"我们的尼古拉·阿纳斯塔谢耶维奇喜欢聊天。"封·什登贝格笑笑说,"他是个好人!"稍作停顿后他又补充了一句。

回到工棚之后,工程师把我们的杯子都斟满了酒,微笑着抚摸自己的胸膛,继续说自己的故事:

"就这样,我的进攻没有取得成功。没有办法,我只好把我不干净的思想留到更好的机会去发挥了,我承认了自己的失败,俗话说,'只好挥手了之'。不仅如此,在基索奇卡的嗓音、晚间的空气和寂静的影响下,我自己也逐渐地沉进了那静静的、抒情的情调。我记得,我坐在一张椅子上,旁边是一扇敞开着的窗户,我看着外边的树木和幽暗的天空。槐树和菩提树的轮廓还像八年前一样,也还像我的少年时代那样,远处传来从一架破旧的钢琴上发出的弹奏声,人们还是保留着在林荫道上来回散步的习惯,但人已经不是以前的人了。现在在林荫道上散步的,已经不是我,不是我的同学,不是我所暗恋的对象,而是陌生的中学生,陌生的少女。我感到了忧伤。而当我打听我的旧日的朋友时,从基索奇卡嘴里五次听到了这样的回答:'他死了。'我的忧伤便变成了参加给一个好人开的追悼会时产生的心情。我坐在窗子旁,看着在林荫路上散步的人群,听着杂乱的钢琴弹奏声,有生以来第一次亲身体验到,一代人是如何怀着急切的心情取代另一代人的,甚至就在这七八年的时间里,人的生命里也能发生如此致命的劫运!

"基索奇卡在桌子上放了瓶红葡萄酒。我喝了酒,失去了自持力,滔滔不绝地发表议论。基索奇卡依旧欣赏着我和我的智慧。而时光在流走。天空已经黑得分不清槐树和菩提树的树影,林荫路上的游人看不见了,钢琴声听不见了,能够听到的仅仅是大海均匀的喘息声。

"年轻人都是一个德行。您只需要对他说几句好话,请他喝酒,让他知道他很可爱,他就会坐下来不动窝,忘了该是他告辞的时候了,他不停地说,说,说……主人已经睁不开眼睛了,他们该睡觉了,而他还坐着,说着。我也是这样。只是偶尔看了看钟:已经十点钟了。我准备告辞。

"'上路之前再喝一杯。'基索奇卡说。我又喝了一杯送我上路的酒,又滔滔不绝地说下去,忘了该走了,坐了下来。这时传来了男人的说话声、走路声和马刺的碰击声。有人在窗外走过,停到了大门旁。

"'大概是丈夫回来了……'基索奇卡一边侧耳倾听,一边说。

"大门吱嘎一声打开了,人声已经在门厅里响起,我看到,有两个人从通往餐厅的门旁走过:一个黑发男子,很胖,长着鹰钩鼻,戴着草帽;另一个是穿着白色制服的年轻军官。他们走过房门的时候,都漫不经心地朝我和基索奇卡扫了一眼,我以为他们都喝醉了。

"'这么说,她骗了你,而你信以为真!'这一回听到了一个洪亮的带有鼻音的说话声,'第一,这件事情发生在大俱乐部而不是在小俱乐部。'

"'你,爱神丘比特,你生气了,但你说得不对……'另一个人说,他大概是军官,一边笑着,一边在咳嗽,'我能在你这儿过夜吗?你说实话:我不会妨碍你吗?'

"'什么话?不仅是可以,而且是必须在我这儿过夜。你想喝什么,是啤酒还是葡萄酒?'

"那两个男人坐了下来,坐在与我们隔开了两个房间的地方,他们说得很欢,显然对基索奇卡和她的客人毫不在意。而一当丈夫回了家,基索奇卡的情绪却发生了明显的变化。她先是脸红了,然后露出了一种羞怯的近似于负疚的表情:她心里产生了不安,我意识到,她不好意思把丈夫介绍给我,她希望我走开。

"我起身告辞。基索奇卡把我送到门廊。我清楚地记得她温柔、感伤

的微笑和温顺、亲切的眼睛,当我们握住手的时候,她说:'大概,我们以后再也不会见面了……好吧,让上帝给您幸福。谢谢您!'

"没有一声叹息,没有一句多余的话。在分别的时候,她手里拿着蜡烛,蜡烛的光影在她的脸上和颈项上跳动,像是在追逐她感伤的微笑;我想象着当年被我们当作小猫可以抚摸的那个基索奇卡,我直视着现在的基索奇卡,不知为什么立即想起了她的这句话——'每一个人都要忍受命运给予的安排'——我的心疼痛了起来。我是敏感的,我的良心在与我做耳语,告诉我,站在我这个幸福而淡漠的人面前的,是一个爱着又痛苦着的好人儿……

"我鞠了个躬,向大门走去。天很黑。七月的南方,入夜很早,天也黑得快。到了晚上十点钟,就伸手不见五指了,我摸索着走到大门口,一共点燃了二十根火柴。

"'马车夫!'走出大门,我大喊一声,但无人应声……'马车夫!'我重复地喊道:'哎,马车!'

"但既不见马车,也不见马车夫。坟墓一般的寂静。我只能听到睡意蒙眬的大海的喘息声和我自己酒醉之后的心跳声。举头望天空,不见一颗星星。黑沉沉,阴沉沉。显然,天空被乌云覆盖了。我无意识地耸了耸肩,傻笑着,再一次呼叫马车夫,但声音不再那么坚定。

"'嘿什!'听到了回声。

"步行四里地野路,而且还在黑暗之中——这个前景令人丧气。在决定是否步行回城之前,我考虑了许久,然后耸耸肩膀,毫无目的地走回了那片小树林。树林里黑得可怕。在某一棵树的空隙处偶尔从别墅的窗子里透出昏暗的红光。一只乌鸦被我的脚步声惊醒了,被我用来照路的火柴光惊吓了,它从一棵树飞到另一棵树上,在树叶里发出埋怨的叫声。我既懊恼,也害臊,乌鸦像是懂得了我的心思,竟也'哇哇'地叫了起来。我懊恼的是,我得步行回家,我害臊的是,我像个孩子一样在基索奇卡家说个没完。

"我走到了亭子里,摸到一个椅子,坐了下来。在下边很远的地方,在浓密的黑暗后边,大海在低沉地怒吼。我记得,我像个盲人一样,既看不见大海,也看不见天空,甚至看不见我正置身其中的亭子,我觉得这个世界仅仅有两样东西存在:在我的醉醺醺的头脑里游荡的思想,和在下边单调地轰鸣着的一种看不见的力量。而后来睡意向我袭来,我便觉得,在轰鸣的并不是大海,而是我的思想,全世界仿佛就我一个人。就这样,我把全世界集中到了我一个人身上,我便忘记了马车夫,忘记了城市,忘记了基索奇卡,完全沉浸到了自恋的那种情绪里。这是一种可怕的孤独的情绪,这时您觉得,在整个黑暗的、无形的宇宙中就存在您一个人。这种骄傲的、恶魔式的情绪只有俄国人才会具有,他们的思想感情像他们的平原、森林和雪野一样的辽阔、无涯与严峻。如果我是个画家,我一定会画出一个俄国人这样的脸部表情,他纹丝不动地盘腿坐着,两手捧着头,沉浸在一种情绪之中……而与这种情绪同在的,是关于人生的无目的,关于死亡,关于阴曹地府的思想……这些思想分文不值,但那脸部表情,该是很美的……

"我坐在那里打盹,没想站起身来——我很温暖、很安宁——突然在大海均匀单调的声响中,响起了另外一个声音,吸引住了我的注意……有一个人在林荫路上急促地走着。这个人走到亭子旁边,停住了脚步,像个小姑娘似的呜咽起来,用小姑娘般的哭腔说道:

"'我的上帝,何时才能熬出头呀?上帝!'

"从嗓音和哭腔判断,她应该是个十一二岁的小姑娘。她迟疑不决地走进亭子,坐下来,半是祈祷半是诉苦地说着……

"'上帝!'她拉长了声调哭诉,'这无法忍受的呀!任何的忍耐都忍耐不下去的!我忍耐着,不出声,但你要明白,我也要生活呀……啊,我的上帝,我的上帝!'吐了一大堆这样的苦水……我想看看这个姑娘,和她说说话。为了不把她吓着,我先出声地叹了口气,干咳了一声,然后小心翼翼地划了一根火柴……火柴在黑暗中闪光,照亮了那个哭泣的姑娘。这是基索奇卡……"

"天下奇闻!"封·什登贝格一声叹息,"漆黑的夜晚,大海的轰鸣,万般痛苦的她,而他呢,怀着宇宙般孤独的心绪……要知道这是什么!就差几个手持匕首的粗汉了。""我给你们讲的不是童话,而是真事!""就算是真事……这也没有什么稀罕的……"

"别忙着挖苦,让我讲完!"阿纳尼耶夫懊恼地挥一下手,说,"请您别干扰我!我不是说给您听的,我是说给大夫听的……是这样的。"他面对着我继续说,也斜眼瞟了大学生一眼,大学生正埋头在查账,他为能刺激一下工程师而颇为得意。

"是这样的,基索奇卡看见了我,并不感到惊讶,也不害怕,似乎她早就知道能在亭子里见到我。她吃力地喘着气,全身发抖,像是在发高烧,而她被泪水浸湿的脸,在我的一根接着一根划亮的火柴的照耀下,让我看到的已经不是原先的那张聪明的、温顺的、疲倦的脸,而成了另外一种我直到今天也无法理喻的状态。这张脸既不表现痛苦,也不表现忧虑,也不表现苦恼,她的言语与眼泪表现出的一切,在她脸上都没有反映……也许,正因为我理解不了她的这张脸,因此我觉得它是没有意义的,是糊里糊涂的。

"'我忍受不住了……'基索奇卡用姑娘的哭腔呢喃道,'我受不了啦,尼古拉·阿纳斯塔谢耶维奇!请原谅,尼古拉·阿纳斯塔谢耶维奇……我不能再这样生活下去了……我要进城找妈妈去……您送我去……看在上帝分上,送我去……'

"看见了流泪的人,我既不会说话,又不会沉默。我发了慌,胡乱地说了几句安慰的话。

"'不,不,我要去找妈妈!'基索奇卡说得很坚决,她站起身来,神经质地拉住了我的手(她的手和衣袖都被眼泪弄湿了),'请原谅,尼古拉·阿纳斯塔谢耶维奇,我要去……我受不了啦……'

"'基索奇卡,但现在一辆马车都没有呀!'我说,'您怎么去?'

"'没有关系,我可以步行……不远。我再也忍不住了……'

"我发了窘,但没有受感动。对于我来说,基索奇卡的眼泪,她的颤抖,她的麻木的脸部表情,给人留下的印象像是一部浅薄的法国或乌克兰式的言情剧,在那里每一个微不足道的痛苦都会酿造成泪雨滂沱。我不理解她,我也知道我不能理解她,我原本应该保持沉默的,但不知为什么,也许是不想把我的沉默理解为愚蠢,便以为有必要劝她别去找妈妈,而是留在家里的好。哭泣的人是不希望有人看见她的眼泪的。但我却一根接一根擦亮火柴,直到把火柴匣里的火柴全部点完。我为什么要这样不友善地照亮她的泪脸,我到今天还弄不明白。一般来说,心冷的人常常会做些不恰当的傻事。

"最终基索奇卡拉住了我的手,我们上路了。走出大门,向右边一拐,不慌不忙地走在松软的土路上。天很黑,待到我的眼睛慢慢地习惯了这个黑暗,便能看清路旁那些又老又细的橡树和菩提树的轮廓。很快,在右侧影影绰绰地显现出一条黑带,那是参差的峭壁,有几处被不大的深谷与水沟切断。在峡谷旁边生长着一堆灌木丛,像是有一群人坐着,有点恐怖。我斜眼看了一下峭壁。那大海的声响与土地的沉寂反常地刺激着我的想象。基索奇卡不说话,她还在颤抖,还没有走出半里地,她便气喘吁吁了。我也不说话。

"在离检疫所一里地的地方,立着一座被废弃的四层楼房,有一个很高的烟囱,这座楼房以前曾经是一个磨粉厂的厂房。它孤零零地站在悬崖上,白天的时候,从海上或从平原上远远地就能看见它。因为是一座废弃的楼房,楼里无人居住,路人的脚步声和说话声都能从楼里传出回声,因此很有点神秘感。你们可以想象一下,在那样一个漆黑的夜晚,我挽着一个逃离丈夫的女人的胳膊从这个庞然大物旁边走过,我的每一个步子都有回声传响,上百个窗口就像上百个黑眼珠紧盯着我。一个正常的年轻人在这样的情景下一定会坠入浪漫主义中去的,而我瞅着这些黑窗子却在想:'所有这一切都能对人有所触动,但再过若干年之后,无论是这座楼房,还是这位基索奇卡以及她的痛苦,还是我和我的思想都会化为灰烬……一切都是虚妄的,一切都是无意义的……'

"当我们走到磨粉厂的旁边,基索奇卡突然停住脚步,抽出自己的胳膊,不是用女孩的声音而是用自己的声音说道:

"'尼古拉·阿纳斯塔谢耶维奇,我知道,这一切您会觉得奇怪。但我非常的不幸!您甚至想象不到我是多么的不幸!想象不到!我不告诉您,因为说不出口……这样的生活,这样的生活……'

"基索奇卡没有说完,她咬着牙,轻轻呻吟了一声,好像在竭尽全力不让自己因为痛苦而大声叫喊。'这样的生活!'她惊恐地重复了一遍,拖长了尾音,带有一点南方的近似乌克兰口音的腔调,这种腔调出自女人之口,便给激情洋溢的话语带来了音乐感。'这样的生活!啊,我的上帝,我的上帝!这叫什么生活?啊,我的上帝,我的上帝!'就像是为了猜透自己人生的秘密,她莫名其妙地耸动着肩膀,摇晃着脑袋,拍打着巴掌。她像唱歌一样地说着话,举止优雅而漂亮,让我觉得她简直像一个著名的乌克兰女演员。

"'上帝,我像是掉进了一个深坑!'她拧着手指,继续说,'哪怕有一分钟的时间让我过一过人生的快乐时光也好呀!啊,我的上帝,我的上帝!我居然活到了这种丢人的地步,我像个放荡的女人那样,当着外人的面深

更半夜从丈夫身边逃走。从此还能有什么好的指望?'

"我欣赏着她的肢体动作和嗓音,我突然感到了一种满足,因为她和丈夫不和。'与她玩玩倒也不错!'——这个念头闪现在我的心头,在往前走的一路上,这个邪念一直盘踞在我的脑海,越来越让我心花怒放……

"走过磨粉厂一里半路,需要向左拐弯,顺着墓地直奔县城。在墓地的转弯处,立着一个石质的风车,风车旁也有个小屋,屋里住着风车的主人。走过墓地和小屋,再向左拐,就到了公墓的门口。在这里基索奇卡停住了脚步,说道:

"'尼古拉·阿纳斯塔谢耶维奇,我要回去了! 您自己走吧,我自己回去。我不害怕。'

"'这算怎么回事!'我慌张了起来,'既然要走,就走好了……'

"'我不必这么冲动的……没有什么大不了的事。您的话语让我想起了过去,让我想了很多……我很伤心,想哭,而丈夫当着那个军官的面对我说了粗话,我就受不了啦……我为什么要进城去找妈妈呢? 我这样就能幸福吗? 得回去……得了……咱们继续走!'基索奇卡笑笑说,'反正都一样!'我记得,在公墓的门上刻有一行字:'总有一天,躺在坟墓中的人会听到天使的声音。'我清楚地知道,早晚有一天,无论是我,还是基索奇卡,还是她的丈夫和那个穿白色军装的军官,都会躺在墓地的黑色树荫下。我清楚地知道,在我旁边走着的,是一个不幸的、受到侮辱的人。所有这一切我都知道得一清二楚,但与此同时,有一个沉重的、恼人的恐惧攫住了我,基索奇卡要回家,而我还没有把该说的话说给她听。从来没有像这个夜晚那样,高尚的思想和卑下的思想如此紧密地缠绕在一起……真是可怕!

"在墓地附近我们雇到了一辆马车。到了基索奇卡母亲居住的那条大街,便把马车夫打发走了,我们沿着人行道走去,基索奇卡一直沉默不语,而我看着她,恨起了我自己:'你为什么还不开始进攻? 是时候了!'在距离我下榻的那家旅馆二十步远的地方,基索奇卡停在了路灯的旁边,哭了。

"'尼古拉·阿纳斯塔谢耶维奇!'她哭着,笑着对我说,用她那被闪光的眼泪浸润了的眼睛瞧着我。'我永远不会忘记您对我的体贴……您是个多么善良的人呀! 你们都是好人! 诚实的、善良的、热心的、聪明的人……啊,这多么美好!'

"她把我看作是一个有教养的优秀人士,在她那潮湿的笑脸上流露出悲伤的神情,因为我这个人已经引起了她的感奋,而她难得见到像我这样的人,上帝没有让她成为像我这样一类人的妻子。她喃喃地说:'啊,这是多么美好!'她脸上天真的快乐,她的眼泪,她柔和的微笑,她从头巾下滑落的细软的头发,以及那块随便地搭在头上的头巾,在路灯的照耀下,又让我追忆起了那个基索奇卡,那个我们想像抚摸小猫般地抚摸的基索奇卡……

"我忍耐不住了,开始抚摸她的头发、肩膀和手……

"'基索奇卡,你想要什么呢?'我轻声地说,'你想让我和你走到天涯海角去吗?我要把你从这个深坑中拉出来,给你幸福。我爱你……咱们走吧,我的好人儿?是吗?好吗?'

"基索奇卡的脸上显出迷惑不解的表情。她从路灯旁退后了几步,她惊恐地睁大了眼睛瞧着我。我紧紧地抓住了她的手,接连不断地吻她的脸、颈项、肩膀,不断地向她发誓和许愿。在恋爱中,发誓和许愿几乎是必不可少的。没有它们办不成事。有时明知你是说谎,但照样要发誓和许愿。惊恐万状的基索奇卡还是在往后退,还是睁大了眼睛看着我……

"'不要这样!不要这样!'她用手挡住我,喃喃地说。

"我紧紧地拥抱住了她。她突然间号啕大哭了起来,她的脸孔呈现出一种迷茫的麻木的表情,我在亭子里擦亮火柴的时候,就看到了她这种表情……我不许她说话,也不征得她的同意,便硬是把她拉着往我住的旅馆走去……她呆若木鸡,我抓住她的手,几乎是拖着她走……我记得,到我们上楼梯的时候,有个戴着镶有红帽檐的制帽的听差,奇怪地看着我,向基索奇卡鞠躬……"

阿纳尼耶夫涨红了脸,不说话了。他默默地在桌子周围踱步,烦恼地挠挠他的后脑勺,好几次神经质地耸动着他的肩膀,一阵阵寒战顺着他那宽大的后背溜过,使他的肩胛骨也因此抖动起来。他黯然自伤,这个回忆让他痛苦,他在自己和自己较劲……

"不好!"他喝了一杯酒后,摇摇头说,"人家说,老师在对医学院的大学生讲第一堂妇科学的时候,就要对他们说,在你解去女病人的衣服抚摸她之前,要想一想你们中的每一个人都有母亲、姐妹、未婚妻……这个忠告不仅适合于医生,也适合于所有在生活中要和女人打交道的男人。现在,我已经有了妻子和女儿。啊,我太能理解这个忠告了!我的上帝,我太能理解这个了!但是,请你们再往下听……基索奇卡成了我的情妇之后,便不同我一样地思考问题了。首先,她热烈地、深深地爱着我。在我看来是一桩平平常常的风流韵事,在她却成了生活中的一场革命。我记得,我那时觉得她像是发了疯似的。她第一次感到了幸福,她年轻了五岁似的,一脸的喜庆,幸福得不知道该如何是好,她时而笑,时而哭,不断地说出她的梦想,明天我们要去高加索,秋天再去彼得堡,然后再安排如何生活……

"'至于丈夫,你不必担心!'她这样宽慰我,'他必须同意我离婚。全城的人都知道,他和柯斯托维奇家的大女儿在同居。离婚之后我们再结婚。'

"女人一旦爱上了,特别能适应环境,跟人很快就亲热起来,像猫一样,基索奇卡在我的房间里才躺了一个半小时,就已经有了像是在自己家里的感觉,把我的家当看成是她自己的家当。她把我的东西装进手提箱,埋怨我没有把自己贵重的新大衣挂在钩子上而是胡乱地把它像一块抹布似的扔到了椅子上。

"我看着她,听着与感受着疲倦和困惑。我一想到一个正派的、痛苦着的妇女这么轻易地在三四个小时之内就成了遇见的第一个男人的情妇,内心不免产生厌恶之感。我作为一个正派的男人,当然不喜欢这样。其次,像基索奇卡这样的女人,既不深刻,也不严肃,太热衷于世俗的生活,甚至把对于一个男人的爱情这样的生活小事,也抬高到了幸福、痛苦和生活变革的高度,这也让我不高兴……除此之外,这时我已经得到了满足,我反倒觉得自己处境不妙,我有点傻,竟然被一个原本想玩一玩了事的女人缠住了身……而我应该指出,尽管自己有些玩世不恭,但也不能忍受欺骗。我记得,基索奇卡坐在我的大腿旁边,把脑袋枕在我的膝盖上,用她那闪光的、含情脉脉的眼睛看着我,问:'柯里亚,你爱我吗?很爱吧?很爱吧?'

"她幸福地笑了……我觉得这过于煽情,有点做作,也不得体,与此同时,我当时已经处于一种这样的精神状态,我想在一切事物中追寻'思想的深度'。

"'基索奇卡,你该回家了,'我说,'否则你家里人会满世界地找你。而且你大清早到你妈妈家去也不合适……'

"基索奇卡同意了。分手之前我们说定,明天中午在公园见面,而后天我们一起去五山城。我上街去送她,我记得,我一路上用真诚的温情爱抚着她。有一个时刻,我突然因为她对于我的极度的信任而感到内疚,我决定当真要带她到五山城去,但一想到我口袋里只剩六百卢布,而且到了秋天再跟她分手会比现在分手更加困难,我就立刻打消了这个念头。

"我们走到了基索奇卡母亲的家门口,我按了门铃。当听到了门后的脚步声,基索奇卡的脸孔突然变得严峻起来,她看看天空,急促地像给一个孩子祝福那样在我的胸口画十字,然后把我的手放到她的嘴唇上。

"'明天见!'她说了这句话就进了门。我走到街对面的人行道上,观察那所房子。窗子原先都是漆黑的,后来有一扇窗子里由一支点着的蜡烛泛出了淡淡的蓝光,这光亮在扩大,我看到有人影随着烛光的移动在移动。

"'没有想到她来!'我想。

"回到旅馆的房间,脱去外衣,喝了一杯酒,吃了点今天在市场上买来的新鲜鱼子,不慌不忙地躺到床上,像一个游倦的旅行者一样地酣睡了。

"一觉醒来,头痛,心绪也很坏。有什么东西让我不安。

"'这是怎么回事?'为了弄清楚自己的不安,我问自己,'是什么使我不安?'

"我把自己的不安解释为害怕基索奇卡现在就来找我,让我不得脱身,让我只好说谎话,在她跟前出洋相。我很快穿上衣服,收拾好行李,走出了旅馆,吩咐听差在晚上七点钟之前把行李送到火车站。整个白天我都在一个医生朋友家里度过,而到了晚上就坐车离开了这座城市。你们看,我的思想并没有妨碍我做一次可耻的、背信弃义的逃亡……

"在我坐在朋友家里和后来到火车站去的整个时间里,不安始终折磨着我。我害怕与基索奇卡相遇,害怕闹出轩然大波。到了火车站,我故意躲在洗手间里直到响了第二遍铃,而当我走向我的那列车厢时,竟然有这样一种感觉在压迫着我:我好像周身上下装满了偷来的赃物。我是怀着何种急迫与恐惧的心情等待那第三遍铃声的呀!

"救命的第三遍铃声终于响了,列车启动了,火车驶过了监狱、兵营,驶进了田野,令我十分惊异的是,不安还是纠缠着我,我依旧感到自己像是个拼命想着出逃的小偷。这多么奇怪?为了让自己平静下来,我开始往车窗外张望。列车沿着海岸行驶。大海波浪不兴,碧绿的天空几乎有一半被柔和的金色晚霞所覆盖,霞光静静地映照在海面上,有一些渔船和木筏成为一个个星点散落在海面的四周。耸立在悬崖上的城市,清洁而美丽得像一个玩具,也被晚间的雾霭所笼罩。几座教堂的金色拱顶,窗子,树丛映衬着夕照,它们像金子一样,在燃烧着熔化……田野的芳香与从大海吹来的温柔的湿气混合在一起。

"火车在飞奔。听得出旅客与乘务员的欢笑声。全都喜气洋洋,而我的莫名的不安情绪在不断增长……我看着笼罩着城市的薄雾,我想象着,在教堂与屋舍近旁,在雾霭里,有一个脸色茫然的女人在寻找着我,她在用姑娘一般的声音,像一个乌克兰演员的歌唱般的嗓音在呻吟着:'啊,我的上帝,我的上帝!'我记起了她严峻的面孔,她心事重重的大眼睛,她昨天像为自己的亲人祝福一样地在我胸前画十字的情景,我下意识地瞅了瞅我的手,她昨天曾经亲吻过这只手。

"'我是爱上了,是吗?'我挠挠手,问自己。

"只是到了夜里,旅客们都睡着了,我可以单独地和自己的良心面对面,我明白了以前无论如何明白不了的道理。在车厢的黑暗中,基索奇卡的面影我挥之不去,我已经明白,我做了一件相当于谋杀的坏事。良心折磨了我。为了压制住这难以忍受的感觉,我让自己相信,一切都是虚无的,无论是我还是基索奇卡都会死去,腐烂,与死亡相比,她的痛苦算不得什么,等等,等等。归根结底,自由意志是不存在的,因此,我没有过错。然而所有这些推理只是更加使我气恼,它们很快就淡化在其他的思想里了。那只被基索奇卡吻过的手在隐隐作痛……我时而躺下,时而坐起,在车站喝伏特加酒,拼命地吞食三明治,再一次让自己相信,生活是没有意义的,但无济于事。有一种奇怪的,甚至可以说是互相矛盾的思想在我的头脑里翻腾。最五花八门的想法,纷至沓来,互相挤压,而我这个思想家被这一堆有用和无用的思想搅得晕头转向,无所适从。原来,我这个思想家还没有掌握起码的思维技术,我就像不会修理钟表那样地不会使用自己的头脑。平生第一次我如此努力地、紧张地思索,而且让我感到错愕,我想:'我要发疯了!'那些平时不用脑子,临到艰难时刻才动脑筋的人,常常会想到发疯。

"就这样,我白白熬过了一个白天,两个夜晚,我明白了,我的思想对我没有多少帮助,我终于看清了我是个什么人。我懂得了,我的思想分文不值。在和基索奇卡相遇之前,我还没有开始思想,甚至对于严肃的思想毫无概念；现在，当我经过了这次磨难之后，我懂得了我既没有什么信念，也没有一定的道德观念，也没有心灵，没有理智；我的全部的心智的财富来自专业知识，无用的记忆断片如别人的思想，我的心理活动像土著人一样的简单和幼稚……如果我不爱说谎，不偷窃，不杀人，不干明显的坏事，并不是因为我的信仰在起作用（我没有信仰），是因为奶妈讲述的童话故事和教科书上的道德教条捆住了我的手脚，这些道德教条已经进入了我的血液，尽管我认为它们是荒谬的……

"我明白了，我不是思想家，不是哲学家，我不过是个半吊子的假行家。上帝给了我健全的俄国式的脑子和天赋。你们想想看，一个二十六岁的年轻人，他的脑子没有经过训练，像是一张没有任何色彩的白纸，只是悄悄沾染一点工程技术方面的零星知识，他年轻，有旺盛的求知欲，追寻着什么，突然间有一个很迷惑人的关于生活无目的和阴曹地府的观念无意中击中了他。他贪婪地把这个观念吸收过来，让它横行无阻，开始玩弄起它来，像猫玩弄耗子一样，他的脑子里既无渊博的知识，也没有完整的体系，但这没有关系。他以自学成才者的天生的力量来运用宏大的思想，不出一个月，他就有了用一个土豆烹制一百道美味小菜的本领，而且自以为是思想家了……

"我们这一辈人把这种玩弄严肃思想的技艺，注入到了科学、文学、政治，以及其他一切它可以渗透进去的领域，与这技艺一同注入的还有冷漠、无聊与片面，我以为，它已经成功地给大众灌输了一种全新的对付严肃思想的办法。

"因为这一桩不幸的事儿，我明白了自己的反常和无知。现在想来，我正常的思想是从我想从头做起开始的，也就是良心把我赶回到N城，我老老实实地在基索奇卡面前忏悔，像一个孩子那样恳求她原谅，和她一起痛哭流涕……"

阿纳尼耶夫简要地描述了他与基索奇卡的最后一次会面，便不作声了。

"是这样……"当工程师讲完之后，大学生从牙缝里挤出了一句话，"在这世界上有这样的事！"

他的面孔照样显出无动于衷的样子，看来，阿纳尼耶夫的故事一点儿也没有感动他。只是当工程师停顿片刻重新阐发他的思想，重复他原先已经说过的那些话的时候,大学生生气地皱起眉头,从桌旁站起,走到自己的床前。他铺好了床,开始脱衣服。

"您现在这副样子,好像您当真把什么人说服了似的!"大学生气恼地说。

"我把什么人说服了?"工程师问,"亲爱的,我难道有这样的奢望?上帝保佑您!说服您是不可能的!只有通过自己的生活经历与苦难,您才能恍然大悟!"

"再说,这是多么奇怪的逻辑!"大学生一边穿睡衣,一边嘟囔道,"您十分厌恶的对青年十分有害的思想,按照您的说法,在老年人那里都是合理的。好像这决定于头发是否花白……这是哪来的老年人的特权?它有什么根据?如果这些思想有毒,那么对所有人都应该是有毒的。"

"不,我亲爱的,别这么说!"工程师狡黠地眯缝着眼睛,说,"别这么说!首先,老年人不是半吊子的假行家。他们的悲观主义不是外在的,不是偶然的心血来潮,而是来自他们大脑的深层,是经过了对于黑格尔、康德等大师的作品的研读,是经历了许多的痛苦,犯下了数不清的错误之后,一句话,是从低层到顶端爬完了整个的楼梯之后才产生的。他们的悲观主义的背后有他们个人的经验和其他的哲学修养做支撑。其次,老一辈的思想家的悲观主义不是像你我这样的表现为空泛的议论,而是体现为一种世界性的悲悯和痛苦;他们的悲观主义有基督教义的底蕴,是植根于对人的爱,是来自以人为本的思想,和半吊子的假行家的利己主义毫不相干。您厌恶生活,是因为生活的意义和目的恰好欺瞒了您,您仅仅为您自己的死亡担惊受怕;而真正的思想家之所以痛苦,是因为生活的真理欺瞒了所有的人,他为所有的人担惊受怕。比方说,离这里不远住着一位名叫伊凡·阿历克桑德雷奇的林务官,是个好老头。曾经在什么地方教过书,写过文章,鬼知道他做过什么职业,但他肯定是个智者,懂得哲学。他读过很多书,现在还手不释卷。好了,前不久我在格鲁佐夫斯基工区见到了他……那个工区当时正好在铺设枕木和铁轨。这个活儿其实并不复杂,但在不懂工程技术的伊凡·阿历克桑德雷奇看来,这简直像是魔术。一个有经验的技工,铺上一根枕木,再在枕木上固定一条铁轨,用不了一分钟的时间。工人们精神抖擞,干起活来灵巧而快速。有个家伙更是大显身手,他挥臂一锤敲下去,就把钉帽咬紧了,尽管那锤把几乎有一丈长,每个钉子也有一英尺长。伊凡·阿历克桑德雷奇久久地凝望着工人,受到了感动,眼眶里闪着泪花对我说:'多么遗憾,这样的人才也是要死的呀!'我能理解这样的悲观主义……"

"所有这一切既不能证明什么,也不能说明什么。"大学生拉过被单说,"所有这一切都是无效劳动。没有人能明白这一切,无法用言语来证明这一切。"

他从被单里探出头来,气恼地皱起眉头,加快了语速说道:

"只有很幼稚的人,才会相信言辞,才会对人类的语言与逻辑赋予决定性的意义。人们尽可以用言语来证明或否定他想证明或否定的东西,很快人们将把语言技巧完善到如此地步,可以用数学计算般的精确来证明二乘二等于七。我喜欢听人说话,我也喜欢读书,但要我相信,对不起,我办不到,也不想办到。我只相信一个上帝,至于您,那么即便您给我讲到基督再世,即便您再诱惑五百个基索奇卡,也办不到,要我相信您,除非我什么时候失去了理智……晚安!"

大学生把头藏到被单里,把脸转向墙壁。他想用这样的动作表示,他已经不想再听什么,说什么。争论也到此结束。

在上床睡觉之前,我和工程师走出了工棚,我又一次看到了灯火。

"我们的闲扯让您听烦了!"阿纳尼耶夫打着哈欠说,眼睛看着天空。"唉,有什么法子!在这个鬼地方只有喝酒和闲聊才能解闷……这样的路基,上帝!"当我们走近路基,他激动了起来,"这不是路基,而是大山。"

沉默了片刻之后,他又说:

"男爵以为那些灯火让人联想到古代的阿美里凯特人,而我倒觉得这些灯火像人的思想……您知道吗?每个人的思想也是像这样的散乱无序,顺着一条线路在黑暗中伸向某一个目标,没有照亮什么,也没有让黑夜明亮起来,便消失在什么地方了——远远地跟着年华一齐老去……得了,别海阔天空了!该睡觉了……"

我们回到了工棚,工程师殷勤地劝我一定要睡在他的床上。

"请!"他双手放在胸口,恳求道,"请您上床!别为我操心。我哪都能睡,而且我也不忙睡觉……给个面子吧!"

我答应了,脱衣睡觉,而他坐到桌子前,开始画图样。

"我们这种人没有觉睡,"他低声说,我已经闭上了眼睛睡下,"谁有了老婆孩子,谁就休想睡觉。这时要想到穿衣吃食,想到日后的积蓄。我有两个孩子,一个儿子一个女儿……儿子长得很漂亮……还不到六岁,但有出众的才华,这是我要对您说的……我有他们的照片……哎,我的孩子,孩子!"

他在文件堆里搜寻,终于找出了照片,凝视着他们。我睡着了。

阿卓尔卡的吠声和人的叫嚷声把我惊醒。封·什登贝格只穿一条衬裤,光着脚,站在门口与一个人大声说话。天亮了,一束蓝色的晨光射进房门、窗户和工棚的缝隙,微微照亮了我的床铺,堆满纸张的桌子和阿纳尼耶夫。工程师躺在地板上,身下垫着斗篷,头枕着一个皮质的枕头,挺起了他那壮实的、毛茸茸的胸膛,鼾声如雷,我对那位每天都要和他睡在一起的大学生动了恻隐之心。

"我们凭什么要收下这些东西?"封·什登贝格大声嚷嚷,"这与我们没有关系!你去找恰利索夫工程师!这些铁锅是从哪儿来的?"

"从尼基丁那儿。"一个沙哑的声音回答。

"那么去找恰利索夫……这不关我们什么事。你站着干什么?赶你的马车走吧!"

"老爷,我们去找过恰利索夫先生了!"那个沙哑的声音更低沉了,"昨天我们顺着铁路线整整找了一天,工棚里的人说,他们都到迪莫科夫斯基工区去了。老爷,行行好,收下吧!我们把它们要拉到什么时候!我们顺着铁路线拉呀,拉呀,没完没了……"

"怎么回事?"阿纳尼耶夫醒来了,很快抬起头来,干哑着嗓子问。

"他们从尼基丁那儿运来了铁锅,"大学生说,"要让我们收下。我们凭什么要收下?"

"把他们轰出去!"

"老爷,行行好吧!马两天没有吃东西了,东家会发脾气的。难道让我再运回去不成?既然铁路上订购了铁锅,就该把它们收下……"

"你要明白,蠢货,这不关我们的事!你去找恰利索夫!"

"怎么回事?谁在那里?"阿纳尼耶夫干哑着嗓子又一次发问。"见了鬼了!"他骂了一声,站起身来,往门口走去,"怎么回事?"

我穿上衣服,两分钟后也走出了工棚。阿纳尼耶夫和大学生都穿着衬裤,光着脚,急切地在和一个庄稼汉解释着什么。那个庄稼汉站在他们面前,没有戴帽子,手里拿着马鞭,显然他听不懂他们说话的意思。两个人的脸上都呈现出被琐事苦恼的神情。

"我要你的铁锅干什么?"阿纳尼耶夫大声喊道,"我把它顶在脑袋上,还是怎么的? 如果你找不到恰利索夫本人,就去找他的助手,别来打扰我们!"

大学生看着我,想必是记起了昨天晚上的谈话,烦恼从他迷茫的脸上消失了,取而代之的是心智懒散的神情。他朝庄稼汉摆了摆手,带着自己的心事走到了一边。

是个天气阴沉的早晨。沿着夜晚有灯火闪烁的铁路线,刚刚醒来的工人们聚集起来了。人声鼎沸,手推车吱嘎作响,又一个工作日开始了。一匹小马套着绳索已经吃力地爬上路基,抻长脖子,竭尽全力,拉着一车沙子……

我开始告别……晚间说了很多话,但我不能从这里带走一个得到了解决的问题。现在已是早晨,在我的记忆中,就像经过了滤器筛选之后,仅仅留下了灯火和基索奇卡的形象。骑到马上,我最后一次看了看大学生和阿纳尼耶夫,看了看睡眼蒙眬的那条神经质的狗,看了看隐显在晨雾中的工人,看了看路基,和抻长脖子拉车的小马,心里想:"这世界上什么都明白不了!"

我鞭打着马儿,沿铁路线飞奔,不久,我能目及的仅仅是无边的、忧郁的平原和阴沉的、冷峻的天空,我想起了昨晚讨论的那些问题。我想,这被太阳灼伤的平原,这辽阔的天空,这远处一大片黑色的橡树林和雾气重重的地平线,似乎都在告诉我:"是的,这世界上什么都弄不明白!"

太阳开始高高升起……

一八八八年
童道明　译

美 女

我记得,还是一个五六年级的小学生的时候,我曾跟着爷爷坐马车从顿河区的大克列普卡村朝罗斯托夫赶路。那是八月的一天,天气炎热,让人疲惫难熬。酷热和干燥的热风扬起的大片尘埃,朝我们迎面扑来,我们的眼睛睁不开了,口干舌燥,既不想看什么,也不想说什么,思维也停顿了。我们的马车夫是个名叫卡尔波的乌克兰人,他也有了睡意,扬鞭策马时,竟把鞭子剐到了我的帽檐上,我没有提出抗议,也没有吱声,只是从半睡状态中惊醒之后,怅怅地望着远方:透过灰尘能否看到一个村庄?我们在一个亚美尼亚人的大村子巴赫契沙拉停了下来,在爷爷的一个富有的亚美尼亚朋友家喂马。我从没有见过比这个亚美尼亚人更丑的面孔。请你们想象一下他的尊容:一个剃光了头的小脑袋,长着两道耷拉下来的浓眉,一个鹰钩鼻,苍白的胡须长得很长,大嘴巴里叼着一个樱桃木制成的烟斗。这个小脑袋笨拙地安置在一个干瘪的、佝偻的躯体上。服装也古怪:上身是件很短的红色上衣,下身是条肥大的鲜蓝色的裤子,迈着八字步走道,脚上趿着一双拖鞋。说话的时候嘴里还叼着烟斗,摆出一副纯粹的亚美尼亚人的派头——鼓起眼珠子,不露笑容,尽可能地淡待客人。

在这个亚美尼亚人的房子里没有风,也没有灰尘,但却像在草原上、大路上一样的烦闷和无聊。我记得,满身都是灰尘,热得喘不过气来的我,坐到了墙角一个绿颜色的木箱子上。没有上过漆的木板墙、家具和上过漆的地板都散发着被太阳烘烤的干木料的气味。眼睛不管往哪里瞧,到处都是苍蝇,苍蝇……爷爷和亚美尼亚人低声谈论着放牧、牧草和燕麦……我知道,茶炊要等一小时后才能备好,而爷爷喝茶至少花去一小时,然后睡上两三个小时,这么说我得等上六个来小时,然后又是酷热、灰尘和一路颠簸。我倾听着两个老头儿的低声谈话,我开始觉得,这个亚美尼亚人,这个食品柜,这个被阳光照射的窗户,我好久好久以前就看见过,而且要一直把它们看到遥远的将来,于是一种对于草原,对于太阳,对于苍蝇的怨恨心绪,袭上了心头……

一个戴头巾的乌克兰女人端来了装有茶具的托盘,然后端来了茶炊。亚美尼亚人不慌不忙地走进外屋,喊道:

"玛莎!来倒茶!你在哪儿?玛莎!"

随即听到了快捷的脚步声,一个十六岁光景的少女走进屋来,她穿一条简朴的布长裙,戴着白色的头巾。她背对着我在洗茶具和朝杯子里倒茶水,我只是发现她的腰肢苗条,光着脚,而她赤裸的脚后跟恰好被她的长衬裤所遮掩。

主人请我喝茶。我坐在桌子旁,眼睛看着递过茶杯来的姑娘的脸蛋,我突然感觉到,好像有一阵风吹过我的心灵,吹走了一天的郁闷和灰尘。我看到了梦寐以求的一张无比美丽迷人的面孔。站在我面前的是一个美女,我一眼就看出来了,就像一眼看到闪电一样。

我可以起誓:玛莎,或是像她父亲称呼的,玛什雅,是个真正的美女,但我无法证明我的判断。常有这样的情形,云团杂乱地堆积在天边,太阳藏在云彩的后边照射着它们,天空变得五光十色:深红色的,橙黄色的,金黄色的,浅紫色的,玫瑰色的;云彩呢,这朵像个修士,那朵像条鱼,第三朵像个裹着缠头的土耳其人。霞光布满了三分之一的天空,照耀着教堂的十字架和地主家的窗户,倒映在河流和水塘里,在树梢上颤抖。在这霞光的衬托下,在远处,有一队野鸭飞过,去寻觅栖息的处所……而赶着牛群的牧童,坐着马车走过大坝的土地丈量员,以及正在悠闲散步的老爷们都凝望着这落日的景色,都觉得这很美,但到底美在哪里,谁也不知道,谁也说不出。

不是我一个人觉得这位亚美尼亚姑娘美丽。我的爷爷,一位八十三岁的老头,平时性格倔强,对女人和大自然的美景都漠然置之,但这回也目不转睛地、温情地瞅着玛莎问:"阿维特·纳扎雷奇,这是您的女儿?"

"女儿,是女儿……"主人答道。

"好漂亮的小姐。"爷爷赞美道。画家可能要用古典的和严谨的形容词来说明这个亚美尼亚姑娘的美。这真是这样的美,你静静地欣赏着她,你会确信你看到了最端正的相貌:那头发,那眼睛,那鼻子,那颈项,那胸脯和青春肉体的全部动态,都融合在一个完整而和谐的调子里,造化在创造的过程中连一个最小的细节也没有出错。不知为什么你也以为,一个理想的美女就应该长有玛莎那样直直的、稍稍隆起的鼻,那样又大又黑的眼睛,那样长长的睫毛,那样迷茫的眼神,她黑色的鬈发和眉毛与她的额头与面颊的柔嫩的白色完全匹配,就像绿色的芦苇与郊区的小溪相匹配一样。玛莎白色的颈项和年轻的乳房还没有充分发育,但你以为,需要具有巨大的创作才赋,才能把它们塑造出来。你看着她,慢慢地产生了一种愿望,想对玛莎说一些非常愉快的、真诚的、美丽的,像她本人一样美丽的话。

起初我有点懊丧和害臊,因为玛莎总是看着地面,对我毫不在意。我觉得好像有一种特殊的、幸福而骄傲的空气把她与我相阻隔,嫉妒地把她遮盖住,不让我看见。

"这是因为我浑身是土,脸也晒黑了,还因为我还是个小孩。"我这样想。

但后来我逐渐忘记了自己,全身心地沉醉在美的感受中了。我已经忘记了草原的寂寥,忘记了尘土飞扬,不再听到苍蝇的嗡嗡声,体会不到茶水的滋味,而只是感觉到,隔着一张桌子站着一个美女。

我对于美的感受有点奇怪。玛莎在我心中激起的不是欲望,不是亢奋,不是愉快的享受,而是一种尽管甜美却是沉重的忧伤。这种忧伤是朦朦胧胧的,像是梦幻。不知什么缘故,我开始为自己,为爷爷,为那个亚美尼亚人,和为那个亚美尼亚姑娘本人感到惋惜,好像我们四个人都失去了一种对于生活是很重要很需要的东西,而且我们再也找不到它。爷爷也惆怅起来。他不再谈论牧场和燕麦,而是默默地坐着,沉思地瞅着玛莎。

喝过茶水,爷爷躺下睡觉,而我走出屋去,坐到了门廊上。这所房子像巴赫契沙拉村的所有房子一样,都是让太阳干晒着,没有树木,没有遮阳的棚子,没有阴凉的地方。亚美尼亚人的大院子,长满了滨藜和锦葵,尽管酷热,却也生趣盎然。这个大院子里横贯着一道一道的矮篱笆墙,在其中一道篱笆墙的后边,正好有人在打谷子。在打谷场的中央,立着一根柱子,围绕着柱子,有十二匹马排成一列,形成一个长长的半径在奔跑。旁边有个乌克兰人在走动,他穿着一件长坎肩和一条肥裤子,挥舞着鞭子,大声叫喊

着,像是要刺激这些马儿,显示自己的威风:

"啊——啊,该死的!啊——啊……讨厌鬼!害怕了吧?"

那些马,枣红马、白色马、斑色马,不明白为什么要强迫它们绕着一根柱子转圈子,把麦秆踩软,所以它们并不情愿地跑着,像是已经精疲力竭,生气地摇晃着尾巴,风从它们的蹄子下刮起一团团谷壳扬起的金黄色尘埃,远远地吹到了篱笆墙外。在高高的新鲜的麦秆堆房,聚集着一群手拿耙子的女人,大车在旁边移动。在另外的一个大院里,有另外的十二匹马在围着柱子转圈,也有一个乌克兰人挥舞鞭子,戏弄着奔马。

我坐的台阶,烫得灼人;在稀疏的栏杆上,在窗子的框架上,有的木头被烧烤出了树脂;台阶下面和护窗板下的阴影里,蜷缩着一群红色的瓢虫。太阳烤着我的头,我的胸脯,我的背,但我全不在意,我只是感觉到,在我身后的过道和房间里,有一双光脚在木质地板上出声地走动。玛莎收拾完茶具,跑下台阶,朝我吹起一阵风,像鸟儿一般,跑进一间不大的,被烟熏黑了的房子,那大概就是厨房,从里边散发出了烤羊肉的气味,也传出了带亚美尼亚口音的骂人的话。她消失在黑暗的门里了,从房门口走出了一个驼背的亚美尼亚老太婆,她的脸孔通红,穿一条绿色的长裤,老太婆很生气,她在骂着什么人。很快,在门口出现了玛莎,厨房的热气烤红了她的脸蛋,她肩上扛着一个硕大的黑面包,因为面包分量很重,把她的腰压出了一条弯弯的很好看的曲线,穿过大院,向打谷场跑去,越过篱笆墙,钻进谷壳的金黄色的雾阵,消失在大车的后边。赶马的乌克兰人,放下鞭子,沉默不语,静静地瞅着大车的方向,等到亚美尼亚姑娘再次出现在马群旁边,跳回篱笆墙的这一边,他就盯视着她,而且大声呵斥马群,他的调门让人觉着他很懊丧:

"你们不得好死!讨厌鬼!"

然后,我不断地听到她两只光脚的走步声,看到她是怎样地带着严肃认真的表情来回穿行在大院里。她时而跑过台阶,给我送来一阵风,时而跑向厨房,跑向打谷场,跑进门去,我都来不及转身看清她的身影。

她越是频繁地带着她的美丽闪现在我的眼前,我的惆怅越是变得深重。我既为自己感伤,也为她感伤,也为那个乌克兰人感伤,每当她穿过谷壳的雾阵跑向大车的时候,他都用忧伤的眼神注视着她。我是否在嫉妒她的美丽,或者是我感到了惋惜,因为这个姑娘不属于我,而且永远不会属于我,我对她来说仅仅是个陌生人,或者是我隐约感觉到,她那少有的美丽,如同大地上的一切事物,是偶然出现的,并非必需的,也不会长久保持的;或许我的惆怅,是一种人在静观真正的美时一定会激发的特殊的情感,这只有上帝能知道!

三小时的等候时间在不知不觉中过去了。我觉得我还没有把玛莎看够,而车夫卡尔波已经在河里给马洗了个澡,把马车套好了。全身湿漉漉的马满意地喷着粗气,用蹄子踏着车辕。卡尔波朝它大喊"往后"! 爷爷醒来了。玛莎给我们打开了吱嘎作响的大门,我们坐上马车,驶出院外。我们坐在车上,一声不吭,像是互相在生着气。

两三个小时之后,已经能远远地看见罗斯托夫和纳希契瓦城。一直默不作声的卡尔波迅速回头看了一眼,说:

"那个亚美尼亚姑娘长得真俊!"

他朝马屁股抽了一鞭子。

第二个经历是,我当大学生的时候。我坐火车到南方去,时值五月。在一个好像是白城与哈尔科夫之间的车站,我走出车厢,在月台上散步。

夜晚的阴影已经落到了车站的小花园中,落到了月台上和田野里。车站的建筑遮住了落日,但火车头冒出的烟团的最上端,蒙上了一层柔和的玫瑰色,可见太阳还没有完全落山。

我在月台上踱步,发现大部分正在散步的旅客都停在了一节二等车厢旁,从他们的表情判断,好像有一个名人就坐在这节车厢里。这聚集在这节车厢旁边的好奇的旅客中,就有我的一位旅伴,他是个炮兵军官,一个聪明的年轻人,对人热情,讨人喜欢——我们在旅途中偶然结交的人都是这样的。

"您在看什么?"我问。

他什么也没有回答,只是用眼神让我注意一个女人的身影。这是一个十七八岁的少女,穿一身俄罗斯的服装,没有戴头巾,只有一块小小的围巾,随意地搭在一个肩膀上。她不是旅客,可能是车站站长的女儿或妹妹。她站在车窗旁,正跟一个上了年纪的女旅客说话。还在我没有来得及明白我看到的究竟是什么人时,突然之间一种我曾在亚美尼亚村子里体验过的感觉又抓住了我。

这姑娘是个美女,关于这一点,无论是我,还是与我一起在欣赏她的人都不怀疑。

如果像通常那样，单从局部来描绘她的外貌，那么真正称得上美丽的，仅仅是那一头浓密的、呈波浪形的浅黄色头发，头发披散下来，由一条黑色的丝带扎在头上，其他的部位要么不大端正，要么极其普通。她的一双眼睛总是眯缝着，要么因为近视，要么是为了做出撒娇的姿态。鼻子稍稍向上翘起，嘴很小，侧影轮廓并不分明，肩膀窄小得不合她的年龄。但即便如此，这位少女还是让人感到是个真正的美女。瞧着她，让我深信，俄国女人的脸孔无须端端正正就能显得美丽；甚至如果她那向上翘起的鼻子换上另外一个塑造得完美无缺的鼻子，像那个亚美尼亚的姑娘那样，她的脸孔反倒会失去全部神韵。

这位少女站在车窗旁边说话，因为晚间的湿冷而蜷缩着身子，她不时地瞧我们一眼，时而双手扶腰，时而为了扶正头发，把手伸向脑袋，一边说话，一边笑着，她的脸孔时而表现出惊奇，时而表现出恐惧。我不记得她的身子与脸孔有片刻是处于平静状态的，她的美丽的全部奥秘与神奇，正是在于这些细微的、无限典雅的动作中，在于微笑，在于她脸孔的表情变化，在于她朝我们的迅捷一瞥，在于这些动作的精微的优雅与青春生命的结合，与在笑谈中响彻的纯洁灵魂的结合，而且这种我们在小孩、小鸟、小鹿、小树身上捕捉到的柔弱，是十分让人珍爱的。

这是蝴蝶般的美丽，它与华尔兹舞，与花园里的游荡，与欢歌笑语十分和谐，而与严肃的思想、忧愁和文静就搭配不到一起了。似乎，只需在月台上下一阵雨或是刮一阵风，这个柔弱的身体就会突然枯萎，这个脆弱的美丽就会像花粉一样散落。

"这样……"当我们在响过第二遍铃后朝自己的车厢走去的时候，军官这样叹息了一声。

而"这样……"是什么意思，我无法判断。

可能，他很忧伤，他不想离开这位美女和这个春天的夜晚而被关进躁闷的车厢；可能，他和我一样，不由自主地为这位美女，为他自己，为我，为所有懒洋洋地走回自己车厢的旅客感到惋惜。我们走过火车站的一个窗口，窗里有一台发报机，旁边坐着一个脸色苍白、头发棕红、颧骨突出、鬓发高耸的电报员。军官又叹息了一声，说："我敢打赌，这个电报员会爱上这位美女的。在这样的旷野与这么一位天使般的美女生活在一个屋顶下而不爱上她——这是任何一个人也办不到的。而如果自己是一个驼背瘸腿但规矩聪明的男人爱上了这个美丽的俊姑娘，而她对你毫不在意，我的朋友，这该是什么样的不幸和嘲弄！还有更糟的呢，请您想象一下，如果这个电报员已经爱上了这个姑娘，而他已经结了婚，妻子像他一样，也是个驼背瘸腿但也规规矩矩……那简直是灾难！"

在我们的车厢旁边，站着乘务员，他把胳膊肘搁在月台的栏杆上，看着美女站着的方向。他那虚胖的、难看的、因为失眠与旅程颠簸而显得憔悴和疲惫的脸孔，却表现出了一种柔情与深深的忧郁，似乎他在这个美女身上看到了自己的青春、幸福，自己的清醒、纯洁，自己的妻子、儿女，似乎是在懊悔，是全身心地意识到，这个美女不属于他，意识到像他这样一个未老先衰、行动迟钝、脸孔虚胖的人，距离普通人和旅客的幸福，已经像天空一样的遥远了。

响了第三遍铃，哨子吹响，火车懒洋洋地开动了。在我们的窗前闪过的，先是乘务员、站长，然后是花园，带着神奇的孩子般笑容的美女……

我把身子探出窗外，往后望去，我看见她目送列车前行，顺着月台走过里边坐着电报员的窗子，整理一下自己的头发，跑进了花园。车站已经遮盖不住西天的景色，田野袒露在我们眼前，但太阳已经落山，一团团黑烟弥漫在绿油油、丝绒般的麦苗上。在春天的空气里，在夜空中，在车厢里，都笼罩着一片忧伤。

我们的乘务员走进车厢，开始点亮蜡烛。

一八八八年

童道明　译

草原（节译）

……

这个来去无踪的神秘的瓦尔拉莫夫到底是个什么人？此人被大家议论纷纷，虽然索拉蒙瞧不起他，可是美丽的伯爵夫人却对他很看重。与车夫杰尼斯卡并排坐在马车驭座上昏昏欲睡的叶戈洛什卡想的就是这个人。他从来没有见过这个人，却常常听到有人谈论这个人，便常常在自己的想象中勾画他的模样。他知道瓦尔拉莫夫拥有万亩良田、十万头绵羊和很多钱财。关于他的生活方式与工作情况，叶戈洛什卡仅仅知道此人常在"这一带地方转悠"，而且总是有人找他。

叶戈洛什卡在家里常常听人说起德拉尼茨卡娅伯爵夫人。她也拥有上万亩土地，成群的绵羊，一个种马场和很多钱财，但她不到处"转悠"，而是定居在一处富丽堂皇的庄园里，熟悉她的人和常去那边和伯爵夫人接洽事情的伊凡·伊凡内奇讲了很多关于这处庄园的奇闻趣事。比如说，在伯爵夫人的客厅里悬挂着历代波兰国王的画像，陈设着一个硕大无朋的座钟，钟形酷似悬崖峭壁，在峭壁的顶部站立着一头鬃毛耸立的金马，眼睛是钻石做成的，马背上坐着一个金质骑士，每当钟声响起，他就拿起军刀左右挥舞。还说，伯爵夫人每年要举办两次舞会，邀请全省的达官贵人悉数到场，甚至瓦尔拉莫夫也会来捧场。所有的客人都用银质的茶炊喝茶，吃的全是应时珍品（比方，在冬天的复活节能吃到的覆盆子和香草莓），在乐队的伴奏下跳舞，乐队的演奏昼夜不停……

"她是多么美丽呀！"——叶戈洛什卡想象起了她的面孔与微笑。

商人库菲米巧夫大概也在想这位伯爵夫人，因为当马车走出两里地之

后,他就说:

"这个卡齐米尔·米哈依雷奇可从她那儿捞了一大笔钱!您记得吧,前年我在她那儿买了一批羊毛,他从这笔买卖里克扣了三千卢布。"

"波兰人都是这个德行。"赫利斯托弗尔神父说。

"但伯爵夫人满不在乎。都说,她既年轻又愚蠢,一脑袋糨糊。"

不知为什么,叶戈洛什卡只顾想瓦尔拉莫夫和伯爵夫人,特别是想伯爵夫人。他的睡意蒙眬的头脑完全拒绝平平常常的思想。脑海里升腾着一团云雾,只想接受色彩缤纷的童话世界,而且也无须去苦思冥想,这些奇妙的形象就会出现,而只需把脑袋摇晃一下,这些形象便自动消失,且不说周围的一切景象也不可能让他产生平平常常的思想。右方的山丘笼罩在黑影里,好像掩盖着某神秘而可怕的东西,左方的在天平线上的天空布满着紫色的晚霞,很难判断,究竟是因为远处某个地方失火了,还是月亮快要升起。像白天一样,远处是能看得见的,但它的柔和的、被夜色抹黑了的浅紫色的光影已经不见了,整个草原躲藏到了暗夜之中,就像旅店老板莫耶塞依·莫耶谢依奇的孩子们已经躲进了被子里一样。

七月的夜晚,鹌鹑和秧鸡已经不再鸣叫,树丛中的夜莺也不再歌唱,花儿也不再吐露芬芳,然而,草原依然美丽,充满生机。太阳刚刚落山,黑暗笼盖着大地,白天的忧伤被遗忘了,一切都已释怀,草原鼓起宽广的胸膛轻松地呼吸着。仿佛由于青草在黑暗中看不见自己的老态,草丛里竟也升腾起了一片快乐的、青春的奏鸣,这在白天是听不到的;噼啪声,搔抓声,拖拉声,草原的低音、中音和高声——所有这一切都混合成一个不间断的单调声响,在这个声响里,可以从容地回想往事和忧愁伤怀。单调的奏鸣声如同摇篮曲一样能让人昏昏入睡,你坐在车上,觉着要睡着了,但有一只醒着的鸟儿局促而不安的叫声不知从哪里传了过来,或者是响起了一个不可捉摸的声音,宛如有个什么人在惊呼"啊——啊!"然后瞌睡又闭合上了你的眼皮。有时你乘车走过一个长有灌木的谷地,你能听到一种被当地居民称作"我睡"的鸟儿,正在朝着什么人喊"我睡!我睡!我睡!"可能听到另一种鸟在大笑或是发出歇斯底里的悲鸣——这是猫头鹰。它们在为谁鸣叫,那就只有上帝才能知道,但在它们的鸣叫声中分明有很多愁苦和怨诉……空气中弥漫着干草、枯草和迟开的花朵的气味,这气味浓烈、甜美而柔和。

透过暗夜可以看到一切,但很难辨清它们的颜色和轮廓。感觉到的一切,都并不是它们的本来面目。你坐在车上猛地看到,前边路旁站着一个像是僧侣的人影,他纹丝不动,像是在等待着什么,手中握着个什么器物……不是强盗吗?这黑影越来越近,越来越大,当它和马车平行的时候,你才发现这不是人,而是一棵孤单的树木或是一块巨石。这些伫立不动的、有所期待的黑影站在丘冈上,藏在古墓后,从草丛里探出头来,它们都恍如人形,让人生疑。

而当月亮升了起来,夜晚变得黑白分明。阴影好像隐去了。空气清爽、新鲜和温暖,到处都一目了然,甚至能分辨出路旁的一根根长草的茎秆。在空旷的远处可以看到头盖骨和石头。宛如僧侣的可疑的人影,在夜色光亮的背景衬托下,显得更黑了,也显得更加忧郁。在单调的声响中,越来越频繁地听到一个让人吃惊的"啊——啊"声,这声音划破了宁静的空气,还能听到一只没有睡着或一只正在梦呓的鸟的叫声。宽阔的阴影在平原上游走,就像云彩在天空游走一样;而在那神秘的远方,如果久久地凝望着它,就能看见一些模模糊糊、奇奇怪怪的形象层层重叠在一起……这也有点让人惊悚。而你再看看那浅绿色的布满了星星的天空,上边没有一朵云彩,没有一块污斑,你就会明白,为什么温暖的空气静止不动,为什么大自然小心翼翼的唯恐有一丝抖动:它生怕丢失哪怕是生命中的一个瞬间。只有在月光的照耀下,在大海上和在草原上,才能领悟天空的深邃与无涯。这天空惊人的美丽和温存,它懒洋洋地瞅着你,诱惑着你,它的甜情蜜意能使人眩晕。

坐车走了一个小时,两个小时……在路上能遇见一个像是沉默的老人一样的土丘,或是一块不知是由何人在何时堆放的像老妇一样的石头,出没在夜晚的鸟儿无声地掠过大地,这样慢慢地让你回想起那些草原上的传说,旅伴们的故事,草原的奶娘讲述的神话,以及所有的能为你的灵魂感觉到的一切。于是,在昆虫的鸣叫声中,在可疑的幢幢人形中,在土丘上,在蓝天里,在月光下,在夜鸟的飞翔中,在一切可以看到与听到的事物里,开始感受到了美的胜利,青春,精力充沛和对于生活的渴望;灵魂呼应着庄严而美丽的故乡,企望着和夜间的鸟儿一起在草原的上空飞翔。在美的凯旋中,在幸福的满足中,会感到一种紧张和惆怅。好像是草原意识到了自己的孤独,好像它的财富与灵气无人歌唱,无人需求,对于这个世界也就白白废弃了。穿越快活的喧闹声,能听到草原忧伤而无望的呼唤:"歌手快来!歌手快来!"

"停住!潘特列!你好!一切都好?"

"感谢上帝,伊凡·伊凡内奇!"

"伙计,没有见列瓦尔拉莫夫?"

"没有,没有见到。"

叶戈洛什卡醒来了,睁开了眼睛。马车停住了。大路的右侧,一列载货的车队一直延伸到远方,在货车的近旁有些人在来回跑动。所有的货车都装着大捆的羊毛,所以显得很高很大,而马匹反倒显得又小又矮了。

……

一八八八年
童道明 译

第六病室

一

　　医院院落一侧是一栋不大的房子,四周被一大片带刺的荨麻和牛蒡草包围着。房顶是黑麦的麦秸秆搭起来的,烟囱塌了半截,台阶破破烂烂,四处长着杂草,墙面水渍斑驳。它的正面朝向医院,背后是一片空地,一排带钉子的灰色围墙将房子与空地隔开。墙上的钉子钉尖朝上,连同那围墙和整幢小房,都令人感到极其凄凉和绝望,而只有我们的医院和监狱才会给人这样的感觉。

　　如果您不怕蜇人的荨麻,那就请穿过一条通向小屋的小路,便能去看个究竟了。推开第一道门,我们就进到前堂。一大堆医院的破烂,像一座小山似的堆在墙角和炉旁。褥垫,破旧的褂子,短裤,带蓝条的衬衣,已经破得没法穿的鞋——这些破烂皱皱巴巴七上八下地被码成一堆,散发出一种让人喘不过气来的酸腐味。

　　尼基塔总是守在这堆破烂中间。这个退伍老兵嘴里叼个烟斗,制服上的肩章已经褪成了红褐色。他表情严肃,双眉耷拉,配上红红的鼻尖和瘦削的脸庞,活像一只草原牧羊犬;他的个头也不高,虽身材干瘦却显得神气威严孔武有力。他属于简单听话、干练可靠的一类人,这种人最看重秩序,他们坚信一切异己都应该被消灭掉。他打起人来劈头盖脸,不顾一切,因为他认为不这么干世界就会乱套。

　　再往里走,您会进到一个宽敞的大房间。如果不算刚才那个前堂,这房间的面积几乎就有小楼的面积那么大。房间的墙壁被涂得红一块蓝一块,天花板被熏黑了,就像一个在屋里生火的农家屋——很显然,人们冬天是在屋里生炉子的,难怪屋里有一股浓重的煤烟味。房间的窗户内侧被安上了铁栅栏,显得十分难看。地板颜色灰白,有不少毛刺。空气中,弥漫着一种混合了酸白菜、焦糊的灯捻、臭虫、氨水的恶臭味,让您一进屋就有了进动物园的感觉。

屋里摆着几张床,床腿都被固定在了地板上。床上坐着或躺着一些身穿蓝条病号服、头戴老式睡帽的人。这些人,都是精神病患者。

这里总共有五个人。其中有一人是贵族出身,其余都是平民。靠门边的第一位是一个平民,瘦高个儿,留着淡淡的红褐色胡须,一双眼睛总像是在哭。他坐在床上,托着下巴,目不转睛地看着某个地方。他一天到晚都显得很忧伤,轻轻地摇着脑袋,长长地叹着气,苦笑着;他通常不参与谈话,也不回答别人的问题。有人给他递来吃的喝的,他就机械地拿过来吃着喝着。他被严重致命的咳嗽、痨病所折磨,脸颊微微泛红,已经出现肺痨的早期症状。

在他身后,是一个神气活现、身手敏捷的小老头。他留着一把又细又长的胡子,头发黑黑的,打着小卷儿,就像黑人的头发一样。白天,他要么在病房里溜达,从窗户的一头走到另一头,要么就在床上坐着,像土耳其人似的盘起腿,嘴里叽叽喳喳打着呼哨,或是轻声唱歌,或是咻咻地笑,总之像一只从不安静的红腹山雀。夜里,一旦他要起身准备祷告,就会用拳头捶打自己的胸脯或者用手指去抓挠房门,像个快乐活跃的孩子。这便是犹太人莫伊谢伊卡,自从二十年前他的帽子作坊失火之后,他就开始神经错乱了。

在第六病室的病员中,只有莫伊谢伊卡一人被允许走出病室,甚至还可以走出医院的小院到大街上去。他很久以前就开始享有了这样的特权,作为病室的老住户和一个安安静静对他人没有威胁的神经病患,街上的小孩和小狗对这个城市小丑的出现早就习以为常了。他穿着医院的长衫,戴一顶可笑的尖顶睡帽,趿拉着一双便鞋,时常光着脚,有时甚至连长裤都不穿。他在大街上走着,时而在别人家的大门口或小铺子前站下来,求过路人给他一个戈比。有的人给他一瓶格瓦斯,有的人给他一块面包,也有的人给他一个戈比,最后他总是吃饱喝足、满载而归地回到病室。他带回来的东西,都被尼基塔通通搜走纳入自己的囊中。这个老兵动作粗鲁,一边认认真真地翻着人家的口袋,一边口口声声地让上帝见证,说他以后绝不放这个犹太人上街了,还说世界上再没有比这种毫无规矩更糟糕的事情了。

莫伊谢伊卡喜欢帮助人。如果有人渴了,他就给别人端茶递水;如果有人睡了,他就替别人盖好被子;他还答应大家,他要从街上讨回钱来给每个人都做一顶新帽子;他一勺一勺地喂自己左边的邻居,一个瘫痪病人。他这么做不是出于同情,也不是出于某种人道情感的考虑,而是在模仿或不由自主地服从自己右边的邻居格洛莫夫。

伊万·德米特里奇·格洛莫夫,一个三十三岁的男子,出身高贵,以前当过法警和省会的秘书,患有躁狂症和迫害妄想症。他或躺在床上,把身子缩成一团,或是从屋子的这一头走到另一头,像是为了散步,很少坐着。他总是很亢奋,一个模糊的和不确定的期待令他一直处于激动和紧张的状态。病房里哪怕有任何细微的动静,或是院子里有谁叫一声,他都会立刻抬起头,竖起耳朵听:这是不是冲他来的?是不是有人在找他?这时候,他的脸上便会出现极其不安和憎恶的表情。

他那张颧骨突出的大脸盘很让我喜欢,没有血色,表情悲戚,像一面镜子照出他那被矛盾和持续的恐惧所折磨着的内心。他的神情古怪病态,但他脸上那些被痛苦深深折磨出来的细纹却显出了一种理性和智慧,而且他的眼睛所放射出的光芒是温暖和健康的。我也喜欢他这个人本身,有礼貌,对人殷勤,除了对尼基塔,他对所有的人都出奇地温和。如果有谁的扣子或勺子掉了,他会立刻从床上跳起来去帮着捡起。每天早上,他都会向同伴们问候早安;晚上睡觉时,他同样会向大家道晚安。

除了经常看上去神情紧张和愁眉苦脸,他的精神失常还表现在下面这些时候。一到傍晚,他有时就会把袍子紧紧裹在身上,全身发抖,牙齿打战,在几张病床间从屋子的这头疯跑到另一头。看上去,他这时候好像患了很严重的疟疾。也还有另一种时候,他会突然停下来,看看同伴,好像是有非常重要的话要说,不过很快他似乎又觉得大家不会听他说或者是听不懂他说的是什么,最后便忍无可忍地摇摇头,继续在屋里疯跑。最终,说话的愿望还是占了上风,于是他便开始了热烈而激情的演讲。他的话语无伦次,断断续续,就像脱口而出的谵语,并不总是让人明白,不过,从他的话语和声调中，人们也能听出某种特别美好的东西。尽管如此，当你听到他说话时你也会明白，这是个精神不正常的人。很难用书面语言转达他那些没有理智的疯话。他会说到人类的卑鄙、暴力和对真理的践踏，也会说到美好的生活，认为这样的生活会随着时间的推移来临，还会说到那些窗户的铁护栏，它们每时每刻都在提醒他关于施暴者的愚昧与残酷。最后，他的演讲就变成了一个絮絮叨叨、凌乱琐碎、杂乱无章和结结巴巴的大杂烩。

二

大约十二至十五年前，这个城市主要干道旁的一个私宅里住过一个叫格洛莫夫的小公务员，他家境殷实，颇有名望。他有两个儿子：谢尔盖和伊万。大学四年级时，谢尔盖患上急性肺炎，很快就死了。他的死，成了格洛莫夫家所遭遇的一系列突如其来的不幸的开始。就在谢尔盖葬礼之后一个星期，老父亲因为伪造和挪用公款罪吃了官司，很快就因患伤寒死在了监狱医院。房子和所有动产都被拍卖，伊万·德米特里奇和他的母亲最后落得一贫如洗。

父亲在世时，伊万·德米特里奇还在彼得堡上大学，每月可从家中得到六七十卢布的生活费，从来不会感到手头紧，如今他的生活不得不一落千丈。从早到晚，他都在外面兼职报酬低廉的授课，还接下一些抄抄写写的活儿，可即便如此还是常常饿肚子，因为他得把仅有的一点收入寄去养活母亲。这样的生活击垮了伊万·德米特里奇，他精神委靡，身体虚弱，不得不放弃学业回到家乡。在这个小城市，他托人在一个偏远的学校里谋得一份教职，但又与同事合不来，同时也不大受学生的欢迎，很快就辞了职。之后不久母亲也去世了。半年里，他居无定所，仅仅靠面包和水维持生命，最后当了一名法警。这份差使他一直干着，直到因患病才被解了职。

伊万总是给人一种病恹恹的感觉，甚至上大学时也是如此。他的脸色永远是苍白的，瘦削，常常感冒，吃得很少，睡眠很糟。喝一杯葡萄酒就会令他头晕，变得歇斯底里。他不合群，也许就是因为自己易怒的性格和疑心病重，所以他跟谁也不亲近，没有朋友。他看不起这个城市的小市民，说他们粗俗无礼，说他们活得与畜生没什么分别，那种稀里糊涂的生活让他觉得厌恶和丑恶。他的嗓门是男高音，响亮，激情，在他表达愤怒和激动的时候,在他表达兴奋和惊奇的时候,他总显得那么真诚。常常会出现这样的情况,无论你在跟他谈什么,他都会把谈话引向一个话题:城市的生活沉闷乏味,社会因缺乏高尚的趣味而导致大众的生活无聊黯淡,反而靠暴力、愚蠢、放纵和伪善给它增添色彩;无耻之徒吃香的喝辣的,老实人只配吃残羹剩饭;城市需要建立学校,需要公正诚实的地方报纸,需要剧院和大众阅读室,知识分子也应该团结一致;要让社会看清自己的模样,要为自己的状况感到害怕。在对他人的评判中,他往往带着浓重的色彩,只有白的和黑的,没有其他任何中间色;在他看来,人就分成好人和混蛋,不好不坏的人是没有的。关于女人和爱情,他说的时候常常激情亢奋,可从来就没有真正谈过一场恋爱。

在城里,尽管他有些尖刻和神经质,大家却很喜欢他,还亲切地叫他的昵称万尼亚。他天性的文雅,他的乐于助人,他正派的品性,他身上那件又旧又小的礼服,甚至他病恹恹的样子和家庭遭遇的不幸,都使他给人一种善意、热情和忧郁的感觉。再说,他受过很好的教育,饱读诗书,在人们看来真是无所不知,就像是这个城里的活字典。

他读过很多书。过去,他总是坐在俱乐部,神经质地揪着自己的山羊胡子,翻看着杂志和书页;从他的脸上可以看出,他不是在读,而是在吞食什么,甚至都来不及嚼烂。可以说,他的阅读就像是一种病态习惯,因为他的阅读带着一种孤注一掷的激情,不管手上拿到的是什么,哪怕是过期报刊和日历,他都读得如饥似渴。在家里,他永远都在躺着读书。

三

在一个秋天的早晨,伊万·德米特里奇竖起大衣领子,吧嗒吧嗒地蹚着烂泥,他要穿过小巷和城边小路去一个市民家收取法院执行书判决的款项。他情绪低落,就像以往的早晨一样。在一个小巷子里,他遇见了一支四人带枪押送队,他们正押着两个戴手铐的人。以前,伊万·德米特里奇也常常遇见被捕的犯人,而且每一次都能勾起他的同情和别扭,但这次相遇却让他感觉有些特别和奇怪。不知为什么,他突然觉得自己也可能被戴上手铐,也这样脏兮兮地被送进大牢。在那位市民家中待了一小会儿,他就往回家的路上走去。在邮局附近,他遇见了警察局的看守,那人和他打了个招呼并与他并肩走了几步,不知道为什么这让他感觉自己好像是被怀疑上了。回到家,他一整天都沉浸在关于被捕和带枪士兵的思绪中,这些莫名的内心忧虑,破坏了他的阅读和专注。夜里,他没有开灯,到了半夜都还没有睡着,脑子里总是摆脱不开自己有可能被戴上手铐、被押去监狱的念头。他知道自己从来也没有做过犯法的事情,而且保证今后也不会杀人放火偷东西;不过,谁能保证自己不会无意间犯错,谁能保证自己不被栽赃陷害,谁能保证最后不被误判?自古以来百姓的生活经验就告诉我们,谁也不能保证自己将来不会要饭不会吃官司。在现行诉讼制度下,误判是完全可能发生的,不足为怪。那些因职业原因与别人的痛苦遭遇有关联的人们,比如法官、警察和医生,他们也会随时间的推移和习惯力量而练就一身麻木不仁的本事,即使他们不想,也不可能对自己的职业对象抱以其他态度;从这个角度看,他们与那些在场院里宰羊的农夫无异,又杀又剐不见血。在这种制度下,对个体的冷漠并剥夺一个无辜者的正当权利并判罚他去做苦役,只需要一样东西,那就是时间。就靠时间来完成这些法律程序吧,而法官就是因此而得到诉讼费,然后一切了结。在这离铁路还有二百俄里的肮脏小城,你去找你的正义和保护吧!在一个将暴力视为理性与合理之必要手段,而任何仁慈的举动,比如,无罪的判决反而会引起强烈不满和仇视的社会,思考公平和正义的问题岂不可笑?

清晨,伊万·德米特里奇在恐惧中醒来,额头上全是冷汗,他完全相信自己每分钟都有可能被带走。他想,如果自己一直无法摆脱昨天那些沉重的念头,那就意味着那些想法是有道理的,它们那么自然地钻进你的脑子,绝不是无缘无故的。

一个巡警慢悠悠地从窗前走过:这可不会是偶然的。还有两个人站在房子附近,一声不吭。他们为什么不说话?

从此,伊万·德米特里奇备受折磨的日日夜夜开始了。所有经过窗前和走进院子的人,都像是奸细和密探。中午,县警局局长的马车通常会驶过街道,这是他从郊区的宅子到警局去上班,可伊万·德米特里奇看来,他的马车每次都跑得太快,似乎在传递着一个特别的信号;很显然,他是急着要去报告城里发现了重大疑犯。院子里的任何一点动静和敲门声,都会让伊万·德米特里奇吓得一哆嗦,在房东家遇到任何一个陌生人,都会让他苦恼一阵子;遇到警察和宪兵的时候,他会微笑着或吹口哨,装出一副漫不经心的样子。一到晚上,他会躺在床上无法入睡,等着被带走,但又会像睡着了似的大声打鼾喘气,好让女房东以为他睡着了;如果他睡不着,那不正好说明他在受着良心的折磨吗?这是多好的罪证啊!事实和强有力的逻辑都说明,所有这些恐惧都是他胡思乱想或精神不正常的结果,如果把事情想开一点,被带走也好,坐牢也好,其实都没什么可怕的,只要良心安宁就行;但是,他越是理智和有逻辑性地判断这件事,内心的不安便越是强烈地折磨他。就像一个在原始森林中想砍树为自己开辟一个栖身之所的苦行修士,他越是尽心尽力地挥舞斧头,林子里的树木就越是长得茂密。最后,眼见着一切努力都只能是徒劳,伊万·德米特里奇索性不再辨别思考,完全任由绝望和恐惧来折磨自己。

他开始离群索居。过去令他反感的工作,现在变得令他更加难以忍受。他害怕受牵连,怕有人出其不意地往他口袋里塞贿赂,然后再揭发他,或者他不小心在公文上出了错,这就相当于伪造,或者是把别人的钱款丢了。奇怪的是,他的大脑在其他时候从来没有这么灵活和敏锐过,而现在,他每天都会想出千百种各式各样的理由,为自己的自由和荣誉真正担心起来。同时,他对外部世界,也包括对书籍的兴趣明显减弱了,记忆力开始严重衰退。

春天,雪开始化了,人们在墓地附近的峡谷里发现了两具几乎腐烂的尸体——一个老太婆和一个小男孩,看样子是横死。于是,城里开始流传关于这两具尸体和不明凶手的传言。为了不被人们怀疑为凶手,伊万·德米特里奇在街上走来走去,微笑着,而遇到熟人的时候,他的脸就白一阵红一阵地努力让大家相信,没有比杀害弱者和毫无保护者更加卑鄙的罪行了。但这样的谎言很快就让他疲惫,经过一些思考他决定,根据他目前的情况看,最好的出路就是藏在女房东的地窖里。在地窖里,他整天坐着,过了一夜,又是一天,人完全冻僵了。等到天黑,他又像个小偷似的悄悄潜回自己的房间。天蒙蒙亮,他还在屋子中间坐着,一动不动地仔细听着动静。一大早,太阳还没出来,几个修炉匠就来到了女房东家。伊万·德米特里奇很清楚,他们来是为了修厨房的炉子的。但恐惧又在提醒他,这是假扮成炉匠的警察。他轻轻地从屋子里走出来,到街道上走着,充满恐惧,没戴帽子,也没有穿那件小礼服。在他身后,一群狗汪汪地追着,还有个男人冲他喊着,耳边的风吹得呼呼的。伊万·德米特里奇觉得,好像全世界的暴力都集合在一起追赶着他呢。

人们抓住他,把他带回家,还给女房东派去医生。安德烈·叶菲梅奇医生,关于他的故事后面再说,他给开了头部冷敷液,给他服一些桂樱剂,忧郁地摇摇头,离开时告诉女房东他不会再来了,因为他不该妨碍人们发疯。于是,伊万·德米特里奇便无法留在家里生活和治疗了,人们很快将他送到医院,将他安顿在了花柳病患者的病房。他整夜不睡,任性折腾,让其他病人也得不到安宁。很快,遵照安德烈·叶菲梅奇医生的嘱咐,他被转到了第六病室。

一年以后,城里的人们完全忘记了伊万·德米特里奇的存在,他的书被女房东胡乱堆放在遮阳棚下的雪橇上,也陆陆续续地被小孩子们偷走了。

四

正像我们前面所说,伊万·德米特里奇的左边住着犹太人莫伊谢伊卡,右边呢,是一个肥头大耳、五大三粗的汉子。他面目呆板,毫无表情,完全是一个不能动弹、只能吃喝而且脏兮兮的动物,早就失去了思想和感觉的能力。从他身上,还时常散发出一股令人窒息的刺鼻臭味。

尼基塔一边替他清理身子一边狠命地打他,劈头盖脸地打,毫不吝惜拳头。但可怕的不是这种毒打,因为大家都已经习惯了;可怕的是,这具僵硬的躯体对这样的殴打竟然没有丝毫反应,一声不吭,一动不动,连眼睛里也没有表情,只是轻轻地动动身子,像一只沉甸甸的大木桶。

第五位,也就是最后一位第六病室的病人是位普通市民,做过邮局分拣员,一个小个子瘦削的淡黄发男子,外表看上去善良而又有些狡黠。他的双眼透着智慧平和,目光清澈愉悦,看上去他好像有一个非常重要而又令他兴奋的秘密。他在枕头和褥子下藏了点东西,从没给人看过。他之所以秘不示人,倒不是怕别人把东西拿走或偷走,而是他不好意思拿出来。有时候他走近窗户,转身背着同伴们往自己胸前戴着什么,还低下头看着;如果这时候有人靠近他,那么他就会害羞,会从胸前揪下那东西。但是,要猜到他的秘密并不难。

"祝贺我吧,"他经常对伊万·德米特里奇说,"我被授予了斯坦尼斯拉夫二等勋章。二等勋章是颁给外国人的,可不知他们为啥对我破了例,"他微笑着,有些不解地耸了耸肩,"瞧,应该承认,我真是没料到!"

"我对这事儿也一点儿不懂。"伊万·德米特里奇愁眉苦脸地说。

"可是您知道我以后早晚还会得啥勋章吗?"这个曾经的分拣员说着,眼睛还调皮地眯了眯,"我一定会得到瑞典的'北极星'。这个奖倒是值得费点力气去争取的。白色的十字架,黑色的绶带。多漂亮啊。"

显然,这世上没有任何地方的生活比这病房里更加单调乏味的了。早上,除了那位瘫痪病人和那个胖胖的大块头,其他病人都到前厅一个双耳大木桶里舀水洗脸,然后用衣襟擦干净,接着用锡质把手的杯子喝水,这都是尼基塔从主楼那边带来的。每人只能喝一杯。中餐是酸白菜汤和大麦粥,晚餐是中午的剩粥。两顿饭中间,病人们就只能躺着,睡觉,看窗外,或者从屋子这头走到那头。每天如此。就连从前的分拣员所说的话,都离不开勋章的事。

在第六病室里很少有生人。医生早就不往这里安置病人了,而这世界上谁喜欢来看望精神病人呢。理发师谢苗·拉扎里奇每两个月到病室来一次。他是怎么给精神病人理发的,尼基塔是怎么帮他做这件事的,每次醉醺醺笑嘻嘻的理发师来的时候病人们都是如何惊慌的,我们就不再说了。

除了理发师,任何人也不会光顾病室了。病人们一年到头只能见到尼基塔。

不过,不久前有个十分可怕的谣传在医院的主楼里传开。

传闻说,医生好像又要开始光顾第六病室了。

五

一个奇怪的传言!

医生安德烈·叶菲梅奇是他那个领域里的优秀人物。据说,他在青春年少的时候是非常虔诚的,甚至准备献身信仰。一八六三年中学毕业,他希望进入神学院,但是,他的父亲——一个医学博士和外科医生,好像是嘲笑了他,并决绝地宣布说如果他要去当神父,他就不再认这个儿子。这事是真是假,我不知道,但安德烈·叶菲梅奇本人不止一次地承认,他从来就没有感觉到自己对医学或者类似的学科有兴趣。

不论怎样,他最终还是毕业于医学系,并没有当神父。和现在一样,在他从医生涯之初,他也并没表现出是个多么虔诚的教徒。

他的外貌笨拙,愚蠢;他的那张脸,他的小胡子,短短的头发,结实蠢笨的个头儿,都让人觉得他像是大路边的旅店店主,吃得胖胖的,有些放纵和专横。他的脸看上去很严厉,上面布满细细的青筋,小眼睛,红鼻子。他的身材高大,宽肩膀,手大脚大,好像一拳头出去就会要人命。但他的步伐轻盈,走起路来小心翼翼;如果是在窄窄的楼道里与人相遇,他总是先停下来给对方让路,并且用你所期待的那种细细柔柔、不太高的男高音说声"对不起",而不是通常的男低音。他的脖子上有一个不大的瘤子,这让他无法穿浆洗过后领子发硬的衣服,所以他老是穿一件质地柔软的麻布或印花的布衬衣。总之,他的穿着不大像医生。一件衣服或者一双袜子他一穿就是十年,他买衣服通常是去犹太人开的铺子,可新衣服穿在他身上也皱巴巴的,就好像是旧衣服;不论是在家吃饭还是出门做客,或是接待病人,他都穿着同一身衣服。这倒不是因为他吝啬,而是他对自己的外表完全心不在焉。

当安德烈·叶菲梅奇来这个城市就职时,这个"慈善机构"已经处于不堪的境地了。无论在病房,或是楼道和院子,到处臭气熏天得让人透不过气来。医院的男人、护理和他们的孩子们,都和病人一起睡在病房里。人们抱怨,住在这里就是与蟑螂、臭虫和老鼠为伍。在外科,丹毒从来就没有绝迹过。医院里总共只有两把手术刀,没有一支温度表,人们甚至在浴盆里种上了土豆。总务处处长、女管理员和助理医师都向病人勒索,而安德烈·叶菲梅奇的前任,一位老医生,据说不仅私自出售医用酒精,还在陪护和女病人中挑选出了一群妻妾。城里的人们对这乱七八糟的事情非常清楚,甚至还夸大其词,不过大家对此还是心平气和的;有的人认为他们也没有什么错,因为住进医院的都是些市民和庄稼汉,他们不可能不满意,住在这里可比他们住在家里强多了,总不能让他们天天吃榛鸡吧!另外一些人振振有词地说,在没有地方自治会的帮助下,一个城市要办好一所医院是力所不能及的;尽管它不怎么样,谢天谢地,但总归是有的。新的地方自治机关在城里、在周边,都没有开设新的门诊医院,而是借口说城里已经有医院了。

视察了整个医院,安德烈·叶菲梅奇得出结论,断定这个机构既不道德,对老百姓的健康也极其有害。照他的想法,也是最明智的做法,就是把病人放走,让医院关门。可他也知道,仅凭他一己之力是不够的,于事无补。因为你将这些肉体和道德的肮脏从一个地方赶走,它自然会转移到另一个地方。那就只好等待,它总有被消灭的一天。再说,人们开办了医院,忍受它的存在,那么就意味着他们需要它;所有偏见和卑鄙丑恶的存在也许是必要的,因为它们会随着时间的推移变成一种有益的土壤,如同粪肥之于黑土。世上的好东西从来是无法脱离肮脏而存在的。

安德烈·叶菲梅奇上任以来,表面上对这些乱七八糟的事情十分冷淡。他只是请医院的男工和陪护不要在病房过夜,还搬来了两个装满医药器械的柜子。而总务处处长、女管理员、助理医师和外科的丹毒,却仍旧如常。

安德烈·叶菲梅奇酷爱智慧与正直,但要在自己身边建立一种合理与诚实的生活秩序,他缺乏果敢和对权力的掌控。要让他下命令、禁止、坚持,他都办不到。就好像他发过了誓,永远也不提高嗓门说话,永远不使用命令式。说一句"给"或者"拿来",对他来说也是困难的。如果想吃东西,他会迟疑地咳嗽一声,对厨娘说:"要是能喝点茶就好了……"或者:"要是能吃点东西就好了……"要对总务处处长说禁止偷盗,或者开除他,或者取消这个毫无必要的吃白食职位,对他来说也是完全办不到的。当安德烈·叶菲梅奇被人们欺骗,或被要求在明显的假账单上签字时,他的脸会红得像大虾一样,似乎有罪的是他自己,不过账单总还是签了。如果有病人向他抱怨吃不饱或者陪护的粗鲁,他总会难为情,并且道歉似的嘟囔几句:

"好,好,我会去查清楚……这里面一定是有误会……"

起初,安德烈·叶菲梅奇工作很勤奋。每天从早晨到午饭前他一直在接待病人,做手术,甚至到产科接生。女人们说他诊病用心,诊断精准,尤其是儿童和妇女病。但是,随着时间推移,这种单调和明显没多大帮助的事分明让他感到了厌倦。今天接待三十个病人,明天一看,拥来了三十五个,后天是四十个,日复一日,年复一年,而城市的死亡率并没有降低,病人还源源不断。从早上到中午,要给四十来个患者提供合格的医疗服务,连体力上都可能支撑不住,这就意味着不得不敷衍欺骗。一年到头,算下来是接待了一万两千患者,简单一想,就是欺骗了一万两千人。将重病患送进病房住院并按科学的方法给他们治疗,这也是不可能的,因为办法倒是有,但是不讲科学;如果抛开哲学和对规则的学究式研究,而是像其他医生一样,那么这里首先需要的是清洁和通风,而不是肮脏;需要的是健康食物,而不是味道难闻的酸白菜汤;需要的是很好的助手,而不是小偷。

再说,如果死亡是每个人正常和最后的结局,那么为什么要去阻拦别人的死亡?如果一个小贩或者一个小官吏多活五年十年,那又会有何不同?如果人们看到医疗的目的是借助药品减轻痛苦,那么就会不由自主地想:为什么要减轻他们的痛苦?首先,据说痛苦使人完美;其次,如果人类学会用药丸和药水治愈自己的痛苦,那么他就会抛弃宗教和哲学。直至今日,我们不仅从这两者中找到了战胜任何灾难的力量,甚至还找到了幸福。普希金在临终前就受到过可怕的痛苦折磨,可怜的海涅也曾多年饱受卧床之苦;那么其他的人,安德烈·叶菲梅奇也好,马特连·萨维申也好,怎么会不生病呢?他们的生活本来就毫无内容,如果再没有痛苦,那他们的生活将会像阿米巴一样,枯燥乏味,空虚无比。

因为满脑子充斥着这样的念头,安德烈·叶菲梅奇就开始松懈,不再每天都去医院了。

六

他的生活是这样过的。他通常八点钟起床,穿衣,喝茶。然后,在自己的书房里读书,或者去医院。那边,在医院,几个候诊的病人坐在又窄又暗的楼道里等着被叫进诊室。在他们的眼前,男役和陪护跑来跑去,红褐色的地板被他们的靴子敲得咚咚直响,穿长袍的瘦弱病人时而走过,死尸和污染了的器械也从这里被运走,孩子哭闹,穿堂风吹得呼呼响。安德烈·叶菲梅奇知道,对于寒热、肺痨和容易感染的病人来说,这样的环境是致命的折磨,但有什么办法呢?诊室里,助理医师谢尔盖·谢尔盖伊奇迎了上来,他个子小,微胖,脸刮得光亮白净,略显水肿,举止温和,穿一件宽宽大大的新西服,看上去不像医师,倒更像一个参政院的参议员。他私底下在城里行医,打着白色领带,自以为比医生的医术更加高明。在诊室的一个角落,设置着一个神龛,里面挂着大幅圣像,下面是一盏沉甸甸的油灯,周围是套着白色套子的高烛台。墙上挂着主教像、圣城修道院的风景画,还有一个用矢车菊干枝编织的花环。谢尔盖·谢尔盖伊奇是个虔诚的教徒，喜欢庄严的氛围，圣像就是他供奉的。每逢周日，他便吩咐一个病人大声诵读赞美诗，诵读完毕，谢尔盖·谢尔盖伊奇会亲自巡视所有病房。他手提香炉，香烟缭绕。

病人很多，时间很少，所以诊病过程就只是几句简短的问询和发放一点药品，比如，挥发性的软膏或者蓖麻油等。安德烈·叶菲梅奇坐着，用拳头支着脸颊，沉思着，随口提问。谢尔盖·谢尔盖伊奇也坐在一旁，搓着手，偶尔插上一句话。

"我们生病，我们受穷，"他说，"是因为我们平时没有好好向仁慈的上帝祷告。就是这样的！"

接诊时，安德烈·叶菲梅奇不会做任何手术。他早已生疏，一见血他就会感觉不快。每当他要查看小孩的喉咙而不得不打开他们的口腔时，小孩子们会哭哭闹闹，并且用小手拼命阻挠。这种吵闹也会令他头脑犯晕，甚至眼泪都会涌出来。于是他急急地开了药方，挥手让女人赶紧把小孩子抱走。

病人在诊病中的胆怯和笨嘴拙舌，紧挨身边郑重其事的谢尔盖·谢尔盖伊奇，墙上的圣像，还有二十多年来反反复复总是不变的问话，这让他很快就厌烦了。只看了五六个病人，他就离开了。其他的病人，都由医师来接待。

安德烈·叶菲梅奇窃喜，感谢上帝，自己早就不再独立行医，所以也没有人会打扰到自己。一回到家，他立刻会坐到书房的桌前，开始看书。他读过很多书，而且总是读得津津有味。他的一半收入都用在了购书上，他的住宅有六个房间，其中三个房间都被书籍和旧报刊堆满了。他最爱读的是历史和哲学的大部头。医学方面，他只订阅了《医生》这一种杂志，而且每次都从最后一页读起。每次阅读，他都连续读好几个小时，也不感觉累。他读书的速度并不快，不像伊万·德米特里奇，而是慢慢读，仔细读，读到他欣赏或者不明白的地方，他还会停一停。书的旁边，总是放着一杯伏特加，还有一根腌黄瓜或是一个盐渍苹果，它们并没有盛在盘子里，而是直接被放到了呢子桌布上。每每目不离书低头阅读半小时，他就会给自己倒上一杯酒，一口气喝下去，然后看都不看地摸到小黄瓜，咬上一小口。

三点钟，他会小心翼翼地走到厨房门口，咳嗽一声，说：

"达留什卡,我是不是该吃点午饭了……"

吃过一顿口味不佳不干不净的午饭以后,安德烈·叶菲梅奇会抱着胳膊在自己的房间里走一走,若有所思。钟敲四下,钟敲五下,他还一直在房间里踱步、思考。厨房门偶尔会吱吱嘎嘎响两声,达留什卡那张红红的睡眼惺忪的脸从里面探出来。

"安德烈·叶菲梅奇,您是不是该喝点啤酒了?"她有些关切地问。

"不,还没到时候……"他回答说,"再等等……再等等吧……"

通常,邮政局局长米哈伊尔·阿维尔扬内奇会在傍晚时来,他是安德烈·叶菲梅奇在全城交往的人当中唯一不会令他感到不快的人。米哈伊尔·阿维尔扬内奇曾经是非常富有的地主,曾在骑兵军中服役,后来家道中落,因迫于生计才在一大把年纪时到邮政部门供职。他外表看上去精力旺盛、身体健康,长着一脸气派、花白的络腮胡子,举止文雅有教养,声音洪亮悦耳。他善良,敏感,但脾气暴躁。当邮局里有顾客提出抗议,或者不同意他的意见,或者开始分辨时,米哈伊尔·阿维尔扬内奇就会满脸通红,全身发抖,使出全身的力气咆哮道:"闭嘴!"所以这个邮局早就声名在外,谁到这里来都会战战兢兢。米哈伊尔·阿维尔扬内奇尊敬和喜欢安德烈·叶菲梅奇,因为他有教养,内心高贵,但对其他的人,他总是显得高高在上,好像他们都是自己的下属。

"我来啦!"他边说边朝安德烈·叶菲梅奇走过来,"您好,亲爱的!您不会已经烦我了吧,啊?"

"恰恰相反,我非常高兴,"医生这样答道,"见着您,我都会高兴。"

两个朋友往书房的沙发上一坐,开始抽烟,好一会儿都没说话。

"达留什卡,能不能给我们来点啤酒!"安德烈·叶菲梅奇说。

他们默默地喝了第一瓶,医生沉思着,而米哈伊尔·阿维尔扬内奇露出了愉快生动的表情,好像有什么趣事要告诉别人。谈话往往从医生开始。

"太遗憾了,"他语气缓慢低沉,摇着脑袋,并没有看对方的眼睛(他从来就不看对方的眼睛),"太遗憾了,尊敬的米哈伊尔·阿维尔扬内奇,我们城里完全找不到人可以进行这样一种聪明和有趣的交谈,他们不喜欢。对我们来说,这简直是个令人苦恼的事。连知识分子都无法免于庸俗。他们的水平,我敢担保,一点儿也不比社会下层人高。"

"完全对,我同意。"

"您当然也知道,"医生继续说,声音低沉,偶尔停顿一下,"在这个世界,除了人类智慧最高级的精神表达,一切都渺小和毫无意义。智慧在动物与人类间画了一道明显的分界,它喻示着人类的神圣,甚至在某种程度上使人类不朽,而这不朽原本是不存在的。由此,智慧成了快乐唯一可能的源泉。在我们周围,我们看不到听不见这种智慧,这就是说我们失去了快乐。不错,我们有书,但这完全不是活生生的谈话和交流。如果允许我做一个不完全恰当的比喻,那么,书本是音符,谈话才是歌。"

"太对了。"

又是一阵沉默。达留什卡从厨房里出来,她停在门口听着,满脸悲戚,拳头撑着下巴。

"唉!"米哈伊尔·阿维尔扬内奇深深地叹了口气,"要想在现在的人身上找到智慧,休想!"

于是他开始讲述,过去的生活是多么棒、多么快乐和有趣,过去的俄罗斯知识分子们是多么聪明,他们将荣誉和友情看得有多高尚。人们借钱出去不需要别人写借据,朋友遇到难处不施以援手那会被认为是耻辱。那是些怎样的旅行、奇遇、朋友、女人!而高加索,那是个多神奇的地方啊!有个营长的妻子是奇女子,她常着军官服,每到夜晚就独自去山里,并没有向导陪伴。据说,她在村里和一个公爵还有点浪漫故事。

"圣母啊,母亲啊……"达留什卡深深叹了一口气。

"那时候我们是怎么吃的!怎么喝的!那是些多么绝望的自由主义者!"

安德烈·叶菲梅奇听着,却没听进去。他在想别的,不时嘬一小口啤酒。

"我经常梦见那些聪明人,并且和他们交谈,"他忽然打断了米哈伊尔·阿维尔扬内奇,说道,"我的父亲给了我很好的教育,但是他受六十年代思想的影响强迫我学了医。我想,如果当时我不听他的话,我现在一定是在思想运动中心了。显然,我大概会成为系里的教员。当然,智慧同样不会永恒,它是变化无常的,您已经知道我为什么会对它那么着迷。生活就是恼人的陷阱。一个有思想的人到达成熟期,有了成熟的意识,他就会不由自主地感到自己就像掉进了陷阱里,而这个陷阱却没有出口。实际上,他是被某种不以他的意志为转移的偶然从虚无召唤到生活中的……这是为什么?他想明白自己存在的意义和目的,人们不告诉他,或者说的是荒唐话;他敲门,没有人给他开;死亡向他逼近,同样也由不得他。就像监狱里因着共同的不幸而联系在一起的人们,他们走到一起就会感觉轻松一些;而当一些热衷于分析和归纳的人聚到一起,以交流高傲而自由的思想来打发时间的时候,你就不会看到生活的陷阱。从这个意义上说,智慧是不可或缺的快乐。"

"完全对。"

安德烈·叶菲梅奇停顿了一会儿,并没有看对方的眼睛,继续轻声地讲述着那些聪明人和与他们的交谈。米哈伊尔·阿维尔扬内奇专注地听他说话,并附和说:"完全对。"

"您是不相信灵魂不灭?"邮政局局长突然问。

"不相信,尊敬的米哈伊尔·阿维尔扬内奇,我不相信,因为我没有相信的理由。"

"老实说,我也怀疑。不过我有种感觉,好像我永远都不会死。嗨,我自己想啊,糟老头子,死的时候到了!可心里却有一个声音小声说:别信,你不会死的!……"

九点刚过,米哈伊尔·阿维尔扬内奇就起身告辞了。他在前厅穿上裘皮外衣,叹了口气说:

"可命运把我们带到了这么个偏僻的地方!最令人遗憾的是,还不得不死在这里。唉!……"

七

送走朋友,安德烈·叶菲梅奇重新坐到桌前,开始读书。傍晚和深夜宁静得没有一点声响,时间似乎停住,凝固在了看书的医生身上。除了这本书和带绿色灯罩的灯,世间的一切仿佛都不存在了。医生那张农夫般粗糙的脸,被感动的微笑和面对人类智慧活动的兴奋一点一点地照亮了。"唉,为什么人不能永生?"他想,"为什么人会有大脑中枢和沟回,为什么人会成熟,会有语言,会有自我意识和天赋,如果这一切注定要回归尘土,最终与地壳一起冷却,并且在几百万年里随地球绕着太阳旋转,那这一切又有什么意义和目的呢？如果仅仅为了将它们冷却和保存，那就完全没有必要把人及其高尚和几乎神圣的智慧从虚无中脱离出，然后又像开玩笑似的再把它变成泥土。"

这就是物质的交替！可是，用不朽这种替代品来安慰自己是多么怯懦的表现啊！自然界里发生的那些毫无意识的交替过程还远远不及人的愚蠢，因为人的愚蠢里总会有自觉和意志，可在那些过程中却什么也没有。只有在死亡面前恐惧大过尊严的胆小鬼，才会这样安慰自己，认为自己的身体将会随着时间而存在于绿草、石头和蟾蜍之中……在物质的交替中看见自己的不朽是很古怪的事情，就像一把昂贵的小提琴被摔坏报废了，竟然还有人预言琴盒会有多么光辉灿烂的未来。

每当时钟敲打报时，安德烈·叶菲梅奇便会往沙发后背上靠靠，闭目思考一会儿。受刚刚阅读的书籍中那些精彩言论的影响，他不由得开始审视自己的过去和现在。过去是糟糕的，最好不要去想它。而现在与过去相比，也没什么差别。他知道，当他的思想随着冷却的地球正围绕着太阳旋转的时候，就在医生住宅旁的那栋大楼里，人们正处于病痛的折磨和肉体的肮脏之中；也许，有的人被虫子吵得无法入睡，有的人染上了丹毒，或者因为绷带绑得太紧而呻吟，也许，有的病人正和陪护们在一起玩牌、喝酒。一年到头，有一万两千人被欺骗；医院所有的工作，就跟二十年前一个样，都是建立在偷盗、垃圾、流言蜚语、徇私舞弊和愚蠢的招摇撞骗之上，医院依然是个不道德的机构，对居民的健康有着极大的危害。他也知道，在第六病室的铁栅栏里面，尼基塔在毒打病人，而莫伊谢伊卡则每天都会到城里去向好心人乞讨。

话说回来，他也非常清楚，医学在近二十五年中发生了神奇的变化。上大学时，他觉得医学也会遭遇炼金术和玄学的命运。此时，当他深夜阅读的时候，医学却令他感动，令他好奇甚至是兴奋。从本质上说，这是多么令人意想不到的辉煌和革命啊！因为有了防腐剂，人们可以进行手术了，伟大的比罗果夫认定甚至在将来这都是不可能实现的。普通的地方医生就敢做膝关节切除术，一百例腹腔手术中也仅有一例死亡，而结石已被认为是小病，甚至没人著文研究。梅毒已可能被彻底治愈了。遗传学、催眠术、帕斯杰尔与科赫的发明和统计卫生学都在发展，而我们俄罗斯的本土医学是怎样的呢？按照当代疾病分类的精神病学，它的诊断和治疗方法，这在过去看来简直就是高高的厄尔布鲁斯山。现在，人们不再往精神病患者的头上泼冷水，也不再给他们穿上厚衣服发汗了；他们被人道地加以对待，据报纸报道，人们还为他们举办话剧表演和晚会。安德烈·叶菲梅奇知道，就人们现在的观念和知识水平来看，像第六病室里这种恶劣的情况，也许只有离铁路二百俄里的地方才可能存在。因为在这样的小城，城市的首脑和议员们都是半文盲的市民，他们把医生看作祭司，是人们必须毫无保留地相信的人，即使他们往病人嘴里灌的是化开的锡水。如果在另外的地方，百姓和报纸早就把这个小巴士底狱撕成碎片了。

"那又能怎么样呢？"安德烈·叶菲梅奇自问，把眼睛睁开，"这又能说明什么呢？防腐剂也好，科赫和帕斯杰尔也好，事情的本质却一点也没改变。疾病和死亡依然存在。人们给精神病人带来话剧和舞会，但还是不会给他们自由。这就是说，那都是胡说八道和瞎忙，最好的维也纳诊所和我们的医院在这点上没有任何差别。"

但是，悲哀与类似嫉妒的情感让他不能无动于衷。也许是疲惫的缘故，他那沉甸甸的脑袋向书本垂了下去。为了感觉轻松一些，他用手托住下巴，暗暗想：

"我正在干一件坏事，并且从那些被欺骗的人们手中领取报酬。我是个骗子。可我又算什么，我只不过是这个必然的社会罪恶中的一分子：所有的地方官僚都不是好东西，都是不劳而获的……也就是说，就我的欺骗行为而言，错的不是我，而是时代……如果我生在两百年以后，我完全会是另外的样子。"

时钟敲了三下，他起身灭灯，回到卧室。其实他并不想睡。

八

两年前，地方自治会慷慨地表示，在地方医院开办之前，每年将发放三百卢布以加强城市医院的力量。县医院的叶甫盖尼·费多雷奇·哈伯托夫医生，就是被市立医院请来协助安德烈·叶菲梅奇的。他还很年轻，不到三十岁，高个子，黑头发，宽颧骨，小眼睛。显然，他的祖上是异邦人。到本城的时候，他一无所有，拎着一只小箱，身后跟着一个不算漂亮的女人，他说是自己的厨娘。这女人怀里还有个吃奶的孩子。叶甫盖尼·费多雷奇头戴一顶带帽檐的大檐帽,脚蹬高筒靴,冬天穿着一件短皮衣。他跟谢尔盖·谢尔盖伊奇医师和财务主任走得很近,却不知为何称医院的其他职员为贵族,并且躲着他们走。在他的整个住处仅有一本书——《维也纳医院一八八一年最新处方》。去看望病人时,他总爱把这本小册子带在身边。傍晚时,他会在俱乐部玩台球,打扑克他是不喜欢的。交谈的时候,他总是喜欢用这类字眼,比如虚度光阴,废话连篇,或者故弄玄虚,等等。

他每周去医院两次,巡视病房,接待病人。完全不采取消毒措施和用放血罐存血的现象使他震怒,可是他也没有新方法,同时也怕得罪安德烈·叶菲梅奇。他觉得自己的同事安德烈·叶菲梅奇是个老滑头,同时怀疑他藏有大量钱财,对他也暗暗有些嫉妒。他倒是乐意取而代之。

九

一个春天的黄昏,大概是三月底,地上的雪已化了,医院花园里的椋鸟在叽叽喳喳地唱着。当医生送自己的朋友邮政局局长来到大门口,正巧,犹太人莫伊谢伊卡带着战利品走进来。他没戴帽子,光脚穿一双浅腰胶皮套鞋,手里是一个小小的口袋,里面装着人家施舍的东西。

"给个戈比吧!"他微微笑着对医生说,被冻得直哆嗦。

安德烈·叶菲梅奇从来不会拒绝别人,给了他一个硬币。

"简直太糟糕了,"看着犹太人那双光脚和瘦削通红的踝骨,他想着,"湿透了。"

一种又像是同情又像是厌恶的情感被激发起来,医生跟在犹太人身后走进了侧楼,他一会儿盯着犹太人的秃顶,一会儿又看着他的踝骨。医生进门时,尼基塔从那堆破烂中跳了下来,把身子挺得直直的。

"你好,尼基塔,"安德烈·叶菲梅奇轻声说,"要不给犹太人发一双靴子吧,弄不好他会着凉的。"

"是,大人。我会报告总务处处长。"

"拜托。以我的名义吧,就告诉他是我说的。"

从前厅到病房的门开着。伊万·德米特里奇躺在床上,胳膊肘撑着身子,紧张地听着陌生人的声音,突然他认出了医生。他气得浑身发抖,从病床上跳下跑到屋子中间,满脸涨得通红,表情凶狠,眼珠子都快瞪出来了。

"医生来了!"他大喊一声,哈哈大笑起来,"终于来了! 先生们,我恭喜你们了,医生的光临就是我们的荣幸啊! 该诅咒的畜生!"他尖叫一声,陷入狂怒,病室里谁也不曾见过这样的情形。他的脚跺得地面咚咚直响,"杀了这畜生! 不,打死都嫌不够! 应该把他淹死在粪坑里!"

安德烈·叶菲梅奇一听,连忙从前厅往病房里看,还轻声问:

"为什么?"

"为什么?"伊万·德米特里奇大声嚷嚷着,凶巴巴地走过来,边走边急急忙忙地紧了紧身上的袍子,"为什么? 你是个贼!"他露出很厌恶的神色,噘了噘嘴,像是准备吐出一口痰,"你是个招摇撞骗的骗子! 刽子手!"

"请您别生气,"安德烈·叶菲梅奇说着,还歉疚地笑了笑,"请您相信,我从来没偷过什么,至于您说的其他,显然也是过分了。我看出来了,您这是在生我的气。请消消气,我请求您,如果可以的话,请冷静地告诉我,您为什么生气?"

"那您为什么把我关在这里?"

"因为您是病人啊。"

"是啊,我有病。可是要知道,现在有多少个疯子在满世界转悠,因为你们的糊涂无法将他们同健康人区分开来。为什么我和这些不幸的人就该待在这里,像是替罪羔羊? 从道德水平上说,您、助理医师、总务处处长和医院所有的恶棍比我们当中任何一个人都低得多,可为什么是我们,而不是你们待在这里? 哪有这样的道理?"

"道德水平的高低和道理逻辑跟这事一点关系都没有。一切取决于机会。谁被送进来了,那他就得待在这里,谁要是没被关进来,他就去自在逍遥,就这么简单。至于为什么我是医生您是精神病人,这件事与道德水平和所谓道理也扯不上关系,只是碰巧而已。"

"我听不懂这些废话……"伊万·德米特里奇低声说,坐回到了自己的床上。

当着医生的面,尼基塔不好意思搜莫伊谢伊卡的身。莫伊谢伊卡于是就将几块面包、几张纸和一些骨头摊到自己的床上,虽然还是冻得哆里哆嗦,但开始飞快地讲起了犹太语,像是唱歌。看上去,他是在想象着自己的小铺子开张了。

"请放我出去。"伊万·德米特里奇说道,声音微微颤抖着。

"不行。"

"到底为什么?为什么?"

"因为我没有这个权力。您说说,如果我把您放出去,这对您有什么好处呢?您走吧。市民或警察又会把您抓住,再把您送回来。"

"是的,是的,这倒是真的……"伊万·德米特里奇悻悻地说,擦了擦自己的额头,"这太可怕了!那我有什么办法?什么办法?"

安德烈·叶菲梅奇喜欢伊万·德米特里奇的嗓音、神情和那张年轻聪明的脸。他想和这个年轻人亲近一些,并且安慰他。于是他坐到了伊万·德米特里奇的床边,想了想,说道:

"您问怎么办,是吧?您现在最好的出路,就是从这里跑出去。但是,非常遗憾,这是没用的。他们会抓住您。社会在整治罪犯、精神失常和不安分守己分子时是不遗余力的。您的办法只有一个,那就是心平气和地接受。既来之,则安之。"

"谁也不需要这种地方。"

"既然现在有监狱和疯人院,那就应该有人在里面待着。不是您,就是我,不是我,就是其他什么人。您就等着吧,在遥远的将来,监狱和疯人院都会结束存在的使命,窗户上将不会有栅栏,也不会有这身长袍病服。当然,那个时候迟早总会来的。"

伊万·德米特里奇嘲讽地微微一笑。

"您在开玩笑吧,"他说着,眯起了眼睛,"像您和您的助手尼基塔这样的老爷们,跟将来一点关系都没有,但是请您相信,仁慈的先生,好日子一定会来的!请允许我这样俗里俗气地来表达,您想笑就尽管笑吧,总之新生活的曙光将光芒万丈,真理会胜利,我们的大街会迎来一个盛大的节日!我是等不到了,我那时早就咽气了,但总会有人的重孙能等到那一天。我的灵魂会为他们欢呼,会为他们高兴!向前啊!上帝会保佑你们,朋友们!"

伊万·德米特里奇两眼放光,起身朝窗户的方向伸出双手,声音里继续透着激动和喜悦:

"我在这栅栏里祝福你们!真理万岁!我高兴啊!"

"我倒觉得没什么值得高兴的特别理由,"安德烈·叶菲梅奇说,在他看来,伊万·德米特里奇的动作像是在表演,不过他也还是很喜欢,"将来，监狱和疯人院都没有了，真理，也像您所表达的那样，会胜利，但事情的本质依然不会改变，自然法则也依然如旧。人们依然会生病，会衰老，会死亡，就像现在一样。不管黎明的朝霞多么辉煌灿烂地照着您的生活，您最后也终将被钉在棺材盒里，被扔进墓坑。"

"那不朽呢？"

"唉，那是子虚乌有！"

"您不相信，可我信。记得陀思妥耶夫斯基或是伏尔泰说过，如果没有上帝，人们也会想象出一个上帝。我对此深信不疑，如果没有不朽，那么伟大的人类智慧迟早会想象出不朽来的。"

"说得好，"安德烈·叶菲梅奇露出了一个满意的微笑，"您相信这一点，非常好。有这样的信念，哪怕日日面壁也会生活得幸福。请问您大概是在哪里上过学吧？"

"是啊，我曾经读过大学，可是没有毕业。"

"您是一个有思想爱思考的人。在任何环境下，您都能找到内心的平静。有助于人们理解生活的那种自由而深刻的思考，以及对世上无谓纷扰的彻底藐视，这是两种幸福，除此，人们再没有领略过更高境界的幸福了。而您拥有这样的幸福，尽管您身在三面栅栏之中。第欧根尼①曾经生活在一个小木桶里，但他比世上任何帝王都生活得快乐。"

"您的第欧根尼是个傻瓜，"伊万·德米特里奇愁眉苦脸地说，"您跟我讲什么第欧根尼，讲什么理解生活？"他突然生气得蹦了起来，"我爱生活，特别地爱！我患有被虐狂，常常经受着折磨人的恐惧，但是，我也有对生活强烈渴望的时刻，那一刻我真怕自己发疯。我渴望着生活，强烈地渴望！"

他激动地在病房里走来走去，最后压低声音说：

"每当我幻想时，脑子里就会产生种种幻象。有人朝我走来，我听见了人们的说话声，音乐声，我觉得自己是在一个森林里，或是在海边散步，我是那么渴望去忙点什么，去牵挂着什么……请告诉我，外面有什么新鲜事吗？"伊万·德米特里奇问，"外面情形怎么样？"

"您是希望知道点城市的事呢，还是一般的情况？"

---

① 第欧根尼（西诺帕蒂）（前约400—前约325），古希腊犬儒派哲学家。

"那,请先说说城里的情况,然后再告诉我点别的。"

"有什么好说的?这个城市令人感到极其枯燥乏味……没什么人可以交谈,也用不着听别人说什么。也没什么新面孔。不过,前不久倒是来了一个叫哈伯托夫的年轻医生。"

"他居然在我活着的时候就来了。怎么,是个粗俗的家伙?"

"是的,他不是一个有教养的人。您说奇怪不奇怪……总的来说,智力的发展并没有在我们的大城市里停滞,这就是说,那里是应该有不少真正智慧的人的,可不知道为什么,每一次被派到我们这里来的人都让我们看不上眼。真是个不幸的城市!"

"是的,这真是个不幸的城市!"伊万·德米特里奇深深地叹了口气,笑了起来,"而总的情形怎样呢?报纸和杂志上都有些什么新内容?"

病房里已经暗下来。医生站起身,开始讲述外国和俄罗斯的人们都写了些什么文章,又有哪些思想潮流。伊万·德米特里奇仔细听着,提了些问题,突然,他又好像很清楚地想起了什么可怕的事,于是抱着脑袋躺到了床上,背对着医生。

"您怎么了?"安德烈·叶菲梅奇问。

"您休想再听到我说一个字!"伊万·德米特里奇粗暴地说,"让我自己待着!"

"您这是怎么了?"

"我说了,让我自己待着!干吗穷问?"

安德烈·叶菲梅奇耸耸肩,叹口气,出去了。走过前厅时,他说:

"倒是把这里打扫一下啊,尼基塔……这气味太难闻了!"

"是,尊贵的大人。"

"一个多么讨人喜欢的年轻人!"安德烈·叶菲梅奇一边想着,一边朝自己的宿舍走去,"自从我到了这里,这似乎是第一个可以和我交谈的人。能够和他讨论问题,兴趣点也恰是其处。"

回到住处,不论是读书还是睡觉,他都在想伊万·德米特里奇这个人。第二天早上醒来,他又回忆起了昨天认识的这位聪明而又有趣的人,于是决定,只要一有机会一定要再去看看他。

十

伊万·德米特里奇仍然以昨天那样的姿势躺着,双手抱住脑袋,蜷着双腿。看不见他的脸。

"您好,我的朋友,"安德烈·叶菲梅奇说,"您没睡着吧?"

"第一,我不是您的朋友,"伊万·德米特里奇把头埋在枕头里说,"第二,您白忙活了,您不会从我这里听到一个字。"

"奇怪啊……"安德烈·叶菲梅奇有点发窘地嘟囔道,"昨天我们还很平和地进行着交谈,可您突然像是生了气,立刻中断了我们的谈话……也许,是我的表达不太准确,也许是我的想法与您的观念不相符……"

"是啊,我居然这么相信您!"伊万·德米特里奇说,他抬了抬身子,嘲讽并有些担忧地看了看医生,双眼有些发红,"您可以到别的地方当密探了,这里没您什么事了。我在昨天就明白您为什么到这里来了。"

"真是奇怪的想法!"医生笑了起来,"那么,您把我当成密探了?"

"不错,我就是这么想的……密探也好,医生也罢,反正我是被弄到这里来接受考验的,反正一回事。"

"唉,您真是一个,原谅我说句实话……怪人!"

医生在病床旁的凳子上坐下来,带着责备的神情摇了摇头。

"那么,就算您说的是真的,"他说,"如果我阴险地套出您那些话报告了警察,您被逮捕了,坐了牢。但是,您在法庭上和监狱里会比在这里更糟糕吗?如果您被流放到偏远的地方,甚至是去服苦役,难道会比在这医院的侧楼里待着更差吗?我觉得,不会更差的……那您还怕什么呢?"

看来,这些话的确对伊万·德米特里奇起了作用。他安静地坐了下来。

下午四点。在这个时间,安德烈·叶菲梅奇通常是在自己的书房里走来走去,达留什卡会问问他是不是想喝啤酒。外面的天气晴朗,空气清新。

"我午饭后出门走了走,您看,就顺便过来看看您,"医生说,"完全是春天了。"

"现在是几月?三月吧?"伊万·德米特里奇随口问道。

"是啊,三月底了。"

"路面很脏吧？"

"不，不太脏。人们已经在花园里踩出一条小路了。"

"现在要是能坐四轮马车到城外去兜兜风该多好，"伊万·德米特里奇说，他揉揉红眼睛，应该说还处于半睡半醒的状态，"然后回到家，去那间温暖舒适的书房……找个像样的医生治治头痛病……好久以来我就已经活得不像个人了。这里实在太糟糕了！糟糕得令人难以忍受！"

经过昨天的那番兴奋之后，他显得有些疲惫和委靡不振，讲话也有气无力。他的手指在发抖，从表情上看得出，他的头正疼得厉害。

"温暖舒适的书房和这个病房并没有任何差别，"安德烈·叶菲梅奇说，"人的宁静和满足感并不是来自外界，而是来自自身。"

"这话怎么理解？"

"一般人寻求好坏是从表面，比如，四轮马车或者书房怎样怎样，而有思想的人则从自身。"

"去希腊宣讲你这套哲学吧，那里既温暖又弥漫着橙子的芳香，这里的气候可没法生长这种水果。我和谁在这里谈过第欧根尼？和您吧？"

"是的，昨天您和我谈起过。"

"第欧根尼不需要坐到书房和温暖的地方，那里没有这些都已经够热了。就往那桶里一躺，吃着橙子嚼着橄榄就成了。可是让他到俄罗斯来试试，别说是十二月了，就是五月份，他也会要求回屋里去。即便这样，他恐怕还会冷得抽筋呢。"

"不会。寒冷就像是任何一种疼痛一般，可能不会被感觉到。马可·奥勒留①说过：'疼痛就是关于疼痛的鲜活的想象：以你的意志力去改变这种想象，抛开它，停止抱怨，疼痛就会消失。'这话千真万确。智者，或者说善于独立思考的人，他们之所以优秀就在于他们藐视痛苦，他们永远都是满足的，并且处变不惊。"

"这么说，我是白痴了，因为我感觉到痛苦，不满足，对人类的卑鄙还大惊小怪。"

"您错了。如果您经常沉思，那么您就会明白，那些表面上让我们在意的东西是多么微不足道。应该努力去理解生活，在这种理解中有我们的

---

① 马可·奥勒留（121—180），古罗马安东尼王朝皇帝。

真正福祉。"

"理解……"伊万·德米特里奇皱了皱眉,"外在的,内在的……对不起,我不懂。我只知道,"他站了起来,生气地盯着医生说道,"我知道,上帝创造了我,使我身上充满温暖的血液和神经,就这样!而作为一个有机构造,如果它具有生命活力,就应该对任何刺激有所反应。我就有这样的反应!对疼痛,我的反应是叫喊和流泪,对卑鄙的行为,则是愤怒,对丑恶,就是恶心。在我看来,说实在的,这就是生活。这个组织越是低级,那么他的感觉就越是少,对各种刺激的反应就越弱,这个组织越高级,就越敏感,对现实的反应就越具活力。这个道理您怎么会不懂?您是医生,竟会不知道这种小事!为了蔑视痛苦,成为永远都满足和宠辱不惊的人,那就应该到达这样的境界,"伊万·德米特里奇这时用手指了指那位肥胖壮硕的农民,"要不然,就在痛苦中磨炼自己,使自己对它失去任何感觉,换句话说,就是别活了。对不起,我不是圣贤,也不是哲学家,"伊万·德米特里奇继续激动地说,"我对此一窍不通。我也不会讲什么道理。"

"恰恰相反,您讲得很精彩。"

"那些您所要效仿的斯多葛派,都是很优秀的人,但他们的学说在两千年前就停滞了,没有向前一步,将来也不会向前发展,因为它不是积极的和有生命力的。它只在少数人那里取得了成功,这些人终其一生都在对各种学说进行钻研和玩味,而大部分人则并不懂得。这些学说宣称对财富和舒适生活的漠然、对痛苦和死亡的蔑视,这对绝大部分人来说也是无法理解的,因为他们从没见过什么财富,从没体会过生活中的舒适。而蔑视痛苦对他们来说就意味着蔑视生活本身,因为他们的全部存在就是由饥寒、屈辱、丧失与哈姆雷特式面对死亡的恐惧所组成的。他们生活的全部就在这样一些感觉中:为它苦恼,憎恨它,但就是不会蔑视它。对了,我要再说一遍,这些斯多葛派的学说是不会有将来的。从古到今,就像您所看到的一样,不断延续发展着的是对痛苦的感觉,是斗争,是对刺激的反应能力……"

伊万·德米特里奇突然间失去了思路线索,不得不停下来,烦躁地揉了揉前额。

"我本来想说些重要的话,可思路断了,"他说,"我说到哪里了?对!我是说,有一个斯多葛派,为了赎回自己的亲人而将自己卖身为奴。您看,这就是说,那个斯多葛派对刺激也是有所反应的,为了这个舍生取义的慷慨义举,他就需要有一颗能够被激怒和产生同情的心。我在这牢里已经忘记了过去所学,否则我还会想起点什么。而比如说耶稣,会怎样呢?耶稣会以这样一些方式来回应现实:哭,笑,忧伤,愤怒,甚至是忧愁;他没有带着微笑迎向苦难,也没有蔑视死亡,而是在客西马尼花园祈祷,希望那杯子从他身边过去。"

伊万·德米特里奇笑起来,坐下。

"就算是,人的平静和满足并非来自身外,而是来自其身内,"他说,"就算是应该蔑视痛苦,宠辱不惊。可您是在怎样的基础上进行宣传的呢?您是圣贤?是哲学家?"

"不,我不是哲学家,但每个人都应该进行宣传,因为这是理性。"

"不,我想知道,为什么您自以为有资格蔑视痛苦?您有没有受过苦?您知不知道什么叫痛苦?请允许我问一句:您小时候挨过打吗?"

"没有,我的父母讨厌体罚。"

"可我的父亲却往死里打我。我的父亲是个小官,很凶,受着痔疮的折磨,鼻子长长的,脖子有些发黄。不过,我们还是说您吧。您这辈子都没有人碰过您一个手指头,没有人吓唬过您,打过您。您壮得像头牛。您在父亲的羽翼下长大,他给您付学费,然后您又找到这份清闲又高薪的肥缺。二十多年来,您住在免费的住宅里,温暖,亮堂,有人伺候,想干多少就干多少,不干也没关系。从本性上说,您又脏又懒,还要把生活安排得好像什么都打扰不到您或者动摇得了您。您把事情交给助理医师或者是别的什么混蛋,然后自己躲到又暖和又安静的地方,攒钱,读书,为了消遣而思考那些高尚而无聊的事情(伊万·德米特里奇此时看了看医生的红鼻子),并且喝酒。总之,您没见识过什么叫生活,没透彻地了解过生活,只是理论知识罢了。而您蔑视痛苦和对什么都不在乎,则出于一个简单的原因:什么尘世的空虚,外部内部,蔑视生活、痛苦和死亡,对生活的洞悉,真正的福祉——所有这一切都是适合俄罗斯懒汉的哲学。比如,您看见一个男人打他的妻子。干吗要管?就让他打好了,反正他们两人迟早都要死。况且,打人者在这件事上侮辱的不是他所打的人,而恰恰是他自己。酗酒是愚蠢而又不体面的事,但喝酒要死,不喝酒也要死。有一个妇人过来,她的牙痛……那又怎么样?痛苦只是痛苦的概念而已,再说,人活在世上不可能没个疾病,谁都不免一死,所以你走你的路,别打扰我思考和喝酒。有个年轻人前来请教,怎么办,如何生活。要是别人,就会先想想该如何作答,而您的答案是现成的:要努力理解生活和追求真正的福祉。可这个奇妙的'真正的福祉'是什么呢?当然,没有答案。我们被关在铁栅栏窗户里,受尽折磨,但是这很好啊,很合理啊,因为这病室和温暖舒适的书房没有任何差别。多合适的哲学:什么也不用做,良心是干净的,自我感觉良好……不,先生,这不是哲学,不是思想,不是视野开阔,而是懒惰,行乞,浑浑噩噩……没错!"伊万·德米特里奇又开始生气,"您蔑视痛苦,可如果门缝把您的手指头夹了一下,您一定会大喊大叫的。"

"也可能,我根本就不叫呢。"安德烈·叶菲梅奇说着,很温和地笑了笑。

"对,当然!如果您突然中风,或者一个傻瓜或蠢蛋利用自己的地位当众羞辱您,而您也知道他不会有报应,那时候您就会明白叫别人去理解和追求真正的福祉是什么意思了。"

"这真是新鲜,"安德烈·叶菲梅奇说,他满意地一边笑一边搓手,"您对概括的喜好让我觉得开心,而您刚才对我性格的描述真是太棒了。我得承认,和您谈话对我来说是件快事。不过,我刚刚听您说了这么久,现在得劳驾您听听我说了……"

十一

这场谈话进行了约莫一个小时,看样子,是给安德烈·叶菲梅奇留下了深刻的印象。由此,他开始每天光顾病室。他经常是早上来,午饭之后也来,而黄昏时分还常常会看到他正在和伊万·德米特里奇交谈。起初,伊万·德米特里奇还有点拘谨,对他怀有些敌意,并不能和他进行推心置腹的交谈,后来,他渐渐习惯了他,这种敌意就变成了微微的讥讽。

很快,医院里就有了传言,说是安德烈·叶菲梅奇医生开始访问第六病室了。不论是管理员也好,尼基塔也好,还是其他人,都弄不明白,他为什么去那里,而且一待就是几个小时,他们都谈了些什么,为什么连药方也不用开。他的行为的确有些奇怪。米哈伊尔·阿维尔扬内奇经常在他家里找不到他,这在过去是从来没有的事,达留什卡也会常常慌了神,因为医生已经不在约定的时间喝啤酒了,有时甚至连吃午饭都赶不上正点。

有一次,时间大概在六月底吧,哈伯托夫医生有点事来找安德烈·叶菲梅奇。他在家里没见到他,于是就开始满院子找。人们告诉他,老医生看望精神病患去了。走进病室,哈伯托夫听到下面的对话,便在前厅站住了:

"我们永远也谈不拢,您也别想让我相信您的信仰,"这是伊万·德米特里奇的声音,他有点激动,"实际上您完全不了解现实,因为您从没有受过罪,您仅仅像是个蚂蟥,靠着别人的苦难养活。从出生的那一天开始到现在,我一刻也没有停止过受苦受难。所以,我坦率地说,我远远地高出您一大截,不用您在这里教导我。"

"我完全没有布道的意思,"安德烈·叶菲梅奇轻声说道,他有点遗憾对方不想去理解他,"事情不是这样的,我的朋友。事情并不在于您受苦受难而我没有。苦难和快乐都是短暂的,我们抛开它们吧,看在上帝分上。事情在于,我和您都会思考。我们在人群中发现彼此,发现我们是善于思考和喜欢讨论的人,这就使我们有了联系,尽管我们的看法有多么的不同。我的朋友,要是您知道,我对周围的愚昧、平庸和粗俗有多么的厌恶,而每一次与你交谈之后我有多么愉快就好了! 您是个很聪明的人,与您相处我很享受。"

哈伯托夫把门推开一条缝,往里瞧了瞧。伊万·德米特里奇戴着睡帽,安德烈·叶菲梅奇医生与他并排坐在病床上。精神病患者看上去愁眉苦脸,浑身颤抖,神经质地裹紧身上的袍子,而医生则坐着一动不动,低着头,面色潮红,表情无助和忧郁。哈伯托夫耸了耸肩,微微一笑,迅速和尼基塔交换了一个眼神。尼基塔也跟着耸了耸肩。

第二天,哈伯托夫和助理医师一起来到侧楼。他们站在前厅,侧耳听着里面的动静。

"嗬,我们的老人家好像真的疯了!"从侧楼出来,哈伯托夫说。

"神哪,可怜可怜这些罪人吧!"神态严肃的谢尔盖·谢尔盖伊奇深深地叹了口气,他尽量绕开水坑,免得脏了自己那双擦得油光锃亮的短靴,"我承认,尊敬的叶甫盖尼·费多雷奇,我早就预料到会有这个结果了!"

十二

从这以后,安德烈·叶菲梅奇开始发现周围有些异样。不论是男护工、助理护士还是病人,人们遇见他一律是用一种怀疑的目光打量他,并且交头接耳。那个他喜欢的总务处处长的女儿、小姑娘玛莎,他平日里经常在医院的花园里遇见,现在当他笑眯眯地走上前去准备摸摸她的小脑袋时,小姑娘却不知为什么跑开了。邮政局局长米哈伊尔·阿维尔扬内奇听完他的话再也不说"完全对"之类的话,而是带着一种莫名其妙的窘迫嘟嘟囔囔地说:"是的,是的,是的……"并且用一种若有所思和忧伤的目光看着他。他开始劝自己这位朋友戒白酒和啤酒,不过,这位好心人并没有直接说出来,而是以一种暗示的口吻讲述一个营长,也是一个好人,还有一个团部的神父,也是十分难得的好人,他俩是如何因为酗酒而生病,又是如何因为戒酒而得以完全康复的。同事哈伯托夫有两三次来找过安德烈·叶菲梅奇,他不仅建议他戒酒,而且还毫无理由地建议他服用镇静剂。

八月,安德烈·叶菲梅奇收到市长的一封信,说是有很重要的事情要找他谈。安德烈·叶菲梅奇按照预定的时间来到参议会,只见那里已经有军事长官、地方学校的校长和参议会议员在座,哈伯托夫和另一位肥胖白发的先生也在场,人们介绍说他是一名医生。这个医生有一个念起来很拗口的波兰姓氏,住在离城三十里开外的一个马场,这次是路过。

"这里有一份涉及您管辖内的文件,"待大家寒暄和落座之后,参议员对安德烈·叶菲梅奇说,"刚才哈伯托夫说,主楼的药房面积窄小,应该挪到侧楼去。当然,这也没问题,但主要的问题是,侧楼也该修缮了。"

"是的,不修理不行了,"安德烈·叶菲梅奇想了想说,"如果,比如说,把侧楼一角用作药房,据我推算,这至少需要五百卢布。这可是一项非生产性支出。"

大家好一会儿没出声。

"我在十年前就递交了报告,"安德烈·叶菲梅奇继续轻声说道,"我认为,这个医院就现在的状况其设施算不得城里最豪华。它建于四十年代,不过那时候这些设施当然没法同现在比。但政府现在将经费过多消耗在了盖没有必要盖的楼和供养虚职,我想,换一种方式,同样的经费可以维持两个模范医院。"

"那么就请您给我们引进另一种方法吧!"一个参议员活跃起来。

"我已经提交报告,呈请将医疗部门移交地方自治会。"

"不错,将经费下拨地方自治会,让他们花完了事。"黄头发医生笑了起来。

"是啊,这不奇怪。"参议员附和道,也笑了起来。

安德烈·叶菲梅奇无精打采、神情沮丧地看着黄头发医生说:

"应该有公道的。"

又是一阵沉默。茶端来了。军事长官不知为什么显得有点难为情,他隔着桌子碰了碰安德烈·叶菲梅奇的手,说道:

"您完全把我们忘记了吧,医生。对了,您是修士,不打牌,不近女色。您和我们的弟兄在一起很乏味吧。"

大家开始谈论一个正派人在这个城市里生活有多么无聊。没有剧院,没有音乐会,在俱乐部最近的一次舞会上,来了二十个女士,却只有两个男士。年轻人不爱跳舞,所有时间都是在小食部或者牌桌上打发了。安德烈·叶菲梅奇的眼睛并没有瞧着谁,只是缓慢而平静地说,城里人把自己的心力、智慧和生命能量消耗在牌桌和嚼舌头上是一件多么愚蠢的事,他们不愿意把时间用在有趣的交谈和阅读上,他们不想去体会智慧带给人的快乐,这是多大的遗憾。只有智慧才是有趣和了不起的东西,其他的一切都显得渺小和微不足道。哈伯托夫专心地听着自己同事讲话,突然间问道:

"安德烈·叶菲梅奇,今天是几号?"

得到答复,他和黄头发医生以一种迟疑和笨拙的考官口吻,开始询问安德烈·叶菲梅奇今天是星期几、一年有几天、第六病室是否住着一个了不起的预言家等等问题。

在回答最后一个问题时,安德烈·叶菲梅奇的脸微微红了,说道:

"是的,他是一个病人,但又是一个非常有趣的年轻人。"

他们再没有问他其他的问题。

当他在前厅穿大衣时,军事长官走过来拍了拍他的肩,长长叹道:

"我们这些老头子是该退休了啊。"

走出参议会,安德烈·叶菲梅奇才明白过来,原来这是一个对他的精神能力进行评估的委员会。他回头想想他们刚才提的那些问题,脸色不禁涨红,并且不知为何生平头一回为医学感到悲哀。

"我的上帝,"他回想起刚才那些医生对他的考察,"他们前不久可是刚刚听过精神病学的讲座,考过试,怎么会如此无知?怎么连精神病学的基本概念都不明白!"

生平第一次,他感觉自己受到了侮辱,他很生气。

那天晚上,米哈伊尔·阿维尔扬内奇也来找过他。邮政局局长没顾得上寒暄,就径直走上前来拉着他的双手,激动地说:

"亲爱的,我的朋友,请向我证明您相信了我的诚意,并且真的把我当自己的朋友……我亲爱的朋友!"他打断要插话的安德烈·叶菲梅奇,继续激动地说,"我喜欢您有修养和心地高洁。您听我说,我的朋友。科学上的规章制度让医生们无法告诉您实情,但是我要以军人的方式有一说一:您的健康有问题!请您原谅,我的朋友,但这是真的,周围的人早就看出来了。刚才叶甫盖尼·费多雷奇医生告诉我,为了您的身体健康,您必须去休假和治疗。的确如此!这太好了!这几天,我就准备出去休假,透透气。您要是我的朋友,就跟我一起去!我们一起去走走,像过去那样快活快活。"

"我觉得自己非常健康,"安德烈·叶菲梅奇想了想,说道,"我还真不能去。请允许我用其他的方式向您证明我的友情。"

随便去一个什么地方,没有目的,没有书,没有达留什卡,没有啤酒,完全打破二十年来所形成的生活规律——这样的念头一冒出来,就让他觉得很荒唐和不可思议。但是,当他想起参议会里的谈话,想起他从参议会走出来回家路上的沉重心情,暂时离开这个城市,离开那些认为他精神出了问题的人们,这个念头让他微微一笑。

"那您到底打算去哪里呢?"他问。

"去莫斯科,去彼得堡,去华沙……在华沙,我度过了此生中最幸福的五年时光。那简直是个迷人的城市!一起去吧,亲爱的朋友!"

十三

一周后,人们建议安德烈·叶菲梅奇休假,也就是说让他递交辞呈,对此他的态度并不积极。又一个星期以后,他和米哈伊尔·阿维尔扬内奇已经坐上了一辆邮车,朝最近的火车站去了。天气凉爽,晴朗,蓝天悠远明净。到火车站有两百俄里的距离,他们坐着邮车走了两天两宿,中途住了两夜。在驿站,当人家递来的杯子不干净,或者是套马的时间过长,米哈伊尔·阿维尔扬内奇就会气得浑身发抖,暴跳如雷:"闭嘴!还狡辩!"而一坐上马车,他就会一刻不停地说话,讲他自己在高加索或是波兰帝国的旅行。那是些怎样的奇遇,怎样的相聚啊!他的嗓门响亮,眼神里透着惊叹,容易让听者产生虚幻之感。再者,他一边说话一边朝安德烈·叶菲梅奇的脸上呼气,哈哈的笑声就响在他的耳畔。这让医生感到十分难堪,也妨碍他专心致志地思考问题。

为了省钱,他们买的是三等座火车票,是禁烟车厢。乘客大多都很体面。米哈伊尔·阿维尔扬内奇很快就和车厢里所有的人混熟了,从这个位子换到那个位子,大声地说不该在如此糟糕的铁路上旅行。说这完全是让人受骗上当!说如果骑马就完全不同了:你就是一天走出一百俄里,也还能够感觉到精神抖擞、神清气爽。而说到我们的歉收,他认为是宾斯克沼泽干涸造成的。总之,事事处处都处于一片混乱之中。他的声音洪亮,慷慨激昂,完全不容别人插嘴。这种夹杂了哈哈大笑、手舞足蹈和喋喋不休的演讲,让安德烈·叶菲梅奇感到疲惫不堪。

"我俩当中谁是真有神经病呢?"他沮丧地想,"是我这个极力不影响别人的人呢,还是这个自以为比别人聪明有趣,让大家都不得安宁的自私鬼呢?"

到了莫斯科,米哈伊尔·阿维尔扬内奇穿上了没有肩章的军衣和镶着红丝带的裤子。上街的时候,他会戴上一顶军帽,再穿上一件军大衣,士兵们见了都会向他敬礼。此时在安德烈·叶菲梅奇看来,这位曾经比较高贵的人,现在已经失去了他过去的长处,只剩下粗鲁了。他喜欢让别人伺候,哪怕完全用不着。比如火柴就在他眼前的桌上,他看见了,但他还是会叫人来递给他。有女佣在,他也会只穿着一身内衣,丝毫不感到难为情。对所有的仆人,哪怕是老人,他都毫不例外地以"你"相称,他发火生气时,甚至骂他们是傻瓜蠢货。安德烈·叶菲梅奇现在觉得,他就是耍老爷脾气,但实在是太恶劣了。

米哈伊尔·阿维尔扬内奇首先带自己的朋友去了伊维尔教堂。他虔

诚地忏悔,叩头,流泪,一切完毕后他深深地叹了口气,说道:

"你即使不信,祷告也会让你内心平复一些。快来吻吻圣像,亲爱的。"

安德烈·叶菲梅奇有些别扭,吻了吻圣像,而米哈伊尔·阿维尔扬内奇努了努嘴,摇摇头,又小声地祷告起来,眼眶里重新涌起了泪水。随后,他们又去了克里姆林宫,参观了皇家炮王和钟王,甚至还用手摸了摸。他们欣赏了莫斯科河对岸的风光,游览了救世主大教堂和鲁缅采夫博物馆。

他们在捷斯托夫饭店吃了饭。米哈伊尔·阿维尔扬内奇久久地审视着菜谱,捋了捋络腮胡子,像一个习惯饭店就如同习惯自己家一样的美食家,说道:

"我们倒要看看,今天您会给我们吃些什么,天使!"

十四

医生走来走去,看这看那,吃了,喝了,但他只有一种感觉,那就是对米哈伊尔·阿维尔扬内奇的厌恶。他很想躲开这个朋友休息一下,离开他,躲起来,而另一位则认为自己的职责就是寸步不离地跟着自己的朋友,尽可能地想办法让他消遣。如果实在没有可看的,他就用聊天来为他解闷。安德烈·叶菲梅奇忍了两天,到第三天的时候他终于告诉自己的朋友说自己病了,想留在家里休息一天。这朋友说,既然这样,他也不出门了。其实,他们的确也该休息一下了,否则腿都不听使唤了。安德烈·叶菲梅奇躺在沙发上,脸冲着沙发背,紧咬牙关,听他的朋友热烈而肯定地说,法国迟早会打败德国,莫斯科有很多骗子,不能根据马的长相判断马的优劣。医生的耳朵嗡嗡直响,心脏怦怦直跳,出于礼貌,他又无法请这位朋友走开或者是闭嘴。幸好,米哈伊尔·阿维尔扬内奇觉得在旅店待着很寂寞,所以午饭后就出去溜达了。

当一个人独处,安德烈·叶菲梅奇让自己完全沉浸在了休息的状态之中。当你躺在沙发上一动不动,感觉到这屋里只有你一个人的时候,那感觉多么惬意啊!没有孤独感就没有真正的幸福。堕落的天使之所以背弃上帝,显然是因为他想要孤独,而这种孤独是别的天使所无法体会到的。安德烈·叶菲梅奇想回味一下这几天的所见所闻,但米哈伊尔·阿维尔扬内奇始终无法走出他的脑海。

"要知道,他请假陪我一起来可是出于友情,出于慷慨啊,"医生有些沮丧地想,"再没有比这种友情的包围更加糟糕的事情了。本来,他倒是像是个善良、慷慨和快活的人,只是有点乏味。乏味得令人难以忍受。有这样一种人,他们说的永远都是聪明和中听的话,但就是让你感到他们是愚笨粗鲁的人。"

在接下来的几天里,安德烈·叶菲梅奇都声称自己病了,而且没有走出房间一步。他面朝沙发背躺着,当朋友聊天给他解闷时,他难受得要命,只有当朋友离开,他才得到休息。他生自己的气,因为是他自己要出门的,他生朋友的气,因为朋友一天天变得絮叨和随便,他无论如何也无法将自己的思想提高到一个严肃和崇高的层次上。

"这就是伊万·德米特里奇所说的现实生活对我的惩罚吧,"他对自己的肤浅有点生气,"其实,那都是胡说八道……我总会回家,一切也都会照旧的……"

在彼得堡的情形依然如故:他整天都不出门,躺在沙发上,只有喝啤酒的时候才起身。

米哈伊尔·阿维尔扬内奇一直在着急着去华沙。

"亲爱的,我为什么要去那里呢?"安德烈·叶菲梅奇用哀求的口吻说道,"您一个人去吧,请允许我回家去!求您了!"

"无论如何都不行!"米哈伊尔·阿维尔扬内奇表示强烈反对,"那可是个充满魅力的城市。我在那里度过了我一生中最幸福的五年!"

安德烈·叶菲梅奇的性格中缺乏坚定,最后还是勉强去了华沙。在华沙,他仍然没有走出自己的房间,依然躺在沙发上,生自己的气,生朋友的气,生仆役的气,因为他们死活弄不懂俄语,而米哈伊尔·阿维尔扬内奇依然是那么健康、精神和快活,从早到晚都在城里转悠,去寻访自己的老熟人。有好几次他甚至没有回旅馆过夜。有一个大清早,他不知道在哪里过了夜回来,情绪亢奋,面红耳赤,蓬头垢面。他从房间的一角走到另一角,自言自语地嘟囔着,最后停了下来,说道:

"名誉第一!"

他又来回走了一阵子,最后抓住自己的头发,悲悲戚戚地说:

"是啊,荣誉是第一位的!那一刻真是该诅咒,谁让我想起来要到这个巴比伦来呢。亲爱的,"他转身朝着医生说道,"您就看不起我好了,我打牌输了!请给我五百卢布吧!"

安德烈·叶菲梅奇数了五百卢布,默默地递给了自己的朋友。他的朋友此刻还在因为羞愧和愤怒而满脸通红,还没头没脑地诅了一个完全不相干的咒,穿上外衣,出门了。过了大概两个小时,他回来了,往椅子上一坐,大声叹了一口气,说:

"名誉倒是保住了!我们走吧,我的朋友!我一刻也不想在这该诅咒的城市待下去了。这些大骗子!奥地利的密探!"

当两个好朋友回到自己的城市,已经是十一月了,街道上已铺满了厚厚的一层积雪。安德烈·叶菲梅奇的位子已经被哈伯托夫取代了,哈伯托夫还住在老房子里,等着安德烈·叶菲梅奇回来给他腾出医院的宿舍。那个他称为厨娘的丑女人,已经住进了侧楼的一间房里。

城里又开始有了关于医院的新传言。据说,那丑厨娘和总务处处长吵了一架,总务处处长好像还跪地求饶了。

回城的第一天,安德烈·叶菲梅奇就不得不自己去找住处了。

"我的朋友,"邮政局局长胆怯地对他说,"请原谅我提一个冒昧的问题:您靠什么生活?"

安德烈·叶菲梅奇默不作声地数了数钱,说:

"还有八十六卢布。"

"我不是问这个,"米哈伊尔·阿维尔扬内奇没听懂医生的意思,显得有些慌张,"我是问,您靠什么生活?"

"我已经告诉您:八十六卢布……其他再也没什么了。"

米哈伊尔·阿维尔扬内奇一直认为医生是个为人诚实、品德高尚的人,但他总是怀疑,医生的财产少说也有两万卢布。现在,当他知道安德烈·叶菲梅奇很穷,并且无以为生时,他竟不知为何突然哭了起来,抱住了自己的朋友。

十五

安德烈·叶菲梅奇住在一个叫别洛娃的女人家里,他的小房间里有三个窗户。如果不算厨房,这套小屋里只有三个房间。其中的两个房间窗户向着大街,医生租了这两间,而达留什卡和女房东带着她的三个孩子住在另一间房和厨房里。有时候,女房东的情人,一个醉醺醺的男子会到这里来过夜,他整夜吵吵闹闹,让孩子们和达留什卡感到十分害怕。他一来就到厨房里坐下,开始要酒喝,屋里便显得十分拥挤。医生出于同情将哭哭啼啼的孩子叫到自己的屋里,安排他们睡在地板上,这让他有了极大的满足感。

和以前一样,他还是在早上八点钟起床,喝了茶以后就坐下来读自己那些旧书旧报。他已经没钱买新的了。要么因为书是旧的,要么因为环境变了,读书已经不像过去那样让他专注,而是让他疲惫了。为了不虚度光阴,他给自己的书编了详细的目录,在书脊上贴上小纸条,像这种机械、琐碎的工作在他看来比阅读更加有趣。单调而费力的工作不知为什么让他有些昏昏欲睡,他什么也没有想,而时间却飞快地过去了。甚至是坐在厨房,替达留什卡削土豆或者挑荞麦皮,在他看来都很有趣。每逢周六、周日他会去教堂。他靠墙边站着,眯起眼睛,听着圣歌,想着父亲、母亲、大学和宗教,他的心由此而变得平静和忧郁,走出教堂时他感觉那仪式结束得太快了。

他两次到医院去找伊万·德米特里奇,想好好和他谈谈。但是,这两次见面都让伊万·德米特里奇特别激动和生气,他请医生不要打扰他,因为他很久以来就已经厌烦了这种空谈,他说,他要为所受的苦难向那些该诅咒的坏人要求一个奖赏——一个单独囚室。难道他们连这个要求都要拒绝吗?当安德烈·叶菲梅奇这两次同他告别、向他道晚安的时候,他哼了一声,说道:

"滚!"

安德烈·叶菲梅奇现在不知道,他是不是还会来第三次。不过,他还是想去的。

过去,午饭后的休息时间安德烈·叶菲梅奇总是在屋里走来走去想问题,现在,他从午饭后到下午茶这段时间里都躺在沙发上,面朝沙发背,完全沉浸在无法摆脱的缕缕思绪中。他愤愤不平,因为他工作了二十多年竟没有得到养老金,也没有得到一次性的补贴。说实在的,他的工作不是很出色,但是,其他的同事都会毫无例外地得到养老金,不管他们的工作是否出色。当今的公正性恰恰就在于,不论是官职、奖章和奖金,都不是以道德品行和才能来衡量的,只要在工作就行,不论这工作做得怎么样。为什么只有他一个人是例外?他现在落得个身无分文。每当路过小卖部看到里面的女主人时,他都会觉得害臊。他已经欠人家三十二卢布的啤酒钱了。别洛娃的房钱也还欠着。达留什卡悄悄地卖了旧裙子和旧书,还骗女房东说,医生很快就能得到很大一笔钱了。

他很生自己的气,因为旅行花掉了整整一千卢布的积蓄。要是现在有这一千卢布该多管用啊!他很烦躁,因为人们总是让他不得安宁。哈伯托夫认为,时常来看望这位有病的同事是自己的责任。安德烈·叶菲梅奇觉得他处处都讨厌:那张肥胖的脸,愚蠢自大的口吻,张口闭口"同事",还有他那双高腰靴。最让人讨厌的是,他认为自己有责任给安德烈·叶菲梅奇治病,而且认为自己一定能治好。每次来访,他都会带上镇静剂和一些大药丸。

连米哈伊尔·阿维尔扬内奇也认为自己有义务来看望这位朋友,为他解闷。每一次来看望安德烈·叶菲梅奇,他都装作若无其事的样子,不自然地哈哈大笑,说他今天气色非常好,说感谢上帝他正在康复,从这些话就能推断出,他认为这位朋友没救了。他还没有归还自己在华沙欠的钱,由于内心揣着这份沉甸甸的羞愧而显得十分紧张,他笑得更响,并且尽力说些笑话。他的奇闻逸事和种种遭遇总是讲个没完,这不论对安德烈·叶菲梅奇还是他自己来说都是一种折磨。

有他在场,安德烈·叶菲梅奇通常是躺在沙发上,面朝墙壁,咬紧牙关地听着。在他的心里,似乎正慢慢地堆积起一层层水垢,他的朋友每来一次,他就觉得这水垢在增高,都快到他的喉咙口了。

为了摆脱这些微不足道的感觉,他赶紧转念去想他自己,想哈伯托夫,想米哈伊尔·阿维尔扬内奇迟早都会消亡,不会在世界上留下任何一点痕迹。想象一下,如果一百万年以后有一个精灵从地球上空飞过,那么他只能看到黏土和光秃秃的峭壁。文化也好,道德准则也好,这一切都会消亡,甚至连牛蒡也不会再生长。在小卖店女店主面前的羞愧算什么呢?不值一提的哈伯托夫和米哈伊尔·阿维尔扬内奇那份沉重的友情又算什么呢?这一切都是微不足道、无足轻重的。

但这一切思考都是无济于事的。正当他想象着一百万年以后的地球时,从那光秃秃的峭壁后面,总会出现穿高腰靴的哈伯托夫或者笑得紧张兮兮的米哈伊尔·阿维尔扬内奇,甚至还听见了他带着羞愧的嘟囔:"那个华沙欠的钱,亲爱的,我这些天就还……一定还。"

十六

有一天午饭后,米哈伊尔·阿维尔扬内奇来了,当时安德烈·叶菲梅奇正躺在沙发上。事情是,这时候哈伯托夫也带着镇静剂来了。安德烈·叶菲梅奇费劲地坐了起来,两只胳膊支在了沙发上。

"亲爱的,你今天的脸色可比昨天好多了。"米哈伊尔·阿维尔扬内奇开了口,"您真是精神抖擞啊!感谢上帝,您真是充满活力!"

"是该好起来了啊,同事,"哈伯托夫说,一边打着哈欠,"恐怕您自己对这种单调无聊的事情也感到厌烦了吧。"

"我们都会好起来的!"米哈伊尔·阿维尔扬内奇快活地说,"我们会活一百岁呢!一定会!"

"一百岁倒是活不到,再活二十年应该没问题,"哈伯托夫安慰说,"没关系,没关系,同事,别灰心……那只不过是一种假象。"

"我们会让他们瞧见的!"米哈伊尔·阿维尔扬内奇拍着朋友的膝盖,哈哈大笑起来,"我们会证明给他们看的!明年夏天,请上帝保佑,我们就骑马扬鞭走遍高加索——嘚儿,嘚儿,嘚儿!从高加索回来,瞧着吧,不知还会有什么好事儿呢,比如说去参加个婚礼什么的。"米哈伊尔·阿维尔扬内奇狡黠地挤了挤眼睛,"我们会给您做媒的,亲爱的朋友……给您做媒……"

安德烈·叶菲梅奇突然觉得,那水垢就要到喉咙了,他的心也在扑通扑通直跳。

"简直庸俗!"他说着,飞快地站起来,走到了窗前,"难道你们不明白,你们说的都是些无聊的话吗?"

他原本想温和、礼貌地说下去,可是突然有些失控地攥紧拳头,高高地举了起来。

"请你们离开这里!"他大声咆哮,嗓音都变了,而且全身发抖,"滚吧!你们都滚!"

米哈伊尔·阿维尔扬内奇和哈伯托夫站起身,起先是有些莫名其妙,后来则害怕起来。

"你们俩都滚!"安德烈·叶菲梅奇继续大叫,"都是蠢货!都是蠢货!我不需要你的友情,你的药,笨蛋!庸俗!恶心!"

哈伯托夫和米哈伊尔·阿维尔扬内奇惊慌失措地互相看了看,一起退到门口,然后出了房间。安德烈·叶菲梅奇一把抓起装镇静剂的瓶子,从他们的后面扔了过去,"砰"的一声,瓶子砸到门槛上碎了。

"拿去见鬼去吧!"他带着哭腔喊着,追到了前厅,"见鬼去吧!"

客人走了以后,安德烈·叶菲梅奇就像打摆子一样全身发抖,他躺在沙发上还在一直不停地说:

"多蠢的人!多蠢的人哪!"

待情绪平复之后,他首先想到,可怜的米哈伊尔·阿维尔扬内奇现在该多难堪、多难过啊!这事情实在是太可怕了。以前,他身上从来也没有发生过这样的事情。他的智慧和礼仪到哪里去了?对事物理解的透彻和哲学的理性又到哪里去了?

因为羞愧和沮丧,医生整夜都没能合眼。第二天一大早,大概是十点左右,他去了邮局并向邮政局局长道了歉。

"别再提昨天的事了,"米哈伊尔·阿维尔扬内奇感动得连连叹气,并且紧紧地握住了他的手,"过去的事就让它过去吧。留巴夫金!"他忽然大喊一声,把周围的工作人员和顾客都吓了一跳,"搬把椅子来。不过请您稍等一下!"他对着一个妇人嚷了一声,那人正将一封挂号信从窗口里递进来,"你难道没看见我正忙着吗?我们不要旧事重提了,"他重新对着安德烈·叶菲梅奇温和地说,"您请坐,我的朋友。"

他默默地揉了揉自己的膝盖,接着说:

"我一点儿也没有生您的气。得病可不是什么好事,我知道。昨天您的一时神经错乱吓坏了我和医生,这个话题我们后来谈了很久。亲爱的,您为什么就不想认真对待自己的病呢?能这样吗?请原谅我这个朋友的坦率,"米哈伊尔·阿维尔扬内奇小声说,"您现在生活在最恶劣的环境当中:住处又窄又小,到处脏乱,没人照顾,没钱治疗……我亲爱的朋友,我和医生都真诚地求您,您就听从我们的建议,住到医院里去吧!那里的食物有营养,有人照顾,有治疗条件。叶甫盖尼·费多雷奇虽然是个俗人[①],不

[①] 此处为法文。

过我们也可以说他的医术还不错,完全值得信任。他向我保证,一定会照顾好您。"

这份真诚的关心和忽然间闪现在邮政局局长脸上的眼泪,让安德烈·叶菲梅奇感动不已。

"尊敬的朋友,别信那些话!"他轻声说,并且将一只手贴近了胸膛,"别信他们!那是胡说八道!我的病,仅仅就是在这二十年来,我在这座城市只找到了一个聪明人,而他又恰恰是疯子。我没有任何问题,只是掉进了一个无法走出的怪圈。我无所谓,我什么都想好了。"

"去住院吧,我亲爱的。"

"我都无所谓,哪怕进深渊。"

"您向我保证,亲爱的,您一定会听从叶甫盖尼·费多雷奇。"

"您让保证就保证。但是,我再说一遍,我尊敬的朋友,我是掉进一个魔法圈了。现在,一切,包括朋友们的真诚关怀,都只会引向一个结果,那就是我的毁灭。我正在毁灭,而且有勇气承认这一点。"

"亲爱的,您会康复的。"

"说这些有什么用,"安德烈·叶菲梅奇激动地说,"很少有人在生命尽头不经历我现在所经历的事情。如果别人告诉您,您的肾脏坏了或是心脏增大了,您就得开始治疗了,或者有人告诉您,您的神经不正常或是犯了罪,也就是说,一句话,当人们忽然关注您,您就会知道,您已经走进了一个无法走出去的魔法圈。您会努力地往外走,不过您会陷得更深。您就投降吧,因为人的任何力量都救不了您。我是这么想的。"

这时,窗户边已挤满了人。为了不影响别人,安德烈·叶菲梅奇站起身,开始和朋友道别。米哈伊尔·阿维尔扬内奇将刚才那番感人的话又说了一遍,把朋友送到了敞开的门口。

就在这一天,傍晚之前,哈伯托夫意外地出现在安德烈·叶菲梅奇的眼前。他穿一件羊皮短袄,脚踩高腰靴,仿佛昨天什么也没发生似的说:

"我找您有事,同事。我想请您参加我的一个会诊,愿意去吗?"

想必哈伯托夫是想带他出去散心,或者真的有个赚钱的机会,安德烈·叶菲梅奇穿好了衣服,随他出了门。他很高兴有这样一个机会弥补昨天的歉疚并且与哈伯托夫和解,他打心眼儿里感激他,因为对方现在绝口不提昨天的事,看样子他已经原谅了他。对这样一个没有多少教养的人来说,有这样的表现真是太出人意料了。

"您的病人在哪里?"安德烈·叶菲梅奇问。

"在医院。我早就想让您看一看了……最有趣的时刻就要到了。"

他们走进医院的院子,绕过主楼,直接来到住着精神病人的侧楼。不知为什么,他们这一路上都没有说话。当他们走进侧楼,尼基塔照例跳了起来,举手敬礼。

"这里的一个病人肺部出现了综合征,"他压低嗓音说着,和安德烈·叶菲梅奇走进了病房,"您在这里稍等,我这就来。我只是去取我的听诊器。"

他说完就出去了。

十七

天色已经暗了。伊万·德米特里奇躺在自己的床上,把脸埋在枕头里。瘫痪的病人一动不动地坐着,轻声地哭泣,努动着嘴唇。胖子和曾经的分拣员睡着了。屋里很安静。

安德烈·叶菲梅奇坐在伊万·德米特里的床边,等着。半小时过去了,哈伯托夫没有来,却来了尼基塔。他手里抱着袍子,拎着不知道是谁的衬衣衬裤和便鞋。

"请穿上吧,高贵的老爷,"他低声说,"这是您的床,请到这边来,"他指了指一张显然是不久前刚搬来的床,补充说,"没关系,上帝保佑,您会好的。"

安德烈·叶菲梅奇全明白了。他一句话没说,径直朝尼基塔刚刚指着的那张床走去,坐了下来。只见尼基塔还在一边站着,等着,于是他脱光身上的衣服,感觉很是难堪。随后,他穿上了病服,衬裤很短,衬衣很长,袍子散发出一种熏鱼的味道。

"您会好的,上帝保佑。"尼基塔不停地说。

他将安德烈·叶菲梅奇的衣服收拾起来,抱在怀里走了出去,随手带上了门。

"反正都一样……"安德烈·叶菲梅奇想着,有些害羞地拉了拉长袍,他觉得自己穿上这身新打扮就像一个囚徒,"反正都一样,没什么,礼服也好,制服也好,这件病袍也好……"

可他的表呢?还有放在侧兜里的小记事本呢?还有他的香烟呢?尼基塔会把他的衣服塞到哪里去呢?如今,就是直到他死那天,他大概都不会有机会再穿上裤子、马甲和高腰靴了。这一切真是有点奇怪,甚至在一开始就把他搞懵了。安德烈·叶菲梅奇到现在都相信,别洛娃的家和第六病室其实是没有任何差别的,世上的一切都很荒谬和虚无,而这时候他的手抖得厉害,双脚变凉,一想到伊万·德米特里奇很快会醒来看到自己身穿病袍的模样,他就更觉得害怕。他站起身,来来回回走了走,又重新坐了下来。

他就这样坐着,半小时过去,一小时过去,他已经厌烦至极。难道就要像这些人一样,在这里这样过一天,一周,甚至是几年?可不,就像他现在这样坐着,走了走,再重新坐下。他倒是可以去看看窗外,然后从房间的这个角落走到另一个角落。然后呢?就永远这么坐着思考,像个木偶?不能,这怎么可能。

安德烈·叶菲梅奇先躺下,但又立刻坐了起来,用衣袖擦了擦额头上的冷汗,顿时觉得一张脸上都有一股熏鱼味儿。他又来回地走开了。

"这其中一定有什么误会……"他说了一句,不解地摊开双手,"应该解释解释,那里面一定有误会……"

这时,伊万·德米特里奇醒过来了。他坐起身,用两手支着腮帮子。吐了一口痰,他懒懒地看了一眼医生。看样子,他在第一时间里并没有反应过来。但是,他那张睡眼惺忪的脸上很快就流露出了恶毒和嘲笑的表情。

"哎哟,您也被关到这里来了,亲爱的!"他眯起一只眼睛,嗓子因为刚刚睡醒略有些沙哑,"很高兴。以前您吸别人的血,现在轮到人家吸您的血了。真是太好了!"

"这其中一定有误会。"听了伊万·德米特里奇的话,安德烈·叶菲梅奇赶紧说。他耸了耸肩,反复地说:"一定有什么误会……"

伊万·德米特里奇又吐了口痰,躺了下去。

"该诅咒的生活!"他嘟囔道,"多么痛苦和屈辱,因为这生活不是因受苦而得到补偿,也不像歌剧的结尾那样庄重,它是以死亡作为结束。来几个男役,拽着死人的胳膊腿儿,往地下室一拉就了事。呸!不过也没什么大不了……在那个世界就有我们的好日子了……我从那个世界都要变出个影子来,吓唬吓唬这些混蛋。我也要把他们关到这里面来。"

莫伊谢伊卡从外面回来,一见医生,他就伸出了手。

"给个戈比吧!"他说。

十八

安德烈·叶菲梅奇走到窗前,朝外面的田野望去。天色暗淡,一轮冷冷的发红的月亮从地平线的右侧升起。离医院的栅栏不远处,大概有一百俄丈的距离,有一座高高的白房子,用石墙围着,那就是监狱。

"原来它的的确确就在这里呀!"安德烈·叶菲梅奇想着,陷入了一个恐惧之中。

什么都那么可怕:月亮,监狱,墙上的钉子,远处焚骨厂上空的火焰。身后传来一声叹息。安德烈·叶菲梅奇回头一看,只见一个胸前佩戴着闪闪发光的勋章的人,他微笑着,狡黠地眨着眼睛。他看上去也挺可怕。

安德烈·叶菲梅奇对自己说,月亮和监狱没什么特别的,心理健康的人也会佩戴勋章,而且世上万物都会随时间的流逝而消亡和变成泥土,于是一种绝望突然攫住了他,他用两手抓住了窗户的铁栏,拼命地摇晃它。坚固的铁栏纹丝未动。

为了克服恐惧,他又来到了伊万·德米特里奇的床边,坐了下来。

"我要崩溃了,我的朋友,"他喃喃地说,浑身颤抖,不停地擦去头上的冷汗,"我要崩溃了。"

"那您不妨谈点哲学啊。"伊万·德米特里奇略带嘲讽地说。

"我的上帝,我的上帝……是啊,是啊……您有一次说俄罗斯没有哲学家,可大家都在谈哲学,包括那些小老百姓。可是要知道,小老百姓谈哲学对谁都没坏处啊,"安德烈·叶菲梅奇的声音像是要哭出来引人同情似的,"可是为什么,亲爱的,您为什么要发出这种幸灾乐祸的笑声呢?小人物不满意,他为什么就不能谈谈哲学呢?他是一个有头脑、有教养、有自尊、爱自由的人,长得就像我们的上帝,他没有别的出路,只好到这个肮脏偏僻的小城来做医生,把一辈子都消耗在了罐子、蚂蟥和芥子膏上面!到处是招摇撞骗,狭隘,庸俗!我的上帝啊!"

"您说的什么蠢话！要是您不做医生，可以去做大臣啊。"

"哪儿也去不了，做不成。我们很软弱，亲爱的……我过去很理性，精神昂扬地高谈阔论，可当生活只是稍稍地恶意地碰了我一下，我就泄了气……就灰心丧气了……我们脆弱，我们无力……您也一样，亲爱的。您聪明，高贵，从娘胎里就带着高贵的血统，可是只要进入生活，您就会疲惫，害病……脆弱啊，脆弱！"

夜晚降临，除了恐惧和屈辱，还有一种感觉在折磨着安德烈·叶菲梅奇。最后，他终于明白过来，他想喝啤酒和抽烟了。

"我现在就得从这里出去，我亲爱的，"他说，"我要让他们给我点灯，我可不能在这里待了……简直没法待……"

安德烈·叶菲梅奇来到门口，打开了门，只见尼基塔立刻就站了起来，拦住了他的去路。

"您要去哪里？不行，不行！"他说，"现在是睡觉时间！"

"我就出去一会儿，到院子里走走！"安德烈·叶菲梅奇连忙说。

"不行，不行，这是不允许的。您是知道的。"

尼基塔砰的一声关上门，用背抵住了它。

"如果我从这里出去一下，对谁有妨碍吗？"安德烈·叶菲梅奇耸了耸肩，问道，"真不明白！尼基塔，我要出去！"他的嗓音有些发抖，"我必须出去！"

"别破坏规则，这样很不好！"尼基塔警告他。

"鬼知道这是什么规则！"伊万·德米特里奇大喊一声，站了起来，"他们有什么权利不让人出去？他们怎么能把我们关在这里？法律明确规定，谁也不能剥夺没犯法的人的自由！这是强制！这是专制！"

"这就是专制！"安德烈·叶菲梅奇说，伊万·德米特里奇的叫声似乎给了他勇气，"我要出去，我一定要出去。他没有这个权利！放我出去，告诉你！"

"听见了吗，你这愚蠢的野兽？"伊万·德米特里奇喊了一声，用拳头敲着门，"放他出去，要不然我把门砸烂！你这个屠夫！"

"放我出去！"安德烈·叶菲梅奇大声喊道，浑身发着抖，"我命令你！"

"你就说吧！"尼基塔隔着门答道，"接着说！"

"至少去把叶甫盖尼·费多雷奇叫来！告诉他，我请他到这里……来一趟!"

"明天他们都会来的。"

"他们是不会放我们出去的!"伊万·德米特里奇这时接着说道,"他们在这里是要把我们折磨至死!上帝啊,难道这世上真没有地狱,这些恶棍真的就能得到宽恕吗?哪里有公正?开门,混蛋,让我出去透透气!"他声嘶力竭地叫喊着,用尽全力去撞门,"我把脑袋撞碎算了!你们这些杀人犯!"

尼基塔很快地开了门。他用双手和膝盖粗暴地推开了安德烈·叶菲梅奇,然后挥起胳膊,将拳头狠狠地砸在他的脸上。安德烈·叶菲梅奇顿时觉得,有一股咸咸的巨浪劈头盖脸扑来,把他推向了床边。实际上,他的嘴里真是咸的:显然,他的牙出血了。他拼命想要游出这巨浪,挥舞着两手,抓住了一个床沿。就在这当儿,他觉得背部又两次受到尼基塔的猛击。

伊万·德米特里奇大喊一声。看来,他也被打了。

然后,一切都悄无声息了。淡淡的月光透过铁栅栏照进来,在地上形成了一个网状的影子。看上去真是可怕。安德烈·叶菲梅奇躺下身,屏住呼吸。他在心惊胆战地等着再一次挨打。就好像有人拿了一把镰刀,刺进了他的身体,在用力地搅动着他的五脏六腑。他疼得咬着枕头,牙齿咯咯直响,乱糟糟的脑子里突然冒出了一个不可遏制的可怕的念头:这些在月光下成了如今这种黑影的人们,他们日复一日、年复一年遭受的就是这样的疼痛啊。在这二十多年里,他怎么会不知道或者是不想知道这种痛呢?他不知道痛,他不懂得疼痛是什么滋味,这不是他的错,不过,和尼基塔一样冷酷和丑恶的良心呢,把他变得从头凉到了脚。他跳起来,想使劲喊一声,然后赶快冲过去把尼基塔打死,接着是哈伯托夫、总务处处长、助理医师,最后是自己。可是,他的胸膛再也发不出一点声音,双脚也不再听使唤。他气喘吁吁地把病袍和衬衣拉到胸前,把它们撕得粉碎,最后躺在床上失去了知觉。

十九

第二天早晨,他头疼难忍,耳朵嗡嗡直响,全身虚弱乏力。想起自己昨天的软弱,他没有感到羞愧。昨天他的确胆小,甚至怕月亮,还真诚地说出了自己过去不曾意料的感受和想法。比如,关于爱谈哲学的小人物的不满足。不过,现在他觉得这些都无所谓了。

他不吃,不喝,一动不动地躺着,不声不响。

"一切都无所谓了,"如果有人来问他话,他就这样想着,"我不会回答……对我来说都一样。"

午饭后,米哈伊尔·阿维尔扬内奇来了,给他带来四分之一磅茶叶和一磅水果软糖。达留什卡也来了,在他的床边坐了整整一小时,满脸悲戚。哈伯托夫医生也来看过他。他带来了一瓶镇静剂,并吩咐尼基塔在病室里点上香薰。

快到傍晚,安德烈·叶菲梅奇死于中风。一开始,他感觉心脏猛烈地抽搐和恶心,似乎有一种令人呕吐的东西在他的全身弥漫开来,侵入到了他的手指,从他的肠胃延伸到了他的头顶,涌向他的眼睛和耳朵。他的眼前一片绿色。安德烈·叶菲梅奇知道自己的大限将至,他想起了伊万·德米特里奇、米哈伊尔·阿维尔扬内奇和许许多多的人们都在相信生命不朽。难道它真会如此吗?不过,他倒不希望不死,这个念头一瞬而过。一群不同寻常、美丽优雅的鹿从他眼前跑过,这是他昨天在书里读到的。接着,一个老妇人朝他伸出手,将一封挂号信递给他……米哈伊尔·阿维尔扬内奇在说什么。接着,一切都消失,安德烈·叶菲梅奇长眠不醒了。

来了几个医院的役工,他们抬着他的胳膊和腿,把他送进了小教堂。他躺在一张桌子上,睁着眼睛,夜晚的月光照着他。早晨,谢尔盖·谢尔盖伊奇来了。他对着十字架上的基督祷告一番,合上了这位老上司的眼睛。

又一天,安德烈·叶菲梅奇下葬了。只有米哈伊尔·阿维尔扬内奇和达留什卡出席了这场葬礼。

一八九二年
苏玲 译

大学生

　　天气原本很好,没有风。鸫鸟在高声叫唤,近处的沼泽地里有个什么活物在悲鸣,像是朝一个空瓶子吹气。有一只山鹬飞过,有人向它打了一枪,那枪声在春天的空气中,发出清脆而欢快的声响,但一当林子黑了下来,一阵刺骨的寒风不合时宜地从东边吹了过来,一切都归于寂静。水洼上浮起了一层冰凌,树林变得阴森、荒凉和寂寥,透出了冬的气息。
　　伊凡·维利柯波尔斯基,这位神学院的大学生,教堂执事的儿子,打完山鹬回家,一路走在被水淹没的草地小路上。他的手指被冻僵了,脸孔被风吹红了。他觉得这突然袭来的寒潮打破了周遭的秩序与和谐,连大自然都感到了恐怖,以至于黄昏也要比往常来得早。满目苍凉,一切都显得特别昏暗。只有坐落在河边的那处寡妇菜园里闪耀着灯火,而四里地开外的村庄全都笼罩在一片阴冷的暮色中。大学生想起,当他离开家门的时候,母亲正光着脚坐在过道的地板上擦拭茶炊,而父亲躺在灶台上咳嗽,这天正是基督受难节,家里没有备餐,大家饿着肚子。现在,大学生冻得瑟缩着身子,他心里在想,无论是在柳里克王朝时代,还是在伊凡雷帝时代,或是在彼得大帝时代,都曾经吹刮过这样的寒风,在他们那个年代照样有过如此的贫穷,饥饿,有过这样四面透风的茅屋,这样的愚昧,这样的哀伤,这样的满目荒凉,这样的黑暗,这样的压抑,所有这些可怕的灾难,从前有过,现在还有,将来也会有,因此再过几千年之后,生活也不会得到改善,于是他想回家。
　　菜园之所以称为寡妇菜园,是因为菜园的主人是一双寡妇——母女二人。篝火烧得真旺,不时爆出清脆的响声,把四周远处的耕地照得通明。母亲瓦西丽莎是个又胖又高的老太婆,穿着一件男式的短皮袄,站在一边,沉思地凝望着火堆;她的女儿卢基丽娅是个脸上长着麻子的小个子女人,其貌不扬,正坐在地上擦拭一只铁锅和几把汤勺。显然她们刚刚吃过晚饭。传来男人的说话声,这是此地的工人,在河边饮马。

"您瞧,冬天又回来了,"大学生走近篝火堆说,"你们好!"

瓦西丽莎身子抖动了一下,但立刻认出了大学生,微笑着向他表示欢迎。

"认不得了,上帝保佑你。"她说,"许是发财啦。"

他们开始聊天。瓦西丽莎是个见过世面的女人,以前曾在一家财主家当过奶妈,后来当了保姆,说话很有分寸,脸上一直堆着温柔的微笑。她的女儿卢基丽娅却是个深受丈夫虐待过的村姑,她只是默默地眯缝着眼睛朝大学生瞅着,神态像个聋哑人一样怪异。

"使徒彼得当年也是在这样一个寒夜在篝火旁取暖,"大学生一边说,一边把双手伸到了火堆旁,"这就是说,那天也很寒冷。啊,老大娘,那是一个多么可怕的夜晚!那是一个无比伤心的长夜呀!"

他看了看漆黑的四周,神经质地摇晃了一下脑袋,问:

"您想必听人读过福音书吧?"

"听人读过。"瓦西丽莎回答。

"如果你记得,在那个神秘的夜晚,彼得对耶稣说:'我就是同你下监,同你受死,也是甘心。'主却回答他说:'彼得,我告诉你,今日鸡还没有叫,你要三次说不认得我!'傍晚之后,耶稣在花园里愁闷异常,不停地祷告,而可怜的彼得精疲力竭,眼睛都张不开了,他无论如何也抵挡不住睡意,他睡着了。后来,你也听过了,犹大在那个夜晚吻了耶稣,把他出卖给了折磨他的人。他们把他捆绑起来,送到大司祭面前,还殴打了他。而你也知道,彼得已经累极了,心里很痛苦,还受着惊吓,也没有睡足,他预感到了在这人世间要发生一件可怕的事情,便跟着走去……

"他深深地热爱着耶稣,而现在他远远地看到人家在殴打他……"

卢基丽娅把汤勺放到一边,凝视着大学生。

"他们到了大司祭跟前,"大学生继续讲述着,"他们开始审讯耶稣,而因为天气很冷,他们在院子里烧起了一堆火取暖。彼得也和他们一起站在篝火旁边取暖,像我现在一样。这时有一个妇女看见了他,说:'这个人素来也是同那人(耶稣)一伙的。'就是说,也应该把他一起提去受审。所有那些站在火堆旁边的人大概都用怀疑的目光严厉地盯视着他,他显得有点窘迫,说:'我不认得他。'过了一会儿,又有一个人认出了他是耶稣的一个门徒,说:'你也是他们一党的?'但他又一次否认了。后来又有人第三次对他发难:'今天我看到和他一起在花园里的,难道不就是你吗?'他第三次否认了。而就在这个时刻,鸡叫了。彼得远远地看着耶稣,想到了昨晚耶稣对他说的话……他回想起来了,省悟过来了。便走出花园,伤心地哭泣起来。在《圣经》上这样写着:'他就出去痛哭。'我这样想象:一个静静的、黑黑的花园,在这片寂静中隐隐传来声声低沉的哭泣……"

大学生叹了口气,陷入了沉思。瓦西丽莎虽然还在微笑,但突然间哽咽了一声,大颗眼泪如同泉涌从她脸颊流下,她用衣袖遮住脸,挡住火光,像是在为自己的眼泪感到害羞。而卢基丽娅一动不动地瞧着大学生,脸孔涨红了,她的表情紧张而沉重,像是一个人正承受着巨大的痛苦。

工友们从河边回来了,其中的一个坐在马上,已经走近,篝火的光在他的脸上闪耀。大学生向两位寡妇道了晚安,继续往前赶路。黑暗重新降临,手指冻僵了。刮着凛冽的寒风,冬天当真回来了,想象不到后天就是复活节。

现在大学生想到了瓦西丽莎:如果她哭了,也就意味着,使徒彼得在那个可怕的夜晚所经历的一切与她不无关系……

他回头看了一眼。孤独的篝火在黑暗中静静地闪耀,火堆旁边已见不到人影。大学生又想,如果瓦西丽莎哭泣了,而她女儿惊悚了,这就清楚地表明,他刚才讲述的那个发生在一千九百年前的故事与今天——与这两个女人,大概也与这个荒凉的村庄,与他本人,与所有的人都有关系。如果这位老大娘哭了,这原因不在于他善于做富于感染力的讲述,而是因为彼得让她感到亲切,她全身心地关心在彼得的心灵中曾翻滚过的波澜。

喜悦之情突然在他的心中激荡起来,他甚至为了喘一口气,在原地站了一会儿。他想,过去与现在是由一连串连绵不断、由此及彼的事件联系起来的。他觉得自己刚才已经看到了这个锁链的两端:只需触动一端,另一端就会震颤。

当他坐渡船过了河,然后爬上了山冈,看着自己的故乡,见到西天的一窄条紫霞在闪光,他想,过去曾经在那花园和大司祭的院子里指引过人类生活的真与美,直到今天还在连续不断地指引着人类生活,而且,看来会永远地成为人世生活中的主要原则。青春的感觉、健康、力量——他才二十二岁啊——还有那对于幸福,那玄妙的幸福的无法形容的甜蜜预感,渐渐地控制住了他,生活让他感到是美妙的、令人神往的、充满崇高意义的。

一八九四年

童道明 译

带阁楼的房子
（一个画家的故事）

一

此事发生在六七年前,当时我住在 T 省某县地主别洛库洛夫的庄园。他年轻,起床很早,穿一件紧腰长外衣,晚上呢,常常是一边喝着啤酒,一边向我抱怨,说他在任何地方都没得到过任何人的同情。他住在花园里的厢房,而我住的是东家的正屋,一个带廊柱的大厅,除了一只巨大的沙发,这里没有别的家具,我就睡在这只沙发上。另外还有张桌子,我常在上面摆纸牌算卦。这里的情形往往是这样:在晴朗无风的天气里,屋里就响着从旧式气炉里传出的嗡嗡声;遇到打雷,整个房子就颤抖起来,好像它即将坍塌成一堆碎片;特别是深夜,当十个大窗户全部被闪电照亮的时候,还真是有点可怕呢。

我生性闲散,从没正经八百地做过什么事。我常常会望着房间窗外的天空、鸟儿、林荫发呆,一看就是一小时,或者阅读从邮局捎来的信件,或者就是睡觉。偶尔我也出门,在外面逛到天黑才回来。

在一次回家的路上,我无意中走进了一个陌生的庄园。太阳已经落山,晚霞长长地映在开花的裸麦上。两行靠得很近的老枞树高高耸立,就像两堵密不透风的墙,而中间则是一条幽暗美丽的林荫道。我轻松地翻过篱笆,走在了这条林荫道上,地上是厚达一俄寸的枞树针,踩在上面有些滑脚。寂静,昏暗,只有高高的山顶上闪动着一缕金色的亮光,在蜘蛛网上形成了一道彩虹。一股针叶树脂的气息浓得叫人喘不上气来。很快,我拐上了一条长长的菩提树林荫路。这里是同样的荒芜和衰败;去年的落叶在脚下发出了悲戚的沙沙声,黄昏中的树间有一片阴影。右边,是个有些年头的果林,黄莺在有气无力地吟唱,也许它也老啦。很快,这片菩提树林的尽头呈现在眼前。我绕过一所带阳台和阁楼的白房子,出乎意料地看到了这样的景色:一座气派的院子,一个宽大的、边上带浴房的池塘,一片绿绿的柳树,池塘那边有个小村落,一座又高又细的钟楼,楼顶上的十字架闪闪发亮,泛出了落日的光辉。刹那间,一种亲切而熟悉的感觉油然而生,我似乎是在童年的某个时候就见过这情景。

由院落通向外面的门是白色石头造的,古老,坚固,上面雕着狮子。两个姑娘站在门旁。其中一个年龄稍长,身材苗条,面色苍白,容貌漂亮,一头浓密的栗色头发,一张小嘴显得固执,脸上表情严肃,对我不怎么在意;另一个呢,显然还很年轻,十七八岁,顶多这么大了,同样苗条和苍白,大嘴巴大眼睛,看见我从旁边经过,她吃惊地看了我一眼,用英语说了句什么,有点不好意思。我觉得,这两张可爱的脸似乎有些似曾相识。带着这样的一份好心情,我回到了家,就像做了一场美梦。

这事过去不久的一天正午,我和别洛库洛夫正在宅子周围散步。突然,一辆带弹簧的马车从草地上沙沙地驶进院子,里面坐的正是那天那两位姑娘中的一个。是年长的那位。她带着认捐者名单来为遭受火灾的灾民募捐。她眼睛望着别处,非常认真和详细地向我们讲述:西亚诺夫村有多少房屋被烧,有多少男女和儿童无家可归,她所属的救灾委员会第一步要采取哪些措施。她把认捐名单递给我们签了字,然后把它收好,立刻就要告别离开。

"您彻底把我们忘了,彼得·彼得洛维奇,"她一边说,一边向别洛库洛夫伸出手,"来吧,如果 N 先生(她叫出了我的名字)有兴趣来看看那些崇拜他的人是怎样生活的,母亲和我将非常高兴。"

我鞠躬致谢。

她离开以后,彼得·彼得洛维奇开始向我细细道来。用他的话说,这姑娘生在一个优裕的家庭,叫莉季娅·沃尔恰尼诺娃,姓呢,就与她和母亲、妹妹居住的那个池塘对面的村落一样,叫谢尔科夫卡。她的父亲曾在莫斯科显赫一时,生前官至三等文官。尽管有优越的条件,沃尔恰尼诺夫一家仍定居乡间,不论冬夏,莉季娅在谢尔科夫卡本地的学校当老师,每月获得二十五卢布的报酬。她就花这些钱,并且为自食其力而感到骄傲。

"一个很有意思的家庭,"别洛库洛夫说,"我们还是去一趟吧。他们会很欢迎您的。"

在一个假日的午后,我们又想起了沃尔恰尼诺夫,于是便动身前往谢尔科夫卡。她们,也就是母亲和她的两个女儿,都在家。看得出,母亲叶卡捷琳娜·帕夫洛夫娜曾经是个美人儿,现在年纪不大却有些虚胖,害着哮喘病,面带忧郁,神情恍惚,她努力找些有关绘画的话题和我聊着。当她从女儿那里得知我可能要到谢尔科夫卡来,便连忙想起了她在莫斯科展会上见过的我的两三张风景画,问我想通过那些绘画表现什么。莉季娅,或者是家里人喊的丽达,更多的时候是在和别洛库洛夫说话。她不苟言笑,表情严肃地讯问他,为什么不参加地方自治会的活动,为什么他至今都不曾出席过地方自治会的会议。

"不好,彼得·彼得洛维奇,"她责备地说,"不好,这样做是可耻的。"

"对,丽达,说得不错,"母亲附和道,"是不好。"

"我们整个的县都在巴拉金手里攥着,"丽达继续说着,把目光转向了我,"他本人是自治会的主席,县里的大小事务都交给了他的侄子、女婿,结果他自己想怎样就怎样。应该和他斗。青年们应该建立起自己强有力的组织,可您看,我们这里的年轻人是什么样的。可耻啊,彼得·彼得洛维奇!"

在我们谈到地方自治会的时候,小妹妹热尼娅一语不发。她被排斥在严肃的话题之外,因为家人还不把她当成一个大人看待,大家还叫她小时候的外号米修司,因为她小时候就叫她的家庭教师为米司。她一直在饶有兴味地看着我,当我在看相簿的时候,她在一边告诉我:"这是叔叔……这是神父。"还用小指头在照片上比画,拿肩膀孩子气地碰着我,让我近距离地看到了她那瘦削的、没有完全发育的胸脯,单薄的肩膀,她的辫子和被腰带勒紧的苗条身子。

我们玩槌球和网球,在花园里散步,喝茶,然后在晚饭桌旁坐了很久。在空旷巨大和带廊柱的大厅里住久了以后,这个不大而舒适的房间倒令我有些不习惯了,这房里的墙上没贴彩色画片,主人对仆人都以您相称。有丽达和米修司在座,一切在我眼里都显得年轻和单纯,一切都循规蹈矩。晚饭时,丽达又和别洛库洛夫说起了地方自治会,说起了巴拉金和学校图书馆。这是一个活跃、真诚和有信仰的姑娘,听她说话还是很有趣的,尽管她滔滔不绝、声音响亮——这大概是她在学校工作的习惯使然。而我的彼得·彼得洛维奇,从大学起就留下个对任何话题都得争论的毛病,说话又枯燥、乏味、冗长,分明是想表明自己是个聪明和进步的人。他手舞足蹈地说着,一不留神衣袖就碰翻了调味瓶,桌布上顿时出现了一块很大的污渍,可是,除了我之外,其他人似乎都没看见。

我们回家的时候,已经是夜深人静了。

"好的教养并不表现在你不会打翻桌布上的瓶子,而是表现在当别人打翻瓶子的时候,你就当什么也没看见。"别洛库洛夫说完叹了口气,"是啊,一个和美而有修养的家庭。我已经远离上流社会的人们,唉,远离了!总是干活儿,干活儿!干活儿!"

他说,要成为一个好的农业经营者,就不得不干很多的活儿。可我在想:这是个多么迟钝、懒惰的家伙啊!当他说到什么认真的事儿,就会把"э"拉得长长的,做事呢,就和他说话一个样——慢腾腾的,永远都因拖拉而错过了时机。对他的办事能力,我已经不大相信了,因为我托他到邮局发封信,结果那信在他的口袋里装了一星期。

"最痛心的是,"他在我身边一边走一边嘟囔,"最痛心的是,不论你怎么干,你也得不到同情。不会得到一丁点儿的同情!"

二

我成了沃尔恰尼诺夫家的常客。我经常是坐在露台的最下面一级台阶上;我开始对自己不满,对自己的生活感到遗憾,这日子过得如此匆忙和无趣,所以我总是在想,要是能把心从自己的胸膛里掏出来该多好,它已是这般不堪重负。这时,露台上有人说话,裙裾发出的窸窣声也清晰可闻,还有人在翻动手中的书页。我很快就习惯了这样的日子:白天,丽达给病人看病,分发小册子,下乡的时候常常打着阳伞却不戴头巾;晚上呢,她就大声地谈论地方自治会和学校的事情。每当涉及事务性的话题,这个单薄、漂亮、永远不苟言笑和生着妩媚小嘴的姑娘就会冷冰冰地对我说:

"您对这个不会有兴趣。"

我不怎么讨她喜欢。她不喜欢我,是因为我是个风景画家,我的画没有表现出劳动人民的贫困，她觉得我对她坚信不疑的事情十分冷漠。这让我不由得想起一件事，有一次我在贝加尔湖边遇到一位布里亚特姑娘，她穿着蓝色粗布衣裤，骑着马；我问她能否把她的裤子卖给我。在我们谈话的时候，她带着鄙夷的神情看着我这张欧洲人的脸和我的帽子，根本不想搭理我，她吆喝一声便策马而去了。丽达也像对待异类一样蔑视我。表面上，她并没表现出对我的讨厌，不过我是能感觉得到的。我坐在露台的最后一级台阶上，闷闷不乐地说，不是医生就给人看病是欺骗别人，如果有两千亩地的话，做个好人是很容易的事情。

而她妹妹米修司则无忧无虑，和我一样每天都像是度假。早上起床后，她准会拿本书读起来，要么是窝在露台上的大椅子里，两只小脚还够不着地，要么是拿本书躲进菩提林荫道去，要么就是去门外的野地里。她整天都在读书，两眼紧盯着书本，偶尔会投来疲惫、诧异的一瞥，脸色十分苍白，可见阅读是怎样令她的大脑疲惫。我来了以后，她一见我就会有些脸红，并放下手中的书本活跃起来，用她那双大眼睛看着我，给我讲诸如仆人房里烟油子起火啦、有个用人在池塘里钓起一条大鱼之类的事儿。在平常的日子里，她总是穿一件浅色衬衣和一条深蓝色裙子。我们在一块儿散步，采集做果酱的樱桃，划船。当她跳起身来摘樱桃或者摇橹的时候，从那宽大的衣袖里透露出了她那瘦弱纤细的胳膊。有时我在画画，她就站在一旁带着欣赏的目光看着。

七月末的一个星期天，我一早便来到沃尔恰尼诺夫家，九点钟吧。我在花园里溜达，走得离房子远了些，我在找白蘑，这东西在那个夏天特别多，我在旁边做了记号，想过后同热尼娅一起来采。一阵暖风袭来。只见热尼娅和她母亲穿着节日的盛装，从教堂往家里走来，因为风大热尼娅还拉紧了帽子。随后，我就听见她们在露台上喝茶。

对于我这样一个毫无牵挂、总在为自己的闲散寻找理由的人来说，庄园里的夏季假日之晨永远是特别迷人的。每当露水浸润着花园，满园的绿色也在阳光的照射下青翠欲滴，闪烁着幸福的光芒，每当房子四周散发着木樨草和夹竹桃的气息，每当刚刚从教堂归来的年轻人在花园里喝着茶，大家都身着这样体面和鲜亮的衣装，当你知道，这些身体健康、丰衣足食的人们在这漫长的一天里什么都不干了，你便会想，要是一辈子的日子就这么过就好了。此时，我正在这么想着，在花园里溜达着，想着这一天、这一

夏我都要这么过。

热尼娅手提篮子走过来。从她的表情看,似乎她早知道或者感觉到在花园里能找到我。我们一起采着蘑菇,说着话,每当她想问点什么的时候,她总是抢着走在前面,好看着我的脸。

"昨天我们村里发生了一个奇迹,"她说,"跛脚别拉格娅病了一年,什么样的医生和药都治不了,可昨天一个老太婆叽里咕噜一念,她就好了。"

"这没什么,"我说,"不要从病人和老太婆身上去找奇迹。难道健康不是奇迹吗?生活不是奇迹吗?凡是无法理解的,就是奇迹。"

"而您对未知的东西没有恐惧感吗?"

"没有。对未知的事情,我会勇敢向前,决不屈服。我应该是在它之上的。人类应该意识到自己比狮子、老虎、星星更高,是比自然界的一切,包括那些未知的、看似奇迹的事物更高的存在,否则,他就不叫人,而是一只什么都怕的老鼠。"

热尼娅一定会想,我是个画家,我一定懂得很多,而且能够准确预测我不知道的东西。她希望我能引领她进入那个永恒的美妙的领域,进入更高的境界,照她的理解,我早已是那里的一员。她和我谈上帝,谈永恒的生活,谈奇迹。我呢,也不能确定我自己或我的预测在我死后是否会永远消失,便回答她说:"对,人是不会消亡的;是的,永恒的生活在等待着我们。"她听了后便相信了,并不要求我举出例证。

回家的路上,她突然停下来对我说:

"我们的丽达真了不起。是吧?我非常爱她,时时刻刻都可以为她献出我的生命。不过,请您告诉我,"热尼娅用手指碰了碰我的衣袖,"为什么你们老是争吵?为什么您老是生气呢?"

"因为她不对嘛。"

热尼娅摇着头,泪水涌上她的眼眶。

"我简直弄不明白!"她说。

这时,丽达正好从外面回来,她站在台阶附近,手里拿着马鞭、苗条、漂亮、浑身沐浴着阳光,正向一个女佣在吩咐什么。她接待了两三个病人,大声而飞快地与他们进行了交谈,然后带着严肃和担忧的神情在屋里来回走着,开开这个柜子,又开开那个柜子,最后上了阁楼。吃午饭时,大家喊了很久她才过来,这时我们都已经喝完汤了。不知为什么,这些小事给我留下了好感和印象,尽管这一整天什么特别的事情都没发生,但我还是清楚地记住了这一天。饭后,热尼娅躺到大椅子里读书去了,我呢,坐在了露台的最下面一级台阶上。我们都一言不发。天空聚集着乌云,开始飘下细细的雨丝。天热,无风,这个白昼似乎会一直这么延续下去了。叶卡捷琳娜·帕夫洛夫娜手拿一把扇子,睡眼惺忪地朝我们露台这边走来。

"哦,妈妈,"热尼娅喊了一声,吻了她的手,"白天睡觉会损害你的健康。"

她们相亲相爱。一个去了花园,一个会站在露台上,朝着树林子那边喊:"哎,热尼娅!"或者是:"妈,你在哪儿啊?"她们总是在一起祷告,有着共同的信仰,她们相互默契,哪怕是在不说话的时候。她们待人接物的方式也相同。叶卡捷琳娜·帕夫洛夫娜同样也很快地习惯和喜欢了我的拜访,如果我两三天没来,她就会差人来打听,我是不是病了。她也欣赏我的画稿,也会不厌其烦地、坦白地向我讲起她家的事,而且经常把她的家庭私事告诉我。

她对自己的大女儿怀着崇敬。丽达也从来不撒娇,说的都是严肃的事儿。她的生活方式与众不同,对母亲和妹妹来说,她是个近乎神圣的、谜一样的人物,就像水兵眼里那个一直坐在指挥舱里的海军上将。

"我们的丽达是个了不起的人,"母亲常把这话挂在嘴边,"难道不是吗?"

就是现在,尽管天上掉着雨点,我们还是在谈论着丽达。

"她是个了不起的人,"母亲说,接着又像谋反的人一样压低了嗓音,还胆怯地四处张望,"这样的人现在是没处找,您知道吗?我开始有些担心了。学校,药房,书本,这些固然是好事,但也不能走极端吧?她已经是年过二十三的姑娘了,该好好考虑自己的事情了。就这样书本药房的忙,岁月不等人哪……是谈婚论嫁的时候了。"

热尼娅脸色苍白,头发蓬松的她从书本上抬起头来,自言自语似的对母亲说道:

"妈,这是老天爷决定的事!"

说完,她又一头埋进了书里。

别洛库洛夫来了,他身穿带褶的长外衣和绣花衬衣。我们打了一会儿槌球和网球,天黑下来的时候,又开始了漫长的晚餐。丽达又讲起了学校的事,讲到了那个把全县控制在手里的巴拉金。这天晚上从沃尔恰尼诺夫家出来,我感到这个悠闲的白天好长好长,不过也有些忧伤,世上的一切哪怕它再长,也会有结束的时候啊。热尼娅把我们送到了大门口,也许是因为从早到晚她和我一起度过了一整天,我觉得没有了她很寂寞,而这个可爱的家庭对我来说是多么的亲切。在这整个夏天里,我第一次有了想画画的念头。

"能告诉我吗,您为什么要过这种乏味和无聊的生活?"回家的路上,我这样问别洛库洛夫,"我的生活枯燥,沉重,单调,那是因为我是艺术家,一个怪人,从年轻的时候起,我就被嫉妒、对自己不满,或是对自己的事业没信心等情绪所困扰,我是个一穷二白的人,一个漂泊的人,而您呢,您健康,正常,一个地主,一个绅士,您为什么要过这种乏味、缺少乐趣的生活呢?比如,您从来就没爱上丽达或者热尼娅吗?"

"您忘啦,我爱的是另一个女人呢。"别洛库洛夫说。

他说的是他的女友柳波芙·伊万诺夫娜,那个和他住在厢房的女人。我每天都能看见,这个臃肿虚胖又自以为是的女人,像一只被养肥的母鹅,在这花园里来回走着。她穿着一身俄式衣服,带着项链,老是打着一把遮阳伞,女仆一会儿叫她吃饭,一会儿又叫她喝茶的。三年前她租了一间厢房消夏,就这样留在了别洛库洛夫家,看样子是打算永远住下去了。她比他大十来岁,对他管束严厉,结果是他要出门的话,还得经过她的批准。她经常亮开男人一样的嗓门大哭,让我不得不差人去告诉她,要是她不停止,我就从这里搬出去。只有这样,她才能打住。

回到家,别洛库洛夫往沙发上一坐,皱着眉头沉思起来。我开始在厅里踱着步,体验着一种静悄悄的激情,像个恋爱中的人。我想聊聊沃尔恰尼诺夫一家的事。

"丽达只可能爱上地方自治会的委员,那些就像她一样对医院和学校着迷的人,"我说,"哦,为了这样的姑娘,不要说去当个自治委员会的委员,就是像神话里那样踏破铁鞋,也是值得的呀。米修司呢?这是个多么迷人的米修司啊!"

别洛库洛夫拉长着"э"音,和我谈起了世纪病——悲观主义。他讲得十分肯定,那口吻好像我正和他进行着一场论争。如果有一个人坐在你面前唠唠叨叨,你还不知道他什么时候才会离开,这种郁闷真是比几百里空旷、单调和被火烧得精光的草原更长啊。

"问题不在于悲观主义和乐观主义,"我有点不高兴地说,"而在于一百个人中有九十九个没脑筋。"

别洛库洛夫觉得这句话是冲着他说的,便生气地离开了。

三

"公爵住在莫洛佐莫沃,他向你问好,"丽达刚从外面回来,正一面对母亲说着话,一面脱着手套,"他讲了很多有趣的事情……答应在全省会议上再次提出在莫洛佐莫沃建医疗站的问题,不过他说希望不大。"她对一旁的我说:"对不起,我总是忘记,您对此从来都毫无兴趣。"

我有点不高兴。

"为什么毫无兴趣?"我耸了耸肩,反问道,"您只是不想知道我的意见罢了,不过我告诉您,我对这个问题还很有兴趣呢。"

"哦?"

"是的。依我看,建医疗站在莫洛佐莫沃根本没必要。"

我的不满情绪又传给了她。她看了看我,眯起眼睛问道:

"什么是有必要的呢?风景画吗?"

"风景画也没必要。那里什么也不需要。"

她摘下手套，展开了邮局刚送来的报纸。片刻以后，她的说话声低了下来，显然她已经控制了自己的情绪：

"上个星期，安娜因为难产死了，要是医疗站近一些，她就不会死了。我觉得，就是风景画家也应该对这件事有个认识才对。"

"我保证，我对此事是有一定的想法的，"我回答道，而她用报纸把自己和我隔开，似乎不愿意听我说话，"我认为，医疗站，学校，图书馆，药房，在现有条件下只是在为奴役服务。老百姓现在正被一条巨大的锁链捆住，您不去砸断锁链，反而增加这个锁链的环节——这就是我的看法。"

她抬起眼睛看着我，脸上带着嘲笑，我尽量抓住自己的主要思想接着往下说：

"重要的不是安娜死于难产，而是所有这些安娜们、玛芙拉们、别拉格娅们从早到晚在弯腰劳作，超强度的劳动让她们病倒了，她们一辈子在为饥饿和生病的孩子们担惊受怕，一辈子惧怕着死亡和病痛，一辈子在看病，早早地枯萎和衰老，最后在垃圾和臭水中死去。她们的孩子长大了，又开始重复她们的故事，这样已经过了几百年，千千万万的人过得还不如牲口——仅仅为了一小片面包，永远得生活在恐惧之中。他们这种处境的可怕更在于，他们没有时间想一想灵魂，没有时间去回忆自己的形象和式样；饥饿，寒冷，动物性的恐惧，繁重的劳动，简直就像雪崩，堵住了他们通往精神活动的道路，而进行这种活动正是人与动物的区别所在，也是人类活下去的唯一理由。您来帮助他们建立医院和学校，但这并不能使他们摆脱镣铐，相反，更加深了对他们的奴役。因为把新的迷信带入了他们的生活，您就增加了他们需求的数量，不消说，为了买发泡膏和那些小册子，他们就得向地方自治会付钱，这就意味着，他们得再使劲儿弯下自己的腰。"

"我不会和您争论，"丽达一边说一边放下手中的报纸，"我听到过这样的观点。我只想告诉您一点：不能袖手旁观。的确，我们拯救不了全人类，也许，我们还在犯着很多错，但只要我们在做着力所能及的事情，那我们就是对的。一个文化人最高和最神圣的任务，就是要服务他人，我们就在尽我们所能为他人服务。您不喜欢这件事情，可您做的每件事情也并不是都能得到所有人的喜欢。"

"是的，丽达，是的。"她母亲说。

在丽达跟前，她总是小心翼翼，说话时总是不安地看着她，生怕多嘴，或者是说错话。她永远也不会反驳女儿,总是附和地说:对,丽达,是的。

"教农民读书写字,给他们看那些写着胡言乱语的小册子,修建医疗站,都不能减轻他们的愚昧程度和降低他们的死亡率,就像从您窗户里射出的灯光,它不可能照亮整个大花园,"我说,"您什么也没带给他们,您干涉了他们的生活,只是让他们意识到了新的需求,为他们的劳作提供了新的理由。"

"啊,我的上帝,总应该做点什么吧!"丽达很懊恼地说,从她的语气中能听出来,她认为我的观点毫无价值,并对此很不以为然。

"应该把人们从繁重的体力劳动中解放出来,"我说,"应该解除他们身上的枷锁,使他们有空闲的时间,不必在火炉边、洗衣盆旁和田地里过一辈子,使他们有时间想想他们的灵魂、想想上帝,充分扩展自己在精神方面的潜能。每个人的精神活动使命——便是不懈地探寻真理和生活的意义。使他们摆脱不必要的、沉重的、动物性的劳动,让他们感到自由,这时您会看到,那些小册子和药房根本就是可笑的。一个人既然意识到了真正的使命,那么只有宗教、科学、艺术才会使他满足,而不是这些鸡毛蒜皮的小事。"

"从劳动中解放出来!"丽达微微一笑,"这可能吗?"

"可能。您也分担一份他们的劳动。要是我们这些城里人、乡下人全都能够毫无例外地分担那些为满足人类生理需要而必需的劳动,那么每人每天只需工作大概两小时就行了。您想想,我们大家,不论是富人还是穷人,每天只工作三小时,而剩下的时间里我们就是自由的。您想想,为了减少对我们体力的依赖和能够更多地减少工作时间,我们会发明机器去替代我们劳动,我们将最大限度地缩小我们的需求。我们要锻炼好自己的和孩子们的身体,使他们不惧饥寒,我们也就不会像安娜、玛芙拉和别拉格娅一样,常常为她们的健康担惊受怕了。再想想,我们无须看病,无须药房、香烟厂和酿酒厂——其结果是,我们会有多少空余时间啊!我们大家把这些时间通通用于科学和艺术上。就像有时男人们全都去修路一样,我们大家也这样一起来探寻真理和生活的意义,这样一来,我敢肯定,真理将会很快被揭示出来,人类就能摆脱对死亡常有的那种令人窒息的恐惧和折磨,甚至摆脱死亡本身。"

"可是,您自相矛盾了,"丽达说,"您在说科学科学,而您又反对读书写字。"

"我反对的读书写字,是人们只能读到酒馆的招牌或者少有的几本看不懂的书。这种启蒙教育在我们国家从留里克时代就开始了,果戈理的彼得鲁什卡也会读书了。另外,留里克时代的乡村教育过去是这样,现在依然如此。现在需要的不是教会人读书写字,而是要使人们具有极大地发挥自己精神潜能的自由。我们需要的不是中学,而是大学。"

"您连医学也反对。"

"不错。它应该把疾病作为自然现象来加以研究,而不是去治疗它。如果能够治愈的,那就不是疾病,而是疾病的原因。您消除了它的主要原因——体力劳动——疾病也就消除了。我不承认能医治疾病的科学,"我激动地往下说,"科学与艺术,如果是真正的科学与艺术,它们追求的不是满足暂时的需要和局部的目的,而是永恒的需要和普遍的目标,它们寻求真理和生活的意义,它们寻找上帝和灵魂,如果把它们与日常生活中的需求和人们最关切的事情联系在一起,与药房和图书馆联系在一起,那么它们就会被复杂化和烦琐化。我们有了很多的医生、药剂师、律师,有了很多识文断字的人,但我们却没有生物学家、数学家、哲学家和诗人。所有的智慧,所有的精神力量都用在了满足暂时的、转眼即逝的需求上了……学者、作家和艺术家们努力地工作,由于他们的劳作,生活中的便利一天天地多起来,肉体上的需求也在增加,可真理离我们还很远,人类依旧是最残暴、最卑鄙的动物,这一切使得人类的大多数处于退化,以至于永久地失去了任何生活的能力。在这样的条件下,艺术家的生活便没有了意义,他越是具有天才,他就越是一个古怪和不被人理解的角色,因为明摆着的,他是在为这个残暴的和卑鄙的动物卖命,是在维护现有的制度。所以我不想工作,我也不会工作……什么也不需要,就让这个地球掉到地狱里去吧!"

"米修司,出去吧。"丽达对妹妹说,显然她认为我的话对年轻的姑娘有害。

热尼娅闷闷不乐地看了姐姐一眼,又看了看母亲,出去了。

"当人们要证明自己的冷漠有道理的时候,他们总是这样振振有词,"丽达说,"反对医院和学校,比起给人治病和教人读书是要轻松得多啊。"

"是啊,丽达,是的。"母亲在一旁附和。

"您一再地说您不工作了,"丽达接着说,"可是,您对自己的工作显然评价很高啊。我们不要争论了,我们永远也谈不到一块儿。那些最不完善的图书馆和药房,就是您刚才以轻蔑的口吻说到的那一切,我看它比世上一切的风景画都具有价值。"说着,她向母亲转过身去,用完全是另一种语气说:"公爵瘦多了,和当初在我们家相比,他的变化太大了。他们要送他去维希①。"

为了避免和我说话,她和母亲讲起了公爵的事。她的脸通红,为了掩饰自己的激动,她弯下身子凑到桌子跟前,装作看报的样子,就好像是个近视眼。我的存在已经令人不快了。我道了别,回家去了。

四

院子里寂静无声。池塘那边的村庄已经熟睡了,不见一丝灯光,只有池塘里泛起的点点惨淡星光隐约可见。热尼娅在刻着狮子的门边一动不动地站着,她是在等着送我。

"村里的人们都睡了,"我对她说,并努力在黑暗中看清她的脸,只见她那双忧郁的黑眼睛在看着我,"连酒馆老板和偷马贼都踏踏实实睡了,我们这些体面人呢,却在这里互相生对方的气,在吵嘴。"

这是一个忧伤的八月之夜,说忧伤,是因为有了阵阵秋意;躲到紫色云彩后面的月亮正在升起,昏暗的月光洒在道路以及路两旁那片黑黢黢的冬麦地里。不时有流星坠落。热尼娅和我并肩走在路上。她尽量不抬头看天空,免得看到正在坠落的星星,那情景不知为什么让她有点害怕。

"我觉得您是对的,"她说,夜晚的潮湿让她有些发抖,"要是人们都能够献身精神活动,那么他们很快就会明白一切了。"

"当然。我们是高级存在,如果我们能真正认识到人类天才的全部力量,而且仅仅是为了崇高的目的而活着,那么最后我们也会变成神。但这是永远都无法实现的——人类将退化,直到这天才的痕迹消失得无影无踪。"

大门已经看不见了,热尼娅停下了脚步,急促地握了握我的手。

"晚安,"她说了一句,身体在发抖;她的身上只穿着一件衬衣,冷得她

---

① 维希,法国城市,著名的疗养胜地。

缩起了身子,"请明天再来吧。"

生着别人的气、对自己和别人都不满的我就要变成孤单的一人了,这念头让我感到恐惧不安;我自己也尽量不去看正在坠落的星星了。

"再和我待一会儿吧,"我说,"求您啦。"

我爱热尼娅。我爱她,因为她总是对我迎来送往,因为她看着我的眼神总是很温柔和欣赏。她那苍白的脸庞、细细的脖颈、细细的胳膊,她的柔弱,她的悠闲和她读书的样子,是那样的动人和美丽。智力呢?我觉得她没有超群的智力,但她的眼界之开阔令人赞叹,也许,比起那个不喜欢我的、严厉而漂亮的丽达来,她只是想法不同而已。热尼娅喜欢我,因为我是个画家,我以自己的才华征服了她的心,我非常希望单独为她画点什么,我把她想象成我的小皇后,她将和我一起掌管这些树木、田野、雾霭、朝霞和这个美妙迷人的大自然,在这一切中间,我曾一直觉得自己绝望而孤独,是个多余的人。

"再待一会儿吧,"我请求道,"我请求您。"

我脱下身上的大衣,把它披到了她那冷冰冰的肩上;她害怕穿着男式大衣显得可笑和难看,笑了笑又把它拿掉,就在这一刻,我拥抱了她,并开始亲吻她的脸颊、双肩和双手。

"明天见!"她呢喃道,小心翼翼地像是怕打破深夜的宁静,她拥抱了我,"我们之间没有秘密,我现在应该把一切告诉我的妈妈和姐姐……这多么可怕呀!妈妈没什么,妈妈喜欢您,可丽达不!"

她朝大门跑去。

"再见!"她喊了一声。

接着,我听见她跑了大约两分钟。我不想回去,反正回去也没有什么事。我站在原地想了片刻,开始慢慢地往回走,想再看一眼她住的那所房子,那所可爱的、朴素的旧房子,那阁楼上的窗户像眼睛一样看着我,似乎什么都知道。我从露台跟前过去,在网球场边暗处的老榆树下那张长凳上坐下,从这里朝房子那边张望。米修司住的那间阁楼的窗口里灯光明亮,随后又变成了柔和的绿色——这是被罩上了灯罩。人影在晃动着……我心里充满着柔情、安宁和自得,我满意自己还能痴迷还能爱,不过,一想到在这距我几步之遥的小房子的另一间房里,还住着那个不喜欢我,甚至恨我的丽达,我就感到有些不快。我坐在那里等待着,不知热尼娅是否还会出来,我听见,阁楼里好像有人在说话。

大约一小时过去了。绿色的灯光熄灭了,人影也看不见了。月亮高高地挂在房子的上方,照亮了熟睡的花园和小径;房前开花的西番莲和玫瑰清晰可见,它们似乎变成了一种颜色。天气变得很冷。我走出花园,在路上捡起了我的大衣,不慌不忙地朝家里走去。

第二天午饭后,我来到沃尔恰尼诺夫家,此时通向花园的玻璃门大开着。我坐在露台上,等着热尼娅从草地上的花圃后面,或者从哪条林荫道上走过来,或者听见她的声音从某个房间传出来;后来,我走进了客厅,走进了饭厅。不见一个人影。从饭厅出来,我经过长长的走廊来到前厅,然后又折回去。走廊里有好几扇门,从其中的一扇门里传出了丽达的声音。

"上帝……送给……乌鸦……"她拖着长音大声地念道,看来正给学生听写。"上帝送给乌鸦一小块奶酪……给乌鸦……谁在那儿?"听到我的脚步声,她忽然间大声问道。

"是我。"

"哦,很抱歉我现在不能到外面去和您说话,我正在给达莎听写。"

"叶卡捷琳娜·帕夫洛夫娜在花园里吗?"

"不在,她和妹妹今天早晨到奔萨省我姨妈家去了。冬天她们可能还要到国外去……"她加了一句,随后就不说话了。"上帝……给乌鸦………小块……奶酪……写完了吗?"

我走出前厅,脑子里一片空白,站在那里向池塘和村子那边张望,屋里的声音又传了出来:

"一小块奶酪……上帝送给乌鸦一小块奶酪……"

沿着第一次来时的那条路,我离开了庄园,只是方向相反:从院子到花园,经过那栋房子,然后是菩提树林荫道……在这里,一个小男孩追上了我,递给我一张小字条。"我把一切都告诉了姐姐,她要我和您断交,"我读到了这样的话,"我无法用不服从去伤她的心。上帝会赐予您幸福,请原谅我。您知道吗?我和妈妈都大哭了一场!"

往前走是那条阴暗的、两旁有枞树的林荫道,还有坍塌的篱笆……在那片田野,当初黑麦开花,鹌鹑鸣叫,现在只有几条牛和被拴着的马在上面走来走去了。山丘上,一片碧绿的冬麦。我又恢复了以往工作时的那种清醒状态,并开始为那天在沃尔恰尼诺夫家说的话感到羞愧,我的生活现在又回到了寂寞和孤单之中。回到家,我收拾好行李,傍晚便动身去了彼得堡。

此后,我再也没见过沃尔恰尼诺夫家的人。就在前不久,我在去克里木的火车上遇见了别洛库洛夫。他依旧穿着那件腰上带褶子的上衣和绣花衬衣,我问到他的健康状况,他连说:"托您的福。"我们聊了起来。他把自己的庄园卖了,以柳波芙·伊万诺夫娜的名义买了另一处小一些的房子。对沃尔恰尼诺夫一家的事,他说的不多。他说,丽达依然住在谢尔科夫卡,在学校教书;在她的周围,已渐渐有了一群拥戴她的人,他们组成了一个很有声势的团体,在最近一次地方自治会的选举中"击败"了此前一直掌控全县的巴拉金。关于热尼娅,别洛库洛夫只是说她并没住在家里,不知道她现在人在何处。

我已慢慢地忘记了那带阁楼的房子,有时在画画或读书的时候,偶尔,那窗子里的绿光会猛然间闪现在我的脑海。我还能忆起那天深夜在田野里响起的脚步声,当时的我心中充满了爱,走在回家的路上,冷得我不停地搓着双手。也有不多的一些时候,在我深感寂寞和忍受孤独时,就会模模糊糊地忆起往事,此时的我会隐隐地感到,有人此刻也正想起了我,也正等着我,我们终会相遇……

米修司,你在哪里?

一八九六年
苏玲 译

药内奇

一

每当外来人在C省城里抱怨生活枯燥单调时,当地人就像替自己辩解似的说,恰恰相反,C城很好,C城有一家图书馆、一座戏院、一处俱乐部,有时还举办舞会,最后,这儿还有一些头脑机敏、言谈风趣的可爱的人家,尽可能和他们交结来往。于是,他们便推荐图尔金一家,认为他家最有教养、最有天分。

这家人住在主要大街上的私人宅第里,距省长官邸甚近。伊万·彼得罗维奇·图尔金本人,体态丰满,相貌俊美,一头黑发,蓄有腮须。有时他筹办慈善性的募捐业余义演,亲自上台扮演年迈的将军,咳嗽起来显得滑稽可笑。他一肚子笑话、谜语和谚语,爱开玩笑,爱逗哏,他脸上的表情使人猜不透他是在开玩笑,还是在谈正经事。他的太太,薇拉·约瑟福夫娜,是位消瘦、娇美的夫人,戴着夹鼻眼镜,她写中篇小说,喜欢读给来访的客人们听,女儿叶卡捷琳娜·伊万诺夫娜,正值妙龄,会弹钢琴。总之一句话,这家人各有所长。图尔金一家殷勤好客,总是高高兴兴、诚诚实实地展示自己的才能。他们高大的砖石结构的房子很宽敞,夏天凉爽,半数窗户朝向一座古老的绿荫密布的花园,春天那里夜莺歌喉婉转;当客人们坐在这栋房子里时,厨房里菜刀声响个不断,院子里飘着煎葱的味道——每次这都预示着将会有一顿丰盛美味的晚餐。

德米特里·药内奇·斯塔尔采夫被委任为县区地方医生的初期,住在离 C 城九俄里的佳里日镇,那时便有人建议他作为一个有知识的人必须结识图尔金一家。那一年冬天,别人在大街上把他介绍给伊万·彼得罗维奇,他们谈了谈天气,谈了谈戏院,谈了谈霍乱,紧接着就是他被邀请到图尔金家去做客。春天,那是一个星期天,欣逢耶稣升天节,斯塔尔采夫给病人看完病之后,进城去散心,顺便为自己买点东西。他不慌不忙地走着(那时他还没有自己的马车),一路上哼唱着:

> 我在生活中还没有品尝到泪水的滋味……

他在城里吃了一顿饭,在花园里逛了半晌,后来想起伊万·彼得罗维奇的邀请,便决定到图尔金家去一趟,见识见识这是些什么人物。

"欢迎大驾光临,欢迎大驾光临!"伊万·彼得罗维奇在门廊里迎接了他,"我能欢迎这么一位高贵的客人,太高兴了,太高兴了。请进,我把我的贤内助介绍给您。"他把妻子介绍给医生,接着对妻子说,"薇罗奇卡,我对他说,即使罗马法典也没有哪项规定让他待在自己的医院里,他应当把自己的闲暇时间贡献给社会。我的心肝儿,你说是不是?"

"您请坐这儿,"薇拉·约瑟福夫娜招呼客人坐到自己身旁,"您来照顾我吧!我丈夫好妒忌,他是奥赛罗,不过我们的举动可以想法让他什么也看不见。"

"你呀,小乖乖,小淘气……"伊万·彼得罗维奇亲昵地喃喃道,在她额头亲吻了一下。"您来得正是时候,"他又对客人开了口,"我的贤内助完成了一部洋洋大观之作,今天她将为大家朗诵。"

"冉奇克,"薇拉·约瑟福夫娜对丈夫说,"您吩咐一下给我们上茶。"

他们把十八岁的女儿叶卡捷琳娜·伊万诺夫娜引见给斯塔尔采夫。姑娘长得酷似母亲,身材同样苗条,面貌同样可爱。她的表情还带有几分稚气,腰身纤细柔韧;她那少女的乳房已经隆起,美丽而健康,说明青春期已到,名副其实的青春。后来大家喝茶,有果酱、有蜂蜜、有糖果,还有非常好吃的入口即化的饼干。随着傍晚的降临,客人三三两两地来了。伊万·彼得罗维奇用笑眯眯的眼睛招呼着每一位客人,并说:

"欢迎大驾光临。"

后来大家坐在客厅里,表情非常严肃,薇拉·约瑟福夫娜开始朗诵自己的长篇小说。她是这样开始的:"严寒更加凛冽……"所有窗户都大敞着,可以听到厨房里的菜刀声,可以闻到煎葱的味道……坐在又软又深的软椅里觉得好舒服,黄昏时刻的客厅里灯光柔柔和和;如今,在这盛夏的夜晚,从街道上传来讲话声、欢笑声,还有从院里飘来丁香花香,很难想象严寒是怎样更加凛冽,落日是怎样用冷丝丝的光照射在雪原和路上孤零零跋涉的旅人;薇拉·约瑟福夫娜读到一位年轻貌美的伯爵夫人怎样在农村里办学校、医院、图书馆,怎样爱上一位浪迹天涯的画家——她朗读的故事是生活中从来不会有的事,但不管怎么说,坐在软椅里听起来既悦耳又舒服,脑子里浮现的都是这类美好的、平静的想法——实在不愿意站起来……

"蛮不错嘛……"伊万·彼得罗维奇轻轻说了一句。

有一位客人,听着故事思绪飞向很远很远的地方。他用勉强可以听到的声音说了一句:

"是啊……的确……"

过了一小时,又一小时。毗邻的市立公园里乐队在演奏,合唱队在唱歌。薇拉·约瑟福夫娜合上自己的笔记本,大家足足有五分钟一声未吭,倾听合唱队演唱的《可爱的松明》,这支歌唱的是小说中所没有的而生活中常见到的事。

"您在杂志上发表自己的大作吗?"斯塔尔采夫问薇拉·约瑟福夫娜。

"不发表,"她答道,"我在任何刊物上都不发表。我写完了便把它藏在自己的柜子里。何必发表呢?"她解释道,"我们又不缺钱花。"

不知为什么大家都叹了一口气。

"现在请你,猫咪,弹个曲子吧。"伊万·彼得罗维奇对女儿说。

钢琴的盖子被掀开了,事先准备好的乐谱翻开了。叶卡捷琳娜·伊万诺夫娜落座,双手敲在琴键上;然后用全力猛敲了一次,又一次,又一次;她的肩头和胸部都在抖动,她顽强地敲着同一个地方,仿佛不把琴键敲进钢琴里去是不会罢休的。客厅里充满了隆隆声,什么都在响:地板、天花板、家具……叶卡捷琳娜·伊万诺夫娜弹的是一首难奏的乐曲,正因为难度大、又长又单调它才有趣儿,斯塔尔采夫一边聆听,一边给自己描绘一幅情景:一堆石头从高山上滚下来,滚呀,不断地滚,他希望这些石头尽早别再往下滚了。同时,他觉得他非常喜欢这位矫健的、有力的、脸色紧张得绯红的、额前垂下一缕鬈发的叶卡捷琳娜·伊万诺夫娜。在佳里日镇,在病人和农民当中度过一冬之后,坐在这间客厅里,欣赏这位年轻的、漂亮的、大概是纯洁的少女,聆听这嘈杂的、令人生厌的,但毕竟是高雅的声音——是那么惬意,那么新奇……

"啊,猫咪,你从来没有弹得像今天这么精彩。"当女儿演奏完毕站起来时,伊万·彼得罗维奇两眼含着泪水说,"丹尼斯,你可以死了,你再也写不出比这更好的作品。"

大家把她围起来,祝贺她,表示惊讶,都说这么多年没有欣赏过如此美妙的乐曲了;而她呢,含着微笑,一声不响地听着,她的整个身姿都显示出成功的喜悦。

"好极了!太好了!"

"好极了!"斯塔尔采夫在大家的感染下也这么说了一句,"您是在什么地方学的音乐?"他向叶卡捷琳娜·伊万诺夫娜问道,"在音乐学院吗?"

"不是,我只是想进音乐学院,目前我在此地跟扎夫洛夫斯卡娅太太学琴。"

"您毕业于当地专科学校的专修班?"

"啊,没有!"薇拉·约瑟福夫娜替女儿回答道,"我们请老师到家里来教她,在学校里或是学院里——您同意我的看法——可能有不良影响;姑娘正在成长,她只能接受母亲一个人的影响。"

"不管怎么说,我一定要进音乐学院。"叶卡捷琳娜·伊万诺夫娜说。

"不,猫咪爱自己的妈妈。猫咪不会让爸爸妈妈伤心。"

"不,我要去!我一定要去!"叶卡捷琳娜·伊万诺夫娜半开玩笑半撒娇地说,还跺了一下小脚。

晚餐席上,伊万·彼得罗维奇展示了自己的才华。他眯缝着两只笑眼讲起笑话来,说些逗哏话,提出一些可笑的谜语,又由自己来破谜,他一直用与众不同的语言讲话,这是他老说俏皮话养成的,显然,这些话已经成了他的习惯用语:什么"洋洋大观"呀,什么"蛮不赖"呀,什么"千谢万谢让您受罪了"呀……

其实,还不止这些。当客人们吃饱了喝足了,心满意足地挤在前厅里寻找自己的大衣和手杖时,一个十四五岁的用人帕夫鲁沙在他们身边忙来忙去,这家人把他唤作帕瓦,留个小平头,鼓着胖乎乎的脸蛋。

"喂,帕瓦,表演一下!"伊万·彼得罗维奇对他说。

帕瓦摆出一个架势，举起一只手，用悲惨的腔调说道：
"你去死吧，不幸的女人！"
大家哈哈大笑起来。
"真逗。"斯塔尔采夫走到街上时心想。
他又走进一家餐馆，喝了一杯啤酒，然后徒步回到自己的住处佳里日镇。他一路走一路哼哼着：

　　你的声音对我来说，又温柔又忧伤……

他走了大约九俄里，上床睡觉时，一点也不觉得疲倦，相反，他恨不得高高兴兴地再走上二十俄里。
"蛮不赖呀……"朦胧中他又想起了这句话，于是笑了起来。

二

斯塔尔采夫总想到图尔金家去，可是医院工作太忙，他怎么也抽不出空闲的时间来。就这样，他在忙忙碌碌、孤孤单单中过了一年多。有一天城里有人给他送来一封信，装在淡蓝色的信封里……
薇拉·约瑟福夫娜早就患偏头痛。最近，自从猫咪每天吓唬她妈妈说要去音乐学院，她犯病越来越频繁了。全城所有医生都来过图尔金家，最近轮到了这位县级医生。薇拉·约瑟福夫娜给他写了一封动人的信，烦他来一趟，以便减轻她的痛苦。斯塔尔采夫来了，从此便经常造访图尔金家，而且非常勤……他确实为薇拉·约瑟福夫娜减轻了一些头痛，于是她逢人便说这是一位不寻常的、妙手回春的医生。不过，他造访图尔金家已经不是为了医治她的偏头痛了……
有一天过节。叶卡捷琳娜·伊万诺夫娜在钢琴上弹完了又长又枯燥的练习曲。然后大家在餐厅里坐了很久，品茶聊天，叶卡捷琳娜·伊万诺夫娜讲了一桩可笑的事。这时门铃响了，主人起身到前厅去迎接客人，斯塔尔采夫趁一时的忙乱，非常激动地对叶卡捷琳娜·伊万诺夫娜悄悄地说：
"看在上帝的情面上，我恳求您，别再折磨我了，我们到花园去吧！"她耸耸肩,仿佛对他的要求感到莫名其妙和不知所云,但还是站起来,走了出去。

"您在钢琴上一弹就是三四个小时,"他跟在她身后说,"然后您和母亲坐在一起,我根本没有一点儿机会和您谈话。我恳求您,哪怕给我一刻钟的时间呢!"

秋天已临近,老花园静谧萧瑟,幽径上落了一层深色的枯叶。天黑得早了。

"我已经有一周没有见到您了,"斯塔尔采夫接着说,"您应当知道,这让人多么难受! 我们坐下来,您听我讲。"

他们在花园里有一个喜爱的地方:叶子宽大的老枫树下的长椅。现在他俩在这条长椅上坐了下来。

"有什么事吗?"叶卡捷琳娜·伊万诺夫娜一本正经地干巴巴地问道。

"我已经整整一周没有见到您了,我已经这么久没有听到您讲话的声音了。我焦急地渴望、渴望听到您的声音。请您讲话吧!"

她鲜嫩的气息,她的眼睛和脸蛋的天真神采,都让他神魂颠倒。甚至她身上的衣着也使他觉得楚楚动人,认为它别有一种朴实和天真的风采。尽管她天真,他同时又觉得她绝顶聪明,她的修养超过了她的年龄。他可以与她谈文学、谈艺术,无所不谈,甚至向她抱怨生活,抱怨人,不过有时正进行严肃的交谈时,她会突然不是时候地大笑起来,或者跑回屋去。她和C城的所有姑娘一样,读书很多(其实,C城人很少读书,本地图书馆的工作人员说,倘若没有这种姑娘和年轻的犹太人,图书馆完全可以关门大吉),这让斯塔尔采夫无限欣喜,每次见面时他都兴奋地问她近日阅读了什么,然后像着了迷似的听她讲述。

"我们没有见面的这一周里,您都读了什么呀?"这次他问道,"您说呀,我请求您。"

"我读了皮谢姆斯基的小说。"

"哪部小说?"

"《一千个农奴》。"猫咪回答说,"皮谢姆斯基的名字多逗,阿列克谢·费奥菲拉克特奇!"

斯塔尔采夫看到她突然站起来向屋子走去,便惊讶地问道:"您去哪儿? 我必须和您谈谈,我必须向您表明……请您和我再待上哪怕是五分钟！求求您啦！"

她停了下来，像是要说什么，然后难为情地把一张字条塞到他手里，便跑回到屋去，又在钢琴前坐了下来。

斯塔尔采夫读道："请您今晚十一时到公墓院内杰梅蒂墓碑附近来一下。"

"哦，这种约会够绝的了。"他镇定以后，暗自这么想，"为什么约会到公墓去？为什么？"

显然，猫咪是在捉弄人。约会在某一条街上或在市立公园见面多方便，谁能认真地想约人三更半夜到远在城外的公墓里会晤呢？再说，让他这个县级医生，有头脑有地位的人，被折腾得唉声叹气，接受字条，到公墓里去游荡，干些现在连中学生都会嘲笑的蠢事，这段浪漫史会怎样发展下去呢？同事们一旦知道了，会怎么说呢？脸面何在？斯塔尔采夫在俱乐部里围着桌子转来转去，心中这么想着，可是十时半一到，他突然乘车去了公墓。

他已经有自己的双套马车了，还有个车夫，叫潘捷列伊蒙，身穿一件丝绒坎肩。明月当空，四周一片寂静，他感到温暖，融融秋意的温暖。郊区，靠近屠宰场的地方，犬吠阵阵。在城边一条巷子里斯塔尔采夫下了车，独自向公墓走去。"人人都有自己的怪脾气。"他心里想，"猫咪也是个怪女人——谁晓得呢？——她也许不是开玩笑，真的会来。"他把希望寄托于渺茫的空虚，并为这个希望所陶醉。

大约还有半俄里路程，他是穿过野地走过去的。远看公墓黑茫茫一片，像树林又像大花园。眼前出现了白石头围栏、大门……月光下可以读出大门上的几个字："极乐时刻降临……"斯塔尔采夫从便门走了进去，他第一眼看见的是宽敞的林荫路两旁白色十字架和黑色物体，还有睡意蒙眬的树木将自己的枝条垂悬在白色的物体上。这儿好像比野地里亮堂一些；枫叶，其形状类似野兽脚掌，在林荫路的黄沙上和石板上显得格外突出，墓碑上的铭文也清晰可见。刚来到这里时，斯塔尔采夫感到吃惊，这是他有生以来第一次所见，也可能是他一辈子再也没有机会到这儿来了：这是与任何其他地方不同的世界——这个世界如此美好，月光如此温柔，仿佛这儿就是他的摇篮，这儿没有人的生命，没有任何生命，可是使人感觉到每棵墨绿的杨树、每座坟茔都具有一种神秘的力量，它保证给人以安宁、温馨的

永恒生命。石板、凋谢的花与树叶的秋天气息,散发出宽恕、悲伤和静谧。

万籁俱寂,繁星深沉温和地从高空俯视着大地,斯塔尔采夫的脚步声显得那么刺耳又不是时候。当教堂里敲起钟声时,他把自己想象成是个已经永远埋葬在此地的死人,这时他觉得有人在盯着他,在那一瞬间他想到,那不是安宁也不是寂静,而是虚无的茫茫惆怅和悠悠的窒息绝望……

杰梅蒂的墓碑宛若一座小教堂,顶上有个天使。当年有个意大利歌剧团路经 C 城,团里一位女歌唱家不幸逝世,便被安葬在此地,并修了这座墓碑。城里已经无人记得她了,可是碑前的长明灯映着月光,好像还亮着。

一个人也没有。谁会三更半夜到这儿来?可是斯塔尔采夫在等,月光也像是在助燃他的欲念,他满怀激情地在等,在想象中描绘接吻、拥抱的情景。他在墓碑旁坐了大约半小时,然后沿着两旁的林荫路走了一阵,手里拿着帽子,一边等一边想,想象这些墓穴里不知埋葬了多少妇女、多少姑娘,当年她们是那么漂亮、那么迷人,她们每夜都在温存中经受爱与激情的燃烧。实际上,大自然这位母亲拿人开这样的玩笑真是不好,意识到这一点又是多么令人寒心!斯塔尔采夫这样思忖着,同时他又想大喊一声,说他渴望爱,不管如何他都在期待着爱;现在浮现在他面前的已不是白色大理石,而是婀娜多姿的肉体,他看见了人影羞答答地向树荫里躲藏,他感受到了她们的体温,这种折磨让他忍无可忍……

月亮遁入云后,像是幕布落了下来,周围顿时变得一片漆黑。斯塔尔采夫勉勉强强找到了大门——天色已经黑了,如同秋夜一般——然后他足足花了一个半小时东走西蹿,寻找他停下自己马车的小巷子。

"我太累了,快站不住了。"他对潘捷列伊蒙说。

当他舒舒服服地坐上马车时,心想:"嘿,不该发胖啊!"

三

第二天晚上,他到图尔金家去求婚。来得不是时候,理发师正在叶卡捷琳娜·伊万诺夫娜的房间里为她美发。她准备去俱乐部参加跳舞晚会。

他又不得不长时间地坐在客厅里喝茶。伊万·彼得罗维奇觉得客人有心事,闷得无聊,便从坎肩兜里掏出几张小字条,读了德国籍管家写的一封可笑的信,信中说庄园里所有"矢口抵赖"都坏了,所有"羞耻"都塌了。

"娘家总该能给不少嫁资吧。"斯塔尔采夫心不在焉地听着,心里这样想。

一夜失眠弄得他神志不清,好像是被甜甜的迷魂汤给灌醉了;他心里懵懵懂懂,但又觉得喜洋洋暖烘烘,同时头脑里还有一种冰冷冷的沉甸甸的东西在做分析:

"趁为时不晚,赶快住手,难道她和你门当户对吗?她娇生惯养,调皮任性,每天睡到下午两点钟,而你只不过是一个教堂执事的儿子,一个县级医生……"

"可是,那又怎么样呢?"他心想,"管他呢!"

"再说,如果你娶了她,"脑子里那块东西接着分析,"她的亲人就会逼你放弃县里的工作,搬进城里来住。"

"哼,那又怎么样?"他心想,"进城就进城。她家会给一些嫁资,我们就可以安顿自己的家了……"

叶卡捷琳娜·伊万诺夫娜终于走了进来,身穿袒胸露背的舞会纱裙,靓丽、纯洁,斯塔尔采夫只顾欣赏她,惊讶地望着她,一味地傻笑,一句话也说不出来了。

她开始告别,他也没有必要留在此地了。于是站起身来说他也应该回去:病人还在等待他。

"您在这儿既然没什么事,"伊万·彼得罗维奇说,"那么就不留您。

啊,请您顺便把猫咪捎到俱乐部。"

外面落雨点了,天很黑,只能凭潘捷列伊蒙喑哑的咳嗽声才能猜出马车的停处。车篷已经支了起来。

"我走路踩地毯,你走路瞎扯淡,"伊万·彼得罗维奇扶女儿上马车时讲了几句顺口溜,"他走路乱胡言……上路吧!再见喽!"

他们走了。

"我昨天可到公墓去了。"斯塔尔采夫开了口,"您的做法太不慈悲、太不仗义了……"

"您到公墓去了?"

"是的,我去了,在那儿一直等您,等到快半夜两点了。我好痛苦啊……"

"您既然不懂开玩笑,痛苦也活该。"

叶卡捷琳娜·伊万诺夫娜想到自己如此巧妙地捉弄了一个追求她的人,想到有人热烈地爱着她,感到美滋滋的,笑了起来。突然,她吓了一跳,大叫一声,是两匹马在俱乐部大门口猛转了一个弯,车身倾斜了。斯塔尔采夫抱住了叶卡捷琳娜·伊万诺夫娜的腰;她惊魂未定,依偎在他身上,而他趁势热烈地吻了她的双唇、她的下巴,并且把她抱得更紧。

"够了。"她冷冷地说了一句。

转瞬之间,她已不在马车上了。站在灯火通明的俱乐部大门口的警察用难听的声音朝着潘捷列伊蒙喊道:

"笨蛋,你怎么不动了,往前赶!"

斯塔尔采夫回了家,但很快又返了回来,身上穿着别人的礼服,系着挺硬的白领带,领带总是支棱着,好像要从领子上溜下去。他在俱乐部的客厅里一直坐到深夜,温情脉脉地对叶卡捷琳娜·伊万诺夫娜说:

"啊,没有恋爱过的人,对爱情知道得太少了!我觉得还没有一个人正确地描写过爱情,也未必能把这种温柔的欢乐的痛苦的感情描绘出来。一个人只要体验过一次这种感情,他就不会用语言表达它了。何必要开场白,何必要描述?何必讲些没有用的花言巧语?我的爱无边无际……我请求您,恳求您,"斯塔尔采夫终于说出口来,"请您做我的妻子!"

"德米特里·药内奇,"叶卡捷琳娜·伊万诺夫娜想了片刻,脸上露出极其严肃的表情,说道,"德米特里·药内奇,我很感谢您的厚爱,我尊敬您,但是……"她站了起来,立在那儿说下去,"但是,请您原谅,我不能做您的夫人。让我们严肃地谈一谈这个问题。德米特里·药内奇,您知道,我一生中最钟爱的莫过于艺术,爱得神魂颠倒,我把音乐奉若神明,我把自己的一生献给了音乐。我希望当一名演员,我希望出名、成功、随心所欲,可是您希望我继续留在这座城里,继续过这种空虚无聊的生活,这种生活我已经不能忍受了。当妻子——啊,不,对不起!人应当朝更高的灿烂的目标努力,而家庭生活会把我永远束缚住。德米特里·药内奇(她莞尔一笑,因为当她说'德米特里·药内奇'时,竟想起'阿列克谢·费奥菲拉克特奇'来),您是一位善良、高尚的聪明人,您比所有人都好……"泪水涌出了她的眼眶,"我真心实意地同情您,但……您可以理解……"

为了不哭出声来,她转身离开了客厅。

斯塔尔采夫的心不再忐忑不安了。他走出俱乐部,来到街上,首先把硬领带扯了下来,并深深地呼了一口气。他感到有些丢人,自尊心受到了伤害——他没有想到会遭到拒绝——他也不相信自己的梦想、苦恼和期望会把他引向如此愚蠢的结局,活像是业余剧团演出的小戏里的情节。他惋惜自己的感情、自己的爱,他是如此的惋惜,恨不得大哭一场或者抄起雨伞在潘捷列伊蒙宽宽的后背上狠狠地抽打一顿。

一连三天,他什么事也做不成,吃不下睡不着,可是当他听说叶卡捷琳娜·伊万诺夫娜去了莫斯科报考音乐学院时,他的心平静了,又恢复了往日的生活。

后来,他偶尔也会想起自己怎样在公墓院内晃来晃去,想起怎样坐着马车满城寻找礼服,那时他就伸伸懒腰自言自语:

"当初操心的事还真不少!"

四

四年过去了。斯塔尔采夫在城里已经有很多向他求诊的患者。每天上午,他在佳里日镇自己的医院里匆匆接待完病人之后,便乘车去看望城里的病人。他乘坐的已经不是双套而是三套马车了,套上还缀着铃铛,到了深夜他才能回家。他胖了,发福了,因为患哮喘病,不愿意走路了。潘捷列伊蒙也胖了,他越往横长越爱叹气,抱怨自己命苦:赶车已赶腻味了。

斯塔尔采夫到过一些不同的家庭,见识过很多人,可是他和谁也不接近。城里人的谈吐、对人生的看法,甚至他们的样子都让他心烦。经验一点一点地让他明白了一些事理:当你和城里人一起玩牌或吃吃喝喝时,那个人还算老老实实、平平和和,甚至不浑不傻的人,可是话题一离开饮食,比如说,谈及政治或学术上的事,那时他就不知所云,信口雌黄,既愚蠢又伤人,这时你恨不得拂袖而去。每当斯塔尔采夫试图跟城里的人,甚至是自由派人士交谈时,比方说人类——谢天谢地——在向前发展,随着时间的推移人类可以不用护照,可以取消死刑,那时这位城里人便会斜眼看他,疑神疑鬼地问道:"也就是说,到了那时,任何人在大街上都可以随便杀人?"当斯塔尔采夫在社交场合,晚餐或喝茶时,说人应当劳动,不劳动是无法生活的,在场的每个人都认为他是在训话,便大动肝火和胡搅蛮缠地与他争辩。即便如此,城里人还是什么事也不干,绝对不干,他们也不关心任何事,简直想不出一个能够跟他们谈得来的话题。所以斯塔尔采夫便回避谈话,他只埋头吃东西或玩牌,如果赶上某家操办喜事,留他用餐,他便会坐下来,一声不响地吃,眼睛盯着盘子;这时他感到席间的谈话都没有意思,都是胡说八道,愚蠢透顶,他气愤,他激动,但沉默不语,正因为他总是一本正经地默不作声,眼睛盯着盘子,所以城里人给起了一个绰号"气呼呼的波兰人",其实他从来不是波兰人。

像看戏、听音乐演出之类的娱乐,他一概退避三舍,但他每天晚上玩牌,一玩就是三个小时,而且玩得上瘾。他还有一种爱好,这种爱好是在不知不觉中渐渐养成的:这就是每天晚上从兜里往外掏出给病人治病所得的纸币,有时这些纸币把所有衣兜塞得满满的,足有七十多卢布,有黄票子、绿票子,有的散发着香水味,有的带醋味,有的有神香味和鱼油味;积聚到几百卢布时,他就把钱送到互助信贷社去存起来。

叶卡捷琳娜·伊万诺夫娜离家的这四年里,他先后只去过图尔金家两趟,还是应薇拉·约瑟福夫娜的邀请。她还在请人帮她医治偏头痛。叶卡捷琳娜·伊万诺夫娜每年夏天回家省亲,可是他一次也没有见到她,不知怎么没赶上机会。

如今四年过去了,一个宁静、温煦的早晨,有人把一封信送到医院来。薇拉·约瑟福夫娜在写给德米特里·药内奇的信中说,她很想他,请他无论如何赏光来一趟,以便减轻她的病痛,再说今天恰好是她的生日。信的下边附有一句:"我附和家母的邀请。猫。"

斯塔尔采夫思考了一番,傍晚乘车去了图尔金家。

"啊,欢迎大驾光临!"伊万·彼得罗维奇迎接他,只是眼睛带些笑的样子。然后又用变了腔调的法语表示欢迎:"邦如尔泰①。"

薇拉·约瑟福夫娜老多了,白发苍苍,她握了握斯塔尔采夫的手,像煞有介事地叹了一口气:

"医生,您不愿意照顾我,总也不光临寒舍,对于您来说,我已经人老珠黄。如今年轻的姑娘回来了,也许她会得宠。"

那么猫咪呢?她清秀了,白嫩了,更漂亮更苗条了;不过她已是叶卡捷琳娜·伊万诺夫娜,而不是猫咪了;她没有了过去的鲜嫩和稚气。她的眼神里、举止中,多了点新东西——畏怯和歉疚,仿佛在这儿,在图尔金家中,她已经没有自家的感觉了。

"我们有多少年没有见面了!"她说着把手伸给斯塔尔采夫。看得出来,她的心在紧张地跳动,她好奇地注视他的脸,接着说道:"您可胖多了!脸色晒得多黑,多有男子汉风度,总之,您的变化不大。"

即使现在他也觉得她可爱,很可爱,可是她身上缺少了些什么,也许增加了些多余的玩意儿——他自己也说不清楚究竟是什么,但有种东西在妨碍他重现过去的那种感情。他不喜欢她那苍白的衣服,她坐的软椅他也不喜欢了。回想起他当年几乎娶她为妻的往事,也让他不痛快。他想起了自己的爱情,想起了四年前使他坐立不安的幻想和希望——他感到不自在。

大家喝茶,吃甜饼。后来薇拉·约瑟福夫娜朗读长篇小说,小说中讲的是生活中从来不会发生的事。斯塔尔采夫呢,他在倾听,望着她那满头美丽的白发,等她什么时候把小说念完。

"不会写小说的人,"他心想,"不一定是蠢材,写了小说而不会把它藏起来,那才是蠢材。"

"蛮不赖嘛。"伊万·彼得罗维奇说。

后来,叶卡捷琳娜·伊万诺夫娜在钢琴上弹奏了很长时间,声音很热闹。当她弹完时,大家长时间地感谢她,赞美她。

"幸好我没有娶她为妻。"斯塔尔采夫脑子里一闪念。

---

① 邦如尔泰,把法语(您好)加上了俄语语法,意在取笑。

她望着他,大概盼望他能提出建议到花园里去,可是他默不作声。

"我们谈谈吧,"她走到他跟前,"您的生活怎样? 近来如何? 忙吗? 这些天来,我一直在想念您,"她神经质地接着说,"我本来想给您写封信,想亲自到佳里日镇去看望您,我已经决定出发了,可是后来又改变了主意——天晓得您现在怎样看待我。今天我等您来,心情很乱。看在上帝的情面上,咱们到花园去吧!"

他们去了花园,那里像四年前一样,他们在老枫树下的长椅上坐下。天色漆黑。

"您的生活怎样啊?"叶卡捷琳娜·伊万诺夫娜问道。

"还可以,过得去。"斯塔尔采夫答道。

他再也想不出什么话来,两人都在沉默。

"我的心很不平静,"叶卡捷琳娜·伊万诺夫娜说,用双手捂住脸,"请您不要在意,我回到家里感觉好极了,见到大家我非常高兴,甚至一时还不能习惯。多少回忆啊! 我觉得我俩会不停地谈,一直谈到天亮。"

现在,他近处看见了她的脸庞,闪光的眼睛,在这儿,在一片黑暗中,她显得比在室内年轻,甚至重现出她过去孩子时代的表情。她确实用天真好奇的眼光望着他,仿佛想更近一些把他看个清楚,理解这位当年那么火热、那么温柔、那么不幸地爱过她的人;她的眼睛正为这种爱向他表示感激。他想起了所有往事,每一个极小的细枝末节:他怎样在墓园里游荡,怎样疲惫不堪地在拂晓前返回自己的家,他突然为往事感到忧伤和惋惜。火苗在心中慢慢燃烧起来了。

"您还记得我是怎样送您去俱乐部参加晚会的吗?"他说,"那天在下雨,天很黑……"

"唉!"他叹了一口气,"您问我生活过得怎样。我们在这里能够过上什么生活呢? 没有什么好谈的。越来越胖,一年不如一年。一天又一夜——二十四小时就算过去了,生活暗淡无光,糊里糊涂……白天攒钱,晚上泡俱乐部,都是一群赌徒、酒鬼、一些说话嘶哑的人,我实在无法忍受他们。有什么好说的呢?"

"您有自己的事业,生活中有崇高的目标。过去您是那么喜欢谈自己的医院。那时我有点儿矫情,自以为是个伟大的钢琴家。现在谁家的小姐都会弹钢琴,我也弹钢琴,和大家一样,没有与众不同的地方;我这个钢琴家就和我妈是作家一样。那时我当然不理解您,可是后来,到莫斯科,我常常想念您。我只想念您一个人。当县级医生,这是何等的幸福啊。救死扶伤,为大众服务,这是何等的幸福啊!"叶卡捷琳娜·伊万诺夫娜神往地重复了一遍,"当我在莫斯科想念您时,您在我的心中是那么完美,那么崇高……"

斯塔尔采夫想起自己每天晚上兴致勃勃地从衣兜里掏出的纸币时,心中的火苗便熄灭了。

他站起来,想回到屋子里去。她挽住他的胳膊。

"您是我一生中所认识的人中最好的人,"她接着说,"我们以后还会见面,还会谈心,对不对?请您答应我。我不是钢琴家,我有了自知之明,我也不会再当着您的面弹钢琴和谈论音乐了。"

他们进了屋,当斯塔尔采夫在傍晚的灯光下看清了她的面颊和那双注视着他的忧伤的、感激的、探索的眼睛时,感到一阵迷离恍惚,又一次想道:"所幸我当时没有娶她为妻。"

他和大家告别。

"即使罗马法典也没有规定您有任何理由可以不吃晚饭便走。"伊万·彼得罗维奇送他时说。"您这是一厢情愿了,"他在前厅对帕瓦说,"喂,表演一个节目!"

帕瓦已经不是孩子了,他成了青年,还长了胡子。他摆出一副架势,扬起手臂,用凄惨的声音说道:

"死吧,不幸的女人!"

这一切都刺激了斯塔尔采夫的神经。他坐上马车,望着黑压压的房子和花园,望着当年对他来说是那么亲切可爱的地方,所有的往事一下子涌上心头——薇拉·约瑟福夫娜的长篇小说,猫咪叮叮当当的弹奏,伊万·彼得罗维奇的俏皮话,帕瓦的悲剧架势。他随即又想到,如果全城天分最高的人们如此浑浑噩噩,那么此城本身什么样子就可想而知了。

过了三天,帕瓦送来叶卡捷琳娜·伊万诺夫娜的一封信。她写道:

> 您不来我家,何故?我担心您改变了对我们的态度;我害怕,我一想到这一点就感到心慌。请您让我放下心来,来吧,并告诉我万事顺遂。

> 我必须跟您谈谈。
>
> 您的叶·图

他读完这封信,想了想,对帕瓦说:

"亲爱的,你回去说一声,我今天去不成,太忙。你说我大约过三天再去。"

三天过去了,一周过去了,他还是没有去。有一天他乘车路过图尔金家,想到应当进去看一看,哪怕待上一分钟呢,可是他考虑了一下……还是没有进去。

从此,他再也没有去过图尔金家。

五

又过了几年。斯塔尔采夫越发胖了,一身肥膘,喘气也吃力,走起路来头向后仰。这位肥头大耳、红光满面的人坐在铃铛丁零零作响的三套马车上,潘捷列伊蒙和他一样,也是肥头大耳、红光满面,后脑勺肉鼓鼓的,坐在车夫的座位上,把木头一般挺直的胳膊伸向前,朝着迎面过来的人不住地叫喊:"靠……右,靠……右!"那种情景可真够威风,车上坐的仿佛不是活人,而是一尊多神教的神像。他在城里要看的病人相当多,连换口气的工夫都没有了。他已经置了一个庄园,城里还有两栋房产,他正在为自己物色第三栋有利可图的房子。每当互助信贷社里有人告诉他某处正准备出售一栋房屋时,他就大摇大摆地走进那栋房子,到每个房间查看一遍,不管屋里还有几个没有穿上衣服的妇女与儿童,那些人睁大眼睛惊讶地、提心吊胆地望着他。他用手杖乱捅所有的门:

"这是书房?这是卧室?这是什么房间?"

与此同时,他呼哧呼哧喘着气,擦拭额上的汗珠。

他操心的事很多,但他绝不放弃县级医生的职务;他已经变得贪得无厌,这儿什么事都不想耽误。在佳里日镇,还有城里人,已经简单地称他"药内奇"了。"药内奇这是到什么地方去呀?"或者,"要不要请药内奇出席会诊?"

他的喉咙大概被脂肪堵住了,所以嗓音变了,变得又细又尖。他的性

格也变了:变得粗暴、容易动怒。接待病人时,他常常不耐烦地用手杖敲击地板,并用他那讨厌的嗓音叫着:

"请您只回答我的问题!少说废话!"

他孤身一人,生活枯燥,什么事也引不起他的兴趣。

在佳里日镇的这些年,他对猫咪的爱恋大概是唯一的也是最后的一次欢乐。每天晚上,他到俱乐部去玩牌,然后一个人坐在大桌旁吃晚餐。伺候他的是这里最受人尊重的老堂倌,给他端上拉斐特十七号葡萄酒。这里所有人——俱乐部主任、厨师、堂倌——都知道他喜欢吃什么和不喜欢吃什么,他们都想方设法迎合他,生怕他发脾气,又该用手杖敲地板了。

用餐的时候,他偶尔转过身去,在别人的谈话中插上两句:

"你们谈的是什么呀?啊?谁?"

有时,邻桌人提及图尔金家里的事,他就要打听:

"您指的是哪一家图尔金?是女儿会弹钢琴的那一家吗?"

关于他,能说的也只有这些了。

图尔金一家呢?伊万·彼得罗维奇没有老,丝毫无变化,和往常一样爱逗哏、爱讲笑话;薇拉·约瑟福夫娜和往常一样兴致勃勃地、诚心诚意地给客人们朗读自己的小说。而猫咪呢,每天弹钢琴,一弹就是四个小时。她明显地老了,常常闹病,年年秋天随母亲到克里木去疗养。伊万·彼得罗维奇送他们去火车站,火车一开动,他便拭着眼泪喊道:

"再见!"

同时挥舞着手帕。

一八九八年
高莽 译

套中人

在米罗诺辛茨基村的尽头,在村长普罗柯菲耶家的板棚里,误了点的猎人准备留宿过夜。他们只有两个人:兽医伊凡·伊凡内奇和中学教师布尔金。伊凡·伊凡内奇有个很古怪的复姓:奇姆沙—吉马拉耶斯基,这和他显然不匹配,所以省里的人干脆叫他的本名和父名,他住在城郊的养马场,这次出来打猎,是为了呼吸呼吸新鲜空气。中学教师布尔金则每年夏天都要到伯爵家做客,他早就是这个地区的熟人。

他们没有睡觉。伊凡·伊凡内奇是个瘦瘦的高个子老头,留着长须,坐在门口抽烟,明月照亮了他。布尔金躺在屋里的干草堆上,人影隐藏在黑暗中。

他们说了很多故事,顺便也说起村长的老婆玛芙拉,一个很健康也不笨的女人,这一辈子她竟然没有出过这个村子,她既没见过城市,也没见过铁路,而最近十年她整天守着灶台,只有到了夜间才上街去走一走。

"这有什么可惊奇的!"布尔金说,"那种生性孤独,像寄生蟹或蜗牛那样拼命躲进自己外壳里的人,在这个世上并不少。也许,这是隔代遗传,又回到了我们老祖宗的时代,那时的人还不是群居动物,而是单个生活在自己的洞穴中,或许,这不过是人的性格的一种变异——有谁知道呢?我不是自然科学家,我不研究这些问题,我只是想说,像玛芙拉这样的人,绝不是少有的现象。而且,不必往远了找,两个月前,我们城里死了个叫别里科夫的人,希腊语教师,是我的同事。想必你也听说过他。他声名在外,是因为即便在阳光灿烂的日子出门,他也要穿上套鞋,带上雨伞,而且还一定要穿着暖和的棉大衣。

"他的雨伞装在套子里,他的怀表也装在皮套子里,而当他掏出小刀削铅笔的时候,那小刀也放在一个小套子里,他的脸似乎也装在套子里,因为它总是藏在竖起的衣领里。他戴墨镜,穿绒衣,耳朵塞上棉花,要是坐马车出行,一定吩咐把车篷支起。总而言之,这个人有一种恒久的、不可抗拒的心愿,力图用外壳把自己包围起来,就好比给自己制造一个套子,好让他与世隔绝不受外界影响。现实生活刺激了他,惊吓了他,使他总是处于恐慌之中;也许是替自己的胆怯和对现实生活的憎恶做辩解,他不遗余力地赞美过去,赞美从来也不存在的东西;他讲授的古代语言,对于他来说,实际上也是一双套鞋,一把伞,借助它们回避现实生活。

"'噢,希腊语多么悦耳,多么美妙!'他带着甜美的表情说道,为了证明自己说得有道理,他眯缝着眼睛,举起一个手指,念道:'安特洛普斯!'

"别里科夫也极力把自己的思想藏在套子里。对于他来说,只有发布什么禁令的政府告示和报纸社论,才是一目了然的。当有份告示禁止中学生在晚上九点过后上街,或是有篇报纸的文章鼓吹禁止性爱,他就觉得一清二楚,发出禁令——一了百了。他认为在一切的开禁和允许里,都包含着某种可疑的、说不清道不明的因素。而当有关部门批准在城里成立剧社,或是开设阅览室和茶座,他就摇摇头轻声说道:

"'这,当然,好倒是好,但怎么会不闹出点乱子来。'

"一切偏离章程,有点出格的事,都会让他垂头丧气,尽管,这与他有何相干呢?如果有个同事没有准点参加祷告仪式,或是听说中学生调皮捣蛋,或是看到女教师晚上和军官在一起散步,他就会激动起来,反复说,这怎么会不闹出点乱子来。在学校的教务会上,他用自己的谨小慎微、神经过敏以及他那类套子式的议论压迫着我们:他认为男校和女校的年轻人都行为不轨,教室里闹得不成体统,他说,这怎么会不传到上司的耳朵里去,哎呀,这怎么会不闹出点乱子来;他还说,如果把二年级的彼得洛夫、四年级的叶果洛夫开除了,倒是很好。结果怎么样?他用他的一声声叹息和哀怨,用他那副贴在小白脸上的黑眼镜——您知道,他的小脸活像黄鼠狼的脸——来压迫我们,我们只好让步,我们把彼得洛夫和叶果洛夫的操行分数压低,给他俩关了禁闭,而最后还是把彼得洛夫和叶果洛夫开除了事。他有个奇怪的习癖——常来我们宿舍走动。他到了一位教师家里,坐了下来,一言不发,像是要侦探什么似的。就这样一言不发地坐上一两个小时,然后走了。他把这称作'与同事们保持友善关系',但很明显,来看望我们,枯坐一两个小时,在他是件痛苦的事,他来探望我们仅仅是因为他觉得这是在尽一份同事的义务。我们这些教师都怕他,甚至校长也怕他。您倒是想想,我们教师都是有头脑的人,他们的品行受过屠格涅夫和谢德林的熏陶,而这个总是穿着雨鞋打着雨伞的人,却整整十五年把整个学校捏在自己的手心里!学校算得了什么?整个城市都被他捏在手心里!我们的妇女到了星期六不敢举办业余戏剧演出,因为怕他知道;有他在场,神父不敢吃肉,不敢打牌。在像别里科夫这类人的影响下,最近十年到十五年的时间里,我们这个城市的居民变得害怕一切。害怕大声说话,害怕邮寄书信,害怕结交朋友,害怕阅读书籍,害怕接济穷人,害怕学习文化。"

伊凡·伊凡内奇咳嗽了一声,想说点什么,他先吸了口烟,看了看月亮,然后才抑扬顿挫地说道:"是啊,有头脑、有品行的人,读着谢德林的书、屠格涅夫的书,还读勃克尔等名家的书,却忍气吞声,服从管制……事情就是这样。"

"别里科夫和我是邻居,"布尔金继续说,"同一层楼房,门对门,我们常常见面,我知道他的家庭生活。家里也是这一套:睡衣、睡帽、门闩、百叶窗,种种禁忌,种种忌讳,还有——这怎么会不闹出点乱子来!吃素有害,而吃荤又不行,因为怕别人说别里科夫不持斋,于是他要吃用奶油炸过的小鲈鱼,这虽然不是素菜,但也不能说是荤腥。他不用女仆,怕别人说他闲话,就雇了阿法纳西来当厨子,这是个六十岁的老头,爱喝酒,头脑不清醒,以前当过勤务兵,多少能烧点菜。阿法纳西经常站在门口,手臂交叉在胸前,总是唉声叹气,反复嘟囔这样一句:'现在像他们这样的人有的是!'

"他的卧室很小,像个木头匣子,床上挂着蚊帐。他上床睡觉总是用被子裹着脑袋,房里又热又闷,风吹打着紧闭的房门,炉子也嗡嗡作响;从厨房里传来叹息声,那是不祥的叹息声……

"他躺在被子里头感到恐惧。他担心会闹出点什么乱子来,担心阿法纳西会宰了他,担心会有小偷破门而入。于是他做了一夜的噩梦,早上我和他一起去学校,一路上他脸色苍白,郁郁寡欢,看得出来,他要去的那所人声鼎沸的学校,让他恐慌与厌恶,和我结伴同行,对于他这个生性孤僻的人也是件苦差事。

"'我们学校的教室里太闹了,'他这样说,像是要为自己的沉闷心情

找到原因,'太不像话。'

"您倒是想想,这位希腊语教师,这位套子里的人差一点结了婚。"

伊凡·伊凡内奇迅速瞅了瞅板棚说道:"您是在开玩笑!"

"真的,差一点结了婚,不管这有多么奇怪。我们学校来了一位新的史地教员,名叫米哈依尔·萨维奇·柯瓦连克,是乌克兰人。他不是一个人来的,他的胞妹瓦莲卡也跟来了。他年轻,皮肤黝黑,个头很高,手掌很大,从他的长相就能猜想他用低音说话,他的嗓音的确像是从木桶里传出来的:'嘭嘭嘭……'而她已经不年轻,有三十岁了,身材也很高,长得丰满,黑眉毛,红脸蛋———一句话,不是女人,是水晶软糖,她是那么活泼、机敏,总是哼唱乌克兰民歌,总是笑声朗朗。她动不动就发出爽朗的笑声:'哈哈哈!'和柯瓦连克兄妹的第一次真正相识,是在校长的命名日聚餐会上。在一群严肃的、老气横秋的、把参加命名日聚餐都看成应付差事的教师中间,我们突然看到一位新的阿芙罗基黛爱神浮出了水面:她两手抖腰来回走动,她笑着、唱着、跳着……她带着感情唱了《风之歌》,然后又唱了支歌,然后又是一支歌,她把我们所有的人,甚至包括别里科夫在内,都迷住了。别里科夫坐到她跟前,堆着甜蜜的笑容,说:'乌克兰语的柔和与悦耳能让人联想到古希腊语。'

"这话满足了她的虚荣心,于是她开始带着感情,用肯定的口吻对他说起她家在加德雅契县有个庄园,她妈现在就住在庄园里。那里有多么好的凤梨,多么好的甜瓜,多么好的卡巴卡呀!乌克兰人管南瓜叫卡巴卡,管小酒店叫什恩卡,他们用红颜色的甜菜和青菜熬出来的菜汤'非常好吃,简直是好吃死了'!

"我们听着听着,突然间在脑子里浮现出一个相同的念头。

"'让他们结成夫妻,倒也很好。'校长太太轻声对人说。

"我们大家终于想到,我们的别里科夫还是个单身汉,我们开始感到奇怪,我们到现在为止竟然没有发现,完全忽略了他生活中如此重要的一个细节。他对女人有什么样的基本看法,他如何为自己解决这个终身大事?早先这样的问题完全不会让我们感兴趣,我们甚至不会产生这样的想法,一个不管什么天气都要穿雨鞋上街,天天都挂着帐子睡觉的人还会谈恋爱。

"'他已经四十开外,而她三十岁……'校长太太说明自己的想法,'我以为,她可以嫁给他。'

"在我们外省,由于寂寞无聊什么样的事情都做得出来!有多少不应该做的荒唐事!这是因为完全不做正经事!就说这个别里科夫吧,我们甚至无法想象他是个未婚的人,可我们突然间为什么要操心替他做媒?校长太太、训导主任太太和所有我们学校的女士们全都活跃起来了,甚至变得标致了,好像一下子看见了生活的目标。校长太太在戏院里订了个包厢,瞧——在她的包厢里坐着瓦莲卡,她扇着扇子,喜形于色,她旁边是别里科夫,他蜷着身子,小得可怜,像是有人用钳子把他从家里夹到这里来的。我要举办游艺晚会,女士们便要求我务必把别里科夫和瓦莲卡请到。总而言之,机器开动了。而且我们发现,瓦莲卡也不反对嫁人。她和哥哥住在一起并不愉快,就知道整天争吵与对骂。您瞧这样一个场面:柯瓦连克在街上行走,是个高个儿壮汉,穿着绣花衬衣,一缕头发从帽檐落在额头;他一手拿着一包书,另一只手拄着一根多节的粗棍。妹妹走在他身后,也拿着一包书。

"'米哈依里克,你没有读过这本书!'她大声争辩,'我敢向你发誓,你压根没有读过!'

"'而我要对你说,我读过了!'柯瓦连克大声喊道,用木棍敲打着人行道。

"'米哈依里克,我的上帝!你干吗发火,我们是在进行原则性的对话。'

"'而我要对你说,我读过了!'柯瓦连克喊得更响了。

"而在家里,即便当着外人的面,他们也会互相吵骂。大概,这样的生活让她太厌倦了,她想要有个自己的家,而且也不能忽略年龄;现在已经不好挑三拣四了,能嫁个人就行,甚至嫁给希腊文教师。对于我们这儿的大多数妇女来说,嫁给谁并不重要,要紧的是嫁出去。不管怎么样,瓦莲卡开始对我们的别里科夫表现出明显的好感。

"而别里科夫呢?他也常常去柯瓦连克家里,就像常常来看我们一样。他一到那里,就坐下来,一言不发。他一言不发,瓦莲卡则给他唱《风之歌》,或是用她那双黑眼睛瞧着他,要不就突然大笑起来:'哈哈哈!'

"在情爱方面,尤其是在婚姻上,诱导能起很大作用。所有的人——无论是同事们还是同事的太太们——都试图让别里科夫相信他应该结婚,除了结婚之外,在他生活中再没有什么要紧的事。我们都向他道喜,都用严肃的口吻讲着各种无聊的套话,不外乎婚姻是终身大事等等,况且瓦莲卡长得不错,也有品位,她还是五等文官的女儿,有一处庄园,而更重要的是,她是头一个对他态度亲切的女人——他终于昏了头,觉得自己的确应该结婚。"

"应该把他的雨鞋、雨伞拿走才对。"伊凡·伊凡内奇这样说。

"你要知道,这是不可能的。他把瓦莲卡的照片放到了自己的书架上,他照样来我这里,谈论瓦莲卡,谈论家庭生活,谈婚姻是终身大事,他也常去柯瓦连克家里,但他的生活方式依然如故。甚至相反,结婚的决定好像对他产生了负面的影响,他变瘦了,脸色更加苍白,他像是更深地陷进了自己的套子里去了。

"'瓦尔瓦拉·萨维什娜,我喜欢,'他苦笑着轻声对我说,'我也知道,每个人都应该结婚,但……您要知道,这一切来得过于突然……应该好好考虑一下。'

"'还考虑什么?'我对他说,'结婚就完事了。'

"'不,结婚是终身大事。应当首先估量一下眼前的职责和义务……免得以后出什么乱子。这太让我担心了,我现在天天失眠。我得承认,我心里害怕:她和她哥哥的思想很奇怪,他们的言论,知道吗?也很离奇,性格也很张扬。结婚了,然后少不了会遇到什么麻烦。'

"他没有求婚,一味地拖延,这让校长太太和我们学校的其他女士深感遗憾。他一直在估量眼前的职责和义务,与此同时他几乎每天与瓦莲卡出去散步,可能他以为处在他的地位必须这样行事。他也来看我,谈论家庭生活。如果没有出现一场轩然大波,很有可能他会求婚,从容不迫地完成一桩无聊而愚蠢的婚事,在我们这里,由于寂寞和无所事事而造就的这类婚事数以千计。应该指出,瓦莲卡的哥哥柯瓦连克从认识别里科夫的第一天起就憎恶他,忍受不了他。

"'我不明白,'柯瓦连克耸耸肩,对我们说,'我不明白,你们怎么忍受这个告密者,这副讨厌的嘴脸。哎嘿,先生们,你们怎么能在这里生活!你们这里的空气太压抑、太恶浊。你们难道是教书先生?你们是群小官僚,你们这地方不是科学的殿堂,而是衙门,而且散发着只有在警察局里才能闻到的臭气。不行,兄弟们,我和你们再相处一阵就回自己的庄园,我将在那里捕鱼捉虾,教乌克兰的小孩读书识字。我会走的,让你们和自己的犹大留在这里,一起倒霉吧。'

"有时他哈哈大笑,笑得流出眼泪,或是粗声粗气,或是细声细气,或是用尖厉的嗓音,两手一推问我:'他到我家来干什么?他需要什么?他

坐着,瞪着眼睛看着。'

"他甚至给别里科夫起了个外号:'名副其实的蜘蛛'。可以理解,我们避免和他说起他妹妹正想嫁给这只'蜘蛛'。但有一次校长太太向他暗示说,要是能促成他妹妹和别里科夫这样体面、受人尊敬的男人结为夫妻也不失是件好事,他便阴沉下了脸嘟囔说:

"'这不关我什么事。哪怕她嫁给一条蟒蛇。我不爱干涉别人的事。'

"现在请听之后发生的事。有个淘气鬼画了一幅漫画:别里科夫在走着,穿着雨鞋,卷着裤腿,打着雨伞,旁边走着瓦莲卡,两人手挽着手,下边有一行字:'恋爱中的安特洛普斯。'画家可能干了不止一个通宵,因为不管是男校或是女校,或是师范学校的教师们,以及各种官员们,人人都收到了这样一份漫画。别里科夫也收到了一份。这幅漫画使他苦不堪言。

"我们一道出了门,这天是礼拜日,恰好是五月一日,我们所有的老师和学生都约好在校门口集合,然后步行出城到一个树林子去,我们走出来的时候,他脸色铁青,比乌云还要阴沉。

"'竟然有这样良心不好的恶人!'他说,嘴唇在发抖。

"我甚至对他产生了怜悯。我们走着,突然间,您倒想想,柯瓦连克骑着自行车过来了,瓦莲卡在他身后,也骑着自行车,她满脸通红,很疲劳的样子,但兴高采烈,情绪极好。

"'我们,'她喊道,'在前面走!天气太好了,好得要命!'

"两个人影消失了。我的别里科夫的脸色由铁青变成惨白,人像是一下子僵住了。他停下来看着我⋯⋯

"'请问,这是怎么回事?'他问道,'也许,是我的眼睛欺骗了我?难道中学教师和妇女骑自行车也合体统?'

"'有什么不合体统的?'我这样说,'就让他们骑个痛快好了。'

"'这怎么可以?'他大声吼道,惊讶于我的平心静气,'您在说些什么呀?!'

"他受到那样的震动,以至于不想再往前赶路,便返回了家中。

"第二天,他不住地搓手,身子也神经质地抖动着,从脸色看得出来,他没有吃午饭。尽管还是夏天的天气,但晚间他穿得暖暖的,缓步来到了柯瓦连克家。瓦莲卡不在,他只是碰到了她哥哥。

"'请坐。'柯瓦连克皱起眉头,冷冷地说;他睡眼惺忪,午饭过后刚打

了个盹儿,情绪极坏。

"别里科夫默默地坐了十分钟之后,说:

"'我到您这儿来,是为了减轻我心中的负担。我很痛苦,很痛苦。有个爱造谣的家伙给我和一位你我都熟悉的女士画了幅漫画。我以为有责任向您申明,这与我毫不相干……我没有做出什么可以让人如此嘲弄我的事情。相反,我一直是像一个正派人的样子行事的。'

"柯瓦连克坐着、沉默着,心里火冒三丈。别里科夫停顿了一下,然后继续轻声地、伤感地说道:

"'我还要对您说几句。我教书已有不少年头,而您才刚刚开始,所以我作为一个老教师认为有责任提醒您。您骑自行车,这种娱乐对于一个青少年教育工作者是绝对不合适的。'

"'为什么呢?'柯瓦连克压低了嗓子问。

"'这难道还需要解释,米哈依尔·萨维奇,难道这还不明白?如果老师能骑自行车,那么学生应该干什么?他们就可以两脚朝天,拿着大顶走道?既然行政当局没有颁布告示允许做,就不能做。我昨天真是大惊失色啊!当我看到您妹妹的时候,我眼前一片漆黑。一个妇女或者是一位姑娘骑在自行车上——这太可怕了!'

"'您究竟是想要干什么?'

"'——我就需要做一件事——给您提个醒儿,米哈依尔·萨维奇。您是年轻人,您前程万里,您应该非常谨慎行事才对,可您的行为是那样的不检点,那样的不检点!您穿着绣花衬衣出门,常常抱着些什么书本上街;现在又是骑上自行车。校长早晚会知道您和您妹妹骑自行车的事,然后再传到督学那里……这还会有什么好结果!'

"'我和妹妹骑自行车,不关任何人的事!'柯瓦连克说,脸孔涨得通红,'而谁要是干涉我的家庭私事,我就让他滚得远远的。'

"别里科夫脸色煞白,站起身来。

"'如果您用这种口吻与我说话,那我就不再往下说了。'他又说,'但请您以后永远不要当着我的面这么议论上司。对待上级行政当局您应该有所尊敬。'

"'我难道说了什么行政当局的坏话?'柯瓦连克问道,用憎恶的眼光瞧着他,'我是个正大光明的人,我不想跟像您这样的先生交谈。我不喜欢爱告密的小人。'

"别里科夫张皇失措了,他急匆匆地穿上大衣,脸上露出惊恐的神情。要知道他平生第一次听到这样粗鲁的话。

"'您可以想说什么就说什么,'他这样说,一边走出门厅朝楼梯口走去,'我只是需要预先向您申明一下,可能有什么人偷听了我们的谈话,为避免有人曲解我们的谈话,再闹出什么乱子来,我应该把我们的谈话内容向校长如实报告……我必须这样做。'

"'报告?去吧,去报告呀!'

"柯瓦连克从身后一把抓住他的衣领,猛地推了一下,别里科夫便连同他的雨鞋一起带了响声滚到了楼梯下。楼梯又高又陡,但滚下楼梯的别里科夫安然无恙,他站起身来,摸摸鼻子:眼镜是否完整无损?但就在他顺着楼梯往下滚动的时候,瓦莲卡带着两位女士回到了家里;她们在楼梯下站着、看着,这在别里科夫是最最可怕的了。看来,他宁肯摔断脖子和两条腿,也不愿当别人的笑柄。要知道,现在这件事会传得满城风雨,会传进校长和督学的耳朵里,啊嘿,这怎么会不闹出点什么乱子来!然后会有人画新的漫画,最后只有奉命辞职了事……

"当他站起身来,瓦莲卡认出了他,瞅着他可笑的面孔,他皱巴巴的大衣,他的一双雨鞋,她不了解事情的原委,还以为这是他自己不小心摔下了

楼梯,便忍不住大笑起来,她的笑声响彻整个屋子:'哈哈哈!'

"这一串银铃般的'哈哈哈'的笑声把一切都了结了:了结了这门婚事,了结了别里科夫的人世生活。他已经听不见瓦莲卡说了什么,他也什么都看不见。回到自己家里之后,他做的第一件事就是从桌子上撤去瓦莲卡的照片,然后躺下,从此再也没有起来。

"过了三天,阿法纳西来找我,问我是否应该去请医生,因为他主人的情况不妙。我去看望别里科夫。他躺在帐子里,蒙着被子,一声不吭;有话问他,他仅仅以'是'与'不是'作答,其他的话一句也不说。

"他躺着,愁眉不展的阿法纳西在他床边走来走去,深深地叹气,从他身上散发出像是从下等酒馆里散发出的酒气。

"一个月后别里科夫死了。我们所有的人——两所中学和一所神学院的人,都去给他送葬。现在他躺在棺材里,他的神情温和、爽朗,甚至喜庆。好像他很高兴,终于被人放进了一个他永远不会从中走出的套子里。是的,他实现了自己的理想!天气也仿佛要对他表示尊敬,出殡的时候乌云密布,下起了雨,我们都穿着雨鞋,打着雨伞。瓦莲卡也参加了葬礼,当棺材送进墓穴的时候,她哭了几声。我发现,乌克兰女人要么哭泣要么欢笑,处于这两者之间的情绪状态是没有的。

"我要承认,埋葬像别里科夫这样的人是件十分愉快的事。从墓地归来,我们的脸色凝重;谁也不想表露这样愉快的心情——这样的心情我们很早很早以前就体验过,那时我们都还是孩子,大人出门了,我们可以到花园里去跑上一两个钟头,尽情享受那完全的自由。啊嘿,自由,自由!甚至仅仅是对自由的某种暗示,甚至是对自由的微小希望,都能给灵魂插上翅膀,难道不是这样?

"我们从墓地回来时的心情是舒畅的。但没有过去一个星期,生活又回到了老路上,它还照样的严酷、沉闷、无序,这是没有明令禁止,但也没有完全开放的生活。生活没有变得好起来。也是的,别里科夫是被埋葬了,但像他这样的套中人现在还有多少,将来还会有多少!"

"问题就在这里。"伊凡·伊凡内奇说,他抽起烟来。

"将来还会有多少!"布尔金又重复了一句。

中学教师走出了板棚。这人个头不高,已经发福,完全秃顶,长长的黑须几乎齐到腰间;两条狗也跟他一块儿走了出来。

"月亮啊,月亮!"他这样说,两眼看着天空。

已是午夜。右边,可以看见整个村子,一条长街伸得很远,约莫有五俄里。一切都沉浸在静静的、深深的梦里。没有动静,没有声音,甚至不能相信大自然会这样的宁静。当你在月夜里看到农村的长街,看到它的茅舍、草堆、入睡的垂柳,你的心也会变得平静。农村的长街笼罩在夜色苍茫之中,疏离了劳苦、忧愁和苦痛,在这份安宁里,它显得温柔而凄美,好像星星也在温存地看着它,好像恶已经从大地上消失,天下已经太平。左边,田野从林子的尽头伸展开去,远远地一直伸展到天边,这宽阔的田野沐浴在月光里,同样是没有动静,没有声音。

"问题就在这里,"伊凡·伊凡内奇又重复了一句,"而我们住在城里,空气污浊,拥挤不堪,写着无用的文章,玩着无聊的纸牌,这难道不也是套子?而我们终生周旋于俗人、庸人、蠢人和懒散的女人中间,自己说着和听着各种废话,这难道不是套子?好了,如果您有兴趣,我给您讲个很有教益的故事。"

"不,该睡觉了,明天再说。"布尔金说。

两人走进板棚,躺在干草堆上。他俩已经蒙上被子,昏昏欲睡,突然间听到了轻轻的脚步声:吧嗒,吧嗒……有个人在板棚旁边走动,走了一会儿停住了,过了一分钟又是吧嗒吧嗒地响起来……狗也汪汪地叫起来。

"这是玛芙拉在走路。"布尔金说。

脚步声消失了。

"看着和听着人家说假话,"伊凡·伊凡内奇翻了个身说,"人家骂你是傻瓜,就因为你容忍了这些假话;面对侮辱与委屈,你忍气吞声,不敢直言自己是正派的自由人中的一员;你自己也说假话,还面露笑容,这全是为了一块面包,一个温暖的角落,为了分文不值的一官半职——不,不能再这样生活下去!"

"得了,您这是在借题发挥,伊凡·伊凡内奇,"教师说,"睡吧。"

过了十分钟,布尔金已经入睡。而伊凡·伊凡内奇还在不停地翻身、叹气,后来他站起身,又走到门外,坐在门口,抽起烟来。

一八九八年

童道明 译

牵小狗的女人

一

听说,海边堤岸上出现了一张新面孔——一个牵小狗的女人。德米特里·德米特里奇·古罗夫在雅尔塔已经看惯了这个地方,他也对新面孔产生了兴趣。他坐在一家商亭里,看到一位年轻的金发女郎沿着堤岸走过,她个儿不高,戴着一顶无檐软帽,身后跟着一只白色的长毛小狗。

此后他每天都能碰到她几回,或是在城市的公园里,或是在街心花园里。她总是独自散步,总是戴着无檐软帽,牵着一只白色的长毛小狗。谁也不知道她是什么人,于是便干脆叫她"牵小狗的女人"。

古罗夫寻思:"如果她身边没有丈夫和熟人,倒不妨和她交个朋友。"

他还不到四十岁,但已经有一个十二岁的女儿和两个上中学的儿子。当他刚上大学二年级的时候,家里就给他成了亲,妻子现在看起来比他年长许多。她是个眉毛很浓的高个子女人,外表庄重,有气派,而且自以为有思想。她书读得很多,书写时故意漏掉硬音符号,丈夫德米特里到了她的嘴里成了季米特里。而古罗夫在内心深处认为她是个浅薄的、狭隘的、缺乏风度的女人,他怕她,所以不爱待在家里,他早就背叛过她,常常背叛她,也许是这个缘故,他总是说女人的坏话,一旦有人当着他的面谈论女人,他便轻蔑地称她们是"贱人"!

他以为,凭借他多年痛苦生活经历所取得的教训,自己可以随便数落女人,但没有这些被他贬称"贱人"的女人,他连两天都无法生活。在男人堆里,他觉得乏味,不自在,无话可谈,冷若冰霜。而一当他出现在女人中间,便感到自由自在,他知道该和她们说些什么,该如何表现自己,即使在她们面前一言不发,心里也宁帖自在。在他的外表、性格和整个气质里有一种不可捉摸的吸引着女性的诱惑力,他知道自己的这个魅力,同时,也有一种力量吸引着他投向女人的怀抱。

多次重复的痛苦经验早就给了他教训:对于正派的男人,尤其是对于行动迟缓、优柔寡断的莫斯科人,一切与异性的亲密接触,尽管开头也能让生活多了几分色彩,成为春风得意的奇遇,但随后必然会出现一堆大麻烦,最终背上一个大负担。然而,每当初识一个讨人喜欢的女人,这个痛苦经验便被忘得一干二净,他又热切地想过快活的日子,一切都显得那么自然和有趣。

终于有一天,黄昏时分,他在公园里用餐,而头戴无檐软帽的女士不慌不忙地走来,在邻近一张桌子旁坐下来。她的神态、步履、裙衫、发式都在告诉他:她来自上流社会,已婚,头一回来雅尔塔,独自一人,她在这里闷得慌……关于此地诸多有伤风化的传闻,不少是不真实的,他厌恶这些桃色新闻,认为这些故事的编造者本身就是些喜欢寻花问柳的人。但当一位女士坐在离他三步远的桌子旁,他就想起了这些便捷的艳遇,这些做伴登山的休闲,一种与一个连名字都叫不出来的陌生女人搞个一夜情的充满诱惑的念想突然间控制住了他。

他亲切地逗引着这只长毛小狗,让它到自己身边来,但当它向他走近的时候,他又晃动着手指吓唬它。小狗吠叫起来,古罗夫照样还吓唬它。

女人瞧了他一眼,立即垂下了眼睛。

"它不咬人。"她说,脸孔红红了。

"可以给它骨头吃吗?"当她点头做了肯定的回答,他便彬彬有礼地问:"您到雅尔塔有几天了?"

"五天。"

"而我在这儿快两个星期了。"

两个人沉默了一会儿。

"时间过得真快,但这儿多么沉闷!"她这样说,眼睛没有看着他。

"大家都在说这里沉闷。一个住在类似列夫或日德尔这样的小城市的小市民,一到这儿也说:'多么沉闷! 多大的灰尘!'好像他是从一尘不染的格林纳达岛来的。"

　　她笑了。然后两人继续用餐,默不作声,像是两个完全陌生的人。但饭后他俩肩并肩地走开了,于是开始了两人之间轻松愉快的交谈,那是两个自由的、惬意的人之间的交谈,往哪儿走、谈点什么都无所谓。他们一边散步,一边聊天,说到大海的色彩何等奇妙,海水呈青紫色,色调柔和而温馨,由于月亮的照射,海面上浮现出一条金黄色的光带。说到酷热的白天带来的烦闷。古罗夫说他是莫斯科人,大学里学的是文学专业,但现在在银行供职,曾经在一家私人歌剧团当过演员,后来洗手不干了,在莫斯科他拥有两处房产……而从她口中得知,她是在彼得堡长大的,但嫁到了C城,已经在那里住了两年,她还要在雅尔塔待上个把月,她丈夫可能也要来,他也想散散心。她怎么也说不清自己丈夫究竟在哪儿当差——是省政府还是省地方自治会,这让她自己都觉得可笑。古罗夫还得知,她叫安娜·谢尔盖耶芙娜。

　　后来,在旅馆房间里他又想起了她,想到明天他可能还会遇到她。这是一定的。躺在床上,他想到,她不久前还是个中学生,像他现在的女儿一样在上学。他想到,在她与陌生男人的谈笑中显得那样的羞涩和不自然,可见这是她生平第一次独自出门,第一次经历这样的处境——好多人都追踪着她,与她攀谈,而人们这样做是带着什么样的隐秘动机,她不可能猜不到。他想到了她纤细的脖子,想到了她美丽的灰色眼睛。

　　"她身上总有点招人爱怜的地方。"他想着想着就睡着了。

二

相识之后,过去了一个星期。是个假日,房间里很闷,街道上的风卷起灰尘,能把帽子吹落。整天想喝点什么,古罗夫不时地来到商亭里,请安娜·谢尔盖耶芙娜喝果子露和冰奶。除此之外无处可去。

临近傍晚,风小了些,他们走上防波堤,去观看轮船进港的情景。码头上人头攒动,是来接人的,手里拿着花束。在这里,最惹人注目的是雅尔塔上流社会的两大特色:上了年岁的女人一身年轻女子的打扮,将军的数量可观。

因为海上起了风浪,轮船迟到了,太阳已经落山,在进港之前,轮船转了好几圈。安娜·谢尔盖耶芙娜拿着望远镜看轮船和旅客,像是要寻找熟人,而当她把脸转向古罗夫,她的眼睛放光了。她说了好多话,前言不搭后语地提出问题,刚刚问过一句,便随即忘记了。后来她把望远镜丢在了人群之中。

穿戴体面的人群散去了,夜幕即将降临,人的脸孔也变得模糊了,风也停息了,而古罗夫和安娜·谢尔盖耶芙娜还站在那里,好像是在等待还有什么旅客从轮船上下来。安娜·谢尔盖耶芙娜默不作声,闻着花束散发的芳香,目光没有投向古罗夫。

"晚上的天气好了许多,"他说,"我们现在上哪儿去?要不我们叫辆马车兜兜风?"

她没有答话。

这时,他凝望着她,突然,他拥抱住她,吻了她的嘴唇,花朵的湿润的芳香把他陶醉了,他又立即恐慌地往四周瞧了瞧:不会有人看见了他们吧?

"我们上您那里去……"他轻声说。

两人快步走开了。

她的房间里很闷热,弥漫着她从一家日本商店里买来的香水的气味。古罗夫看着她,想:"人世间有多少萍水相逢的机遇呀!"在他的留存下来的往昔的记忆中,有悠闲的、善良的女人,她们因为得到了爱而欣喜,感谢他给予的幸福,尽管这幸福是短暂的。也有那样的——比方说像他妻子那样的女人,她们爱得不真诚,说起话来,添枝加叶,装腔作势,乃至歇斯底里,带着那样一种情绪,似乎这不是爱情,也不是欲念,而是某种更有意义的事物。还有那么两三个冷美人,在她们的脸上突然之间会流露出一种贪婪的表情,一种顽强的欲望,想要从生活中攫取生活无力给予的东西,这些女人已经不很年轻,她们任性,放肆,专横,缺乏智慧,当古罗夫对她们的热情冷却之后,她们的美貌激起了他的憎恶,她们内衣上的花纹在他心目中成了像鱼鳞一样的东西。

而眼前看到的,是一个青涩的青春生命的腼腆、无助和不自然,还有就是诚惶诚恐的感觉,好像生怕突然间听到一声敲门声似的。安娜·谢尔盖耶芙娜,这位"牵小狗的女人",对待所发生的事情,她的态度很特别,把它看得很严重,当作自己的堕落——就有这个感觉,这当然很奇怪,也不合时宜。她形容憔悴,两缕长发忧伤地垂挂在脸庞的两侧;她沉思着,神情沮丧,宛如一幅古画中待罪的女子一样。

"这不好,"她说,"现在您会是第一个瞧不起我的人。"

旅馆房间的桌子上放着一个西瓜。古罗夫给自己切了一小块,从容不迫地吃了起来。沉默的时间至少延续了半个小时。

安娜·谢尔盖耶芙娜是动人的,从她身上洋溢出一个涉世不深的女人的纯洁与幼稚的气息。桌子上有一支孤单的蜡烛在燃烧,勉强能照清她的面孔,但看得出来,她心里很难过。

"我为什么会不再尊重你?"古罗夫问,"连你自己都不知道你在说什么。"

"让上帝原谅我!"她说,眼眶里充溢着泪水,"这很可怕。"

"你好像是在为自己辩解。"

"我用什么为自己辩解?我是个下贱的坏女人,我憎恨我自己,我不想为自己辩护。我不是欺骗了丈夫,而是欺骗了我自己。不是从现在开始的,我早就在欺骗。我的丈夫,可能是个忠诚的好人,但他是个奴才!我不知道他在衙门里都干些什么,我只知道他是个奴才。我嫁给他的时候才二十岁,好奇心吸引着我,我希望有更好的日子过;我对自己说,总会有一种别样的生活的呀。想生活!生活,生活……好奇心把我燃烧了……您理解不了这个,但我,我向上帝发誓,我已经无法控制住自己,有样什么东西把我激活了,已经再也不能把我拉住,我对丈夫说,我病了,就来到了这里……到了这里,我四处游荡,像个疯子……就这样我变成了一个下贱的女人,变成了一个所有人都可以鄙视的坏女人。"

古罗夫听烦了,这种幼稚的口吻,这种突如其来的、不合时宜的忏悔让他气恼;如果不是她眼睛里饱含眼泪,他会以为她这是在开玩笑,或是在作秀。

"我不明白,"他轻声说道,"你到底想要什么?"

她把脸蛋埋在他的怀里,偎依着他。

"请相信我,我求您了……"她说,"我爱真诚的、纯洁的生活,我厌恶罪恶,我自己都不知道我在做什么。老百姓常说:魔鬼缠住了人。我现在也可以这样来说自己:魔鬼缠住了我。"

"够了,够了……"他嘟囔道。

他凝望着她那双发呆的、恐慌的眼睛,他吻着她,说着温柔的话,她的心绪有了好转,又快活起来,两个人一起欢笑。

后来,他们一起走了出去,海堤上已经见不到人影。这座城市,连同那些柏树,都显得死气沉沉,但大海还在喧闹,还在冲击着海岸;一条舢板在海浪中摇摆,舢板上有一盏灯,放出昏昏沉沉的微光。

他们雇了一辆马车,朝奥林安达驶去。

"我刚才在旅馆大堂知道了你的姓:在黑板上写着封·季杰利茨,"古罗夫说,"您丈夫是德国人?"

"不,他的祖父可能是德国人,他本人是东正教徒。"

在奥林安达,他们坐在离教堂不远的一张长椅上,俯瞰着大海,默不作声。透过晨雾,雅尔塔隐约可见,在高高的山顶上,飘着朵朵白云,静止不动。树上的叶子也不摇动,蝉声阵阵,而从岸底传来的单调的、低沉的海涛声,在诉说寂静和等待着我们的永续的长梦。当这个海边还没有雅尔塔和奥林安达的时候,大海就在喧哗,现在它还在喧哗,而当我们已经不在人间的时候,大海照样还会发出喧哗的声响,淡漠而低沉。而在这种永恒不变中,在这种对于我们每个人的生死的冷漠之中,也许正蕴藏着我们的永恒救赎的保证,人类生活的不断前进与不断完善的保证。古罗夫坐在一位年轻女人身旁,这位女人在晨曦中显得更加楚楚动人,面对这童话般的景象——这海,这山,这云彩,这辽阔的天空,古罗夫神清气定,飘飘欲仙,他暗想,如果我们认真想想,那么从本质上说,在这个世界上一切都是很美好的,只是我们所想的和所做的不是太好,因为我们忘记了生存的最高目标和自己的尊严。

有个人——可能是更夫——走过来看了他们一眼,又走开了。这个小小的插曲也显得神秘而美丽。他们看到有一艘轮船从菲奥杜辛雅开来,轮船已经熄了灯,船身沐浴在黎明的霞光之中。

"草上有露水了。"安娜·谢尔盖耶芙娜沉默之后说。

"是的。该回去了。"

他们回到了城里。

这之后,他们每天中午都在堤岸上见面,一起吃早饭,吃午饭,一起散步,一起欣赏海景。她抱怨睡眠不佳,抱怨心律不齐,她提出的问题都是同样的,她的苦恼或是出于嫉妒,或是源于恐惧——怕他对她不够尊重。在街心花园或是在公园里,每当四周无人,他常常突然将她拥进怀里,给她一个热吻。这样的优哉游哉,这样的在阳光下的避人耳目的接吻,这样的炎热,还有海水的气味,还有在他眼前川流不息的、饱餐终日的红男绿女,所有这一切让他变成了另外一个人,他夸奖安娜·谢尔盖耶芙娜光彩照人,风情万种,他狂热地爱着,寸步不离自己的所爱;而她呢,却常常陷入沉思,还一个劲儿地要他承认,他并不尊重她,一点儿也不爱她,而只是把她看成是一个低俗的女人。几乎每天傍晚,他们都要坐上马车出城,到奥林安达,或是去看瀑布;这样的郊游都进行得很顺利,留下的印象总是那样的美丽和神圣。

一直在等待她丈夫的到来。但却接到了他的来信,他在信里说他得了眼病,他央求妻子赶紧回家。安娜·谢尔盖耶芙娜赶忙上路。

"我走了,这很好,"她对古罗夫说,"这是命运。"她坐着马车去车站,他去给她送行,他们在路上走了一整天。待到她坐进了特快列车的车厢,第二遍铃声响起的时候,她说:

"让我再看您一眼……再看一眼。就这样。"她没有哭,但很忧伤,像是得了病的样子,她的面孔在颤抖。

"我会想念您的……想念,"她说,"上帝保佑您。您好好留在这里。我有什么做得不对,您多多包涵。我们就要永别了,因为我们没有必要再见面。好了,上帝保佑您。"

火车开得很快,车上的灯火也很快消失了,过了一分钟,火车的声音也听不到了,好像是串通好了似的,为了要尽快地了断这场疯狂的春梦。古罗夫独自站在月台上,看着黑暗的远方,听着山雀的鸣叫和电话线的声响,仿佛觉得自己刚刚从睡梦中醒来。他想,在他的生命中又增添了一桩风流韵事或是奇遇,而这奇遇已经终结,仅仅留下了回忆……他受了感动,也很伤感,还略有悔悟,因为他没有给这个他从此再也见不到的女人幸福,尽管他待她很礼貌,很热情,但在与她的交往过程中,在他对于她的亲昵中,在他的弦外之音里,总有些淡淡的嘲弄的影子,和一个幸福的男人居高临下的骄矜,何况他比她年纪几乎要大一倍。而她一直说他是个善良的人,是个出类拔萃的人,是个高尚的人,这显然不是他的真实面目,说明自己在无意之间欺骗了她……

在这个车站上已经有了秋天的气息,晚上已经有了凉意。

"我也该北上了,"古罗夫想着,走出了月台,"该走了!"

三

在莫斯科的家里,已经有了过冬的样子,壁炉烧着了,早晨孩子们吃茶点,准备上学的时候,天还黑着,保姆还要把灯点亮一会儿。严寒来临了。当下起第一场雪,第一次坐上雪橇,看见白色的大地,白色的屋顶,心里是很愉快的,呼吸也变得顺畅了,柔和了,在这个时刻,能让人回想起青春岁月。被冷霜染白的老菩提树和白桦树,厚道而诚恳,它们比柏树和棕榈树更让人感到亲切;一到它们身边,就不再去想那些山和那些海了。

古罗夫是莫斯科人,他在一个晴朗的冬日回到了莫斯科,当他穿上皮大衣、戴上皮手套,漫步在彼特罗夫卡的街头,当他在星期六的晚上听到教堂的钟声,他最近的那次旅行和他游历过的地方对他便失去了全部的魅力。他渐渐地沉潜到了莫斯科的生活中去了,已经每天都要如饥似渴地阅读三份报纸,但他又说,根据原则,他不读莫斯科的报纸。他乐此不疲地上餐厅吃饭,去俱乐部玩耍,参加各种宴请和纪念会,一些著名的律师和演员来他家做客,他因在医生俱乐部里和一个教授玩过牌而得意扬扬。他已经能够吃下一整份白菜炖肉了……

他以为,再过上一个月,安娜·谢尔盖耶芙娜在他的记忆里就会被一层迷雾笼盖,只会偶尔像其他人一样进入他的梦乡,重现她动人的微笑。可是,时光已经过去了一个多月,隆冬已到,一切都还历历在目,好像他只是在昨天才与安娜·谢尔盖耶芙娜分了手。而且这记忆越来越鲜明。不管是在傍晚的寂静中,孩子备课读书的声音传到了他的书房,不管是他在餐厅里听到有人在唱小夜曲,在弹大风琴,不管是在壁炉里听到风暴的呼啸声,他的记忆里便立即重现了过去的一切:码头上的景象,山顶上的晨雾,从菲奥杜辛雅开来的轮船,还有接吻。他久久地在房间里踱步,回忆着,微笑着,然后他的回忆变成为幻想,过去与未来便掺杂到了一起。安娜·谢尔盖耶芙娜没有进入他的梦境,但却如影随形地一直跟随着他。只消他一闭上眼,他就能看见她,她像个活生生的人,比过去的她更美丽,更青春,更温柔;他也觉得自己比在雅尔塔时的自己更优秀。每当傍晚,她从书架上,从壁炉里,从墙角处窥视着他,他能听到她的呼吸,她的衣裳的亲切的窸窣声。走在街头,他扫视着过往的女人,想看看有没有一个长得像她的……

有一个强烈的愿望折磨着他,他很想把自己的这段美好回忆说给什么人听。然而,在家里不能透露自己的爱情,在外边也没有可以说心里话的人。总不能跟邻居或是跟银行里的同事说吧。而且,又有什么可说的呢?当时他难道当真爱她吗?在他与安娜·谢尔盖耶芙娜的关系中,果真有什么美好的、诗意的或者是有启迪意义的,或者是有点什么情趣的内容吗?他只好语焉不详地说说女人,说说爱情,自然谁也猜不透他究竟在说些什么,只有他的妻子皱起浓密的眉毛,说:

"季米特里,你完全不适合扮演花花公子的角色。"

有一天夜里,他和自己的牌友一起从医生俱乐部走出来,便忍不住说了这句话:

"如果您能知道我在雅尔塔认识了一位多么迷人的女人!"

这位官员坐上雪橇上路了,可他突然转过身来,喊道:

"德米特里·德米特里奇!"

"什么事?"

"昨天您说对了:那盘鲟鱼已经发臭了!"

不知道因为什么,这句平平常常的话突然间惹恼了古罗夫,他觉得这话是带有侮辱性的,是不干不净的。多么野蛮的人品,多么丑陋的嘴脸!多么无聊的夜晚,多么乏味的白天!豪赌,贪食,狂饮,车轱辘话,无益的工作,老生常谈式的闲聊,耗蚀了一生中最好的时光与精力,到头来剩下了残缺不全的生命,一片狼藉,悲从中来,躲不开,逃不掉,就像是被禁锢到了疯人院里或是流放营中!

古罗夫一夜没有合眼,愤怒了,第二天头痛了一整天。他又失眠了一个晚上,坐在床上想心事,或是在房间里来回踱步。孩子让他厌恶,银行也让他厌恶,哪都不想去,也不想说什么。

利用十二月份的假期,他准备远行,告诉妻子说他要到彼得堡去为一个年轻人张罗一件事——他去了C城,为什么去?自己也说不好。他想见见安娜·谢尔盖耶芙娜,跟她谈谈,如果有可能,安排见个面。

他早晨到了C城,在旅馆里订了高档房间,房间的整个地板都铺着灰色的军用毛毯,桌子上摆着一瓶墨水,瓶子蒙着白色的灰尘,瓶后边立着一个骑士的造型,他手举着帽子,但脑袋已经脱落。旅馆的听差给他提供了有用的信息:封·季杰利茨住在老贡察尔大街的一处私宅——离旅馆不远,他有钱,生活富裕,家里养着马,全城的人都认得他。这位听差把他叫作德雷特利茨。

古罗夫不慌不忙地来到老贡察尔大街,找到了那所房子。房子正对面延伸着一道灰色的、长长的围墙,墙的上端钉着钉子。

"这样的围墙能把人吓跑。"古罗夫想着,一边看看窗子、看看围墙。

他想,今天是休息日,丈夫大概在家。无论如何,今天贸然闯到她家里去打扰,总是不明智的。要是送封信去呢,信也许会落到她丈夫手里,事情会更糟。最好是见机行事。他顺着街道在围墙近旁来回走着,等待机会来到。他看到有个乞丐走进门去,就有几只狗朝他扑去。过了一个钟头他听到了钢琴声,琴声细微,听不太清。大概是安娜·谢尔盖耶芙娜在弹。突然,大门洞开,走出一个老太婆,身后跟着那条熟悉的白毛小狗。古罗夫想叫唤那条狗,可是他心跳得厉害,在激动之中他想不起小狗的名字。

他来回走着,越发憎恶这道围墙,而且气恼地想道:安娜·谢尔盖耶芙娜大概已经忘记他了,也许已经另觅新欢——这在一个年轻的、从早到晚被迫看到那道该死的围墙的女人,是再自然不过的了。回到了旅馆的房间,在沙发上坐了很久,不知如何是好,然后他吃了午饭,睡了一个长觉。

"这一切是多么的愚蠢和烦心呀,"他醒来,瞧着黑暗的窗子,心想已经是晚上,"睡够了,晚上我该干点什么呢?"

他坐在床上,床上的被单灰不溜秋,不值几个子儿,跟医院病房里铺的差不多。他烦躁地骂起了自己：

"你倒好，找了个牵小狗的女人……来了一档子风流韵事……现在傻眼了吧。"

还在早晨，他就在火车站上看到了一张醒目的海报：新剧《盖依莎》首演。他记起了这个，便去了剧院。

"很可能她也会去看首演。"他这样想。

剧场满座。像所有省城里的剧场一样，枝形灯架上方烟雾缭绕，楼座里人声鼎沸，在开演之前，当地的大佬们在第一排站着，手抄在背后；省长的包厢里，省长的女儿围着毛皮围巾，坐在前排，省长本人倒谦逊地退居帘布之后，仅仅露出一双手；大幕摇晃着，乐队在反复地调音。当观众进了剧场，寻找座位的时候，古罗夫用眼睛急不可耐地搜索着。安娜·谢尔盖耶芙娜也走进了剧场。她坐在第三排，古罗夫一看到她，心都紧缩了；他清楚地意识到：现在在这个世界上再没有哪一个女人像她那样对于他更亲近、更珍贵、更重要了；这个娇小的女人，手里拿着一个庸俗的带柄眼镜，没有一点非凡之处，遗落在外省的芸芸众生之中，现在却占据了他的整个生命，成了他的痛苦，他的欢乐，他此刻唯一希望获得的幸福；在粗俗的小提琴声中，在不入流的乐队的演奏中，他想道：她是多么美好啊。他念想着、幻想着。

跟安娜·谢尔盖耶芙娜一起进来，坐到她身旁的，是一个留着络腮胡子的青年男子，他个儿很高，有点驼背，他每走一步就晃动一下脑袋，好像不断地在鞠躬。显然，这就是她的丈夫，就是那个在雅尔塔时，被极度痛苦的她称作奴才的人。而说实话，他那高高的身躯，他那络腮胡子和微秃的头顶，还果真有点奴才的媚相。他的笑容甜得发腻，他衣襟上别着的一个什么徽章，就像听差的号牌一样。

幕间休息，丈夫出去抽烟，她没有走。也坐在池座里的古罗夫，走到她跟前，强作微笑，用颤抖的声音说："您好。"

她看了他一眼，脸色发白，然后又恐慌地看着他，不敢相信自己的眼睛，两只手把扇子和带柄眼镜紧紧地捏着，显然，她是在竭力支撑住自己，不要昏倒。两人都沉默着。她坐着，他站着，被她的不知所措吓住了，不敢坐到她旁边去。调好音的提琴和笛子开始演奏，他忽然害怕起来，觉得仿佛所有包厢里的人都在看他们。她站起来，迅速往出口走去；他跟着她，顺着走廊,上楼下楼,慌不择路,在穿着法官、教师和各级文官制服的人们的眼前走过,这些人的胸前全都佩戴着徽章。在他们眼前掠过的,还有许多女人,和挂在衣架上的皮衣。挟裹着烟草味的穿堂风吹了过来。古罗夫的心猛烈地跳动着,他想:"上帝呀!何必要有这些人,这个乐队……"

这时他猛地想起,在那个晚上在车站为安娜·谢尔盖耶芙娜送行的时候,他曾经暗想,这层关系到此为止,他们再也不会相会。哪里知道,离结局还遥远得很!

在一条狭窄的幽暗的楼梯上,标着"剧场入口"的字样,她站住了。

"你可把我吓坏了!"她喘着粗气说,脸色惨白,惊恐万状,"哟,你可把我吓坏了!把我吓死了。你为什么到这里来?为什么?"

"安娜,你要明白,你要明白……"他急促地轻声说道,"我求求你,你要明白……"

她看着他,怀着恐惧,怀着祈求,怀着爱情。她凝视着他,要把他的容貌牢牢地印刻在自己的记忆里。

"我多么痛苦,"她继续说,不理会他的话,"我时刻念想的就是你,我沉醉在对你的思念中。我想忘记,忘记你,你为什么要来呢?"

在他们上方的楼梯口,有两个中学生在抽烟,眼睛在朝下看,可是古罗夫毫不在意,他搂住安娜·谢尔盖耶芙娜,吻她的脸和手。

"您干什么呀,您干什么呀!"她大惊失色,把他推开,"我和你都疯了。您今天就回去,现在就走……我用上帝的名义恳求您……有人来了!"有人上楼了。

"您应该走……"安娜·谢尔盖耶芙娜继续轻声说,"德米特里·德米特里奇,您听到没有?我到莫斯科去看您。我从来没有幸福过,现在我也不幸福,我永远也不会幸福的了,永远!不要让我更痛苦了!我发誓,我一定会到莫斯科去的。而现在让我们分手吧。我可爱的、善良的、宝贵的人,让我们现在分手吧!"

她握了一下他的手,快步下楼,几次转过身来看看他,从她的眼睛里,可以看出她的确不幸福……古罗夫稍稍在原地站了一会儿,侧耳倾听,然后,等到一切都平静了下来,他在存放衣服的架子上取下了自己的大衣,走出了剧场。

四

安娜·谢尔盖耶芙娜开始常来莫斯科看他。每两三个月就从 C 城来一次,对丈夫说:她要去向一位教授咨询自己的妇女病——丈夫像是相信又像是不相信。一到莫斯科,便下榻斯拉夫商场旅馆,立即派一个头戴红帽子的人去找古罗夫。古罗夫便来看她,在莫斯科谁也不知道这件事。

一个冬天的早晨,他照样去看她(昨晚信差去找过他,却没碰上)。他女儿与他一起走着,他送她去上学,正好同路。正遇上大雪纷飞。

"现在是零上三度,但是却在下雪,"古罗夫对女儿说,"但这只是地球表层的温度,上层空间的气温就完全不同了。"

"爸爸,为什么冬天不打雷呢?"

他也把这解释了一下。一边讲着,一边却在想着:他正要去和一个女人幽会,没有一个人知道这件事,大概,永远也不会有人知道。他有两种生活:一种是公开的,谁都能看到和知道的,只要他有这个兴趣。这种生活充满着约定俗成的真实和虚假,这种生活和他的熟人们、朋友们的生活完全一样。另一种生活是在暗中流淌着的。由于机缘的奇异巧合,一切在他是重要的,有意味的,必不可少的,他真心感应的,没有欺骗自己的,因而构成了他的生命之核的,都是要避人耳目的,而那些他用来掩饰自己,掩盖真相的虚伪外壳,比如,他在银行的差使,他在俱乐部里的争辩,他关心"贱民"的宏论,他同妻子在纪念会上的亮相——所有这些都是公开的。他根据自己的经验来判断别人,便不再相信自己眼见的东西,而永远意识到,每一个人都在秘密的掩护下,犹如在黑夜的掩护下,过着他们真正的、最有意味的生活。每一个个体的真实存在,都存在于秘密之中。也许正因为这样,文化人才如此情绪激动地呼吁尊重个人隐私。

把女儿送到学校后,古罗夫向斯拉夫商场旅馆走去。他在大堂脱去了皮大衣,上了楼梯,轻轻敲了敲门。安娜·谢尔盖耶芙娜身穿那件她心爱的灰色衣裙,由于路途劳顿和苦苦等待而面有倦色,她从昨晚起就开始等他。她脸色苍白,瞧着他,但没有露出笑容。他一进门,她就扑进他的怀里。似乎他们已经分别了两年似的,他们相拥而吻,吻得很长,很久。

"你在那边生活得怎么样?"他问,"有什么新闻?"

"等等,我现在就告诉你……我受不了啦。"

她说不出话来,就哭了。她背过身去,用手绢擦眼泪。

"行啊,就让她哭吧。我先坐一会儿。"他想,坐到一把椅子上。然后他按铃,吩咐给他上茶。当他喝着茶的时候,她依然站在那里,面孔朝着窗子……她哭是因她激动,因为她悲伤地意识到,他们的生活是如此可悲:他们只能偷偷地相会,避开外人,像做贼一样!他们的生活难道不是已经破碎了吗?

"行啦,别哭了!"他说。

他看得很清楚,他们的爱情不会很快完结,也不知何时完结。安娜·谢尔盖耶芙娜越来越眷恋他,崇拜他,对她说这段感情终归要完结是没有意义的,而且她也不会相信。

他走近她,拉住她的肩膀,抚爱她,说幽默的话,就在这个时候,他在一面镜子里看见了自己。

他的头发开始白了。他感到奇怪,在最近几年里,他竟变得这么老态,这么难看。他扶住的双肩散发着温暖,还微微地颤抖着。他对这个生命产生了悲悯之情,这个生命这样温暖,这样美好,但很可能,它离苍白与凋零之日也相去不远了,就像他自己一样。她爱他什么呢?在女人的眼睛里,他总是跟自己的本相不同。她们爱的不是他本人,而是她们的想象所创造出来的、被她们在一生中追寻多年的男人。此后即便她们发现了自己的错误,她们照旧爱着他。与他交往过的女人没有一个幸福过。时过境迁,他从与女人相识到相处到分手,周而复始,只是他从来没有爱过一次。可以有种种说法,但不是爱情。

只是到了现在,当他的头已经白了,他才真正用心地爱上了一个人——这是他平生第一遭。

安娜·谢尔盖耶芙娜和他互相爱恋着,像一对很亲近的人,像夫妻一样,像心心相印的朋友一样;他们觉得是命运在安排他们相逢,他们不能理解,为什么他已经娶了妻子,而她已经嫁了人;他们就像是两只候鸟,一公一母,被人抓住,硬是关在两个单独的笼子里。他们互相宽恕,宽恕了他们过去所做过的使他们羞愧的事情,也宽恕了他们眼下所做的一切,他们感觉到,这个爱情把他们两个人都改变了。

以前,一当忧伤袭来,他总是用自己能想得到的人情世故来宽慰自己,现在他不去思考那些人情世故了,他体验到深深的悲悯,他希望做个真诚而温柔的人……

"别哭了,我亲爱的,"他说,"你哭一哭,也就够了……现在咱们来说说,想想有什么办法。"

然后,他们商量了很久,说到他们怎样才能不再躲躲闪闪,不再欺瞒,不再两地分居,难得一见。他们怎样才能从这些无法忍受的桎梏中解脱出来。

"怎么办呢?怎么办呢?"他抱着头,问,"怎么办呢?"

似乎再过一会儿,就会找到办法了,新的美好的生活就要开始了。但他们两人心里都清楚:距离幸福的目的地还很遥远,最复杂和困难的路程才刚刚开始。

一八九九年

童道明　译

主　教

一

　　复活节前的星期天,古彼得罗夫修道院正举行晚祷。到了分发柳枝的时候,已经快过九点,烛火暗下来,灯芯结起烛花,一切都仿佛在雾中。教堂里晦暗不明,人群如海浪般涌动,彼得主教已经病了三天,在他看来,所有的人——无论男女老幼——彼此都一模一样,所有过来拿柳枝的人,眼神也都一样。在这雾气中,看不见门在哪里,人群只管移动,仿佛他们现在走不到尽头,将来也走不到尽头。响起了女声合唱,一个修女诵读赞美诗。

　　多么闷,多么热啊!晚祷的时间多么长啊!彼得主教累了。他感到呼吸沉重、急促、干涩,肩膀累得疼,腿脚发抖。合唱声中偶尔一个宗教狂呼喊起来,这也搅得他心里不舒服。突然,就像在梦里或者昏迷中,主教觉得,他那九年未见的亲生母亲玛丽娅·季莫费耶芙娜,正在人群中向他走来,不过这也许是一个长相酷似他母亲的老太婆,从他手上接过柳枝就走开了,但一直欢欢喜喜地望着他,笑容慈祥而开心,随后便裹挟入人群中。不知怎的,泪水流过他的脸庞。他心里平静,一切都顺顺当当,但他一动不动地望着左边的唱诗班,那里在诵诗,夜色昏暗,一个人也看不清,于是他哭了起来。泪珠在他脸上和胡须间闪闪发亮。靠近他身边也有一人哭了,然后再远些另有一人哭了,然后一个接一个,慢慢地教堂里满是隐隐的哭泣声。过了一会儿,大约五分钟,修女合唱团唱起诗来,大家就不再哭了,一切恢复原样。

不久仪式就结束了。当主教坐上轿式马车回家时,整个花园被月光照亮,人们敲响昂贵而沉重的钟,传来欢快悠扬的钟声。墓园的白色墙壁,白色十字架,白色桦树和黑色的影子,天空中远远正挂在修道院上方的一轮月亮,此时似乎都在过着自己那特殊的生活,人类虽不了解这种生活,却觉得亲近。正是四月初,春天温暖的白昼过后,天气转凉,微微起了些寒意,在柔和凉爽的空气中,可以感受到春天的气息。从修道院到城里的路上布满沙石,只能驱车缓行;轿式马车两旁,在明亮而宁静的月光下,有朝圣者在沙石地上慢步行走。所有人都在缄口沉思,周围的一切,无论树木、天空、乃至月亮,都显得那么殷勤,朝气蓬勃,让人感觉亲近,于是生出一种念想:将来永远都会这样。

最后,轿式马车驶进城里,在一条大街上奔驰。店铺已经关门,只有商人叶拉京,那个百万富翁的店铺里,在试用电灯照明,灯光强劲地闪烁着,旁边聚了一群人。往后是一条接一条宽阔黑暗、渺无人迹的街道,城外是地方自治局修的公路,田野飘来松树的清香。蓦地眼前升起一道白色的、带有雉堞的城墙,城墙后面矗立着通体被照亮的高高的钟楼,旁边有五个金光闪闪的大圆顶——这是潘克拉契耶夫修道院,彼得主教就住在里面。那轮静默沉思的月亮也高高地挂在修道院上空。轿式马车驶进大门,在沙石地上发出轧轧的声音,月光下一些黑色的修士身影若隐若现,石板路上响起了脚步声。

"主教大人,您不在家的时候,您妈妈来了。"侍者在主教走进房门时禀告说。

"妈妈?她什么时候来的?"

"晚祷前。她老人家先是打听您在哪里,后来就去了古彼得罗夫修道院。"

"这么说,我刚才在教堂里看到的就是她呀!天哪!"

主教开心地笑了。

"主教大人,她老人家吩咐我向您禀告,"侍者继续说,"她明天再来。她带着一个小女孩,大概是她孙女。她们住在奥夫相尼科夫大车店里。"

"现在几点?"

"刚过十一点。"

"唉,多可惜!"

主教在客厅里稍坐了一会儿,思前想后,好像不相信已经这么晚了。他的手脚一阵阵发麻,后脑疼痛。他觉得又热又不舒服。休息片刻后,他走进自己的卧室,又坐了一会儿,始终在想母亲。他听到侍者走出去了,修士司祭西索伊神父在隔壁咳嗽,修道院的钟敲了十一点一刻。

主教换过衣服,开始念睡前祷文。他一心一意地诵读这古老的、早已熟知的祷词,同时还在想自己的母亲。她有九个儿女和大约四十个孙子孙女。从前,她和自己当助祭的丈夫生活在一个贫穷的村子里,在那里住了很久,从十七岁住到六十岁。主教还是个孩子的时候,差不多从三岁起就记得她的模样——他多么爱她!可爱的、珍贵的、永难忘怀的童年!为什么这段时光一去便永不复返,为什么它似乎比实际上更光明,更快乐,也更多姿多彩呢?童年和少年时,每逢他身体不好,母亲总是那么温柔、那么体贴!此刻,祈祷词与回忆混杂在一起,而这回忆像一团火一样愈烧愈烈,因此祈祷也不妨碍他想母亲。

祷告完毕,他脱衣躺下,周围刚刚黑下来,他的脑海里就立刻浮现出他去世的父亲、母亲、他出生的列索波利叶村……车轮的轧轧声,羊群咩咩的叫声,明朗夏日清晨中教堂的钟声,窗下的茨冈人——啊,想到这些,心里是多么甜蜜!他想起列索波利叶村的教士谢米昂神父,一个温顺、谦卑、心肠和善的人:他本人很瘦,个子不高,他的儿子是宗教学校的学生,却身材魁梧,用愤愤不平的男低音讲话;有一次,这个教士的儿子对厨娘发火,骂她:"呸,你这条耶户的母驴!"谢米昂神父听到这话,什么也没说,只是暗自羞愧,因为他想不起来《圣经》上什么地方提到过这条母驴。在他之后来列索波利叶村当教士的是杰米扬神父,他拼命灌酒,有时候喝得酩酊大醉,他甚至得到一个绰号:醉汉杰米扬。列索波利叶村的教员是玛特威·尼古拉伊奇,毕业于师范学校,这人善良,不愚蠢,但也是个酒鬼;他从来不打学生,但不知何故他的墙上始终挂着一束桦树条,下面题着一句毫无意义的拉丁文——betula kinderbalsamica secuta(诊治儿童的、鞭打用的桦树条)。他养了一条毛发蓬松的黑狗,给它起名:辛塔克西斯①。

主教笑了起来。距列索波利叶村八俄里的奥勃尼诺村有一个显灵的圣像。夏天,捧着十字架游行的宗教队伍把圣像从奥勃尼诺村抬到邻近的

---

① 俄文意思是"句法学"。

村子里,整整一天,人们不是在这个村子里,就是在那个村子里敲钟,在那样的时刻,主教觉得空气中跃动着欢乐,而他(那时候他叫帕夫鲁什卡)不戴帽子,赤着脚,跟在圣像后面走,怀着天真的信仰,带着天真的笑容,幸福得不得了。现在他回忆起,奥勃尼诺村里总是有很多人,当地的修士阿历克谢神父为了赶时间做奉献祈祷,让他的聋侄子伊拉利昂诵读圣饼上的"祈安康"和"安灵祷告"的记录和名单;伊拉利昂便诵读,有时靠日祷拿到一枚五戈比或者十戈比的硬币,只是到了头发变白,头顶光秃,一辈子已然过去的时候,他才猛然看到,在一张小纸片上写着:"你真是个傻瓜,伊拉利昂!"至少在十五岁之前,帕夫鲁什卡都是懵懵懂懂,学习成绩很差,以至于家里人甚至想把他从宗教学校接回来,送进店铺当学徒;有一回他去奥勃尼诺邮局取信,久久地盯着邮局职员,问道:"请容我得知,你们怎样拿薪水:按月还是按天?"

主教画了个十字,翻身向另一侧,尽力不再多想,安心睡觉。

"我的妈妈来了……"他想起这事,笑了。

月亮照进窗户,将地板照亮,也投下一些阴影。一只蟋蟀在鸣叫。隔壁的房间里,希索伊神父轻轻地打着鼾,在他那老人的鼾声中,可以听出某种单身的、孤独的,甚至流浪者的音调。希索伊曾做过教区主教的管家,现在人们就叫他"原来的神父管家";他七十岁了,住在离城十六俄里的一座修道院里,有时候也住在城里合适的地方。三天前他来到潘克拉契耶夫修道院,主教把他留在身边,好在空闲的时候和他聊聊事务,谈谈此地的规矩……

一点半,晨祷的钟声敲响。听到希索伊神父在咳嗽,嘟嘟囔囔发了几声牢骚,然后起床,光着脚在各个房间里走来走去。

"希索伊神父!"主教招呼。

希索伊回到自己的房间,过了不久就来了,已经穿上靴子,手里举着一根蜡烛;他身上的衬衣外罩着一件法衣,头上戴一顶褪色的旧法冠。

"我睡不着,"主教坐起来说,"我大概生病了。可什么病我却不知道。我发烧!"

"大概是着凉了,主教大人。应当用蜡烛油给您擦一擦身子。"

希索伊站了一会儿,打了个哈欠:"主啊,原谅我这个罪人!"

"叶拉京的铺子里今天点上了电灯,"他说,"我不喜欢!"

希索伊神父苍老,消瘦,弯腰驼背,总是对什么不满意,他的眼睛也跟虾的眼睛一样,愤愤不平,向外凸起。

"我不喜欢!"他又重复一遍,走了出去,"我不喜欢,彻底去他的吧!"

二

第二天,复活节前的星期天,主教在市大教堂做过日祷,然后去教区主教家,随后又去一位年老病重的将军夫人家,最后才乘车回家。一点钟,一些身份尊贵的客人在他那里吃午饭:老母亲和外甥女卡佳,一个八岁左右的女孩。吃午饭的时间里,春天的太阳始终从院子里照进窗户,阳光欢快地闪耀着,落在白色的桌布和卡佳棕红色的头发上。透过双层窗户,可以听到花园里白嘴鸦在鼓噪,蟋蟀在鸣唱。

"我们已经九年没见面了,"老妈妈说,"昨天在修道院里,我才看到您——主啊!您一点儿都没变,只是瘦了些,胡子也长了。天国的女皇,圣母!昨天做晚祷的时候,大家怎么也控制不住,全都哭了。我看着您,也突然哭了,为什么哭我自己也不知道。这是主的神圣的意旨啊!"

尽管她说这话的口气很温柔,但可以察觉出,她感到拘束,好像不知道,该称他"你"还是"您",该不该笑,觉得自己与其说是母亲,还不如说是助祭的妻子。而卡佳眼也不眨地盯着自己的主教舅舅,似乎希望猜出他是个什么样的人。她的头发顺着发卡和丝带向上竖起来,就像一圈光环,她生着个翘鼻子和一对调皮的眼睛。坐下吃午饭之前,她打碎了一个玻璃杯,现在在她外婆说话的同时,她一会儿把玻璃杯、一会儿把酒杯从她手边推开。主教听自己母亲说话,回忆起许多许多年以前,她也曾带着他、他的兄弟们、他的姊妹们去找她认为有钱的亲戚;那时候她为儿女们奔走,现在则为孙子孙女们奔走,所以她就带着卡佳来了……

"瓦莲卡,您的姐姐,有四个孩子,"她说,"这个卡佳是最大的,上帝才知道,我那女婿伊凡神父为什么会得病,圣母升天节的前三天去世了。我的瓦莲卡现在恐怕要上街讨饭了。"

"尼康诺尔怎样了?"主教问起他的长兄。

"没啥事,感谢上帝。尽管没啥事,也要感谢上帝,总算能过得下去。只有一样:他的儿子尼古拉沙,我的小孙子,不愿意在教会做事,进大学去学医了。他认为这样更好,可谁知道呢! 这是主的神圣的意旨。"

"尼古拉沙在给死人开刀。"卡佳说,把水洒到了自己的膝盖上。

"你安安稳稳地坐好,孩子,"她外婆平静地说,从她手里把玻璃杯拿开,"祷告后就吃饭吧。"

"我们多长时间没有见面了!"主教说,温柔地抚摸母亲的肩膀和手,"妈妈,我在国外想念您,非常想念。"

"谢谢您。"

"晚上我常常坐在打开的窗子前,孤身一人,有音乐在演奏,胸中突然就涌起对故乡的思恋,我觉得,我情愿付出一切,只求回到家里,看看您……"

母亲微微一笑,容光焕发,但立时又做出严肃的面容,说:

"谢谢您。"

他的心情突然就变了。他看着母亲,不明白她这种恭敬的、胆怯的神情和说话声是从哪儿来的,为什么要这样,他简直不认得她了。他觉得忧郁、懊恼。他的头像昨天一样疼起来,腿脚酸痛,鱼也似乎淡而无味,总是想喝水……

午饭后来了两位阔太太,她们是女地主,在这里板着面孔,默默地坐了约莫一个半小时;修士大司祭走进来办事,此人沉默寡言,有些耳聋。响起了晚祷的钟声,太阳落到树林后面,白天过去了。从教堂回来,主教急匆匆地做过祈祷后就躺在床上,身上盖得更暖和一些。

他回想起午饭时吃的那条鱼,感到很恶心。月光让他静不下心来,然后又听到有人在说话。隔壁的那个应该是客厅的房间里,希索伊神父在谈政治:

"日本人现在有战争。他们在打仗。老太太,日本人反正一样,都是黑山人,他们是同一个种族。他们都受过土耳其人统治。"

然后听到玛丽娅·季莫费耶芙娜的声音:

"就是说,我们先祷告了一阵上帝,这个,喝够了茶,就是说,我们坐车去诺沃哈特诺耶找叶果尔神父,这个……"

"喝够了茶"或者"我们喝够了"不时地冒出,就好像她在自己的一生中只知道喝茶。主教缓慢而消沉地回忆起神学校和神学院。他在神学校做了三年希腊语教师,那时候不戴眼镜就已经看不了书,后来他剃度为修士,被任命为学监。后来他进行了论文答辩。他三十二岁那年被任命为神学校校长,被封为修士大司祭,那个时候的生活是如此轻松愉悦,好像长得没有尽头似的。那时候他就开始生病,瘦得厉害,差点失明,于是他按照医嘱,只得丢开一切,出国去了。

"后来怎样?"希索伊在隔壁房间里问道。

"后来就喝茶……"玛丽娅·季莫费耶芙娜回答。

"神父,您的胡子是绿色的!"卡佳忽然惊奇地说,发出笑声。

主教想起来,头发灰白的希索伊神父的胡子果然显得有点绿,于是也笑起来。

"上帝呀,跟这个女孩在一起简直是受罪!"希索伊生起气来,高声说道,"被惯成什么样了!安安稳稳地坐好!"

主教回忆起住在国外时,他曾在里面做礼拜的那个全新的白色教堂;回忆起温暖的大海的喧嚣。他的公寓有五个又高又亮的房间,办公室里放着一张崭新的写字桌,有一间藏书室。他读了很多书,经常写东西。他还回忆起,他是多么地思念祖国,一个讨饭的盲女每天在他窗下弹着吉他唱情歌,他听她唱歌,不知怎的每次都想起往事。可是八年过去了,他被召回俄罗斯,现在他已经当上助理主教,过去的一切消逝在远方,沉入迷雾,就像做梦一样……

希索伊神父举着蜡烛走进卧室。

"啊呀,"他吃了一惊,"您已经睡了,主教?"

"什么事?"

"还早着呢,才十点,或许还不到,我今天买了蜡烛,想用蜡烛油给您擦身子。"

"我发烧了……"主教说道,坐起身来,"确实应当治一治。脑袋里不好受……"

希索伊从他身上脱下衬衫,用蜡烛油给他摩擦胸口和后背。

"这样就行……这样就行……"他说,"主耶稣基督……这样就行。今天我进城,去了那个——他叫什么来着?——大司祭希东斯基家里……我在他家喝茶……我不喜欢他!主耶稣基督……这样就行……我不喜欢!"

三

教区主教上了年纪,身体很胖,患风湿病或者痛风,已经有一个月没有下床。彼得主教几乎每天拜望他,替他接见告帮者。现在,到了他也得病的时候,他才惊觉人们来求告、哭诉的一切事情是多么无聊、琐碎;他们的愚昧和胆怯惹得他生气;所有这些琐碎而无用的事情数量众多,压得他透不过气来,他觉得他现在理解教区主教了,这位教区主教在年轻时写过《自由意志学说》,而如今似乎完全被埋进琐屑事务中,一切都给忘了,也不再去考虑上帝。主教在国外大概已经不适应俄国生活,这种生活对他来说并不轻松;在他看来,人民是粗鲁的,求告的女人是乏味而愚蠢的,宗教学校的学生和他们的老师没有教养,有时候举止粗野。而收到和发出的公文数以万计,那是些什么样的公文啊!整个教区里的监督司祭给年轻和年老的教士们,甚至他们的妻子和孩子们的品行打分,打五分和四分,有时候打三分,对此他就不得不说话,批阅和撰写严肃的公文。当真没有一分钟的自由,成天心惊胆战,只有在教堂里,彼得主教才能安下心来。

尽管他本性清静谦和,却违背自己的意愿而在人们心中引起敬畏,这让他无论如何也不能泰然处之。这个省里的所有人,在他瞧着他们的时候,都显出微不足道、惊恐万状、一副有罪的样子。有他在场,所有人都畏畏怯怯,甚至包括年迈的大司祭,大家都"扑通"一声跪在他脚下。前不久有一个告帮的女人,是年迈的乡村教士的妻子,害怕得一句话也说不出,就这样一无所获地走了。他在布道的时候从来也不忍心说人们的不是,从来没有训斥过谁,因为他可怜他们——却对告帮者失去耐心,发起火来,把他们的呈文扔到地上。他在此地的所有时间里,没有一个人亲亲热热、直截了当、富有人情味地跟他讲话;就连他的老母亲,似乎也跟原来不一样了,完全不一样!试问,为什么她在和希索伊说话的时候就口无遮拦而且笑声不断,而和他,和自己的儿子谈话时,却一脸严肃,经常沉默不语,局促不安,跟她完全不相称呢?唯一一个在他面前无拘无束且想说什么就说什么的人,是希索伊老人。他这一辈子跟主教在一起,伺候过十一个主教,也因此和他相处倒也轻松,尽管,毫无疑问,他是个既沉闷又执拗的人。

星期二,主教做过日祷,到教区主教家,在那里接见告帮者,他激动,生气,后来便坐车回家。他仍旧身体欠佳,想要躺到床上去;可是他刚进家门,就有人通报,说年轻的商人和施主叶拉京,为要事而来求见,只得接见。叶拉京坐了大约一个钟头,说话声音很响,几乎是在叫嚷,可主教难以明白他在说什么。

"上帝保佑,但愿如此!"他临走时说道,"务必要这样!看情况吧,主教大人!我希望这样!"

在他之后,一位来自远方修道院的女修道院长到访。等到她离去的时候,晚祷的钟声敲响了,应当去教堂了。

傍晚,修道士们唱得和谐,富有灵感,一个年轻的,留着黑胡子的修士司祭主持晚祷;主教听他们唱到半夜将要来到的新郎,唱到富丽堂皇的宫殿,感觉到的不是对罪孽的忏悔,不是悲哀,而是灵魂的安宁、平静,他的思绪把他带到遥远的过去,带到童年和少年时光,那时候人们也这样歌唱新郎,歌唱宫殿,现在这些往事显得生动、美好、欢乐,或许过去也从来没有这样。可能,在另一个世界里,在另一种生活里,我们将带着同样的感情想起遥远的过去,想起我们这里的生活。谁知道呢!主教坐在祭台上,那里很暗。泪水流过脸庞。他想,凡是处在他的地位的人所能得到的一切,他都已经得到了,他有信仰,但并非一切都很明了,还缺少什么东西,他不愿死;他仍然觉得,他缺少某种最重要的、曾经朦胧地期盼过的东西,而且那种对未来的希望,现在仍旧让他激动,就像在童年、在学院、在国外一样。

"今天他们唱得多好啊!"他倾听着歌声,暗自想道,"多好啊!"

四

星期四,他在大教堂主持日祷,行濯足礼。教堂里的仪式结束后,人们散场回家。此时阳光明媚,天气温暖,令人欢畅,沟渠里水声潺潺,城外的田野里传来云雀不停的鸣唱声,声调温柔,呼唤着安宁。树林已经苏醒,亲切地微笑着,树林上方,蔚蓝的天空深不见底,无边无际,只有上帝知道它向何方延伸。

回到家后,彼得主教喝够了茶,然后换了身衣服,躺到床上,吩咐侍者关上百叶窗。卧室里暗了下来。可是多么疲倦,腿和背多么痛,难以忍受的、冷冰冰的痛,耳鸣得多么厉害!他早就失眠,现在他觉得,失眠已经很久很久了,只要他一闭上眼睛,就有什么琐碎的东西在他脑子里晃动,妨碍他入睡。和昨天一样,隔壁的房间里透过墙壁传来说话声、玻璃杯的声音、茶匙的声音……玛丽娅·季莫费耶芙娜正兴高采烈地对希索伊神父说着什么事,言语里夹杂着俏皮话,而希索伊神父却用阴沉不满的声音回答:

"去他们的！哪能这样！这怎么行！"主教又一次感到苦恼，然后觉得委屈，因为老妈妈和外人在一起就表现得自然而随意，而和他，和自己的儿子在一起，却胆怯起来，很少讲话，说出来的也不是心里话，他甚至觉得，在所有这些天里，但凡有他在场，她总是找借口站起来，因为她觉得坐着拘束。而父亲呢？要是他活着，大概在他面前一个字也说不出来……

隔壁房间里有个什么东西掉在地板上摔碎了；可能是卡佳碰掉了茶碗或者茶碟，因为希索伊神父啐了一口并生气地说：

"跟这个女孩在一起简直是受罪，上帝啊，宽恕我这个罪人！有多少东西也不够你摔的！"

之后就安静下来，只有院子里传来一些声响。当主教睁开眼睛时，看到卡佳站在他房间里，一动不动地盯着他。棕红色头发像往常那样顺着发卡向上竖着，就像一圈光环。

"是你吗，卡佳？"他问道，"谁在楼下老是开门关门？"

"我没听见。"卡佳回答说，仔细地听。

"喏，现在有人走过去了。"

"那是您肚子里的声音，舅舅！"

他笑起来，抚摸她的头。

"是你说的，尼古拉沙哥哥，给死人开刀？"他沉默了一阵，问道。

"是的。他在学。"

"他人好吗？"

"没什么，还好。就是喝酒喝得厉害。"

"你父亲得什么病死的？"

"爸爸身体弱，一直瘦，一直瘦，忽然——嗓子坏了。那时候我也害病，费佳弟弟也害病——大家嗓子都坏了。爸爸死了，舅舅，我们倒好了。"

她的下巴发抖，眼里涌起泪水，顺着脸颊流下来。

"主教大人，"她细声细气地说，已经伤心地哭起来，"舅舅，我和妈妈太可怜了……给我们一点钱吧……发发善心吧……亲人！……"

他也流泪了，激动地很久说不出一个字，后来他抚摸着她的头，拍了拍她的肩膀，说：

"好，好，姑娘。光辉的基督复活节就要到了，那时候我们再谈……我会帮助的……我会帮助的……"

母亲静悄悄、怯生生地走进来,对着圣像做了祷告。她看到他没有睡,就问道:

"您要不要喝点汤?"

"不用,谢谢……"他回答说,"我不想喝。"

"在我看来,您好像,病了……当然,人哪能不生病!一天到晚不睡觉,一天到晚——我的上帝,就连看着您都觉得心痛。复活节要到了,您就歇一歇吧,上帝保佑,到那时候我们再谈吧,眼下我就不用谈话来打扰您了。我们走吧,卡捷奇卡,让主教大人睡一会儿。"

他回忆起,很久以前,当他还是个孩子的时候,她也是这样用开玩笑的恭敬口吻和监督司祭讲话!……只有凭她那双异常善良的眼睛,她走出房间时匆匆瞥来的胆怯而忧郁的眼神,才能猜出她是母亲。他闭上眼睛,似乎睡着了,可是两次听到敲钟的声音,听到希索伊神父隔着墙咳嗽。母亲又一次走进来,胆怯地瞧了他一会儿。有人赶马车到了台阶下,听上去像是轿式马车或者敞篷马车。突然传来敲门声,门被砰的一声打开:侍者走进卧室。

"主教大人!"他唤了一声。

"什么事?"

"马备好了,该去做纪念基督受难仪式了。"

"几点钟了?"

"七点一刻。"

他穿上衣服,坐车去大教堂。在诵读十二福音书的全部时间里,他必须一动不动地站在教堂中央,最长也最优美的第一节福音,由他亲自诵读。他觉得精力充沛,心绪爽快。这第一节福音《现在人子的荣耀》他背得下来;他诵读着,间或抬起眼睛看两旁烛火的海洋,听到蜡烛的爆裂声,但像往年一样,人是看不见的,他觉得所有这些人,在他童年和少年时就在这里,他觉得他们每年都将会在这里,到何时为止——只有上帝知道。

他的父亲是助祭,祖父是神父,曾祖父是助祭,他的整个宗族,可能从罗斯[①]接受基督教的时代起,就属于宗教界,他对教会礼拜、对宗教界、对

[①] 俄罗斯的古称。

钟声的爱，在他是与生俱来、深入骨髓而又不可根除的；在教堂里，尤其是当他本人参加礼拜时，他觉得自己精力充沛，生气蓬勃，无比幸福。现在也是这样。只是到了诵读完第八节福音的时候，他才感到他的嗓音弱了下来，连咳嗽声都听不见了，头疼得厉害，他开始担心，害怕当场就要倒下来。事实上，他的腿全麻了，渐渐地他已经感觉不到这两条腿，他不明白，他是怎样站住的，站在什么上面，为什么还没有倒下去……

礼拜结束时，已是十二点差一刻。一回到家，主教立刻脱衣躺下，连祷告上帝都没做。他没力气说话了，而且，他觉得已经站不住了。当他盖好被子，他突然渴望到国外去，无法抑制地渴望！看来，他情愿献出生命，只求别看到这些寒碜的、廉价的百叶窗和低矮的天花板，别闻到这种压抑的修道院的气味。哪怕有一个人可以谈谈话，可以推心置腹也好！

隔壁房间里有个人的脚步声响了很久，他怎么也想不起来这个人是谁。最后房门开了，希索伊走了进来，手里拿着一支蜡烛和一只茶碗。

"您已经躺下啦，主教大人？"他问道，"我这次来，是想用白酒和醋给您擦一擦身体。要是擦得好，那用处是很大的。主耶稣基督啊……这样就行……这样就行……我刚刚去了我们那个修道院……我不喜欢！明天我就离开这里，主教大人，我不愿意再待下去了。主耶稣基督……这样就行……"

希索伊不能在一个地方久待，他觉得，他在潘克拉契耶夫修道院里已经住了整整一年了。主要的是，如果听他说的话，那么很难搞明白他的家在哪里，他是否爱什么人或者什么东西，是否信仰上帝……他自己也搞不明白，为什么他当了修士，不过他也没想过这个问题，他落发为修士的时间，早已在记忆中模糊了，就好像他一生下来就是个修士似的。

"我明天走。愿上帝保佑他，保佑大家！"

"我很想跟您谈一谈……一直也没机会，"主教吃力地低声说道，"要知道，我在这里什么人也不认识，什么事也不明白……"

"照您的意思，我待到星期日，就这样吧，再待下去我就不愿意了。去他们的！"

"我是个什么主教？"主教继续低声说，"我情愿做一个乡村神父、助祭……或者做一个普通修士……所有这一切都压在我胸口……压在我胸口……"

"什么？主耶稣基督……这样就行……好，您睡吧，主教大人！……这算什么呀！这哪成！晚安！"

主教整夜没睡着。早上约八点钟，他开始肠出血。侍者吓坏了，先跑去找修士大司祭，后来又去请住在城里的修道院医生伊凡·安德列伊奇。医生是一个肥胖的老人，留着灰白色的长胡子，他为主教诊视了很久，不停地摇着头，蹙起眉，然后说：

"您知道吗，主教大人？您得了肠伤寒！"

由于流血，主教不出一个小时就变得消瘦、苍白、憔悴，脸上起了皱纹，眼睛显得很大，仿佛他衰老下来，身材缩小，以致他觉得，他比所有人都瘦弱，也更加微不足道，他觉得以往的一切都退到很远很远的地方去了，再也不会重演，再也不会延续。

"多好啊！"他想，"多好啊！"

老母亲走了进来。一看到他那起了皱纹的脸和大大的眼睛，她惊恐起来，跪在床前，开始吻他的脸、肩膀、手。不知为什么，她也觉得他比所有人都瘦弱和微不足道，她已经记不得他是主教，像吻一个极亲近的孩子那样吻他。

"帕夫鲁什卡，亲爱的，"她说道，"我的亲人！……我的亲儿子！……你为什么会这样？帕夫鲁什卡，回答我呀！"

卡佳面色苍白，神情严峻，站在一旁，不明白舅舅怎么了，为什么外婆脸上这么痛苦，为什么她说出这样哀婉动人的话。而他已经一句话都说不出来，什么也不明白了，他仿佛觉得自己已经成了个普通、平常的人，在田野上快速地、兴高采烈地走着，挥动手杖敲击地面，在他头上是阳光普照的广阔天空，他现在自由了，像一只鸟，可以想去哪里就去哪里！

"亲儿子，帕夫鲁什卡，回答我呀！"老妈妈说，"你怎么啦？我的亲人！"

"不要打搅主教大人，"希索伊生气地说，从房间一头走到另一头，"让他睡一会儿……这没什么可说的了……还有什么可说的呢！……"

来了三个医生，做了会诊，然后走了。这一天很长，长得出奇，后来的夜晚很久很久才过去，到了星期六早晨，侍者走到睡在客厅沙发上的老母亲身边，请她去卧室：主教去世了。

第二天是复活节。城里有四十二座教堂和六座修道院；洪亮欢乐的钟

257

声从早到晚在城市上空响个不停,激荡着春天的空气;百鸟歌唱,阳光明媚。集市的大广场上一片喧嚣,秋千摇摆,人们拉起手摇琴,手风琴发出尖厉的声响,传来喝醉酒的人的嗓音。大街上,过了中午,骑着快马的游玩开始了——一句话,人们欢天喜地,一切顺利,就像去年一样,而且明年多半也会这样。

一个月后,委任了一位新的代理主教,而彼得主教已经没人记得了。后来人们彻底忘记了。只有老妈妈,逝者的母亲,如今住在做助祭的女婿家里,在一个偏僻的小县城里,每当傍晚出去迎候自己的母牛,在牧场上遇到其他女人,就开始谈起儿女们、孙辈们,说她有过一个当主教的儿子,她说这话时透着胆怯,生怕人家不相信她……

的确,不是所有的人都相信。

一九〇二年

徐乐 译

未婚妻

一

已是晚间十点钟左右,一轮望月在花园上照耀。在舒明家的房子里刚刚结束奶奶玛尔法·米哈伊洛芙娜所吩咐做的彻夜祈祷。娜佳来到花园里稍待一会儿,此刻她看见:大厅里正在摆桌,准备吃点心,穿着华丽绸衣裙的奶奶在忙碌着。大教堂的司祭长安德烈神父正在同娜佳的母亲尼娜·伊万诺芙娜谈着一件什么事情。这时候在夜晚灯光下隔窗望去,不知道因为什么,母亲显得很年轻。安德烈神父的儿子安德烈·安德烈伊奇站在一旁,留心地听着。

花园里静悄悄的,挺凉爽,地面上铺着一些昏暗宁静的阴影。可以听到,在远处一个什么地方,大约是在城外,不少青蛙在鸣叫。感觉得到五月的气息,可爱的五月!可以深深地呼吸了,她不禁想道:并非在这里,而是别的什么地方,在天空之下,在树木之上,在城市的远郊,在田野上,在树林里,春天的生机正在蓬勃展开,神秘、美好、丰富和神圣的生机,脆弱而造孽的人所不能理解的生机。不知为什么真想哭它一场。

她,娜佳,已经三十三岁了。从十六岁起她就热望出嫁,现在终于成了安德烈·安德烈伊奇的未婚妻,他正站在窗子那一边。她喜欢他,已经定在七月七日举行婚礼,可是她并不感到高兴,夜间睡不好觉,快乐心情不知去向……厨房位于正房的地下室,从敞开着的窗户里听得见那儿的人都在忙,笃笃笃地在用刀子剁着,而单元屋的房门在嘭嘭作响,飘出一股烤鸡和醋渍樱桃的气味。不知为什么她觉得,似乎一生都会这么下去,没有变化,没有结局!

这时有个人从屋里出来,在台阶上站住。这人叫亚历山大·季莫费伊奇,或者,随便一些,叫萨沙,是约莫十天前从莫斯科来的客人。很久以前,奶奶有个远亲玛丽亚·彼得罗芙娜,一个贵族出身的穷寡妇,个头儿矮小,瘦弱多病,常来找奶奶请求周济。萨沙就是她的儿子,不知为什么提到萨沙时大家都说他是个出色的画家。他母亲去世后,奶奶为了拯救自己的灵魂把他送进莫斯科的科米萨罗夫斯基学校去读书。两年后他转入绘画学校,在那儿待了差不多十五年,勉勉强强在建筑系毕业,可是他并未从事建筑工作,却在莫斯科一家石印厂里做事。他几乎每年夏天都到奶奶家来,总是带着重病,在这里休息和调养。

此刻他穿着一件扣上纽扣的常礼服和一条旧的底边已经磨损的帆布裤,他的衬衫没有熨过,周身上下显出没精打采的样子。他很瘦,眼睛大大的,手指头又长又细,蓄着胡子,皮肤黝黑,但仍旧很漂亮。他已经惯于跟舒明一家相处,就像同亲人在一起似的,在他们家里他觉得像在自己家里一样。他在这儿所住的一个房间早已叫作"萨沙的房间"。

他站在台阶上,看见了娜佳,就向她走去。

"你们这儿真好。"他说。

"当然好啦。您应该在这儿住到秋天。"

"是的,大概会这样。也许,我在你这儿要住到九月份。"

他莫名其妙地笑将起来,在她一旁坐下。

"我坐在这儿看妈妈,"娜佳说,"从这儿看去,她显得多么年轻!不错,我妈妈有许多弱点,"她沉默了一会儿补充说,"但她毕竟是一个不寻常的女人。"

"是的,是一个好人……"萨沙同意地说,"您的母亲,就她自己的特点来说,当然,还是一个善良的很可爱的女人,可是……该怎么对您说呢?今天一清早我偶然走进你们的厨房,四个女仆在那儿干脆就睡在地板上,没有一张床,没有被褥,只有一些破烂,气味难闻,还有臭虫、蟑螂……仍是二十年前的那种情形,没有丝毫变化。讲到奶奶,求上帝保佑她,她总归是奶奶。可是您的妈妈,她恐怕还会讲法国话,还参加演戏。看来,她似乎是该明白的。"

　　萨沙在讲话时常常在听话人面前伸出两根瘦长的手指头。

　　"由于不习惯,这儿的一切总使我觉得奇怪,"他接着说,"鬼知道,这儿任何人都不干事。妈妈整天玩,像个公爵夫人似的,祖母也是什么事都不做,您呢,您也是这样。您的未婚夫,安德烈·安德烈伊奇,也是啥事都不干。"

　　娜佳去年就听到过这些话,似乎前年也听到过,她知道萨沙不会议论别的东西。以前这些话使她感到好笑,而现在呢,不知为什么,她听着却觉得烦恼。

　　"这都是一些老话,早听厌了,"说着她站将起来,"您该想出一些比较新鲜的东西来。"

　　他笑了,也站了起来,两人一道走向正房。她个儿高高的,美丽,匀称,现在同他并排站着显得非常健康和华丽。她感到了这一点,她可怜他,而且不知为什么感到不自在。

　　"您总说许多废话,"她说,"喏,刚才您就讲到了我的安德烈,可是要知道,您并不了解他。"

　　"'我的安德烈'……去他的吧,您的安德烈。我为您的青春感到惋惜。"

　　他们走进大厅时,那儿人们已经就席吃饭了。奶奶,或者按家里人对她的称呼,好奶奶,胖墩墩的,不漂亮,两道眉毛浓浓的,还有唇髭,说话声音很响。单凭她说话的声调和口气就可以看出,她在这里是一家之长。集市上好几排店铺和一幢古老的有圆柱和花园的房屋都是属于她的,可是她天天早晨要流着眼泪做祷告,求上帝保佑她别破产。她的媳妇,娜佳的母亲尼娜·伊万诺芙娜,是一个长着金黄色头发的女人,她总将腰带束得紧紧的,戴着一副夹鼻眼镜,每个手指上都戴着钻石戒指;安德烈神父是个掉了牙的瘦老头,他脸上总有一种表情,似乎他打算说一件很有趣的事情;他的儿子安德烈·安德烈伊奇是娜佳的未婚夫,他丰满、漂亮,一头鬈发,像是一个演员或者画家——这三个人正在谈催眠术。

"在这儿住上一个星期你身体准会复原,"好奶奶转向萨沙说,"不过你得多吃点儿。瞧你像个什么啦!"她叹口气说,"你面色可怕!真的,你真成了一个浪子了。"

"把父亲赠予的资财挥霍一尽后,"安德烈神父两眼含着笑意慢慢地说,"该死的他就同一些无头脑的牲口一块儿放牧①……"

"我喜欢我的爸爸,"安德烈·安德烈伊奇碰一碰父亲的肩膀说,"他是个可爱的老人,善良的老人。"

大家沉默了一阵。萨沙突然笑将起来,他用餐巾捂住嘴。

"这么说来,您相信催眠术?"安德烈神父问尼娜·伊万诺芙娜。

"当然,我不能肯定说我相信,"尼娜·伊万诺芙娜做出一种十分认真、甚至严厉的样子回答说,"可是我必须承认,自然界有许多神秘的不可解的东西。"

"我完全同意您的说法,不过我还要加上一句:宗教信仰为我们大家缩小了神秘事物的范围。"

这时端上来一只肥大的火鸡。安德烈神父和尼娜·伊万诺芙娜继续谈着。钻石在尼娜·伊万诺芙娜的手指上闪光,后来泪水在她眼睛里发亮,她激动起来了。

"虽然我不敢跟您争论,"她说,"不过您会同意,生活里有许许多多解决不了的谜!"

"一个也没有,请您相信。"

晚饭后,安德烈·安德烈伊奇拉小提琴,尼娜·伊万诺芙娜弹钢琴为

---

① 在《圣经》中的《路加福音》里讲到的一个浪子。

他伴奏。十年前他在大学语文学系毕业,可是没有在任何地方做过事,不曾有过固定工作,只是偶尔参加一些具有慈善性质的音乐会,城里人因此就称他为演员。

安德烈·安德烈伊奇在演奏,大家默默地听着。桌上的茶炊在轻轻地沸滚,只有萨沙一个人在喝茶。后来时钟敲了十二下,小提琴上突然断了一根弦,大家笑了,一个个都忙乱起来,开始告辞。

送走未婚夫后娜佳回到了楼上自己的房间。她同母亲都住在楼上(奶奶占用着底层)。楼下大厅里的灯火开始熄灭,而萨沙还坐在那儿喝茶。他喝茶的时间一向很长,像在莫斯科一样,一喝就要喝上七大杯。娜佳解衣上床后好久还听见楼下女仆们在收拾房间,还听见奶奶在发脾气。一切终于都静下来了,只是偶尔可以听见萨沙在楼下他自己的房间里低沉地咳嗽。

二

娜佳醒来时大概是两点钟光景,天开始破晓。在远处一个什么地方有守夜人打更。她不想睡了,躺在床上觉得软绵绵的,不舒服。就像在以往的五月之夜那样坐在床上思忖起来。可是她想到的还是昨夜想到过的那些事情,单调,没意思,令人腻烦,想到了安德烈·安德烈伊奇追求她、向她求婚的情景,想到了她怎样同意,后来她又怎样渐渐看清了这个善良而又聪明的人的优点。可是现在,离举行婚礼的日子不过一个月的时间,不知为什么她却开始感到恐惧和不安,像是有什么模糊的艰难的东西在等着她似的。

"嘀克——笃克,嘀克——笃克……"守夜人懒洋洋地敲着,"嘀克——笃克……"

从古老的大窗户里望出去,可以看见花园以及远处盛开着的丁香丛,花由于寒冷显得委靡和无生气,白白浓浓的迷雾缓缓地向丁香丛飘去,要把它遮掩。远处的树上有几只昏昏欲睡的白嘴鸦在啼叫。

"我的上帝啊,为什么我这么难过?"

也许,每个未婚妻在结婚前都有这种心情。谁知道呢!莫非这是受了萨沙的影响?可是几年来一直说这几句话呀,就像背书一样,而且他说话时让人觉得幼稚和古怪。可是为什么萨沙仍然萦回在她脑际？为什么？

守夜人早已不打更了。鸟雀开始在窗下和花园里喧闹，迷雾已从花园消散。四周的一切都被春天的阳光照亮，好像洋溢着微笑似的。很快整个花园苏醒过来了，太阳照暖了它，阳光抚爱着它，钻石般的露珠在树叶上闪光。古老的荒芜已久的花园在这个早晨显得十分年轻和华丽。

奶奶已经醒了。萨沙粗声粗气地咳嗽起来。可以听见楼下已经准备了茶炊，还听见搬动椅子的声音。

时钟走得很慢。娜佳早已起床，已在花园里散步好久，而早晨却还在慢慢地延续。

尼娜·伊万诺芙娜出现了，她泪痕斑斑，手里拿着一杯矿泉水。她在研究招魂术和顺势疗法，她读了很多书，喜欢谈她易于产生的种种怀疑。在娜佳看来，所有这一切似乎都含有深刻而又神秘的意义。此刻娜佳吻了吻母亲，同她并排一起走。

"你哭什么，妈妈？"她问。

"昨晚临睡前我开始看一部中篇小说，写的是一个老人和他的女儿。老人在某个地方工作，上司爱上了他的女儿。我没有读完，但小说中有这么一个地方，读了它难以忍得住眼泪，"尼娜·伊万诺芙娜说着，从杯子里呷了一口水，"今天早晨我想起了这一段描写，又哭了。"

"这些天我心里很闷，"娜佳沉默了一会儿说，"为什么我夜里睡不着觉呢？"

"我不知道，亲爱的。而我每逢晚间睡不着觉时，就把眼睛闭得紧而又紧，喏，就是这个样子，想象安娜·卡列尼娜，想象她怎么走动和怎么说话，或者想象古代历史上的某一件事情……"

下午两点钟，他们坐下来吃午饭。那是星期三，是斋日，因此给奶奶端上的是素的红甜菜汤和鳊鱼粥。

为了揶揄奶奶，萨沙既吃他的荤汤，也吃素的红甜菜汤。吃饭时他一直说着笑话，可是他的笑话显得笨拙，总打算劝人为善，所以就完全不可笑了。每当他在说俏皮话前举起细长的死人般的手指时，每当想到他病得很重，也许会不久于人世时，人们就会为他难过得流泪。

饭后，奶奶回自己房间休息。尼娜·伊万诺芙娜弹了一会儿琴后也走了。

"啊,亲爱的娜佳,"萨沙开始了例行的饭后闲谈,"如果您能听我的话,那就好了!那就好了!"

她坐在一把古老的深圈椅里,闭上了眼睛。他在房间里慢慢地踱步。

"如果您出去学习,那就好了!"他说,"只有文明的人崇高的人才是有意思的,而需要的也正是这种人。要知道,这种人越多,天国就会越快地来到人间。到那时,你们的城市就会慢慢地彻底毁灭,一切都会底儿朝天,一切都会变样,像是施了魔法似的。到那时这里就会有宏大华美的房屋,有奇妙的花园,有罕见的喷泉,有卓越的人……然而这并不是主要的。主要的是,到那时将不会有我们所指望的芸芸众生,像现在这种样子的芸芸众生——这一不幸现象,因为每个人都会有信仰,每个人都会知道他为什么而活着,而且不会有一个人到芸芸众生中去寻找支柱。亲爱的,好姑娘,您走吧!您该向大家表示,对这种一潭死水似的灰溜溜的造孽生活已经厌恶了。您至少该向自己表明这一点!"

"不行,萨沙。我要出嫁了。"

"哎,算了吧!根本没有必要!"

他们走进花园,在一起溜达了一会儿。

"不管怎么样,我亲爱的,应该好好想一想,应该明白,你们这种游手好闲的生活非常不干净,非常不道德,"萨沙继续说,"您要了解我的意思,就打一个比方来说吧,如果您、您的母亲和您的好奶奶什么事情都不做,那就意味着有别人在为你们干活,你们吞食着别人的生命,这难道干净吗?难道不肮脏吗?"

娜佳想说:"是的,这话实在。"她想说,她明白这一点,可是她的眼睛里涌出了泪水,她突然默不作声了,整个身子瑟缩起来,她回自己的房间去了。

傍晚时分,安德烈·安德烈伊奇来了,他像平常一样拉了很长时间的小提琴。他并不健谈,也许,他之所以喜欢拉小提琴,是因为在演奏时可以不说话。十点多钟了,离去时已经穿上大衣的他抱住娜佳,开始贪婪地吻她的脸、肩膀和手。

"宝贝儿,我亲爱的,我的美人!"他喃喃地说,"啊,我多么幸福!我高兴得发疯了!"

她觉得,这种话她早已听见过,很早就听见过,要不就是在书里读到过……在一部旧的撕破了的早就被遗忘的长篇小说里读到过。

大厅里萨沙坐在桌旁喝茶,五只长长的手指托着茶碟;奶奶在用纸牌占卦;尼娜·伊万诺芙娜在看书。火苗在圣像面前的长明灯里爆响,一切似乎都宁静平安。娜佳告辞后上楼回到自己的房间里,她一躺下就睡着了。可是如同昨夜一样,天明破晓,她已经醒了。她不想睡觉,感到心里不安和难过。她坐着,把头放在两个膝盖上,想着未婚夫,想着婚礼……不知为什么她想起,她母亲并不爱已故的丈夫,现在她一无所有,生活上完全依赖她的婆婆,就是奶奶。娜佳左思右想,怎么也弄不懂:为什么一直到现在她总认为她母亲有什么特别的非凡的地方?为什么她没有看出这是一个普普通通、平平常常的不幸女人?

楼下的萨沙也不在睡觉,可以听见他的咳嗽声。娜佳暗想:他是个古怪而天真的人,在他的幻想里,在他讲的奇妙的花园和罕见的喷泉里,都使人觉得有一种荒唐的东西;然而,不知为什么,他的天真,甚至他的这种荒唐却又非常美好,以致她一想到该不该出去学习,就有一股凉爽之气沁透她的整个心胸,使她感到欢悦和兴奋。

"不过还是不想为好,还是不想为好……"她小声说,"不该想这种事情。"

"嘀克——笃克……"守夜人在一个远远的地方打更,"嘀克——笃克……嘀克——笃克……"

三

六月中旬萨沙突然感到无聊起来,他打算回莫斯科去。

"我不能住在这个城里,"他阴郁地说,"没有自来水,也没有下水道!我吃饭感到腻味,厨房里脏得令人不能忍受……"

"再住一阵吧,浪子!"奶奶不知为什么小声说,"婚期就在七号!"

"我不想再等了。"

"你本来打算在我们家住到九月份呢!"

"可是现在我不想再住下去了。我要工作!"

这年的夏天潮湿和阴冷,树都是潮乎乎的,花园里的一切都显得无精打采,单调凄凉,人确实不由得想工作。楼上和楼下的房间里响起了好几个陌生女人的说话声,奶奶的房间里有人在踏缝纫机——这是在赶制嫁妆。光皮大衣就为娜佳准备了六件,据奶奶说,其中最便宜的一件也值三百卢布!这种忙乱惹萨沙生气,他坐在房间里发怒;可是大家仍然劝说他留下,他答应在七月一日走,不会提前。

时间过得真快,圣彼得节那天吃过午饭后,安德烈·安德烈伊奇同娜佳一起上莫斯科大街去,再细看一次租下来准备供新婚夫妇使用的房子。这是一幢两层楼房,可是目前还只装修好了二层楼。大厅里有明亮的地板,漆成了细木精镶的样子,有几把维也纳式的椅子,有一架钢琴,有一个小提琴乐谱架。房内弥漫着油漆气味。墙上挂着一张装在金边镜框里的大油画,画面上是一个裸体女人,她身边有一个断了手柄的淡紫色花瓶。

"一幅妙不可言的画,"安德烈·安德烈伊奇说,出于尊敬他还嘘了一声,"这是画家希什马切夫斯基的作品。"

大厅过去是客厅,厅内有一张圆桌、一个长沙发和几把蒙着蓝色套子的圈椅。长沙发上方挂着安德烈神父的大照片,戴着法冠,胸佩勋章。接着他们走进了置有餐柜的饭厅,而后又进入卧室,在这里,在幽暗中并排放着两张床,好像是在布置卧室时人们就认定:将来这儿会永远美满,不可能会是别的样子。安德烈·安德烈伊奇领着娜佳观看各个房间,他一直搂着她的腰;她呢,感到虚弱、惭愧,她憎恨这些房间、床铺、圈椅,而那个裸体女人更使她恶心。对她来说,已经一清二楚的是:她不再爱安德烈·安德烈伊奇了,或者是她,也许,从来就没有爱过他。可是,这话该怎么说出口,该向谁说,为了什么去说——对此她并不明白,而且也不可能明白,虽说她整天整夜想着的就是这件事情……他搂着她的腰,说话语气十分亲切、温雅,他在自己这个寓所里走来走去,感到十分幸福;可是她处处看到的却只是庸俗,那愚蠢的、浅薄的使人受不了的庸俗。就连他那只搂着她腰的手,她也觉得像是一个铁箍,又硬又凉。她随时都可能逃跑、号啕大哭并从窗口跳出去。安德烈·安德烈伊奇把她领进了浴室,他在这里用手触动了一下安在墙内的水龙头,水突然流了出来。

"怎么样?"他说着哈哈大笑起来,"依照我的吩咐在阁楼放了个水箱,可以装一百桶水,喏,我和你现在就有用了。"

他们在院子里散步,然后走到街上,雇了一辆出租马车。路上尘土飞扬,就像浓重的乌云一样,看样子,一场雨就要下来了。

"你不觉得冷吗?"安德烈·安德烈伊奇问,尘土使他睁不开眼睛。

她不作声。

"你记得吧,昨天萨沙责备我,说我什么事也不做,"他沉默片刻后说,"是的,他说得对,极其对!我是什么事也不做,我也不会做。我亲爱的,这是为什么?我甚至在想有朝一日我会戴上帽徽去机关干差事时心里就会十分厌恶,这是为什么?我一见到律师,或者拉丁语教师或者市参议会委员,就会非常不痛快,这是为什么?啊,亲爱的俄罗斯!啊,亲爱的俄罗斯,你背负着的游手好闲、一无用处的人太多啦!压在你身上的像我这样的人太多啦,多灾多难的俄罗斯!"

他对他什么事也不做这一点作了概括,认为这是时代的特征。

"等我们结了婚,"他继续说,"我们一起到乡下去,亲爱的,我们将在那儿干活!我们买上一块不大的土地,要有花园,有河,我们将一起劳动,一起观察生活……啊,这会有多好啊!"

他脱掉帽子,风把他的头发吹得飘动起来。她一边听他说话一边想:"上帝啊,我要回家!上帝啊!"就在快要到家的当口他们赶上了安德烈神父。

"瞧,我父亲来了!"安德烈·安德烈伊奇高兴地挥动起帽子来,"我喜欢我的爸爸,真的,"他一边付钱给车夫一边说,"他是个可爱的老人,善良的老人。"

娜佳走进屋子,她气冲冲的,一脸病容,心中想着整个晚上会有客人,她得接待他们,得面露笑容,得听小提琴演奏,得听各种荒诞无稽的谈话,还得专门谈谈婚礼。奶奶在茶炊旁边坐着,她自尊自大,穿着华丽的绸衣,目空一切,在客人面前她好像总是这样。安德烈神父走进来,面露费解的笑容。

"看见您非常健康,我深感愉快和宽慰。"他对奶奶说。很难弄明白,他这是在开玩笑还是认真说的。

四

风敲打着窗子和屋顶,不断地响着嗖嗖嗖的声音。家神①在火炉里凄

---

① 家神,俄罗斯人信仰的守护家园的神。

婉忧郁地唱歌。是夜里十二点钟了,屋里所有的人都已经躺下,可是谁也没有睡着。娜佳总觉得楼下似乎有人在拉小提琴。听到一下刺耳的声音,该是一块百叶窗脱落了。过一会儿尼娜·伊万诺芙娜只穿着一件衬衫走了进来,手中拿着一支蜡烛。

"是什么东西在碰撞作响,娜佳?"她问。

母亲把头发扎成了一条辫子,她神色怯懦,在这个风雨之夜显得苍老难看矮小。娜佳想起,不久前她还认为她母亲是个不寻常的女人,听母亲说话时她还感到自豪。可是现在她却怎么也想不起母亲说过的话,而还记着的是一些非常无用和无力的话。

火炉里像似响起了好几个男低音的歌声,还仿佛听到了"唉,唉,我的上帝"的声音。娜佳在床上坐起来,突然牢牢抓住自己的头发号啕大哭起来。

"妈妈,妈妈,"她说,"我的亲妈,要是你知道我怎么啦,那就好了!我请求你,我恳求你,让我走吧!我恳求你!"

"到哪儿去?"尼娜·伊万诺芙娜莫名其妙,她问道。她在床上坐下,"到哪儿去?"

娜佳哭泣了很长时间,一句话也说不出来。

"让我离开这个城市吧!"娜佳终于说,"不应举行婚礼,也不会有这个婚礼,你得明白!我不喜欢这个人……我连谈都不愿意谈到他。"

"不,我的亲人,不,"尼娜·伊万诺芙娜吓坏了,她急忙说,"你安静一下,这是由于你情绪不好。这会过去的。这种情形是常有的。大概是你跟安德烈吵嘴了吧,不过,相爱的人吵架只是寻开心。"

"得了,你走吧,妈妈,你走吧!"娜佳痛哭起来。

"是啊,"尼娜·伊万诺芙娜沉默一会儿后说,"不久前你还是个孩子,是个小姑娘,可是现在已经是未婚妻了。在自然界新陈代谢是不间断的。你会不知不觉就成为母亲和老太婆,你也会像我一样有这么一个倔强的好女儿。"

"我亲爱的好妈妈,你聪明,你不幸,"娜佳说,"你很不幸。为什么说这些庸俗的话呢?求求你,告诉我,为什么要说呢?"

尼娜·伊万诺芙娜想说些什么,可是她未能说出一个字来,哽咽一声就回自己房间去了。火炉里又响起了呜呜呜的声音,突然使人感到可怕。

娜佳从床上跳下,迅速走到母亲的房间里。泪痕满面的尼娜·伊万诺芙娜躺在床上,盖着一条浅蓝色的被子,手里拿着一本书。

"妈妈,你听我讲完!"娜佳说,"我恳求你好好想一想,恳求你理解我!你得明白,我们的生活多么低级庸俗,多么有损尊严。我眼睛亮了,我现在什么都看得清清楚楚了。你的安德烈·安德烈伊奇是哪号子人呢?要知道,他并不聪明,妈妈!主啊,我的上帝!你得明白,妈妈,他愚蠢!"

尼娜·伊万诺芙娜霍地坐起身来。

"你和奶奶都折磨我!"她啜泣了一声说,"我要生活!生活!"她说着用小拳头捶了两下胸口,"给我自由吧!我还年轻,我要生活,而你们却使我成了一个老太婆!……"

她痛苦地哭起来,躺了下去,在被子里蜷起身子,显得十分弱小、可怜、愚蠢。娜佳回到自己的房间里,穿好衣服,坐在窗旁等待黎明的来到。她坐着想了一整夜,户外有个什么人一直在敲打百叶窗和吹口哨。

早晨奶奶发牢骚,说夜间大风吹落了花园里的全部苹果,折断了一棵老李树。天色灰蒙蒙,阴沉沉,令人觉得凄凉,只好点起灯来。大家都在抱怨天冷,雨点在敲打着窗子。喝过早茶后,娜佳走进萨沙的房间,一句话也不说就在墙角里的圈椅旁跪下,双手蒙着脸。

"怎么啦?"萨沙问。

"我不行了……"她说,"从前我怎么能生活在这种地方,我不明白,我弄不懂!现在我看不起未婚夫,看不起自己,看不起这游手好闲、空虚无聊的全部生活……"

"哦,哦……"萨沙说,他还不明白这是怎么一回事,"这没什么……这挺好。"

"我憎恨这种生活,"娜佳继续说,"在这里我一天也待不下去了。我明天就离开这个地方。看在上帝面上,您把我带走吧!"

萨沙惊讶地看了她一会儿。他终于明白了,像小孩子一样十分高兴。他挥动双手,用便鞋踏起拍子来,高兴得好像是在跳舞似的。

"好极了!"他搓着手说,"上帝啊,这太好了!"

她的两只大眼睛爱慕地看着他,一眨也不眨,像是着了魔似的,期待着他马上会对她说出一些意义无限重大的话来。他什么话都没有说,但她已经觉得,在她面前展开着一种她从前不知道的崭新的远大的情景,她充满期望地看着他,决心面对一切,甚至不惜一死。

"我明天动身,"他想了想说,"您上车站去送我……我把您的行李装进我的箱子,我替您买好车票,第三遍铃响时您就进车厢,我们就一起走了。您陪我到莫斯科,然后您一人去彼得堡。您有身份证吗?"

"有。"

"我向您担保,您绝不会遗憾,也绝不会后悔,"萨沙津津有味地说,"到了那里,您将进行学习,往后就听凭命运安排吧。如果您能把您的生活翻个底朝上,那一切都会改变。主要的是把生活翻个底朝上,其余一切都无关紧要。那么,我们明天一起走?"

"啊,对!看在上帝面上!"

娜佳觉得,她十分激动,她心头从未这么沉重过,她觉得,从现在到起程前她会一直难过,会痛苦地思忖;可是,她刚上楼回到自己的房间里,刚在床上躺下,就立刻睡着了,而且睡得非常香,脸上带着泪痕和笑容,一觉直睡到傍晚。

五

派人去叫出租马车了。已经戴上帽子和穿好外衣的娜佳走上楼去,她要再看上一眼母亲,再看上一眼她自己的一切。在自己的房间里,她在还有着余温的床铺旁站了一会儿,向四周环顾一番,接着就轻轻地走去看母亲。尼娜·伊万诺芙娜还在睡觉,房间里静悄悄的。娜佳吻了一下母亲,理了理她的头发,站了两分钟光景……接着她不慌不忙地回到楼下。

外面下着大雨。支起车篷的出租马车停在门口,上上下下都湿淋淋的。

"你同他一起坐不下,娜佳,"奶奶在女仆开始搬箱子上车时说,"这种天气去送行,何苦呢!你留在家里吧!瞧,雨可真大呀!"

娜佳想说些什么,但没能说出口,这时候萨沙把娜佳扶上了车,用车毯盖住她的腿,接着他自己在她一旁坐下。

"一路平安!求上帝保佑你!"奶奶在台阶上喊道,"你呀,萨沙,从莫斯科给我们来信!"

"好啊!再见,好奶奶!"

"求圣母保佑你!"

"啊,这天气!"萨沙说。

在这时娜佳才哭出来。现在她已经清楚:她是走定了,而在她向奶奶告辞和在她看望母亲的时候,她对这一点还是不相信的。别了,这座城市!突然间她想起了一切:想起了安德烈,他的父亲,新寓所,裸体女人画像,花瓶——所有这一切都已不再使她惊骇和苦恼了,而只是显得幼稚和渺小。这一切都过去了,越离越远。当火车开动,他们在车厢里坐好的时候,过去的一切,原本是那么重大那么严肃,目前已缩成一小团,而一直到目前尚很不显眼的宏大而又宽广的未来却在她面前展示开来了。雨点敲打着车厢的窗了,眼前只看见绿油油的田野,电线杆上的鸟儿都纷纷闪过。突然间一种欢悦的心情使得她喘不过气:她想起她这是在走向自由,是去学习,而这就同很久很久以前人们所说的"外出做一个自由的哥萨克"一样。她既笑又哭又祈祷。

"不——错!"萨沙得意地微笑着说,"不——错!"

六

秋天过去了,随它之后冬天也过去了。娜佳已经忧愁得厉害,她天天想念母亲,想念奶奶,想念萨沙。家里的来信都是平静和善的,似乎一切都已经得到宽恕,一切都已经被忘却。五月间考试完毕后,健康而欢乐的她动身回家,中途她在莫斯科逗留了一下,看望萨沙。他还是去年夏天那个样子:留着胡子,头发蓬乱,穿的还是那件常礼服和那条帆布裤子,眼睛仍然很美很大;可是他面色不健康,一副疲惫不堪的样子,又老又瘦,不时地咳嗽。不知为什么娜佳觉得他粗陋土气。

"我的上帝啊,娜佳来了!"他说着快活地大笑起来,"我的亲人,好朋友!"

他们在石印车间里坐了一会儿,那里烟雾腾腾,而浓重的油墨和颜料气味使人气闷。接着他们来到他的房间里,那儿烟雾腾腾,痰迹斑斑,桌上有一个已经凉了的茶炊,旁边摆着一只破盒子,上面放着一小块黑纸,桌子上和地板上有许多死苍蝇。从这里的一切可以看出,萨沙把他的个人生活安排得十分马虎,他随随便便过日子,不讲究舒适。如果有人同他谈起他的个人幸福,谈起他的个人生活,谈起他的爱,他会一窍不通,只是一笑了之。

"没什么,一切都顺当,"娜佳匆匆地说,"秋天妈妈到彼得堡看过我,她说奶奶不再生气,但常去我的房间,向着墙壁画十字。"

萨沙看上去挺高兴,但他不时地咳嗽,而且说话声音嘶哑。娜佳一直仔细地观察着他,她弄不明白:是他真病得厉害,还是仅仅是她觉得如此。

"萨沙,我亲爱的,"她说,"您该不是病了吧!"

"不,没什么。是有病,可是不太厉害……"

"啊,我的上帝,"娜佳焦急不安地说,"您为什么不就医?您为什么不保重身体呢?我宝贵的亲爱的萨沙。"她说着泪珠簌簌落下。这时不知为什么在她的脑海里浮现出安德烈·安德烈伊奇、裸女画、花瓶以及她全部过去的生活,而这过去的生活现在看来似乎像童年时代一般遥远了。她哭了,因为她觉得萨沙已经不像过去那么新奇,那么有见识和有意思。"亲爱的萨沙,您病得很厉害。我不知道该怎么做才能使您不这么苍白消瘦。我太感激您啦!您简直想象不出来,您为我做了多少事情,我的好萨沙!实际上您现在是我最贴心最亲近的人。"

他们在一起坐了一会儿,谈了一阵子。现在,自从娜佳在彼得堡度过了一个冬天之后,她觉得,萨沙本人、他说的话、他的笑容、他的整个形象——都有着一种衰颓、陈腐的味道,他的美好时光早已过去,或许它已经进了坟墓。

"后天我将去伏尔加河沿岸旅行,"萨沙说,"嗯,过一阵我去喝马乳酒①。我想喝点儿马乳酒。和我同行的还有一个朋友和他的妻子。他妻子是个极好的人,我一直在怂恿她,劝说她,要她出去学习。我要她把她的生活翻个底朝上。"

他们谈了一阵后就去火车站。萨沙请她喝茶吃苹果。火车开动时,他笑吟吟地挥动手帕。就从他那双腿也可看出:他病得很厉害,未必会活得很长了。

娜佳在中午抵达故城。在从车站回家途中她觉得街道很宽阔,房屋却又小又矮,街上没有人,只遇见一个德国籍钢琴调音师,他穿着一件棕黄色

---

① 喝马乳酒对患肺结核的人有疗效。

的大衣。所有的房屋都好像是蒙上了一层尘土似的。奶奶已经衰老,还像以前一样胖胖的,不好看,她伸出双臂搂住娜佳,把脸靠在娜佳的肩膀上哭了好久,不能脱开。尼娜·伊万诺芙娜也老了许多,变丑了,好像消瘦了,可是她仍像从前那样束紧腰带,钻石戒指仍在她手指上闪亮。

"我亲爱的!"她说话时全身颤抖,"我亲爱的!"

后来她们都坐着默默地哭泣。看得出来,奶奶和母亲都感到过去的日子已经一去不复返了:已经没有了社会地位和昔日的荣耀,已经没有资格邀请客人。这情况就像是:在轻轻松松无忧无虑地过日子的时候,警察突然在夜间光临,搜查一通,原来这人家的主人盗用了公款,制造了伪币,于是永别吧,轻松的无忧无虑的生活!

娜佳上了楼,看到了原来那张床,原来的那些挂着的白窗帘。她摸了摸桌子,摸了摸床,坐下思忖了一会儿。她吃了一顿丰盛的午饭,喝了拌上可口多脂的凝乳的茶,但总觉得已经有所不足,在房间里觉得空虚,就连天花板也低矮了。晚上她躺下睡觉,盖上被子,可是不知为什么她觉得躺在这暖和柔软的床上挺可笑。

尼娜·伊万诺芙娜走进来稍待一会儿。她畏畏缩缩小心翼翼地坐下,就像是个有过错的人一样。

"怎么样,娜佳?"她沉默了一会儿问道,"你满意吗?很满意,是吗?"

"我满意,妈妈。"

尼娜·伊万诺芙娜站起身来,在娜佳胸前和在窗上画十字。

"你瞧,我成了个信教的人了,"她说,"你知道,现在我在研究哲学,一直思考,思考……现在对我来说,有许多事都变得清清楚楚,像白昼一样。我觉得,首先要像透过三棱镜那样来度过整个一生。"

"告诉我,妈妈,奶奶身体怎么样?"

"似乎不错。那一回,你同萨沙一起走后,收到了你的电报,奶奶一读完就倒下了;她一动不动地在床上躺了三天。后来她一直祈祷上帝,老是哭哭啼啼。现在她还行。"

妈妈站起身来,在房间里走动。

"嘀克——笃克……"守夜人在打更,"嘀克——笃克,嘀克——笃克……"

"首先应该让一生像透过三棱镜那样来度过,"她说,"换句话说,那就是应该让生活在意识中分成一些十分单纯的因素,就好像分成为七种原色一样,应该对每种因素分别进行研究。"

尼娜·伊万诺芙娜还说了些什么,她又是在什么时候离开的——这一切娜佳全都没有听见,因为她很快就入睡了。

五月过去了,六月来临。娜佳在家里已经习惯了。奶奶忙着张罗茶炊,深深地叹气;尼娜·伊万诺芙娜每到晚上就讲她的哲学,而在家里她仍同以前一样,像寄人篱下者似的,每个二十戈比的银币都得向奶奶讨要。屋里苍蝇很多,房间里的天花板似乎越来越低了。奶奶和尼娜·伊万诺芙娜都不出门,为的是避免遇上安德烈神父和安德烈·安德烈伊奇。娜佳在花园里散步,也上街去溜达,她看着房屋,看着灰色的围墙,觉得城里的一切东西都早已衰老,都不过是在等待着结局,或者是在等待着一种崭新的充满活力的生活的开端。啊,让这光明的新生活快些来临吧,到那时人就可以勇敢地正视自己的命运,意识到自己是无辜的,做一个快快乐乐自由自在的人!这样的生活迟早会到来!可不是吗?总会有一天,到那时奶奶家的房子会不留痕迹地消失,会被人忘掉,没有人会记起它来,而现时那里的情况却是:四个女仆只能住在地下室,住在一个肮脏的房间里。只有邻院的几个小男孩能使娜佳开心,当她在花园里散步的时候,他们就敲打着板墙,笑着招惹她说:

"未婚妻!未婚妻!"

萨沙从萨拉托夫寄来一封信。他用活泼的歪歪扭扭的笔迹写道:他在伏尔加河一带旅游很顺遂,可是在萨拉托夫他有点儿不舒服,嗓音变哑了,躺在医院里已经有两个星期。娜佳明白这些话的意思,一种近于确定性的预感困扰了她。但她感到不快,因为这预感以及有关萨沙的想法不像以前那样使她激动。她热切地想生活,热切地想去彼得堡,以至于她觉得她和萨沙的交往虽是亲切的,但已是遥远的过去!她彻夜没有合眼,早晨她在窗旁坐下仔细倾听。楼下果真响起了说话声音,不安的奶奶开始焦急地询问着一件什么事情,又听见有人哭了起来……娜佳走到楼上时,泪水满面的奶奶正在墙角里祈祷,桌子上放着一份电报。

娜佳在房间里来回走了好久,听着奶奶哭泣,后来她拿过电报来读。电报里说的是:亚历山大·季莫费伊奇,或者按小名称呼,萨沙,昨天早晨在萨拉托夫因患肺痨病去世。

奶奶和尼娜·伊万诺芙娜去教堂安排做安魂祭。娜佳又在几个房间里走了好长时间,边走边想。她清清楚楚地意识到,她的生活已经翻了个底朝上,而这正是萨沙想看到的。现在她在这儿觉得孤独寂寞,格格不入,谁也不需要她,而她也不需要这儿的一切,以前的一切已经同她脱离,好像是烧毁了似的已经消失,连灰烬也随风飘散了。她走进萨沙的房间,在那儿站了一会儿。

"别了,亲爱的萨沙!"她想道。在她面前显现出一种崭新的宽广自由的生活,这种生活,尚模模糊糊神秘玄妙的生活,正在招引她,诱惑她。

她到楼上自己的房间里收拾行李。第二天早晨她告辞了家人,生气勃勃高高兴兴地离开了这个城市,像她所认为的那样,永远地离开了。

一九〇三年

朱逸森　译

图书在版编目(CIP)数据

契诃夫短篇小说选 /(俄)契诃夫著;谷羽,童道明等译.—北京：
北京燕山出版社,2005.2(2019.8 重印)
ISBN 978-7-5402-1585-9

Ⅰ.契… Ⅱ.①契… ②谷… ③童… Ⅲ.短篇小说-作品集-俄罗斯-近代
Ⅳ.I512.44

中国版本图书馆 CIP 数据核字(2005)第 007480 号

契诃夫短篇小说选

[俄]契诃夫 著
谷　羽　童道明　等译
责任编辑／张红梅　王　然
装帧设计／小　贾　张　佳

北京燕山出版社出版发行
北京市丰台区东铁营苇子坑路 138 号嘉城商务中心 C 座　邮编100079
全国新华书店经销
三河市北燕印装有限公司印刷

开本 915×1220　1/32　印张 9　字数 260,000
2013 年 8 月第 3 版　2019 年 8 月第 11 次印刷

定价:24.00 元

版权所有　盗版必究